पुस्तक की प्रशस्ति

''जीवन में जो आवश्यक है उसे हासिल करने के लिए हमें दो तरह के फ़ोकस की आवश्यकता है : एक संज्ञा के रूप में फ़ोकस (हमारे निश्चित इरादे) और एक सर्वनाम के रूप में फ़ोकस (बिंदुओं को जोड़ने की निरंतर प्रक्रिया)। इसे क्रिस बेली की इस नवीनतम पुस्तक में लेखन और ग्राफ़िक्स दोनों के ही माध्यम से बहुत ही शानदार तरीक़े से चित्रित किया गया है। मुझे पुस्तक बहुत पसंद आई।''

— ग्रेग मैकक्यूवन, *एसेंशियलिज़्म* के लेखक

''व्यवहारिक, अच्छी तरह लिखी गई और सामयिक। क्रिस बेली ने आज के सबसे महत्त्वपूर्ण विषय को उठाया है क्योंकि हम काम में सफलता चाहते हैं और आधुनिक विश्व में बच्चों की सकारात्मक परवरिश का प्रयास करते हैं। आप जिसमें भाग लेते हैं वह आपकी वास्तविकता बन जाता है। यह पुस्तक एक अनुकूलित वास्तविकता बनाने के लिए हमारे ध्यान का उपयोग करने के लिए एक व्यवहारिक पथ प्रदान करती है। यदि हम महान सफलता और ख़ुशी हासिल करना चाहते हैं, तो हमें इस बात पर फ़ोकस करके शुरुआत करनी होगी कि हमारा दिमाग़ किधर ध्यान दे रहा है।''

— शॉन एकोर, द *हैप्पीनेस एडवांटेज ऐंड बिग पोटेंशियल* के लेखक

''यह पुस्तक एक जीवन रेखा है, एक ऐसी दुनिया में जहां पर हम सभी बहुत कुछ करने के लिए व्यग्र हैं और करने के लिए बहुत समय नहीं है। क्रिस बेली की अभूतपूर्व और सामयिक पुस्तक की बदौलत, मुझे लगता है कि मेरे पास अब, वास्तव में इतने वर्षों में पहली बार, सबसे महत्त्वपूर्ण, मूल्य-निर्मित करने वाली चीज़ों पर फ़ोकस करने की क्षमता आ गई है। यदि आप तनाव से राहत पाने के साथ ही अपनी उत्पादकता और ख़ुशी दोनों में बढ़ोतरी करना चाहते हैं तो इस पुस्तक को अवश्य पढ़ें।''

— जेम्स सिट्रिन, *करियर प्लेबुक* के लेखक

"एक व्यस्त दुनिया में हायपरफ़ोकस्ड होना एक ऐसा कौशल है जिसे हर प्रोफ़ेशनल व्यक्ति अपने पास चाहता है। क्रिस बेली अपनी इस नई पुस्तक में आपको दिखाएंगे कि किस तरह इसमें महारत हासिल की जाए। सारे नवीनतम विज्ञान का उपयोग करके, बेली ने आपको एक व्यवहारिक और शानदार फ्रेमवर्क दिया है कि किस तरह आप अपने काम के तरीक़े में बदलाव कर सकते हैं।"

— वैनेसा वैन एडवर्ड्स, *कैप्टिवेट* की लेखिका

"इस पर कोई सवाल नहीं है : आपका ध्यान (अटेंशन) ही आपकी सबसे महत्त्वपूर्ण संपत्ति है। आपके जीवन की हर वस्तु–जीवन के आपके अनुभव–आपके ध्यान से ही आते हैं। और यह पुस्तक आपको सिखाएगी कि आप इस उपकरण का इस्तेमाल कैसे करें, इसे कैसे निखारें, कैसे इसका लाभ लें और इसका आनंद भी लें। क्रिस बेली की बातों पर ध्यान दें–यह पुस्तक अवश्य पढ़ने लायक़ है।"

— पीटर ब्रेगमैन, *18 मिनट्स* के लेखक

"ध्यान 21 वीं सदी की सबसे महत्त्वपूर्ण संपत्ति हो सकता है। यह किताब दशकों की वैज्ञानिक अंदर्दृष्टि का उपयोग करती है और उसे व्यवहारिक अनुप्रयोग के साथ मिलाती है और दिखाती है कि अपने ध्यान का प्रबंधन और उसे कई गुना करना कितना बेहतरीन है।"

— डेविड बुरकुस, *अंडर न्यू मैनेजमेंट* और *फ्रेंड ऑफ़ ए फ्रेंड* के लेखक

"क्रिस बेली की पुस्तक अपने ध्यान का प्रबंधन करने की एक शानदार गाइड है। उन्होंने एक ऐसी विधि का वर्णन किया है जो हमें फ़ोकस करने और अधिक प्रभावी ढंग से रचना करने में मदद करती है। उनकी पुस्तक महज़ एक सिद्धांत नहीं है, बल्कि प्रैक्टिकल और विस्तृत बेहतरीन अभ्यासों का एक शानदार टूलबॉक्स है। मैं इन आइडिया को आज़माने के लिए इंतज़ार नहीं कर सकता।"

— काई–फू ली, गूगल चाइना के संस्थापक,
सिनोवेशन वेंचर्स के चेयरमैन एवं सीईओ

हायपरफ़ोकस

कम प्रयास में अधिक सफलता कैसे प्राप्त करें

क्रिस बेली

अनुवाद : अजय तिवारी

MANJUL

मंजुल पब्लिशिंग हाउस

MANJUL

मंजुल पब्लिशिंग हाउस

कॉरपोरेट एवं संपादकीय कार्यालय

• द्वितीय तल, उषा प्रीत कॉम्प्लेक्स, 42 मालवीय नगर, भोपाल-462 003

विक्रय एवं विपणन कार्यालय

• सी-16, सेक्टर 3, नोएडा, उत्तर प्रदेश, 201301

वेबसाइट : www.manjulindia.com

वितरण केन्द्र

अहमदाबाद, बेंगलुरू, भोपाल, कोलकाता, चेन्नई,
हैदराबाद, मुम्बई, नई दिल्ली, पुणे

क्रिस बेली द्वारा लिखित मूल अंग्रेजी पुस्तक *हायपरफ़ोकस* का हिन्दी अनुवाद

Hyperfocus: How to Work Less to Achieve More by Chris Bailey – Hindi edition

चिंत्राकन : क्रिस बेली और सिनिसा सुमीना

यह संस्करण वाइकिंग के सहयोग से प्रकाशित, जो पेंगुइन पब्लिशिंग ग्रुप (पेंगुइन रैंडम हाउस एल एल सी का प्रभाग) का इम्प्रिंट है

यह हिन्दी संस्करण 2023 में पहली बार प्रकाशित
द्वितीय आवृत्ति 2024

ISBN 978-93-5543-300-8

अनुवाद : अजय तिवारी

मुद्रण व जिल्दसाज़ी : थॉमसन प्रेस (इंडिया) लिमिटेड

एर्डिन के लिए

अनुक्रमणिका

अध्याय
0

फ़ोकस क्यों मायने रखता है

ध्यान हर जगह है

मैं ओंटारियो, कैनेडा के किंग्सटन में एक छोटे से डिनर के दौरान छुरी-कांटों की खनक और बातचीत की आवाज़ों के बीच ये शब्द लिख रहा हूँ। मुझे लोगों को देखने-परखने का बड़ा शौक है। आप काफ़ी चीज़ें जान सकते हैं-वे कैसी पोशाक पहनते हैं, कैसे चलते हैं, कैसे बातचीत करते हैं, और जब कोई आसपास हो तब या जब कोई आसपास नहीं हो तो कैसी हरकतें करते हैं। किसी व्यस्त कैफ़े में या इस तरह के डिनर में, यह देखना काफ़ी मज़ेदार है कि व्यक्तित्व आपस में ऐसे गड्ड-मड्ड होते हैं जैसे कि किसी एक्सलरेटर में पार्टिकल्स होते हैं। किसी व्यक्ति के व्यक्तित्व में बदलाव को देखना, जब वह अपने दोस्तों से बात करते हुए अचानक किसी वेट्रेस से बात करने में स्विच करता है; वेटर्स और स्टाफ़ के व्यक्तित्व में बदलाव को देखना जब वह अलग-अलग टेबल पर, किसी बड़े परिवार या युवा जोड़े को सर्व करते हैं।

दूसरे लोगों पर फ़ोकस करने में, मैंने इस बात का ढेर सारा अवलोकन किया है कि वे लोग किस बात पर *फ़ोकस* कर रहे हैं। किसी भी समय, हम सभी *किसी न किसी* चीज़ पर फ़ोकस करते हैं, तब भी जब हम अपने खुद के विचारों में खोए रहते हैं। आइए डिनर पर एक नज़र डालते हैं।

मैंने अपना ध्यान लगभग बीस वर्षीय दो लड़कियों पर केंद्रित किया जो मेरे बांईं तरफ़ की टेबल पर बैठी थीं। उनका फ़ोकस एक दूसरे की बजाय अपने स्मार्टफ़ोन पर था। टेक्स्ट मैसेज करने के बीच-बीच में वे अपने फ़ोन

को टेबल पर उलटा करके रख देती थीं। यह एक बिलकुल ही व्यर्थ हरकत नज़र आती है – तीस सेकेंड के बाद उन्होंने फिर उसे उठा लिया। हालांकि मैं उनके हर शब्द को तो नहीं बता सकता, लेकिन इतना कह सकता हूँ कि वे सतही तौर पर एक दूसरे से बातचीत कर रही थीं। वे व्यक्तिगत रूप से तो एक दूसरे के साथ मौजूद थीं, लेकिन उनका ध्यान कहीं और था।

या फिर कमरे के दूसरी तरफ़ वाले उस जोड़े को ही लें। वे गरमागरम कॉफ़ी और बटरमिल्क पैनकेक के साथ बातचीत में तल्लीन हैं। जब वे यहां आए थे तो तुलनात्मक रूप से बहुत ही संक्षिप्त बातचीत कर रहे थे, लेकिन अब उनकी बातचीत में और जान आ गई है। बांईं टेबल पर बैठी लड़कियों के विपरीत, यह जोड़ा अपने आप में ही मगन था और हॉल में हो रही किसी गतिविधि पर उसका ध्यान नहीं था।

रेस्टोरेंट के स्पीकर पर एक आकर्षक एड शीरन गीत बज रहा है, और मेरा ध्यान उस जोड़े से कुछ टेबलों की दूरी पर बैठे दो लोगों पर जाता है। एक व्यक्ति गीत की धुन पर धीरे-धीरे अपने पैर ज़मीन पर थपथपा रहा है जबकि दूसरा दोस्त ऑर्डर कर रहा है। पैर थपथपाने वाले व्यक्ति का ध्यान संभवतः तीन चीज़ों पर है : एक तो गाना, दूसरा उसका दोस्त क्या ऑर्डर कर रहा है और तीसरा उसके खुद के ब्रेकफ़ास्ट के निर्णय पर। थ्री एग एक्सप्रेस का ऑर्डर करने के बाद, जब वेटर ने पूछा कि वह अंडों को किस तरह तैयार करवाना पसंद करेगा, तो उसका ध्यान अपनी तरफ़ हो गया, शायद वह याद कर रहा था कि आमतौर पर वह कैसे खाता है। उसने ऑमलेट का ऑर्डर किया।

बार में कुछ अजनबी लोग पिछली रात के फुटबॉल मैच की हाइलाइट्स देखते हुए यहां-वहां की बेकार बातचीत में मशगूल थे। मुझे यह बात ख़ासतौर पर काफ़ी दिलचस्प लगती है कि इन तीन लोगों सहित दुनियाभर के लोग, एक चमड़े की गोलाकार वस्तु (फुटबॉल) के ज़रिए कैसे जुड़ जाते हैं। मैं देख रहा था कि उनमें से एक व्यक्ति ने अपना सिर उठाया और विचारों में खो गया। फिर, जैसे कि विचारों की कोई तरंग उसके शरीर में से गुज़री हो, उसने तुरंत उस आइडिया को अपनी पॉकेट डायरी में लिखना शुरू कर दिया। जब वह अपने दिवास्वप्न में और फुटबॉल हाइलाइट्स की धुन में खोया हुआ था, अचानक अप्रत्याशित रूप से उसके भीतर कुछ विचार पैदा हुए। यह उसके लिए एक अद्भुत पल था।

या फिर मुझे ही लें, यहां पर अपने लैपटॉप के साथ बैठा हुआ हूँ। इस सुबह, जब मैं कॉफ़ी की चुस्की के साथ नाश्ता कर रहा था, तो मैं अधिक गहनता के साथ अपने काम पर फ़ोकस कर पा रहा था और मेरे पास ख़र्च करने के लिए अधिक ऊर्जा थी। मेरे सुबह के ध्यान ने इसमें मदद की होगी–मैंने महसूस किया कि जब मैं इस अनुष्ठान में भाग लेता हूँ तो मैं अधिक शब्द लिख पाता हूँ (मेरी गणना के हिसाब से 40 प्रतिशत अधिक)। मैंने अपना फ़ोन घर पर छोड़ दिया है ताकि मैं व्यवधान से मुक्त होकर लिख सकूं, और ताकि मेरा मस्तिष्क डिनर के लिए चलने और टहलने पर आराम कर सके। जैसा कि मैं बाद में चर्चा करूंगा, डिस्कनेक्ट होना (संपर्क तोड़ना) नए और अभिनव विचारों को जगाने का एक शक्तिशाली तरीक़ा है। रेस्टोरेंट में बज रहा संगीत आकर्षक है, लेकिन इतना तेज़ नहीं है जिससे ध्यान भंग होता हो। हालांकि, मैं यहां यह साउंड ट्रैक सुनने नहीं आया, साथ ही मैंने अपने इस पसंदीदा कैफ़े को डिनर के लिए इसलिए चुना है क्योंकि यहां पर कोई वाई-फ़ाई नहीं है–लगातार कनेक्टिविटी हमारे फ़ोकस और उत्पादकता के लिए सबसे ख़राब व्यवधानों में से एक है। जैसा कि अंतिम कुछ पैराग्राफ़ से पता चलता है, मैं यहां के माहौल और इसे पैदा करने वाले लोगों से थोड़ा परेशान हूँ, लेकिन वे इस शुरुआती परिचय के लिए अच्छा मसाला मुहैया करा रहे हैं।

रेस्टोरेंट का यह दृश्य उस खुलासे का एक आसान उदाहरण है जो कुछ समय पहले मैंने किया था : ध्यान हमारे चारों तरफ़ है। एक बार जब आप उसे देखते हैं तो फिर अनदेखा नहीं कर सकते। इस पल, धरती पर हर कोई जाग्रत है–चाहे वे ब्रेकफ़ास्ट ले रहे हों, काम कर रहे हो, या अपने परिवार के साथ समय बिता रहे हो–किसी न किसी चीज़ पर उनका ध्यान है। ध्यान वह पृष्ठभूमि है जिस पर हम अपना जीवन जीते हैं, चाहे हम जहां भी जाएं और जो भी करें, भले ही हम अपने दिमाग़ी खयालों पर ही ध्यान क्यों नहीं दे रहे हों।

इस बात को कुछ साल हो गए हैं जब मैंने पहली बार यह पता लगाना शुरू किया कि हम किस प्रकार ना केवल बेहतर फ़ोकस कर सकते हैं बल्कि अधिक स्पष्ट रूप से सोच भी सकते हैं। जबकि यह स्वीकार करना कठिन है, ख़ासतौर पर उस व्यक्ति के रूप में जो एक ''उत्पादकता विशेषज्ञ'' के रूप में अपनी आजीविका चलाता है, मैंने अपने खुद के बढ़े हुए व्यवधान पर ध्यान देना शुरू किया, ख़ासतौर पर चूंकि मेरे पास ढेर सारी डिवाइस हैं। मैं कम हासिल करते हुए भी इतना व्यस्त कभी नहीं था। मैं बोरियत के कारण और प्रेरणा की कमी की वज़ह से बेचैन हो गया था और हर पल में यथासंभव ठूंसने की कोशिश कर रहा था। मुझे पता था कि जब में एक साथ कई काम यानी मल्टीटास्किंग की कोशिश करता हूँ तो मेरा दिमाग़ ठीक से काम नहीं करता। लेकिन मैंने इसे किसी भी तरह करने के लिए मज़बूर महसूस किया। अपने क्लायंट का ईमेल खुला होने के साथ ही डेस्क पर स्मार्ट फ़ोन होना एक या दो साधारण चीज़ों पर ध्यान केंद्रित करने की तुलना में ज़्यादा आकर्षक था। मेरे लिए, यह पुस्तक आवश्यकता की उपज थी : मैंने इसे लिखा क्योंकि मुझे इसकी ज़रूरत थी।

जब मैं किसी नए आइडिया से उत्तेजित हो जाता हूँ, तो आमतौर पर उस विषय पर दर्जनों पुस्तकों का ऑर्डर करता हूँ और उनमें किताबी कीड़े की तरह घुस जाता हूँ। फ़ोकस मेरी सबसे नवीनतम आसक्ति है। इसमें शामिल है कि कैसे हम अपने आसपास के व्यवधान का सर्वोत्तम प्रबंधन कर सकते हैं, अधिक प्रभावी ढंग से मल्टीटास्किंग कर सकते हैं, यदि संभव हो तो (यह है); ऐसे कामों पर फ़ोकस करने के लिए जूझना जिनमें अक्सर हीला-हवाली होती है; और साथ ही बेहतर तरीक़े से *अन*फ़ोकस करना ताकि हम स्वाभाविक रूप से खुद को रिलैक्स और रिचार्ज कर सकें। पुस्तकें पढ़ने के दौरान मुझे ढेर सारी शानदार जानकारियां मिलीं-ऐसी सलाहें (अक्सर विरोधाभासी) जो पढ़ने में मज़ेदार थीं लेकिन आख़िरकार उनसे मुझे अपने काम और जीवन की प्रगति में कोई मदद नहीं मिली।

इसके बाद मैंने वास्तविक वैज्ञानिक अनुसंधानों पर अपना ध्यान लगाया-ढेरों अकादमिक अध्ययन और दशकों की मेहनत से तैयार दस्तावेज़ जो इस बात को सिखाने के लिए समर्पित थे कि किस प्रकार सर्वोत्तम तरीक़े

से फ़ोकस किया जाए।* मैंने हर उस अध्ययन को ध्यानपूर्वक पढ़ा जो मैं ढूंढ सकता था, मेरे कंप्यूटर पर बना ''फ़ोकस'' नामक फ़ोल्डर काफ़ी बड़ा हो गया था। मैंने हज़ारों शब्दों के नोट्स बनाए और उनमें से सबसे व्यवहारिक, कारगर सबक़ की पहचान करना शुरू की। मैंने दुनिया के ध्यान पर शोध करने वाले अग्रणी लोगों से बात करना शुरू किया, हम क्यों इतनी आसानी से विचलित हो जाते हैं, इस बात की गहराई में जाने के लिए साथ ही यह पता लगाने के लिए कि कैसे हम ध्यान बंटाने वाली इस दुनिया में अपने ज़िद्दी मन को फ़ोकस करवा सकते हैं। और मैंने खुद अपने आप पर शोध करना शुरू किया, यह देखने के लिए कि क्या अपने फ़ोकस पर नियंत्रण करना वास्तव में संभव है या नहीं।

जो मैंने खोजा उसने ना केवल मेरे काम करने के तरीक़े बल्कि जीवन जीने के तरीक़े में भी आमूल-चूल बदलाव कर दिया। मैं फ़ोकस को अपनी उत्पादकता में योगदान देने के साथ ही समग्र सकुशलता बढ़ाने वाले कारक के रूप में देखने लगा। आश्चर्यजनक रूप से, मैंने जाना कि अपनी रचनात्मकता और उत्पादकता को बढ़ावा देने का सबसे बेहतरीन तरीक़ा यह सीखना था कि किस तरह *अन*फ़ोकस हुआ जाए। किसी भी ख़ास चीज़ पर ध्यान नहीं देकर और अपने मन को भटकने देकर-जैसा कि मैंने किंगस्टन के डिनर के दौरान किया-मैंने पाया कि मैं अपने विचारों के बीच संपर्क जोड़ने में पहले से बेहतर हो गया हूं और मन में नए विचार भी आने लगे हैं।

मैंने यह भी पाया कि आजकल हम जितने ध्यान बंटाने वाले व्यवधानों का सामना करते हैं उतना पूरे मानव इतिहास में कभी नहीं था। अध्ययन बताते हैं कि हम बिना ध्यान बंटाए या व्यवधान के कंप्यूटर पर औसतन *चालीस सेकेंड* ही लगातार काम कर सकते हैं। (कहने की आवश्यकता नहीं कि जब हम चालीस सेकेंड से कहीं ज़्यादा किसी काम पर जुटते हैं तो हम अपना सर्वोत्तम कार्य करते हैं।) मैंने मल्टीटास्किंग को पहले पहल काम के लिए प्रेरक माना लेकिन बाद में मुझे वह निरंतर व्यवधान वाला एक जाल

* किसी रिसर्च पेपर को आगे से पीछे तक पढ़ना कहने में काफ़ी आसान है लेकिन करना कठिन है-जब आपकी उस विषय में दिलचस्पी होती है तो यह काम और भी कठिन हो जाता है। उत्सुकता से, रिसर्च बताती है कि पढ़ते समय जो चीज़ हमें फ़ोकस करने पर मज़बूर करती है वह उस पेपर या आर्टिकल की जटिलता नहीं है-यह मायने रखता है कि हम जो पढ़ रहे हैं उसमें हम कितनी दिलचस्पी रखते हैं।

लगा। एक साथ कई काम करने की कोशिश में, हम खुद को कोई एक महत्त्वपूर्ण काम पूरा करने से रोक देते हैं। और मैंने यह भी पाया कि किसी एक महत्त्वपूर्ण काम पर एक बार में फ़ोकस करना–यानी हायपरफ़ोकसिंग–करने से हम खुद के सबसे उत्पादक संस्करण बन जाते हैं।

और सबसे ख़ास बात यह कि मैंने यह समझना शुरू किया कि यदि हमें अधिक उत्पादक, रचनात्मक और ख़ुश बनना है–चाहे घर पर या अपने कार्यस्थल पर, तो हमें ध्यान को सबसे महत्त्वपूर्ण सामग्री के रूप में शामिल करना होगा। जब हम जानबूझकर और समझदारी से अपने सीमित ध्यान का निवेश करते हैं तो हम अधिक गहराई से फ़ोकस करते हैं और अधिक स्पष्ट तरीक़े से सोचते हैं। आज की दुनिया में यह सबसे आवश्यक कौशल है, जब हम अक्सर इतने ध्यान भटकाने वाले वातावरण में भारी-भरकम दिमाग़ी काम करते हैं।

यह पुस्तक आपको फ़ोकस के विषय पर मेरी खोज के माध्यम से एक गाइडेड टूर पर ले जाएगी। मैं आपके साथ उन सभी दिलचस्प चीज़ों को साझा करूंगा जो मैंने सीखी हैं, साथ ही यह भी बताऊंगा कि किस प्रकार इन आइडियाज़ को अपने खुद के जीवन में उतारें (मैंने इनका खुद पर ठोक-बजाकर परीक्षण कर लिया है)। उत्पादकता का अनुसंधान अच्छा है–लेकिन यदि आपने इस पर अमल नहीं किया तो यह बेकार है। इस तरह से, मैं *हायपरफ़ोकस* को एक "साइंस-हेल्प" पुस्तक की तरह देखता हूँ। एक ऐसी पुस्तक जो ना केवल इस बात के पीछे की शानदार रिसर्च की खोज करती है कि कैसे फ़ोकस किया जाए बल्कि यह भी कि अधिक रचनात्मक और उत्पादक बनने के लिए किस तरह अपने ध्यान को बेहतर करने के तरीक़े खोजने के लिए उन जानकारियों को अपने दैनिक जीवन में अपनाया जाए। इन आइडियाज़ ने पहले ही एक जीवन में बदलाव कर दिए हैं (बेशक मेरे), और मैं जानता हूँ कि ये आपके लिए भी कारगर साबित होंगे। शुरुआत में, परिणाम जादुई महसूस होंगे, लेकिन जादू उस समय जादू नहीं रहता है, जब आप जान जाते हैं कि यह कैसे किया गया है।

अध्याय

0.5

इस पुस्तक पर बेहतर फ़ोकस कैसे करें

इस पुस्तक को पढ़ना आपके लिए अपने फ़ोकस की जांच करने का पहला मौक़ा है, और जितना ध्यान आप इस पर देंगे, उतना ही ज़्यादा आपको अपने ख़र्च किए गए समय का प्रतिफल मिलेगा। चलिए पुस्तक पढ़ने के दौरान अधिक फ़ोकस करने के सात तरीक़ों से शुरुआत करते हैं। लेकिन इससे पहले एक छोटी-सी टिप्पणी। मैंने अपनी रिसर्च से एक बात यह भी सीखी है कि उत्पादकता बहुत ही व्यक्तिगत चीज़ होती है। हर कोई अपने आप में दूसरों से अलग होता है और उसकी दिनचर्या भी अलग होती है-परिणामस्वरूप, उत्पादकता बढ़ाने का हर तरीक़ा आपके लिए कारगर होना ज़रूरी नहीं है। यह भी हो सकता है कि आप मेरी कुछ सलाह या सुझाव मानना पसंद नहीं करें। तो जितने संभव हो सके उतने तरीक़ों और सुझावों को आज़माएं और उन्हें अपनाएं जो आपके लिए उपयोगी हैं।

1. अपना फ़ोन नज़रों से दूर रख दें

जब आपका मन-मस्तिष्क *थोड़ा-सा भी* किसी काम से भटकता है, तो वह दूसरी नई चीज़ों पर फ़ोकस करने लगता है। हमारे स्मार्टफ़ोन इसका बड़ा उदाहरण हैं-वे हमारी दिमाग़ी उपभोग के लिए स्वादिष्ट जानकारियों की अंतहीन खुराक प्रदान करते हैं।

जैसा कि मैं बाद में चर्चा करूंगा। ध्यान बंटने और व्यवधान से निपटना काफ़ी आसान है जब तक कि वे प्रलोभन में तब्दील नहीं होते।

अपने स्मार्टफ़ोन को उस नज़रिए से देखना शुरू करें जो वह वास्तव में है : आपकी जेब में रखा उत्पादकता का एक ब्लैक होल। इस पुस्तक पर फ़ोकस करने के लिए, मेरी सिफ़ारिश है कि अपने स्मार्टफ़ोन को दूसरे कमरे में रख दें। आपके दिमाग़ को इस बात का आदी होने में थोड़ा वक्त लगेगा कि आपका फ़ोन या पैड आपके पास नहीं है, लेकिन मेरा विश्वास करें, यह आंतरिक प्रतिरोध आपको मज़बूती प्रदान करता है। किसी भी चीज़ पर हद से ज़्यादा निर्भरता कभी भी अच्छी नहीं होती–इसमें चमकदार स्क्रीन वाली यह आयताकार वस्तु (स्मार्टफ़ोन) भी शामिल है।

इस विचार में गहराई तक जाने के लिए यह मज़ेदार गतिविधि करें : एक या दो दिन इस बात पर ध्यान दें कि आप कितनी बार सहज रूप से अपना फ़ोन निकालते हैं। आप कैसा महसूस करते हैं, और आपको फ़ोन निकालने के लिए कौन–सी बात प्रेरित करती है? क्या आप किसी लिफ़्ट में ज़्यादा समय लगने पर अपना ध्यान बंटाने की कोशिश कर रहे हैं? क्या आप किसी बोरिंग काम से बचने की कोशिश में हैं, जैसे कि अपना तिमाही बजट अपडेट करना? आदत से मज़बूर होकर आप जितनी बार अपना फ़ोन निकालते हैं, उस संख्या को नोट करके, आपको यह पता चलेगा कि कौन–से काम हैं जो आपको सबसे ज़्यादा बाधित करते हैं और उस समय आप कैसा महसूस करते हैं।

2. अपने आसपास के माहौल पर ध्यान दें

अपने आसपास देखें : आप किस जगह इस पुस्तक को पढ़ रहे हैं? आपके पढ़ने के दौरान आपका ध्यान भंग होने या व्यवधान होने की कितनी संभावना है, और क्या कोई ऐसी जगह है जहां पर आप इस तरह के व्यवधान से बच सकें? या आप किसी ऐसे माहौल में पढ़ रहे हैं जिस पर आपका बहुत अधिक नियंत्रण नहीं है, जैसे कि कोई ट्रेन या सबवे?

अपने माहौल को बदलना अपने फ़ोकस को बढ़ाने के सबसे महत्त्वपूर्ण तरीक़ों में से एक है। सबसे ज़्यादा फ़ोकस बढ़ाने वाले माहौल वे होते हैं

जिनमें आपको कम से कम व्यवधान या ध्यान बंटने की संभावना होती है। यदि संभव है तो इनमें से किसी स्थान पर जाएं-चाहे वह कोई शांत कैफ़े हो, लाइब्रेरी या फिर आपके घर का कोई शांत कमरा।

3. ध्यान बंटाने वाली चीज़ों की सूची बनाएं

ध्यान बंटाने वाली चीज़ें हमेशा मौजूद रहती हैं, भले ही आप किसी जापानी ज़ेनगार्डन में अपने स्मार्टफ़ोन से दूर कोई जगह क्यों नहीं खोज लें। हमेशा बाहरी व्यवधानों को ही ज़िम्मेदार नहीं ठहराया जा सकता-उन ध्यान बंटाने वाली बातों के बारे में भी सोचें जो आपके अंदर पैदा होती हैं, जैसे कि आपका दिमाग़ आपको याद दिलाता रहता है कि आपको ग्रॉसरी ख़रीदने जाना है।

मुझे जब भी फ़ोकस करना होता है, तो मैं ऊपर बताई दो विधियां अपनाता हूँ-साथ ही मैं अपने साथ पेन और एक नोटपैड भी रखता हूँ। इस नोटपैड में मैं उन सभी ध्यान बंटाने वाली बातों या चीज़ों की सूची बनाता हूं जो मेरे मन में आती हैं-जिन चीज़ों का मुझे पालन करना है, वे काम जिन्हें मैं भूल नहीं सकता, नए विचार इत्यादि।

जब आप पढ़ते हैं तो ध्यान बंटाने वाली चीज़ों की सूची बनाने से उन महत्त्वपूर्ण बातों का पता चलता है जो आपकी चेतना की सतह पर तैरती रहती हैं। उन्हें लिख लेने से यह सुनिश्चित हो जाता है कि वे दिमाग़ से फिसलें नहीं और अभी हाथ में जो काम है उस पर पूरा फ़ोकस किया जाए।

4. खुद से सवाल करें कि क्या यह पुस्तक वाक़ई पूरी पढ़ने लायक़ है

आदत से मज़बूर होकर हम सार्थकता पर सवाल उठाए बगैर कई चीज़ों का इस्तेमाल करते हैं-पुस्तकें भी उनमें शामिल हैं।

अपने दैनिक उपभोग का मूल्य समझने के लिए थोड़ा समय निकालें। मुझे जो तरीक़ा मददग़ार लगता है वह यह है कि पुस्तकों, टीवी शो, पॉडकास्ट, और हर वह चीज़ जो आपके समय और ऊर्जा की खपत करती है, उसका विवरण और समीक्षा देखें। खुद से पूछें : इनमें से किसी उत्पाद

का उपभोग करने के बाद, क्या आपको संतुष्टि होगी कि आपने अपना समय या ऊर्जा ख़र्च करके सही किया?

आप जैसा खाते हैं वैसा ही आपका मन होता है, इसी प्रकार जिन चीज़ों पर आप ध्यान देते हैं उनसे आपके बारे में पता लगता है। ध्यान अच्छा जीवन जीने के लिए सीमित और एक बहुत ही मूल्यवान चीज़ है – इसलिए यह सुनिश्चित करें कि आप जिस चीज़ का भी उपभोग करें वह सार्थक हो। जैसा कि मैं बाद में इसकी गहराई में जाऊंगा, इस बात के लिए जागरूक होना कि आप केवल सार्थक चीज़ों का ही उपभोग करें, हर रोज़ आपका कई घंटों का क़ीमती समय बचाने में मददग़ार हो सकता है।

5. पढ़ने से पहले थोड़ी चाय या कॉफ़ी पिएं

यदि बहुत रात नहीं हो गई है – तो एक कप चाय या कॉफ़ी के साथ पुस्तक पढ़ें।

चाय या कॉफ़ी में मौजूद कैफ़ीन आपका फ़ोकस बढ़ाने में मदद करता है। और दिन भर बाक़ी कामों के लिए भी आपको ऊर्जा भी मिल जाती है। कैफ़ीन उल्लेखनीय रूप से आपकी मानसिक और शारीरिक क्षमता में बढ़ोतरी करता है (इसके बारे में आगे और पढ़ें)। इस एनर्जी बूस्ट का इस्तेमाल इस पुस्तक को पढ़ने या कोई महत्त्वपूर्ण कार्य करने के दौरान समझदारी पूर्वक करें।

6. कोई पेन या हाइलाइटर साथ में रखें

किसी भी जानकारी को प्राप्त करने के दो तरीक़े हैं – प्रत्यक्ष या अप्रत्यक्ष रूप से।

मेरी कई आदतों में से एक जो मेरी मंगेतर को काफ़ी बुरी लगती है, वह यह है कि मैं जो भी पुस्तक पढ़ता हूं उसमें बुकमार्क के रूप में उपयोग करने के लिए उसका पहला पन्ना फाड़ लेता हूँ। (वह कहती है कि ऐसा करना पुस्तक की अखंडता और पवित्रता को नुक़सान पहुंचाना है; मैं कहता हूं कि दुकानों में पुस्तक की और भी प्रतियां मौजूद हैं)। यह पुस्तक के साथ अत्याचार की शुरुआत है; मैं पुस्तक पढ़ते समय हाथ में पेन या हाइलाइटर भी रखता हूँ ताकि पुस्तक में निशान लगा सकूं। किसी पेज पर

लगे हाइलाइट्स और नोट्स की संख्या बताती है कि मुझे वह कितना अच्छा लगा है। एक बार पढ़ना ख़त्म करने के बाद मैं दोबारा फिर से वह पुस्तक पढ़ता हूँ। ख़ासतौर पर वे पन्ने जिनमें मैंने हाइलाइट किया है या नोट्स लिखे हैं, ताकि मैं पुस्तक के सबसे मूल्यवान अवयवों को आत्मसात कर सकूं। यदि संभव हो सके तो मैं अपने आसपास मौजूद व्यक्ति को ये बातें बताकर परेशान करता हूँ, ताकि बाद में और गहराई से उन्हें समझ सकूं।

मुझे उम्मीद है कि *हायपरफ़ोकस* पढ़ते समय आप भी हाइलाइट और अंडलरलाइन करेंगे, ताकि किसी पृष्ठ की सर्वोत्तम बात को अपने दिमाग़ में उतार सकें और बाद में उस पर अमल कर सकें।

मैंने इसको लिखने में काफ़ी शानदार काम किया है, आपको ढेर सारे नोट्स बनाने पड़ेंगे। (पन्नों पर की गई अपनी कलाकारी आप मुझे ईमेल भी कर सकते हैं-मुझे उसे देखने में प्रसन्नता होगी। मेरा ईमेल पता, और संपर्क करने के अन्य तरीक़े इस पुस्तक के आख़िर में मिल जाएंगे)।

7. जब आपको लगे कि आपका फ़ोकस डगमगा रहा है...

फ़ोकस करने की आपकी क्षमता असीमित नहीं है-जबकि आप अपने ध्यान के समय को बढ़ा सकते हैं, लेकिन यह बस कुछ देर की बात है जब आपका ध्यान डगमगाने लगता है। अक्सर आपका दिमाग़ पन्नों पर लिखे शब्दों से भटककर किन्हीं और ख़यालों में गुम होने लगता है। यह बिलकुल सामान्य और मानवीय है-जैसा कि हम बाद में देखेंगे, यह दिमाग़ी भटकाव काफ़ी शक्तिशाली साबित हो सकता है यदि इस पर लगाम लगाई जाए।

हालांकि, अभी के लिए, यदि आपको लगता है कि आपका फ़ोकस धूमिल होता जा रहा है, इस पुस्तक को कुछ मिनट के लिए अलग रखकर रोज़मर्रा के सामान्य कामकाज करें। जैसे कि बर्तन धोना, गप्पें लगाना या घर की साफ़-सफ़ाई करना। निश्चित रूप से थोड़ी देर बाद आप अपना ध्यान प्रभावी रूप से रिचार्ज कर लेंगे। एक बार जब आपका फ़ोकस फिर से सेट हो जाएगा, तो फ्रेशमाइंड के साथ पुस्तक पर वापस लौटें। और पुस्तक पढ़ने के दौरान जब आप व्यवधानों की सूची बनाते हैं, तो सुनिश्चित करें कि आपके पास ब्रेक के दौरान दिमाग़ में आने वाले विचारों के लिए भी स्थान हो।

खण्ड –1

हायपरफ़ोकस

अध्याय

1

ऑटोपायलट मोड को बंद करना

ऑटोपायलट मोड

अब इस बात की पूरी संभावना है कि इस पुस्तक पर आपका फ़ोकस हो गया होगा। लेकिन आप इस तक कैसे पहुंचे?

मेरी लाइब्रेरी में पुस्तकों को देखिए, मुझे उनमें से अधिकांश के बारे में अपने दोस्तों, लेखक के पॉडकास्ट प्रसारण द्वारा या इस तरह की पुस्तकों के प्रति प्रेम की वज़ह से जानकारी मिली। हममें से अधिकांश लोग जानबूझकर यह नहीं सोचते कि अपने जीवन के किस तत्व को हम सुधारना चाहते हैं, इससे पहले कि हम कोई पुस्तक ख़रीदें जो हमें उस मुद्दे को हल करने में मदद करती है। हम अक्सर पुस्तक पढ़ने के फ़ैसले पर कई घटनाओं के संगम की वज़ह से पहुंचते हैं।

उदाहरण के लिए, पिछली पुस्तक जो मैंने पढ़ी थी उसे ही ले लीजिए। एक बार मैं एक टैक्सी में सफ़र कर रहा था जिसके ड्राइवर ने रेडियो ऑन कर रखा था, तब मैंने पुस्तक के लेखक का इंटरव्यू सुना। बाद में एक दोस्त ने दो बार उस पुस्तक के बारे में ट्वीट किया। इस तरह के कई उल्लेखों ने मुझे पुस्तक ख़रीदने के लिए प्रेरित किया। तो इसमें खुद की कोई पहल शामिल नहीं थी।

हम जो भी करते हैं और जो भी फ़ैसला लेते हैं उसके बारे में विस्तार से नहीं बताना, अधिकांशतः एक अच्छी बात है। मेरे द्वारा कई पुस्तकों को ख़रीदने के फ़ैसलों की श्रंखला के पीछे कहीं न कहीं ऑटोपायलट मोड

था। ऑटोपायलट मोड हमें अपने जीवन की मांगों को पूरा करने में सक्षम बनाता है।

उदाहरण के लिए, कल्पना करें कि हर ईमेल का जवाब लिखने के लिए आपको एक नए वर्ड डॉक्यूमेंट की ज़रूरत हो। वहां से, आपको उसे कई बार फिर से पढ़ना होगा, उसे अपने किन्हीं ख़ास लोगों को सुधार करने के लिए भेजना होगा, और सुधार करने के लिए उसे एक या दो बार प्रिंट करना होगा, जिसके कई घंटों के बाद एक फ़ाइनल, ''अच्छा लगने वाला'' डॉक्यूमेंट तैयार होगा। यह किसी अति महत्त्वपूर्ण प्रोजेक्ट के लिए तो सही लग सकता है लेकिन हर ईमेल के लिए? कल्पना करें कि कैचअप ख़रीदने, कचरा फेंकने या दांत साफ़ करने के लिए इतनी मशक्क़त करनी पड़े तो?

ऑटोपायलट मोड हमें इस तरह की गतिविधियों में गाइड करता है। हमारे 40 फ़ीसदी से ज़्यादा काम हमारी आदतें होते हैं, जिसमें किसी सोच विचार या जानबूझकर करने की ज़रूरत नहीं होती। जब तक कि आप कोई पहुंचे हुए साधु नहीं हैं जो पूरे समय ध्यान में मग्न रहते हो, अपने जीवन के 100 फ़ीसदी काम जानते-बूझते यानी चैतन्य रूप से करना असंभव है।

लेकिन कुछ फ़ैसले जान-समझकर लेना ठीक होता है। उनमें से किसी एक पर हम अपना ध्यान कैसे केंद्रित कर सकते हैं।

हम आमतौर पर ऑटोपायलट मोड में अपने ध्यान को केंद्रित करते हैं। जब हम अपने बॉस का ईमेल प्राप्त करते हैं, तो उसका जवाब देने के लिए हम उस समय जो काम कर रहे होते हैं उसे बंद कर देते हैं। जब कोई ऑनलाइन हमारी तसवीर पोस्ट करता है, तो हम यह चेक करते हैं कि हम कैसे दिख रहे हैं, और फिर उस पोस्ट पर क्लिक करते हैं यह पढ़ने के लिए कि हमारे बारे में क्या लिखा गया है। जब हम किसी सहकर्मी या अपने प्रियजन के साथ बात करते हैं, तो हम स्वचालित रूप से अपने दिमाग़ में चालाकी से उन सभी जवाबों को तैयार कर लेते हैं जो हमें उन्हें देना है। (एक सबसे कम प्रशंसनीय कौशल : अपनी बात शुरू करने से पहले दूसरों को उनकी बात ख़त्म करने देना।)

यह एक सरल एक्सरसाइज़ है जिसमें बमुश्किल तीस सेकेंड लगेंगे। इस प्रश्न का एक ईमानदार उत्तर दें : पूरे दिन, आप कितनी बार यह तय करते हैं कि किस बात पर आपको फ़ोकस करना है? दूसरे शब्दों में, मोटे तौर पर आप अपना कितना समय जानबूझकर और इरादतन पहले से यह

तय करने में बिताते हैं कि आप क्या करना चाहते हैं और उसे कब करेंगे?

अधिकांश लोग अपने उत्तरों में बहुत निष्पक्ष नहीं होते। हम लोग व्यस्त जीवन जीते हैं, और अधिकतर हम कभी-कभार ही किसी चीज़ पर इरादतन फ़ोकस करने का चयन करते हैं-जब हम खुद को दिवास्वप्न देखते हुए पाते हैं, तो यह महसूस करते हैं कि हम हीलाहवाली कर रहे हैं, एक ही तरह के ढेरों ऐप या वेबसाइटों के जाल में उलझ रहे हैं, या अपने बच्चों की देखभाल करते समय ख़यालों में खोए रहते हैं।

ऑटोपायलट मोड से बाहर निकलने के बाद, हम विचार करते हैं कि हमें वास्तव में क्या करना चाहिए और इसके बजाय उस पर ध्यान केंद्रित करने के लिए अपने न्यूरॉन्स को फिर से व्यवस्थित करते हैं।

जबकि ऑटोपायलट मोड में जाने से हमें कार्य और जीवन की गति को बनाए रखने में मदद मिलती है, ध्यान हमारा सबसे सीमित और कमज़ोर संसाधन होता है। जितना अधिक हम इरादतन अपने ध्यान को मैनेज कर सकते हैं, हम उतने ही अधिक अधिक फ़ोकस्ड, प्रोडक्टिव और क्रिएटिव बनते हैं।

ऑटोपायलट मोड में एक दिन

जिस वातावरण में हम रहते और काम करते हैं, दुर्भाग्य से, हमारा ध्यान खींचने के उनका अपना एजेंडा होता हैं, वे हम पर अलर्ट, नोटिफ़िकेशन, बीप और बज़ की बमबारी करते हैं। व्यवधानों की यह लगातार बारिश हमें किसी भी एक चीज़ पर समुचित तरीक़े से ध्यान केंद्रित करने से रोकती है; आख़िरकार, कोई एक महत्त्वपूर्ण ईमेल ख़त्म होता नहीं है और फिर दूसरा मेल आ जाता है जो उतना ही महत्त्वपूर्ण होता है।

यदि आप अभी भी यहां बने हुए हैं, तो संभवतः आप फ़ोकस करने के मामले में किसी औसत व्यक्ति से बेहतर हैं। किसी पुस्तक को पढ़ने के लिए बेहतर फ़ोकस की आवश्यकता होती है-और चूंकि ध्यान एक दुर्लभ वस्तु है, तो बहुत कम लोग ही बगैर किसी व्यवधान के पुस्तक पढ़ने में सक्षम हो पाते हैं। लेकिन यह पूछना मायने रखता है : कि इस समय आप इस पैराग्राफ़ पर अपना कितना ध्यान दे पा रहे हैं? क्या आप इस पर 100 प्रतिशत फ़ोकस्ड हैं? 85 प्रतिशत? 50 प्रतिशत? समय के साथ आपके फ़ोकस का स्तर कितना बदलता है, ख़ासतौर पर तब जब आप किसी एक

माहौल से दूसरे माहौल में जाते हैं? कितनी जल्दी-जल्दी आपका मन इस पृष्ठ के शब्दों से आपके दिमाग़ में चल रहे दूसरे विचारों पर भटक जाता है-आंखें फ़ोकस से हटकर यहां-वहां भटकने लगती हैं जब तक कि आप खुद पर नियंत्रण करके वापस नहीं लौटते?* यहां तक कि सबसे अनुभवी, फ़ोकस्ड पाठकों को भी इस तरह के भटकाव का शिकार होना पड़ता है।

फ़ोकस करने में कठिनाई का सामना करना कोई असामान्य बात नहीं है। रोज़मर्रा के जीवन में भी ऐसे असंख्य उदाहरण हैं, जब हमारा चीज़ों पर बहुत ध्यान होता है। उदाहरण के लिए निम्नलिखित बातों को ले सकते हैं :

- जब हम रात को बिस्तर पर लेटते हैं तो किस प्रकार हमारा मस्तिष्क शांत और स्थिर होने से इनकार कर देता है। जबकि हमारे शरीर का अधिकांश हिस्सा सोना चाहता है, क्योंकि हमें सुबह उठकर फिर ढेरों काम करने हैं, लेकिन हमारा मस्तिष्क दिन भर की स्मृतियों को दोहराने में जुटा रहता है।
- किस प्रकार हमारा मस्तिष्क सबसे ख़राब समय पर असहज करने वाली स्मृतियों को दोहराता है। आख़िरकार ये विचार आते कहां से हैं?
- नहाने के दौरान भी शॉवर के नीचे हमारे दिमाग़ में विचारों का भटकाव चलता रहता है और कई अद्भुत आइडिया और आत्मिक ज्ञान की प्राप्ति भी हो जाती है, लेकिन जब हमें ऐसे किसी आइडिया या आत्मिक ज्ञान की सख़्त आवश्यकता होती है तब वो नहीं सूझते।
- हम किस प्रकार कई बार भूल जाते हैं कि आख़िर हम किचन या बेडरूम में क्यों आए थे। हम मूल इरादों पर अपनी पकड़ क्यों खो देते हैं?

---

* उत्सुकतापूर्वक, शोध दर्शाते हैं कि हमारी आंखें किसी पृष्ठ को अधिक धीरे स्कैन करती हैं जब हमारा मस्तिष्क भटकाव की स्थिति में होता है-हमारी आंखें और हमारा मस्तिष्क सख़्ती से आपस में जुड़े रहते हैं। इस बात से अवगत होना कि आपकी स्कैनिंग कब धीमी हो रही है, आपको इन मस्तिष्क भटकाव की घटनाओं को कम करने में मदद कर सकता है। टेक्नोलॉजी में आगे और विकास होने से टैबलेट और ई-रीडर्स हमारे इस मस्तिष्क-भटकाव को हमसे पहले ही पकड़ लेंगे।

- आख़िर क्यों जब हम किसी चीज़ पर फ़ोकस करना चाहते हैं लेकिन नहीं कर पाते-जैसे कि कोई रिपोर्ट तैयार करना। या फिर हम क्यों हीलाहवाली करते हैं और उत्पादक रूप से अपना समय ख़र्च करने के बजाय उन चीज़ों या बातों पर फ़ोकस करते हैं जो फ़ालतू हैं और बिलकुल भी उत्पादक नहीं है।
- आख़िर क्यों हम लोग बिस्तर में लेटने के बाद स्मार्टफ़ोन के उन्हीं गिने-चुने ऐप पर उलझे रहते हैं, बार-बार अपडेट चेक करते हैं, जब तक कि हम अपनी इस तंद्रा से बाहर नहीं निकलते। हम इंटरनेट पर भी इसी तरह के फ़ालतू चक्कर में उलझ सकते हैं-न्यूज बेवसाइटों, आईएम वार्तालाप और सोशल मीडिया के बीच स्विच करते रहते हैं।
- हम कैसे कुछ चीज़ों के बारे में चिंता करने से खुद को रोकने में सक्षम नहीं हो सकते, जब तक कि वे हल नहीं हो जाती हैं या शून्य में विलीन नहीं हो जातीं।

जैसे-जैसे आप *हायपरफ़ोकस* पढ़ेंगे और अधिक स्वेच्छा के साथ फ़ोकस करना सीखेंगे, तो ये कमियां ज़्यादा समझ आएंगी, और आप ये भी सीखेंगे कि इनसे कैसे बचा जाए।

चार प्रकार के कार्य

कई मायनों में, अपने ध्यान को प्रबंधित करना ऐसा ही होता है जैसे यह चुनना कि नेटफ़्लिक्स पर क्या देखा जाए। जब आप वेबसाइट खोलते हैं, तो आपके सामने मुखपृष्ठ आता है जिसमें उपलब्ध कार्यक्रमों में से कुछ के मुख्य अंश दिखते हैं। नेटफ़्लिक्स का होमपेज किसी ऐसे मुहाने की तरह है जिसके सामने एक- दो नहीं बल्कि सैकड़ों-हज़ारों रास्ते खुलते हैं। इनमें से कुछ का चयन करने से आपको ख़ुशी मिलती है, कुछ आपको विशुद्ध मनोरंजन प्रदान करते हैं, और कुछ आपको कुछ उपयोगी शिक्षा देते हैं।

इस बात का फ़ैसला करना कि अपने ध्यान को किस दिशा में मोड़ना है, उसी हज़ारों राहों वाले मुहाने पर खड़े होने के समान है-असंख्य बातों की ओर ले जाने वाले रास्ते, जिनमें से हम फ़ोकस करने का चयन कर

सकते हैं। अब आप इस पुस्तक में पूरी तरह डूब चुके हैं। लेकिन यदि आप इस पृष्ठ से ध्यान हटाकर यहां-वहां देखते हैं तो आपका ध्यान आकर्षित करने वाली कई चीज़ें दिखाई देंगी। उनमें से कई, दूसरों की तुलना में ज़्यादा सार्थक और उत्पादक भी हैं। संभवतः इस पुस्तक पर ध्यान केंद्रित करना अपने स्मार्टफ़ोन, सामने की दीवार या पृष्ठभूमि में बज रह संगीत पर ध्यान केंद्रित करने से ज़्यादा उत्पादक है। यदि आप अपने किसी मित्र के साथ नाश्ता कर रहे है, तो उसकी बातों पर ध्यान देना निश्चित रूप से ज़्यादा सार्थक है बनिस्बत कि पास चल रहे टीवी पर फुटबाल की हाइलाइट्स पर ध्यान देना।

जब आप उन चीज़ों की उन संभावित चीज़ों की गणना करते हैं जिन पर आप अपने बाहरी माहौल में फ़ोकस कर सकते हैं, तो आपके पास ढेर सारे विकल्प होते हैं। और इसमें आपके दिमाग़ में चल रहे विचार, आइडिया और स्मृतियों को तो गिना ही नहीं गया है।

यहीं पर ऑटोपायलट मोड में अपने ध्यान का प्रबंधन करने में समस्या आती है। आपके माहौल की अत्यावश्यक और उत्तेजक चीज़ें शायद ही कभी सबसे महत्त्वपूर्ण होती हैं। यही वज़ह है कि ऑटोपायलट मोड को बंद करना अत्यंत ज़रूरी है। अपने ध्यान को अपने चुने हुए सबसे महत्त्वपूर्ण कार्य या वस्तु पर केंद्रित करना-और फिर उस ध्यान को क़ायम रखना-सबसे परिणामी निर्णय होता है जो हम पूरे दिन लेते हैं। हम जिन चीज़ों पर ध्यान देते हैं, उन पर हमारा अस्तित्व निर्भर करता है।

हमारे फ़ोकस को बाध्य करने वाली सभी चीज़ों की सार्थकता के लिए, अपने कार्य को अलग-अलग श्रेणियों में बांटना काफ़ी मददग़ार साबित हो सकता है। मैं यहां पर अधिकांश चर्चा आपके कार्य से संबंधित फ़ोकस के बारे में करूंगा, लेकिन ये नियम आपके घरेलू जीवन पर भी उतने ही लागू होते हैं, जैसा कि पुस्तक के अगले कई खंडों में आप जान सकते हैं।

किस कार्य पर फ़ोकस करना है यह निर्धारित करने के लिए मुख्य रूप से दो मापदंड हैं : क्या वह कार्य उत्पादक है (आपको वह कार्य करने से काफ़ी कुछ हासिल होगा) और क्या वह कार्य आकर्षक है (करने में आनंददायक) या फिर अनाकर्षक (उबाऊ, निराशाजनक, कठिन इत्यादि) है।

कार्य के चार प्रकार

	अनाकर्षक	आकर्षक
उत्पादक	आवश्यक कार्य	उद्देश्यपूर्ण कार्य
अनुत्पादक	अनावश्यक कार्य	ध्यान बंटाने वाले कार्य

मैं अक्सर इस ग्रिड को संदर्भित करूंगा, तो जल्दी से कार्यों की इन चार श्रेणियों पर नज़र डालते हैं।

आवश्यक कार्य में वे कार्य शामिल हैं जो अनाकर्षक होने के बावजूद उत्पादक हैं। अपने तिमाही बजट को लेकर टीम मीटिंग्स और कॉल्स इसी के अंतर्गत आते हैं। हमें आमतौर पर इस तरह के कार्य करने के लिए खुद पर ज़ोर डालना पड़ता है।

अनावश्यक कार्य में वे कार्य शामिल होते हैं जो अनुत्पादक तो होते ही हैं, अनाकर्षक भी होते हैं–जैसे कि अपनी डेस्क के काग़ज़ों को या फिर अपने कंप्यूटर की फ़ाइलों को व्यवस्थित करना। आमतौर पर हम इन कामों से तब तक परेशान नहीं होते हैं जब तक हमें कोई और काम करने में देर नहीं हो रही है या फिर ऐसा काम करने में रुकावट आ रही है जो आवश्यक या उद्देश्यपूर्ण कार्य की श्रेणी में आता है। अनावश्यक काम करना हमें व्यस्त रखता है, लेकिन ऐसी व्यस्तता महज़ आलस का एक सक्रिय रूप ही है जहां पर वास्तव में कुछ सार्थक हासिल नहीं होता।

ध्यान भटकाने वाले कार्यों में वे काम शामिल होते हैं जो उत्तेजक और अनुत्पादक हैं और ये उत्पादकता के ब्लैक होल की तरह होते हैं। इसमें सोशल मीडिया, अधिकांश आईएम वार्तालाप, न्यूज़ वेबसाइट, दफ़्तर में सहकर्मियों के साथ बेकार की गपबाज़ी, और बेमतलब के अन्य सभी

काम शामिल हैं। ये गतिविधियां मज़ेदार हो सकती हैं, लेकिन आमतौर पर इन्हें संक्षिप्त ही होना चाहिए। जितना बेहतर आप अपने ध्यान का प्रबंधन करने लगेंगे, आपकी इस तरह की गतिविधियों का समय कम होता जाएगा।

चार्ट का बाक़ी हिस्सा उद्देश्यपूर्ण कार्य का है–उत्पादकता का महत्त्वपूर्ण हिस्सा। ये वे कार्य हैं जिन्हें करने के लिए हम धरती पर आए हैं; वे कार्य जिन्हें करते समय हमारी सबसे अधिक संलग्नता होती है; वे कार्य जो सबसे ज़्यादा प्रभावकारी हैं। इस श्रेणी के तहत गिने–चुने कार्य ही आते हैं–अधिकांश लोगों का सामना ऐसे तीन या चार कामों से ही होता है। इस श्रेणी के अच्छे कार्य करने के लिए आमतौर पर अधिक दिमाग़ी ताक़त की ज़रूरत होती है, और हम दूसरों की तुलना में इस तरह के कार्य करने में ज़्यादा माहिर होते हैं। किसी अभिनेता का सबसे उद्देश्यपूर्ण कार्य रिहर्सल और प्रदर्शन करना हो सकता है। किसी वित्तीय सलाहकार का उद्देश्यपूर्ण कार्य संभवतः निवेश, क्लायंट्स के साथ मुलाक़ात, और खुद को इंडस्ट्री के ट्रेंड्स के मुताबिक़ प्रशिक्षित करते रहना हो सकता है। किसी शोधकर्ता के सबसे महत्त्वपूर्ण कार्य में अध्ययन को डिज़ाइन करना और चलाने के अलावा शिक्षण और फ़ंडिंग के लिए लागू करना शामिल हो सकता है। मेरे सबसे महत्त्वपूर्ण कार्य पुस्तकें और आर्टिकल, ब्लॉग इत्यादि लिखना, नए विचारों की उपज के लिए शोध पढ़ना और भाषण देना हैं।

आपके व्यक्तिगत जीवन में आपके उद्देश्यपूर्ण कार्यों में अपने बच्चों के साथ समय बिताना, अतिरिक्त आय के लिए काम करना, या स्थानीय चैरिटी में स्वयंसेवा करना शामिल हो सकता है।

एक पूरी तरह उत्पादक व्यक्ति उपरोक्त चार्ट के केवल दो शीर्ष चतुर्थांशों पर फ़ोकस करेगा। हालांकि, यदि चीज़ें उतनी ही सरल होतीं, तो आपको इस पुस्तक की आवश्यकता ही नहीं होती। जैसा कि निश्चित रूप से आपने अनुभव किया होगा, कि आवश्यक और उद्देश्यपूर्ण कार्यों की सीमा के भीतर रहकर काम करना कहने में आसान है लेकिन करना उतना ही कठिन है। हर रोज़, उपरोक्त चारों चतुर्थांशों के कार्य हमारा ध्यान खींचने के लिए संघर्ष करते हैं। ऑटोपायलट पर काम करने का अर्थ है कि हमारी प्रवृत्ति अनावश्यक और ध्यान बंटाने वाले कार्यों में फंसने की अधिक है और अक्सर हम आवश्यक और उद्देश्यपूर्ण कार्य तभी करते हैं, जब उनकी डेडलाइन यानी समय सीमा समाप्त होने वाली हो।

मैंने कुछ दिलचस्प बातों पर ध्यान दिया है जैसा कि मैंने इस पुस्तक के शोध को अपने स्वयं के जीवन पर भी आज़माया है : जैसे-जैसे समय गुज़रता गया, मैंने ऑटोपायलट पर कम समय बिताना और अपने सबसे उद्देश्यपूर्ण और आवश्यक कार्यों पर ध्यान देना शुरू कर दिया। जैसे-जैसे आप भी अपने ध्यान का प्रबंधन अधिक स्वेच्छापूर्वक करने लगेंगे, मुझे लगता है कि आप भी अपने कार्यों को लेकर इस बात की सच्चाई से अवगत हो जाएंगे।

अपनी उत्पादकता बढ़ाने का एक त्वरित तरीक़ा आपको बताता हूँ। पीछे बताई गई ग्रिड की चार श्रेणियों के आधार पर अपने कार्यों को विभाजित करें। यह आसान प्रक्रिया आपको इस बात के बारे में जानकारी देगी कि आपके कार्यों में वास्तव में क्या सबसे महत्त्वपूर्ण है। चूंकि मैं आगे के पृष्ठों में भी बार-बार इस ग्रिड का ज़िक्र करूंगा, इसलिए यदि आप इस पुस्तक के माध्यम से सीखना चाहते हैं तो आपके लिए कार्यों का विभाजन करना फ़ायदेमंद होगा।

अध्याय

2

आपके ध्यान की सीमाएं

चयनात्मक रुचि के बग़ैर, अनुभव पूरी तरह अव्यवस्थित है।
—विलियम जेम्स

आपका फ़ोकस आपकी वास्तविकता को निर्धारित करता है।
—क्वि-गोन जिन, स्टार वार्स : एपिसोड I : द फ़ैंटम मैनियाक

आपके ध्यान की सीमा रेखाएं

यदि हमें एक अच्छा जीवन जीना है और कार्य पूर्ण करने हैं तो हमारा ध्यान सबसे शक्तिशाली साधन है, लेकिन फ़ोकस करने की हमारी क्षमता दो मुख्य तरीक़ों तक सीमित है।

पहला तो यह कि इस बात की एक सीमा है कि हम कितनी चीज़ों पर फ़ोकस कर सकते हैं। आप जितना सोच सकते हैं यह सीमा उससे भी छोटी है। यदि हम वास्तव में एक साथ कई कार्यों पर फ़ोकस कर सकते, तो हम एक ही समय में ढेर सारे काम कर सकते थे : पियानो बजाते समय किसी व्यक्ति का फ़ोन नंबर याद करना, दो लोगों के साथ बात करना, और अपने ईमेल या फ़ोन पर उत्तर देना। लेकिन वास्तविकता में हम, अधिक से अधिक, एक या दो चीज़ों को एक ही समय में अच्छी तरह कर सकते हैं।

हमारा वातावरण हर सेकेंड हमारे दिमाग़ को लगातार जानकारियों का प्रवाह भेजता रहता है। दृश्यों, ध्वनियों और अन्य जानकारियों के बारे में सोचें जो आपके पास इस समय आ रही हैं, और आप महसूस करेंगे

कि ऐसी असंख्य चीज़ें हैं जिन पर आप अपना ध्यान केंद्रित कर सकते हैं। वर्जीनिया यूनिवर्सिटी में साइकोलॉजी के प्रोफ़ेसर टिमोथी विल्सन, अनुमान लगाते हैं कि प्रत्येक सेकेंड में हमारा दिमाग़ संवेदी अनुभवों के रूप में एक करोड़ दस लाख "बिट्स" जानकारी प्राप्त करता है।

लेकिन इन एक करोड़ दस लाख बिट्स में से कितनी को हमारा दिमाग़ लगातार प्रोसेस कर सकता है और एक बार में उन पर फ़ोकस कर सकता है? इनमें से महज़ *चालीस।* जी हां, *चालीस* लाख या चालीस *हज़ार* नहीं केवल चालीस।

जब हम चुनते हैं कि किस पर फ़ोकस करना है, तो हम प्रभावी तरीक़े से एक आग की नली से चुस्की लेते हैं। उदाहरण के लिए, हमारी बातचीत, हमारी अधिकांश ध्यानाकर्षण वाली बिट्स का उपभोग करती है, यही वज़ह है कि हम एक साथ दो बातचीत नहीं कर सकते। जाने माने मनोवैज्ञानिक मिहली सीसिकज़ेंटमिहली के मुताबिक़, किसी बातचीत को *डिकोड* करने (ताकि हम उसे समझ सकें) में हमारे ध्यान का आधे से ज़्यादा हिस्सा ख़र्च हो जाता है। किसी व्यक्ति के शब्दों की व्याख्या करने के साथ ही, आपको उस व्यक्ति के कथन के पीछे का अर्थ भी समझना होगा। जब आप बातचीत करते हैं, आपकी बची हुई ध्यानकर्षण वाली बिट्स को हासिल करने के लिए अनगिनत अन्य बातें भी होती हैं : अगले दिन आपको क्या काम करना है, आपके दिमाग़ में चलने वाले अव्यवस्थित विचार, आपके साथी के पीछे लगा लैम्प, उसकी आवाज़ की लय, या फिर आप उसकी बात के जवाब में क्या कहने वाले हैं–लेकिन आप जो सुन रहे हैं उसका अर्थ निकालना आपके फ़ोकस का सबसे अच्छा उपयोग है।

दूसरा तरीक़ा जो हमारे ध्यान को सीमित करता है वह यह है कि किसी चीज़ पर फ़ोकस करने के *बाद,* हम अपनी शॉर्टटर्म मेमोरी यानी अल्पकालिक स्मृति में जानकारियों का छोटा-सा हिस्सा ही रख पाते हैं। अपने दिमाग़ में अस्थायी रूप से जानकारियों को स्टोर कर पाने की क्षमता व्यवहारिक रूप से एक सुपरपावर है, क्योंकि यह हमको इस बात को सोचने में सक्षम करता है कि हम इस समय क्या कर रहे हैं, चाहे इसमें समस्या समाधान के कार्य शामिल हैं (उदा. गणित हल करते समय अंकों का जोड़ घटाना), या भविष्य के लिए योजना बना रहे हैं (उदा. जिम में सबसे अच्छी एक्सरसाइज़ को क्रमबद्ध करना)। इस अस्थायी मानसिक स्क्रैचपैड के बग़ैर,

हम बग़ैर दिमाग़ लगाए अपने आसपास घट रही घटनाओं की प्रतिक्रिया करते रहेंगे।

हालांकि, जब अपनी अस्थायी स्मृति में जानकारियों को रखने की बात आती है, तो जिस जादुई संख्या के लिए हमारा दिमाग़ सक्षम है, वह सिकुड़कर चालीस से *चार* हो जाती है। नीचे दिए गए नामों को याद करने की कोशिश करें और फिर उन्हें बग़ैर देखे लिखें :

- एर्डिन
- रेयान
- लुइस
- केल्सिया
- ड्वाइट
- रिक
- लुसिंडा
- मार्टिन
- सिनिसा
- ब्राइस

जब लोगों से कहा गया कि इनमें से जो नाम उन्हें याद हैं उनको लिखें, तो कुछ लोग केवल तीन नाम याद करने में सफल रहे, जबकि कुछ लोग पांच, छह और सात तक भी नाम याद रख सके। हालांकि, नाम याद रखने की औसत संख्या चार है।

इस संदर्भ में चार की संख्या जानकारी के अनूठे *हिस्से* को बताती है। उदाहरण के लिए, यदि आप नामों की इस सूची में से कुछ के साथ संबंध जोड़ सकें – जैसे कि यदि आप कल्पना करें कुछ मित्रों की जिनके नाम इस सूची के नामों से मिलते-जुलते हैं- तो आप उन्हें अधिक गहराई से प्रोसेस कर पाएंगे और कुछ ज़्यादा नाम याद रख पाएंगे। मेरे मामले में मैं सभी दस नाम याद रख सकता हूँ और इसके बाद भी गुंज़ाइश बाक़ी रहती है। हालांकि, मैं कोई सुपरजीनियस नहीं हूँ –इस सूची को बनाने के लिए मैंने उन दस लोगों के नाम चुने हैं जिन्हें इस सप्ताह मैंने सबसे ज़्यादा ईमेल भेजे हैं, जिसकी वज़ह से मुझे आसानी से इनके नाम अपनी स्मृति में रखने में मदद मिली।

हमारे जीवन का तानाबाना आमतौर पर इस तथ्य के आसपास बुना होता है कि हम अपनी शॉर्टटर्म मेमोरी में अधिक से अधिक जानकारियों के सात हिस्से रखने में समर्थ होते हैं। हम मानसिक रूप से क्रमबद्ध इकाइयों में किस प्रकार डेटा को व्यवस्थित करते हैं, इसका प्रमाण देखने के

लिए आपको अपने आसपास की दुनिया से दूर जाने की ज़रूरत नहीं है। नंबर दो से शुरुआत करें–पॉप संस्कृति में ऐसे अनगिनत उदाहरण हैं जो जोड़ी की ताक़त बताते हैं। हम आसानी से एक साथ दो चीज़ों को अपनी स्मृति में रख सकते हैं, तो यह महज़ एक संयोग नहीं है कि दो का संयोजन हर जगह पाया जाता है। बैटमैन और रॉबिन जैसी डायनामिक जोड़ी से लेकर बर्ट और एनरिक या फिर कैल्विन और हॉब्स तक। नंबर तीन भी हमारे ध्यानाकर्षण के स्थान में आसानी से फ़िट हो जाता है : हम ओलिंपिक स्पर्धाओं में तीन अवार्ड देते हैं और "गोल्डीलॉक्स और तीन भालू," "तीन अंधे चूहे," "तीन छोटे सुअर।" यह सूची काफ़ी लंबी है : हम इन कहानियों को तीन भाग में बांटते हैं (आरंभ, मध्य और अंत) और कहावतें भी हैं जैसे कि "अच्छी चीज़ें तिकड़ी में आती हैं," "सेलेब्रिटीज तिकड़ी में मरते हैं," और "तीसरी बार का आकर्षण।" हम आइडियाज़ का चार (चार मौसम), पांच (पांच "प्रेम की भाषाएं"), छह (पांसे के छह आयाम) और सात (सप्ताह के सातदिन, सात समंदर और दुनिया के सात आश्चर्य) का समूह भी बनाते हैं। यहां तक कि अधिकांश फ़ोन नंबर भी इस ध्यानाकर्षण की सीमा में आसानी से फ़िट होते हैं : तीन नंबरों का एक सेट (या फिर चार यदि आप यूनाइडेट किंगडम में हैं), जिसके बाद अन्य चार अंक आते हैं, जिसकी वज़ह से

हम इस तरह चीज़ों का 'समूह' या 'ढेर बनाने' के कॉन्सेप्ट का उपयोग दिन भर में कितनी ही व्यवहारिक चीज़ों को याद रखने के लिए कर सकते हैं। आज सुबह मैं ग्रॉसरी की ख़रीदारी करते समय एक ऑडियोबुक सुन रहा था–जोकि एक साथ करने के लिए काफ़ी कठिन काम है। मुझे तीन चीज़ें ख़रीदनी थीं : धनिया, स्प्रेड और बिस्किट्स। जब मैं स्टोर में गया, तो मैंने तीनों आइटमों की लोकेशन के साथ एक त्रिकोण बनाया। अपनी ग्रॉसरी की लिस्ट को याद करने के लिए संघर्ष करने के बजाय, मैं त्रिकोण पर चलने में सक्षम था। तीनों सामग्रियों वाला कोई भोजन याद करने से भी काम चल जाता और यह भी काफ़ी आसान आइडिया हो सकता था।

डायल करते समय पूरे नंबर आसानी से दिमाग़ में आ जाते हैं। आपको सात से बड़े समूहों के आम उदाहरण की तलाश करने के लिए थोड़ी ज़्यादा मशक्कत करनी होगी।

अपने ध्यानाकर्षण स्थान को जानें

"ध्यानाकर्षण स्थान" शब्द का उपयोग मैंने उस मानसिक क्षमता को बताने के लिए किया है, जो हमारे पास एक पल में किन्हीं चीज़ों को प्रोसेस करने के लिए उपलब्ध है। हमारा ध्यानाकर्षण स्थान वह है जिसके प्रति हम किसी भी समय जागरूक रहते हैं–यह हमारे मन का स्क्रैचपैड या क्लिपबोर्ड है जिसका उपयोग हम अस्थायी रूप से जानकारियों को स्टोर करने के लिए करते हैं जब उन्हें प्रोसेस किया जाता है।

ध्यानाकर्षण स्थान हमें एक साथ और जल्दबाज़ी में भी, जानकारियों को रखने, उनमें हेरफेर करने और उन्हें आपस में जोड़ने में मदद् करता है। जब हम यह चुनते हैं कि किस पर ध्यान देना है, तो वह जानकारी हमारी शॉर्टटर्म मेमोरी में जगह घेर लेती है, और हमारा ध्यानाकर्षण स्थान यह सुनिश्चित करता है कि उसे सक्रिय रखा जाए ताकि हम उस पर काम करना जारी रख सकें। एक साथ, हमारा फ़ोकस और ध्यानाकर्षण स्थान हमारे अधिकांश चैतन्य अनुभव के लिए ज़िम्मेदार होते हैं। यदि आपका दिमाग़ कोई कंप्यूटर होता, तो आपका ध्यानाकर्षण स्थान उसका रैम होता (तकनीकी रूप से कहें तो शोधकर्ता इस स्थान को हमारी "कार्यकारी स्मृति" कहते हैं, और इस स्थान का आकार हमारी "कार्यकारी स्मृति क्षमता" कहलाता है)।*

---

* अधिक रैम वाला कोई कंप्यूटर या फ़ोन ज़्यादा तेज़ चल सकता है क्योंकि उसमें ज़्यादा मेमोरी होती है। हालांकि निश्चित रूप से ज़्यादा रैम आपकी बैटरी लाइफ़ पर असर डालती है–ख़ासतौर पर फ़ोन में। यही वज़ह है कि स्मार्टफ़ोन निर्माता ऐपल ने अपने आईफ़ोन में ज़्यादा रैम जोड़ना बंद कर दिया है। चूंकि किसी कंप्यूटर पर रैम (रैंडम एक्सेस मेमोरी) हमेशा एक्टिव रहती है, और लगातार इससे जानकारियों का प्रवाह होता रहता है, तो यह गतिविधि काफ़ी ज़्यादा ऊर्जा लेती है। हमारे ध्यानाकर्षण स्थान के सीमित होने की भी संभवतः यही वज़ह हो सकती है। कुछ वैज्ञानिक तर्क देते हैं कि, किसी जानकारी को एक साथ सक्रिय रखने के लिए–हमारे दिमाग़ को कितना सक्रिय रहने की आवश्यकता है–और इसे कितनी ऊर्जा की खपत करने की आवश्यकता है, इस वज़ह से, हो सकता है कि बड़ा ध्यानाकर्षण स्थान रखने वालों के रूप में विकसित होना हमारे लिए "जैविक रूप से काफ़ी महंगा" साबित हो।

हम *हायपरफ़ोकस* में ध्यानाकर्षण स्थान के बारे में काफ़ी गहराई से चर्चा करेंगे। यह देखते हुए कि यह स्थान काफ़ी छोटा है और एक बार में बहुत थोड़ी चीज़ें ही इसमें समा सकती हैं, यह काफ़ी ज़रूरी है कि हम इसका प्रबंधन अच्छे से करें। यहां तक कि जब हम दिवास्वप्न देखते हैं और किसी ख़ास चीज़ पर फ़ोकस नहीं कर रहे होते हैं, तब भी हम अपने ध्यानाकर्षण स्थान को भरते हैं। जब हम अपनी किसी बातचीत पर फ़ोकस करते हैं, तो वह बातचीत हमारी पूरे ध्यानाकर्षण स्थान को घेर लेती है (कम से कम तब तो ज़रूर ही, जब बातचीत दिलचस्प होती है)। डिनर पकाते वक्त वीडियोस्ट्रीम करना, इन दोनों को ही हमारे ध्यानाकर्षण स्थान में समेट देता है। जब हम अपनी लॉन्गटर्म मेमोरी में से किसी याद या तथ्य को वापस याद करते हैं (जैसे किसी मित्र का जन्मदिन या किसी गाने का नाम), तो जब हमें ज़रूरत होती है तो यह जानकारी अस्थायी रूप से हमारे ध्यानाकर्षण स्थान में लोड हो जाती है।

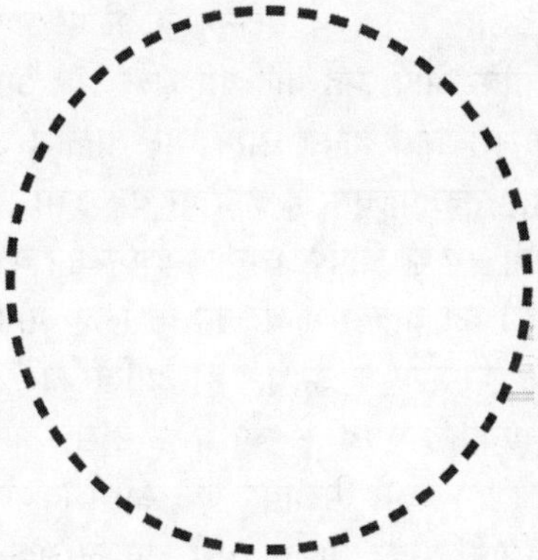

ध्यानाकर्षण स्थान

इसके अलावा, पिछले 25 लाख वर्षों में, हमारे दैनिक कार्य उतने जटिल नहीं थे जितना ज्ञान और दिमाग़ वाला काम हम आज करते हैं। हमारा दिमाग़ अपनी ज़रूरत के हिसाब से पर्याप्त ऊर्जा की खपत करता है। जबकि यह हमारे शरीर के वज़न का मात्र 2-3 प्रतिशत ही होता है, लेकिन हमारे द्वारा ग्रहण की गई कैलोरी का 20 फ़ीसदी इसमें खप जाता है। तो हमारे दिमाग़ की क्षमता सीमित होने की वज़ह से हमारी ऊर्जा की बचत होती है और हमारे जीवित बने रहने की संभावनाएं बढ़ जाती हैं।

यह स्थान उन सभी चीज़ों को समाहित करता है जिनसे आप अवगत हैं–यह आपका संपूर्ण चैतन्य जगत है।

मुझे पढ़ना–और वह विज्ञान जो अध्ययन करता है कि ध्यानाकर्षण स्थान को यह कैसे भरता है–बहुत ही आकर्षक लगते हैं। यदि आप इस पृष्ठ के शब्दों पर वाक़ई ध्यान दे रहे हैं, तो आपके पास दूसरे किन्हीं कामों के लिए बिलकुल भी ध्यानाकर्षण स्थान नहीं बचा होगा। जैसे कि आपके पास लिखने और ड्राइव करने दोनों के लिए पर्याप्त ध्यानाकर्षण स्थान नहीं होता, आप पढ़ते समय लिख नहीं सकते–इन दोनों की कामों को आपके ध्यानाकर्षण स्थान में फ़िट होने के लिए अलग–अलग ढेर सारी जगह की आवश्यकता होती है। हद से हद आप कॉफ़ी पीते हुए पुस्तक पढ़ सकते हैं, लेकिन यदि आप पुस्तक में बहुत अधिक डूब गए तो कॉफ़ी ठंडी होने की भी संभावना है–यह भी हो सकता है कि दोनों काम एक साथ करने के फेर में आप पुस्तक पर कॉफ़ी छलका लें।

जब आप पढ़ते हैं तो अवधारणात्मक जानकारी के कच्चे टुकड़ों को तथ्यों, कहानियों, और सबक़ में बदलने के लिए आपका दिमाग़ कड़ी मेहनत करता है ताकि आप उन्हें याद कर सकें और आत्मसात कर सकें। पुस्तक के पृष्ठ से परावर्तित होकर आने वाले प्रकाश आपकी आंखों के ज़रिए आपके दिमाग़ तक पहुंचता है जहां पर वह उनमें से शब्दों को बनाता है। ये शब्द अस्थायी रूप से आपके ध्यानाकर्षण स्थान को भर देते हैं। इसके बाद आप उन शब्दों को वाक्यों में बदलने के लिए आपस में जोड़ना शुरू करते हैं–यही वाक्य निर्माण का आधार है। आख़िरकार, अपने ध्यानाकर्षण स्थान का उपयोग एक स्क्रैचपैड के रूप में करने से, आपका दिमाग़ शब्दों के *इस संयोजन* को आपस में मिलाकर एक संपूर्ण विचार में परिवर्तित कर देता है जिसमें से आप उसका सार्थक अर्थ निकाल सकते हैं।

वाक्यों की संरचना इस प्रक्रिया को प्रभावित कर सकती है और हमारे पढ़ने की गति तेज़ या धीमी हो सकती है। ठीक उसी प्रकार जैसे कि दुनिया में अधिकांश डेटा समूह सात से अधिक सेट के संयोजन में नहीं हैं, वैसे ही प्रत्येक पुस्तक पाठक के प्रतिबंधित ध्यानाकर्षण स्थान को घेरने के लिए बनाई जाती है। वाक्यों की एक निश्चित लंबाई होती है और उन्हें कॉमा, सेमिकोलन और डैश के माध्यम से विभक्त किया जाता है। एक अध्ययन के मुताबिक़, किसी वाक्य के अंत की अवधि वह बिंदु है जहां पर हमारा

ध्यानाकर्षण स्थान "लोड होना बंद हो जाता है, और उस क्षण तक उसमें जो भी मौजूद होता है, एक तरह से संक्षिप्त स्वरूप में शॉर्ट-टर्म मेमोरी में स्टोर हो जाते हैं।"

आप जो भी पढ़ रहे हैं या कर रहे हैं, आपका ध्यान लगातार उसके साथ तारतम्य बैठाता रहता है। एक दिलचस्प उदाहरण है : जिस दिशा में आपका ध्यान जाता है उसी के अनुसार आप पलकें भी झपकाते हैं। आप सामान्य रूप से एक मिनट में पंद्रह से बीस बार पलक झपकाते हैं, लेकिन ऐसा अपने ध्यान के स्वाभाविक अंतराल के दौरान भी करते हैं- जैसे कि पढ़ने के दौरान किसी वाक्य के ख़त्म होने पर, या जब आप किसी से बात कर रहे हैं तो बोलने के बीच में रुकने पर, या किसी वीडियो को देखने के दौरान सीन ख़त्म होने पर। पलक झपकने की यह लय ताल स्वचालित होती है-आपको बस बस अपने पढ़ने पर ध्यान केंद्रित करना है, और आपके दिमाग़ का ध्यानाकर्षण स्थान बाक़ी का काम खुद कर लेता है।

आपके ध्यानाकर्षण स्थान में क्या भर रहा है?

चलिए इसकी एक त्वरित जांच करते हैं। इस समय आपके ध्यानाकर्षण स्थान में क्या भर रहा है? दूसरे शब्दों में, आपके मन में इस समय क्या चल रहा है?

क्या इस पुस्तक और इसके बारे में आपके विचारों ने आपके ध्यानाकर्षण स्थान का 100 फ़ीसदी हिस्सा घेर रखा है? यदि ऐसा है, तो आपकी प्रक्रिया बेहतर से थोड़ी अधिक तेज़ है। क्या आपके ध्यान का एक तिहाई हिस्सा बगल में रखे स्मार्टफ़ोन ने खींच रखा है? क्या आपके मस्तिष्क का एक भाग इस बात की योजना बना रहा है कि इस अध्याय के समाप्त होने के बाद आप क्या करेंगे या फिर किसी चिंता की वज़ह से आपका मन विचलित है? क्या ये चिंताएं और डर अर्थहीन हैं और बेमतलब पैदा हो रही हैं?

अपनी मानसिक दृष्टि को इस बात पर निर्देशित करना कि आपके ध्यानाकर्षण स्थान पर किसने क़ब्ज़ा कर रखा है, एक बेकार का प्रयास हो सकता है, क्योंकि हम बमुश्किल ही इस बात को नोटिस करते हैं कि किस बात ने हमारा ध्यान खींच रखा है लेकिन अपना अधिकांश समय

अपने अनुभव में पूरी तरह डूबने में बिताते हैं। इस प्रक्रिया के लिए एक नाम है : मेटा अवेयरनेस। इस बात से जागरूक रहना कि आप क्या सोच रहे हैं, अपने ध्यान का प्रबंधन करने का एक सर्वोत्तम तरीक़ा है। जितना अधिक आप नोटिस करेंगे कि आपके ध्यानाकर्षण स्थान पर कौन क़ब्ज़ा कर रहा है, उतनी ही तेज़ी के साथ आप पता लगा लेंगे कि कब आपका मन-मस्तिष्क भटकने लगा है, जोकि वह उल्लेखनीय रूप से *47 फ़ीसदी* समय करता है।

चाहे आप ईमेल लिख रहे हों, किसी कॉन्फ्रेंस कॉल में भाग ले रहे हों, टीवी देख रहे हों, या परिवार के साथ डिनर कर रहे हों, आप अनिवार्य रूप से अपने समय और ध्यान का आधा हिस्सा उस पर ख़र्च कर रहे हैं जो आपके सामने नहीं है, या तो अतीत में खोए हुए हैं या भविष्य के गुणा-भाग में जुटे हैं। यह समय और ध्यान की बहुत अधिक बर्बादी है। जबकि अपने मन-मस्तिष्क को बिखरने देने के काफ़ी मायने हैं, लेकिन अधिकांश समय हम वर्तमान पर फ़ोकस करके बेहतर करते हैं।

वास्तव में यही अनिवार्य रूप से माइंडफुलनेस या सचेतन अवस्था है – इस बात को नोटिस करना कि आपके मन-मस्तिष्क में क्या भरा हुआ है : किसी भी समय में आप क्या सोच रहे हैं, महसूस कर रहे हैं, और समझ रहे हैं। माइंडफुलनेस इसमें एक और आयाम जोड़ती है : आप जो सोच रहे हैं उसका आकलन नहीं करके। जब आप इस बात से अवगत हो जाते हैं कि आपके मन-मस्तिष्क पर फ़िलहाल किस सोच ने क़ब्ज़ा किया है, तो आप महसूस करते हैं कि इसमें कुछ मूर्खतापूर्ण विचार भी हो सकते हैं, जो सब सही नहीं हैं – जैसे कि नकारात्मक आत्मालाप (खुद से बातचीत) जो कई बार आपके दिमाग़ में जड़ें जमा लेते हैं। हर किसी का मन-मस्तिष्क किसी न किसी स्तर पर यह करता है, तो आपको इस पर बहुत अधिक चिंता करने अपने सारे विचारों को गंभीरता से लेने की आवश्यकता नहीं है। जैसा कि मेरे पसंदीदा लेखकों में शुमार, डेविड केन कहते हैं, ''सभी विचार गंभीरता से लिया जाना चाहते हैं, लेकिन कुछ ही ऐसा अधिकार रखते हैं।''

बस इस बात को *नोटिस* करना कि हमारे ध्यानाकर्षण स्थान पर कौन क़ब्ज़ा कर रहा है, हमें अधिक उत्पादक बना सकता है। एक अध्ययन में प्रतिभागियों से एक जासूसी उपन्यास पढ़ने और किसी अपराध की गुत्थी को सुलझाने के लिए कहा गया। इसमें उन पाठकों की आपस में तुलना की गई जिनका मन बग़ैर जाने भटकता है और जो मन के भटकाव को लेकर सजग हैं। गुत्थी सुलझाने की दर उन लोगों के समूह में अधिक रही जो अपने मन के भटकाव से अवगत थे। हम हर उस काम में बेहतर प्रदर्शन करते हैं जिसमें हम जानते हैं कि हमारा मन कहां भटक रहा है।

यदि आप इस बात पर ध्यान देते हैं कि आपके मन में क्या चल रहा है–जोकि एक मिनट से ज़्यादा करना काफ़ी कठिन होता है–आप नोटिस करेंगे कि आपके ध्यानाकर्षण स्थान की सामग्रियों में निरंतर बदलाव हो रहा है। आप समझ जाएंगे कि यह वास्तव में एक स्क्रेचपैड है, जिसमें विचार, कार्य, बातचीत, परियोजनाएं, दिवास्वप्न, कॉन्फ्रेंस कॉल और ध्यान देने की अन्य बातें गुज़र रही हैं। आप यह भी पाएंगे कि आपके मूड के अनुसार आपका ध्यानाकर्षण स्थान विस्तारित और संकुचित होता रहता है। ध्यान देने योग्य बातें इस स्थान से उतनी ही तेज़ी से विलुप्त हो जाती हैं जितनी तेज़ी से वे आई थीं–आमतौर पर आपको इसका पता भी नहीं लगता। इसके प्रदान की जाने वाली तमाम शक्ति के लिए, आपके ध्यानाकर्षण स्थान की सामग्री सीमित है; इसकी स्मृति औसतन दस सेकेंड तक ही चलती है।

ऐसे काम जिनकी अच्छी जोड़ी बनती है

तो ध्यानाकर्षण स्थान में सहजतापूर्वक क्या फ़िट हो सकता है?

अपनी जटिलता के आधार पर अलग-अलग कार्यों को ध्यानाकर्षण स्थान में स्थान की अलग-अलग मात्रा की आवश्यकता होती है। कोई सार्थक बातचीत (आम बातचीत के विपरीत) पूरी, नहीं तो ज़्यादा से ज़्यादा जगह तो घेरती ही है। उदाहरण के लिए, जब आप किसी बातचीत के दौरान अपना फ़ोन टेबल पर छोड़ देते हैं, तो आप इनकमिंग मैसेज की संभावना से विचलित होने के लिए बाध्य होंगे।

सभी कार्यों को इतने ज़्यादा ध्यानाकर्षण स्थान की आवश्यकता नहीं होती। हमारे जीवन और कार्यों में दो तरह के काम होते हैं : आदतें, जिन्हें

बहुत ज़्यादा विचार की आवश्यकता नहीं होती और इनके लिए बहुत कम ध्यानाकर्षण स्थान लगता है, और जटिल कार्य, जिन्हें समर्पित फ़ोकस के साथ ही अच्छे से किया जा सकता है। कई विशेषज्ञ तर्क देते हैं कि हम मल्टीटास्किंग नहीं कर सकते, जोकि कई बार उन कामों के लिए सही होता है जिन्हें सही तरीक़े से करने के लिए फ़ोकस की आवश्यकता होती है और जो ध्यानाकर्षण स्थान में काफ़ी जगह घेरते हैं। लेकिन आदतों के लिए यह बात सही नहीं है–बल्कि अभ्यास और आदत के साथ हम *आश्चर्यजनक रूप से* मल्टीटास्किंग करने में समर्थ होते हैं। यद्यपि, हम एक साथ दो बातचीत करने में सक्षम नहीं हो सकते, लेकिन हम ऑडियो बुक सुनते हुए, चलना, सांस लेना और चुइंगगम चबाने जैसे काम एक साथ कर सकते हैं–अंतिम कार्य वह है जो आसानी से उस जगह को घेरेगा जो हमारे ध्यान से बची हुई है।

नाख़ून काटना, कपड़े धोना, पढ़ी हुई ईमेल को आर्काइव करना, और सब्ज़ियां या किराना ख़रीदना जैसे आदतन कामों के लिए जटिल कामों जितने ध्यान की आवश्यकता नहीं होती। इससे अपने कामों की गुणवत्ता से समझौता किए बग़ैर आपके लिए मल्टीटास्किंग करना संभव हो पाता है। हर रविवार को मैं अपने व्यक्तिगत, अपेक्षाकृत रटे-रटाए "रखरखाव के कामों" को करना पसंद करता हूँ–वे कार्य जो मुझे मैं बनाए रखने में मदद करते हैं, जैसे कि खाना पकाना, नाख़ून काटना, और घर की साफ़-सफ़ाई करना–और इन कामों को नियत समय में पॉडकास्ट या ऑडियोबुक सुनते हुए करना। यह आसानी से मेरे पसंदीदा साप्ताहिक कामों में से एक है। उदाहरण के लिए, यही काम आप अपने रोज़ाना के सफ़र (कार, बस या ट्रेन) में कर सकते हैं : यदि आप उस दैनिक, घंटे भर की यात्रा के दौरान कोई ऑडियोबुक सुनते हैं, तो आप आदतन कार्यों की वज़ह से मुक्त हुए ध्यान का उपयोग करते हुए हर सप्ताह एक अतिरिक्त पुस्तक पढ़ सकते हैं।

आदतों के लिए बहुत थोड़े ध्यानाकर्षण स्थान की आवश्यकता होती है, क्योंकि जब हम उन्हें करने लगते हैं तो उनके लिए बहुत थोड़े विचार लगते हैं। एक संज्ञानात्मकतंत्रिका विज्ञानी के रूप में स्टेनिसलास देहेने, *कन्सियसनेस ऐंड द ब्रेन* के लेखक, ने मुझसे कहा था, "यदि आप पियानो बजाने, कपड़े पहनने, शेविंग करने या डिनर करने जैसी चिर-परिचित दिनचर्या के बारे में सोचते हैं, तो ये इतनी स्वचालित हैं कि ये किसी भी चैतन्य विचार को बाधित करती नज़र नहीं आतीं।" उन्होंने कहा कि जबकि

इस तरह की आदतों को एक स्तर तक शुरुआती *चेतना* की आवश्यकता हो सकती है, लेकिन एक बार जब हम आदत को शुरू कर देते हैं, तो बाक़ी की प्रक्रिया अपने आप पूरी हो जाती है। हमें कभी-कभी चैतन्य निर्णय लेने की आवश्यकता हो सकती है-जैसे कि जब हम कपड़े पहन रहे हैं और हमारा उस दिन पहनी जाने वाली पोशाक धुलने में है-लेकिन इस व्यवधान के बाद हम बगैर ज़्यादा सोचे-विचारे वापस अपनी बाक़ी आदतों पर उसी क्रमानुसार जा सकते हैं। देहेने मानते हैं कि यह प्रक्रिया दिमाग़ में "संभावित रूप से अनुक्रम-संबंधी गतिविधि द्वारा संचालित" होती है। जब हम एक साथ एक से अधिक आदतन काम करने का प्रयास करते हैं, तब दिमाग़ मस्तिष्क के अग्र भाग की बाहरी परत (प्रीफ़्रंटल कोर्टेक्स) - जोकि दिमाग़ का तार्किक केंद्र है- से रक्त के प्रवाह को- बेसल गैंग्लिया, जोकि हमें दैनिक दिनचर्या में आदतन होने वाले क्रमबद्ध कामों को करने में मदद करती है- तक प्रवाहित करके सहायता कर सकता है।

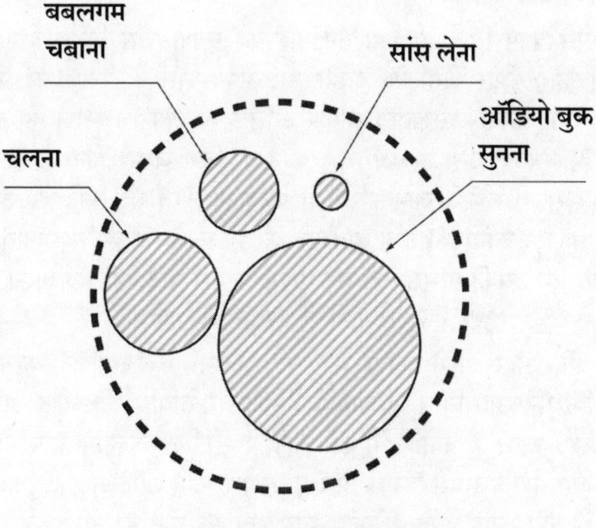

आदतों के साथ मल्टीटास्किंग

हमारा ध्यानाकर्षण स्थान तब और अधिक प्रोसेस कर सकता है, जब हम असंबद्ध कार्यों में संलग्न होते हैं। उदाहरण के लिए फ़ोन पर बात करते

हुए धोने के कपड़े निकालकर अलग रखने का काम। इन गतिविधियों में कई अलग-अलग इंद्रियां जुड़ती हैं- धोने के कपड़े अलग करने के लिए हमारी संज्ञानात्मक और दृश्यात्मक इंद्रियां यानी जिनमें हमारी मांसपेशियों और आंखों की आवश्यकता होती है; जबकि फ़ोन पर बात करने में हमारी श्रवण इंद्रियां काम करती हैं। चूंकि हम इनकी प्रोसेसिंग के लिए अपने दिमाग़ के अलग-अलग हिस्सों का उपयोग करते हैं, तो ये काम एक ही मानसिक संसाधन के लिए आपस में टकराव नहीं करते। इसमें ध्यानाकर्षण स्थान के लिए भी एक महत्त्वपूर्ण बिंदु है-एक ही समय में कई सारे आदतन काम करने से आपका ध्यानाकर्षण स्थान भी ओवरलोड हो जाता है। ख़ासतौर पर तब जबकि आप जो काम कर रहे हैं वह पूरी तरह स्वचालित नहीं है और उसमें निरंतर मानसिक दख़ल की आवश्यकता होती रहती है।

अंततः तर्क यह है कि : आदतन काम जो हम अपने ध्यानाकर्षण स्थान में फ़िट कर सकते हैं, उनकी संख्या कोई मांग रखने वाले कामों से काफ़ी अधिक होती है।

ऐसे काम जिन्हें हम आदतन *नहीं* कर सकते-जैसे कि कोई पुस्तक पढ़ना, कोई गंभीर वार्तालाप करना, या अपने बॉस के लिए कोई प्रोग्रेस रिपोर्ट तैयार करना-उल्लेखनीय रूप से अधिक ध्यानाकर्षण स्थान की खपत करते हैं, क्योंकि उन्हें अच्छी तरह करने के लिए ज़रूरी होता है कि हम लगातार सजग रूप से जानकारियों में फेरबदल करते रहें। यदि हम अपनी अन्य आदतन कामों की तरह बातचीत को भी करने की कोशिश करेंगे, तो संभवतः हम उसकी प्रोसेस नहीं कर पाएंगे या उसे याद नहीं रख पाएंगे और खुद को ''हां, डियर'' जैसे बयानों से पीछे हटते पाएंगे।

यदि आप अपने कामों को चार श्रेणियों में विभाजित करते हैं, जैसा कि मैंने अध्याय 1 में बताया है-जिस गतिविधि की बहुत अधिक सिफ़ारिश करता हूँ क्योंकि मैं इसे बाद में संदर्भित करूंगा-आप नोटिस करेंगे कि आपके सबसे ज़रूरी और उद्देश्यपूर्ण काम आदतन नहीं किए जा सकते।* यही वज़ह है कि ये काम इतने उत्पादक होते हैं। आप इन्हें करके कुछ ज़्यादा हासिल करते हैं क्योंकि उनमें फ़ोकस और दिमाग़ी ताक़त की

---

* यदि आप आदतन अपना कोई सबसे उत्पादक काम कर सकते हैं, तो यह संकेत है कि संभवतः आपको उन्हें किसी और को सौंप देना चाहिए, उन्हें पूरी तरह समाप्त कर देना चाहिए, या उन पर कम समय और ध्यान ख़र्च करने का सजग प्रयास करें।

आवश्यकता होती है और वे विशिष्ट कौशलों का लाभ उठाते हैं। कोई भी व्यक्ति आदतन, आसान और बग़ैर दिमाग़ लगाने वाले काम कर सकता है। बहुत सारी वज़हों में से यह भी एक वज़ह है कि ध्यान भटकाने वाले काम महंगे पड़ते हैं : जबकि ये आकर्षक और उत्तेजना जगाने वाले होते हैं (दिन भर के ऑफ़िस के काम से थकने के बाद किसी दोस्त के साथ डिनर पर जाने के बजाय नेटफ़्लिक्स पर पसंदीदा प्रोग्राम देखने के बारे में सोचें), वे आपके सबसे उत्पादक काम का क़ीमती हिस्सा चुरा लेते हैं।

अपने सबसे उत्पादक काम में समय ख़र्च करने का अर्थ है कि सामान्य रूप से हमारे पास बहुत थोड़ा ध्यान दूसरी बातों के लिए रह पाता है-बशर्ते कि वह बचा हो।

आदतन किए जाने वाले कामों के विपरीत, हम एक ही बार में अपने ध्यानाकर्षण स्थान में दो जटिल गतिविधियों को फ़िट करने में असमर्थ होते हैं। याद रखें, हम केवल जानकारी के चालीस बिट्स पर ही फ़ोकस कर सकते हैं, और एक जटिल काम के लिए इनमें से अधिकांश बिट्स की आवश्यकता होती है-और इस सीमा से ऊपर, हम एक बार में केवल इतना ही प्रोसेस कर सकते हैं।

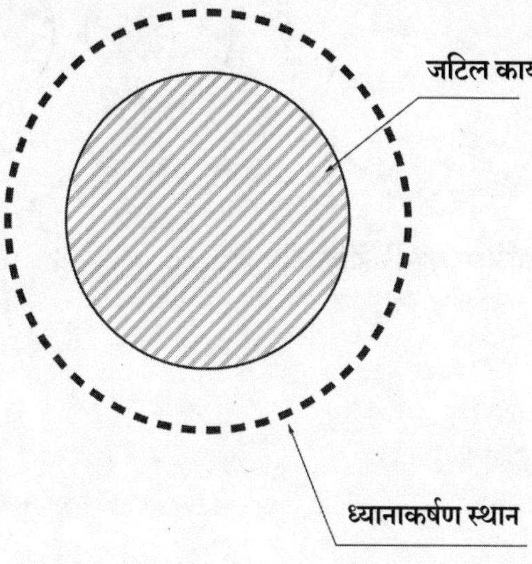

चूंकि बहुत साधारण रूप से जटिल काम में भी हमारे अधिकांश ध्यान की खपत हो जाती है, हम *सर्वोत्तम रूप से* किसी जटिल काम के साथ कोई आदतन काम जोड़ने में सक्षम हैं।

इसका अनुमान लगाने का कोई आसान तरीक़ा नहीं है कि कोई काम कितने ध्यानाकर्षण स्थान की खपत करेगा–उदाहरण के लिए यदि आप एक्सपर्ट हैं तो ड्राइविंग के लिए बहुत अधिक स्थान नहीं लगेगा जबकि ड्राइविंग सीखने वाले को अधिक ध्यानाकर्षण स्थान की आवश्यकता होगी। जब आप किसी दिए गए कार्य के अनुभवी होते हैं तो आप जल्दबाज़ी में भी जानकारियों को आपस में समायोजित करने में बेहतर सक्षम होते हैं, जिससे आपको दूसरी चीज़ों पर फ़ोकस करने की अधिक आज़ादी मिलती है।

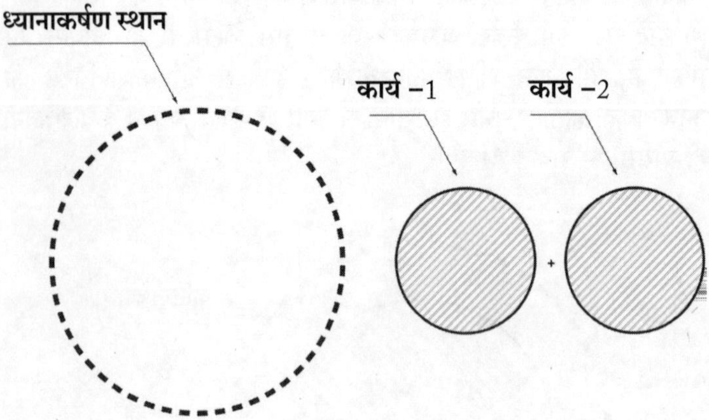

जब मल्टीटास्किंग काम नहीं करती

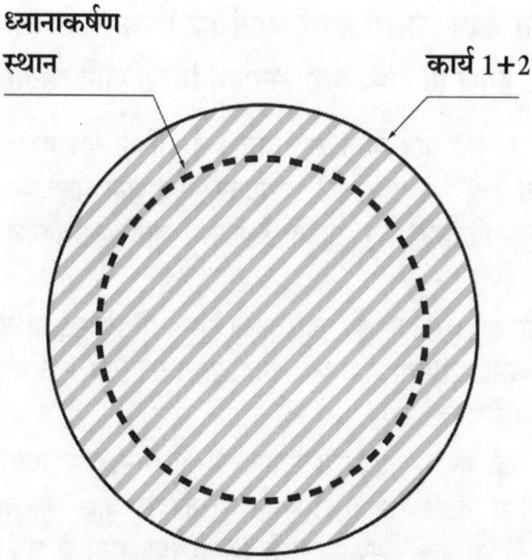

जब मल्टीटास्किंग काम नहीं करती

दूसरा वेरिएबल आपके ध्यानाकर्षण स्थान का वास्तविक आकार है-एक ऐसी माप जो हर किसी के लिए अलग-अलग होती है। संक्षेप में, आमतौर पर कामों के तीन संयोजन होते हैं, जो आपके ध्यानाकर्षण स्थान में आसानी से फ़िट हो जाते हैं।

1. एक छोटा, आदतन किया जाने वाला काम

हम दौड़ते समय सांस लेने, अपनी दिल की गति पर ध्यान देने और संगीत सुनने में सक्षम होते हैं-सभी एक ही समय पर। जैसा कि पहले उल्लेख किया गया है, इन आदतों का आरंभ करने के लिए ध्यान की आवश्यकता होती है, और फिर एक और ध्यान बढ़ाने की आवश्यकता तब होती है जब हमें ट्रैक पर बने रहने के लिए दख़ल देना होता है (या, यदि हम संगीत सुन रहे हैं तो ट्रैक *बदलने* के लिए)।

2. एक ऐसा काम जिसमें हमारे सर्वाधिक फ़ोकस की आवश्यकता होती है, साथ ही साथ एक आदतन किया जाने वाला काम

हमारा ध्यानाकर्षण स्थान बहुत शक्तिशाली है लेकिन यह बहुत ही सीमित भी है। हद से हद, हम एक छोटे, आदतन किए जाने वाले काम के साथ ही एक अन्य गतिविधि कर सकते हैं जिसमें हमारे अधिकांश ध्यान की आवश्यकता होती है।

दो उदाहरण : मेंटेनेंस के काम करते समय पॉडकास्ट या ऑडियोबुक सुनना, या किसी ऑडियो बुक को सुनते समय फ़ोन पर एक सरल दोहराव वाला वीडियो गेम खेलना।

अपने बचे हुए ध्यानाकर्षण स्थान को आदतन, कम दिमाग़ी उपयोग वाले काम से भरना अक्सर बाक़ी ध्यान का उपयोग करने का बहुत अच्छा तरीक़ा नहीं है, तो जब संभव हो, इसे किनारे तक भरने से बचें।

3. एक जटिल कार्य

आपके सर्वाधिक उत्पादक कार्य–वे जो आपको उन पर समर्पित किए गए हर एक मिनट में उल्लेखनीय रूप से कुछ अधिक हासिल करने में सक्षम बनाते हैं–इस श्रेणी के अंतर्गत आते हैं। जितना अधिक समय और ध्यान आप इन कामों पर ख़र्च करेंगे, आप उतने ही अधिक उत्पादक बनेंगे।

जटिल कामों द्वारा उपभोग किया जाने वाले ध्यानाकर्षण स्थान की मात्रा समय के साथ बदलती रहती है। उदाहरण के लिए, अपने बॉस के साथ कोई चर्चा करते समय, आपका ध्यानाकर्षण स्थान बातचीत की सामग्री के साथ मेल खाने के लिए लयात्मक रूप से फैल और सिकुड़ सकता है, जिससे आपके मन को भटकने और जटिल होने पर बातचीत पर फ़ोकस करने दोनों की अनुमति मिलती है। उदाहरण के लिए टीम मीटिंग में आप, एक निष्क्रिय दर्शक होने से लेकर प्रोग्रेस अपडेट के लिए बुलाए जाने वाले बन सकते हैं।

जटिल कामों के दौरान साझा करने के लिए कुछ ध्यानाकर्षण स्थान होना आपको दो चीज़ें करने देता है :

यह कार्य को पूरा करने के लिए सर्वोत्तम प्रयास को प्रदर्शित करने की जगह छोड़ देता है, ताकि आप स्मार्ट तरीक़े से काम कर सकें और

ऑटोपायलट मोड से बचें। जगह ख़ाली रखने से आपको वे आइडिया आएंगे जो तब नहीं आते यदि आप अपने ध्यान को किनारे तक भर लेते- जैसे कि वह अहसास कि आप जो प्रस्तुति देने जा रहे हैं, उसका परिचय देने के बजाय सीधे मुद्दे की बात पर आ जाएं।

कुछ जगह ख़ाली छोड़ देने से आपको इस बात की अधिक सजगता के साथ काम करने मिलता है कि आपको पहले-पहल अपना ध्यान कहां निर्देशित करना चाहिए। इसका अर्थ है कि अंत में जब आपका मन भटकता है तो आप बेहतर तरीक़े से रीफ़ोकस कर सकते हैं।

उसी समय, आपके पास थोड़ा ध्यानाकर्षण स्थान और साझा करने के लिए होता है यदि वह काम अचानक अधिक जटिल हो जाता है।

ध्यान ओवरलोड

ध्यानाकर्षण स्थान में सही मात्रा में और सही प्रकार के कामों को फ़िट करना एक कला और उत्पादकता में निवेश दोनों ही है। अपने ध्यान को ओवरलोड करने के दुष्परिणाम गंभीर हो सकते हैं।

क्या कभी भी ऐसा हुआ है कि आप अपने किचन या लिविंग रूम में गए और आपको अहसास हुआ कि आप भूल गए हैं कि आप वहां क्यों गए हैं? आप ध्यान ओवरलोड के जाल में फंस गए हैं। आपने अपने ध्यानाकर्षण स्थान में बहुत सारी चीज़ों को भरने का प्रयास किया है- पृष्ठभूमि में चल रहा टीवी शो, बेमतलब के विचार, और आईएमडीबी पेज जो आपने अभी पढ़ा है-और आपके मूल इरादे के लिए पर्याप्त स्थान नहीं बचा है। इस मामले में, आपका उद्देश्य आपके पार्टनर द्वारा डाइनिंग टेबल पर छोड़ी गई किराने के सामान की लिस्ट लेना था।

यही बात तब होती है जब काम की समस्याओं का बोध आपके दिमाग़ पर रहता है जब आप ऑफ़िस से घर की तरफ़ ड्राइव करते हैं। इस स्थिति में, आपका मन (मस्तिष्क) और भी ज़्यादा फुल होगा : रेडियो पर चल रहे टॉक शो की बातों पर ध्यान देते हुए काम पर उस दिन क्या हुआ इस बात का चिंतन करते हुए गाड़ी ड्राइव करने के कई काम करना जो मुख्य रूप से ऑटोपायलट मोड पर होते हैं। यदि आपने रास्ते से ब्रेड ख़रीदने की योजना बनाई है, तो इस बात की संभावना है कि आपके पास छोटे, सरल

इरादे के लिए भी पर्याप्त जगह नहीं होगी। आप भरे हुए घर आते हैं, और अब सुबह ही जब आप ब्रेड रखने की दराज खोलेंगे तो आपको पिछले दिन का काम याद आएगा।

हमें जितना संभव हो सके इरादे के साथ काम करना होगा–यह ख़ासतौर पर तब सही होता है जब हमारे पास तयशुदा समय के भीतर ज़्यादा काम करने के लिए होते हैं। इरादा हमें कामों की प्राथमिकता तय करने में सक्षम करता है ताकि हम अपने ध्यानाकर्षण स्थान को ओवरलोड नहीं कर लें। ऐसा करने से हमें अधिक शांत भी महसूस होता है : वैसे ही जैसा आपके द्वारा अधिक खा लेने के बाद असहज महसूस करते हैं, अपने ध्यानाकर्षण स्थान को बहुत सारी चीज़ों से भर लेना आपको अस्थिर महसूस करवा सकता है।

किसी भी एक समय, आपके ध्यानाकर्षण स्थान में अधिकतम दो प्रमुख चीज़ें होनी चाहिए जिनकी आप प्रोसेसिंग कर रहे हैं : आपका जो करने का इरादा है और जो आप वर्तमान में कर रहे हैं। ये सौ फ़ीसदी समय होना संभव नहीं है, ख़ासतौर पर जब आप किसी काम में डूब जाते हैं, लेकिन अपने इरादे को लेकर सजग होने पर, आप इस बात को लेकर आश्वस्त हो सकते हैं कि किस काम में आप डूबे हुए हैं और कौन–सा काम वास्तव में करने का इरादा रखते हैं।

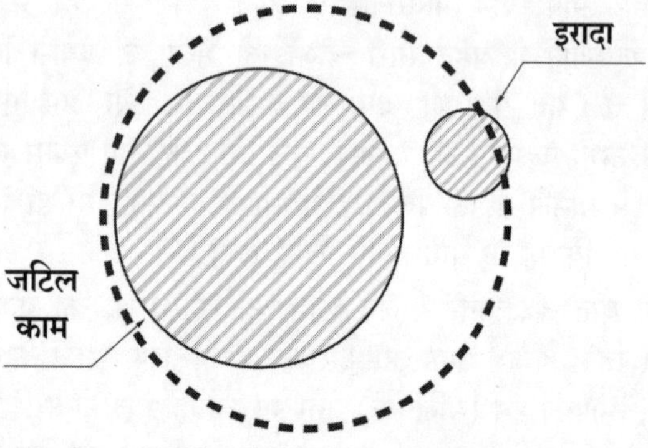

इरादे के साथ काम करना

यदि आप खुद को किसी महत्त्वपूर्ण काम को ऑटोपायलट मोड में करता हुआ पाते हैं, तो इस बात की संभावना है कि आप अपने ध्यानाकर्षण स्थान

में बहुत सारी चीज़ों को भरने की कोशिश कर रहे हैं। वापस होकर अपने ध्यान को जानबूझकर व्यवस्थित नहीं करके, आप उसे ओवरफ़्लो होने देते हैं। कुछ परिचित उदाहरण :

- शॉपिंग करते समय अपने शिशु का ख़याल रखना।
- चलते समय टेक्स्ट मैसेजिंग करने का प्रयास। आज ही सुबह मैंने एक व्यक्ति को खंबे से टकराते हुए देखा, क्योंकि वह ये दोनों काम एक साथ करने की कोशिश कर रहा था।
- किसी मूवी, टीवी शो, या ऑडियो बुक को रिवाइंड करना, क्योंकि कोई आपसे बात कर रहा है या बस आपका ध्यान उचट गया था।
- किसी रेसिपी में बेकिंग पाउडर के बजाय बेकिंग सोडा डालना, क्योंकि आपका ध्यान कहीं और या टीवी देखने में था।
- पेट में दर्द होने की वज़ह से थिएटर से निकल जाना, क्योंकि आपके पास इस बात को नोटिस करने के लिए पर्याप्त ध्यान नहीं बचा था कि आपने बहुत सारे पॉपकॉर्न खा लिए हैं।
- ग्रॉसरी स्टोर की चेकआउट बेल्ट पर डिवाइडर रखना भूल जाना, जैसे कि आज सुबह मेरे आगे खड़ी महिला पत्रिका पढ़ने में व्यस्त होने की वज़ह से ऐसा नहीं कर पाई।

संभवतः आपने इसी तरह के कई पलों का अनुभव किया होगा। कुछ को अनदेखा करना मुश्किल है, क्योंकि ज़िंदगी अक्सर हमारे सामने कुछ अप्रत्याशित सरप्राइज़ पेश करती है। लेकिन कई को दरकिनार करना संभव है, और यह नोटिस करना भी कि आप भरा हुआ महसूस कर रहे हैं एक अच्छा संकेत है कि आपको यह जांच लेना चाहिए कि आपके ध्यानाकर्षण स्थान पर किसने क़ब्ज़ा कर रखा है। इस बात की संभावना है कि आप उसमें एक बार में बहुत सारी चीज़ें भरने का प्रयास कर रहे हों।

इस ओवरलोड से बचने का सर्वोत्तम तरीक़ा यह है कि आप अपने ध्यानाकर्षण स्थान में किसी बात को आने देने के लिए बहुत ही चयनात्मक हो जाएं। घर की ओर ड्राइव करते समय, रेडियो बंद कर दें, जिससे आपको दिन भर की बातों को प्रोसेस करने में मदद मिलेगी साथ ही ब्रेड ख़रीदने का अपना इरादा भी याद आ जाएगा। घर पर, टीवी शो को पॉज़ या म्यूट कर

दें, ताकि आप अपने दिमाग़ मे उस शो की प्रोसेसिंग होने से रोक सकें और याद कर सकें कि आपको दूसरे कमरे में रखा परचा उठाना है। इस तरह से छोटे बदलाव करके आप अपने इरादे पर ज़्यादा ध्यान दे पाएंगे।

अपने ध्यानाकर्षण स्थान को सरल बनाने से हमें दिन भर में काम करने और इरादतन जीने के लिए पर्याप्त जगह मिल जाती है। इससे हमें उन कामों पर अधिक समय देने मिलता है जो उस समय महत्त्वपूर्ण और सार्थक हैं। आपके ध्यानाकर्षण स्थान की स्थिति आपके जीवन की स्थिति को निर्धारित करती है। जब आपका ध्यानाकर्षण स्थान भर जाता है, तो, आप भी भरा हुआ महसूस करते हैं। जब आपका ध्यानाकर्षण स्थान ख़ाली होता है, तो आप भी हल्का महसूस करते हैं। आप अपने ध्यानाकर्षण स्थान को जितना साफ़-सुथरा और व्यवस्थित रखेंगे, उतना ही स्पष्ट आप सोच पाएंगे।

त्वरित जांच का समय – इस समय आपके ध्यानाकर्षण स्थान पर कौन क़ब्ज़ा कर रहा है?आपके मन में जो भी है उसका हिसाब लगाएं। यदि आप पाते हैं कि आपका ध्यानाकर्षण स्थान काफ़ी भर चुका है, तो उसके भीतर जो है उसको व्यवस्थित करें, या तो इन चीज़ों की लिखकर सूची बना लें ताकि आप इनसे बाद में निपट सकें या अपने हाथ की पुस्तक पर दोबारा फ़ोकस करें।

हम फ़िलहाल जिस पर फ़ोकस कर रहे हैं उसे व्यवस्थित या सरल बनाना सहज बुद्धि के विपरीत लग सकता है : जब हमारे पास करने के लिए बहुत कुछ होता है, तो हमारा प्राकृतिक आवेग यथासंभव ध्यान केंद्रित करता है। इसके संयोजन का तथ्य यह है कि हमारे दिमाग़ का प्रीफ्रंटल कॉरटेक्स–यानी दिमाग़ का बड़ा हिस्सा जो हमें योजना बनाने, तार्किक रूप से सोचने और काम पूरा करने देता है–उसमें एक अंतर्निहित ''नवीनता के प्रति पूर्वाग्रह'' होता है। जब भी हम दो कामों के बीच स्विच करते हैं, वह हमें डोपामाइन का पुरस्कार देता है–जो एक अद्भुत रसायन होता है जो हमारे दिमाग़ में तब प्रवाहित होता है, जब भी हम लालच के साथ मीडियम साइज पिज़्ज़ा खाते हैं, कोई शानदार उपलब्धि हासिल करते हैं, या काम के बाद एकाध ड्रिंक लेते हैं। आपने नोटिस किया होगा कि जब आप टीवी देखने बैठते हैं तो सहज रूप से अपना टैबलेट उठा लेते हैं, काम के दौरान

आप अपना ईमेल खोलने से खुद को रोक नहीं पाते, या जब आपका फ़ोन आपके बगल में रखा होता है तो आप अधिक उत्तेजित महसूस करते हैं। लगातार नई उत्तेजना की तलाश करना हमें अधिक उत्पादक महसूस कराता है–आख़िरकार हर पल में हम कुछ अधिक कर रहे हैं। लेकिन एक बार फिर, चूंकि हम बहुत व्यस्त हैं तो इसका अर्थ यह नहीं है कि हम बहुत अधिक निपुण हो रहे हैं।

वैलनेस जुड़ी लगभग हर पुस्तक में एक अनिवार्य खंड होता है जिसमें चर्चा की जाती है कि किस प्रकार दिमाग़ अपनी आदिम अवस्था में है और हमें उन आवेगों से ऊपर उठना सीखना होगा जो इसे ऊपर उठाते हैं। यह पुस्तक भी कोई अपवाद नहीं है। एक दुर्भाग्यपूर्ण सत्य यह है कि दिमाग़ ज्ञानपूर्ण कार्य करने के लिए नहीं बना है–इसकी संरचना अस्तित्व बचाए रखने और प्रजनन के हिसाब से है। हम डोपामाइन बढ़ाने वाली चीज़ों की लालसा करने के लिए विकसित हुए हैं, जो उन आदतों और व्यवहारों को मज़बूत करती हैं जिन्होंने ऐतिहासिक रूप से हमारे जीवित रहने की संभावनाओं में वृद्धि की है।

हमारा दिमाग़ सेक्स के बाद पैदा होने के इनाम के रूप में डोपामाइन का एक डोज प्रदान करता है। ऐसा ही वह तब करता है जब हम चीनी खाते हैं, जोकि ऊर्जादायक है और हमें कम भोजन के साथ भी लंबी अवधि तक जीने में सक्षम बनाती है, जोकि हमारे विकास के आरंभिक काल में काफ़ी उपयोगी थी, जब स्थितियां आज की तुलना में इतनी भरपूर नहीं थीं।

हमारा दिमाग़ अपने ध्यान का ख़राब प्रबंधन करने के लिए भी इनाम देता है, क्योंकि हमारे शुरुआती पूर्वजों के लिए, वातावरण में नए ख़तरों की तलाश करना जीवित रहने की संभावना बढ़ा देता था। आग बुझाने पर गहराई से ध्यान केंद्रित करने के बजाय कि किसी शिकारी बाघ के प्रति सतर्कता बरतते हुए, आदिम इनसान अपने आसपास के संभावित ख़तरों का लगातार पता लगाते रहते थे। यदि इससे उन्हें आग को संभालने में थोड़ा कम कुशलता हासिल हुई, लेकिन वे दूसरा दिन देखने के लिए (और दूसरी आग जला पाने के लिए) जीवित बचे रहे।

आज सबसे नज़दीकी बाघ चिड़ियाघर में हैं, और जिस नवीनता के प्रति पूर्वाग्रह ने कभी हमें फ़ायदा पहुंचाया था वह अब हमारे ख़िलाफ़ ही सक्रिय रूप से काम करता है। हमारे पास जो डिवाइस हैं–हमारा टीवी,

टैबलेट, कंप्यूटर, और स्मार्टफ़ोन सहित–हम जिन पर फ़ोकस कर सकते हैं उन अन्य उत्पादक और सार्थक चीज़ों की तुलना में अधिक उत्तेजक हैं, और इसलिए चिंता करने के लिए कम शिकारी होने की वज़ह से, हम स्वाभाविक रूप से अपने इलेक्ट्रॉनिक गैजेट्स पर ध्यान केंद्रित कर सकते हैं।

विषय पर कई बरसों के शोध के बाद, मैंने पाया कि "उत्पादकता" एक लोडेड शब्दावली बन गई है। जो आमतौर पर ऐसी स्थिति का संकेत देता है जो कोल्ड, कॉरपोरेट, और दक्षता पर अधिक फ़ोकस करती है। मैं एक अलग (और दोस्ताना) परिभाषा को पसंद करता हूँ : उत्पादकता का अर्थ वह हासिल करना है जिसका हमने इरादा किया है। यदि आज हमारी योजना तीन हज़ार शब्द लिखने, अपनी लीडरशिप टीम के साथ एक प्रस्तुतिकरण देने, और अपने ईमेल चेक करने की हो, और हम ये सभी सफलतापूर्वक पूरा कर लेते हैं, तो हम पूरी तरह उत्पादक हैं। इसी प्रकार, यदि हमारा इरादा दिन भर आराम करने का है और दिन भर कुछ नहीं करने का अपना इरादा पूरा कर पाते हैं, तो फिर से हम पूरी तरह उत्पादक हैं। व्यस्त रहना ही हमें उत्पादक नहीं बनाता। इस बात से कोई फ़र्क़ नहीं पड़ता कि हम कितने व्यस्त हैं अगर हमारी व्यस्तता हमें किसी महत्त्वपूर्ण काम या चीज़ को पूरा करने या हासिल करने की ओर नहीं ले जाती। उत्पादकता का अर्थ अपने दिन में बहुत सारी चीज़ों को शामिल करना नहीं बल्कि हर पल में *सही काम* करना है।

लागत बढ़ जाती है

यह कहना महज़ दोहराव ही है कि मल्टीटास्किंग में कुछ भी ग़लत नहीं है। मल्टीटास्किंग करना पूरी तरह संभव है, ख़ासतौर पर तब जब हमारे काम और जीवन में आदतन किए जाने वाले कामों की बात आती है। लेकिन अपना ध्यान बंटाने और मल्टीटास्किंग करने में अंतर करना बहुत महत्त्वपूर्ण है। मल्टीटास्किंग का अर्थ लगातार एक बार में एक से अधिक चीज़ों पर फ़ोकस करना है। अपना ध्यान बंटाना अपने ध्यानाकर्षण की स्पॉटलाइट (या अपने ध्यानाकर्षण स्थान) को यहां–वहां सरकाना है। पूरे दिन ध्यान को शिफ़्ट करते रहना ज़रूरी है; यदि हम किसी एक चीज़ पर ही पूरे दिन फ़ोकस रखेंगे, तो चाहे वह कितनी भी महत्त्वपूर्ण हो, संभवतः वह कोई सार्थक काम नहीं होगा। वहीं, बहुत ज़्यादा शिफ़्टिंग भी ख़तरनाक हो सकती

है, ख़ासतौर पर तब जब हमारे आसपास बहुत सारी नई चीज़ें और विचलन हैं, जिन्हें हमारा दिमाग़ संभाल पाने में असमर्थ है।

ऑटोपायलट मोड में जाना ध्यान ओवरफ़्लो का सबसे बड़ा नुक़सान है, साथ ही कुछ और नुक़सान भी हैं। शुरुआत करने वालों के लिए, अपने ध्यानाकर्षण स्थान को ओवरफ़्लो होने देने से आपकी मेमोरी प्रभावित होती है। आपने नोटिस किया होगा कि जब आप अपने फ़ोन को बगल में रखकर कोई मूवी या टीवी पर प्रोग्राम देखते हैं, तो आपने जो देखा उसे कम याद रख सकते हैं। बल्कि, मैंने यह भी नोटिस किया है कि यदि मैंने अपने जीवन में अधिक डिवाइस को स्थान दे रखा है, तो आमतौर पर मुझे कम याद रहता है। तकनीक ने हमारे हर पल में अपने ध्यान को किनारे तक भरने के लिए लुभाने की गति बढ़ा दी है। इसकी वज़ह से हम कम याद रख पाते हैं, क्योंकि ऐसा तभी होता है जब हम किसी चीज़ पर ध्यान देते हैं और हमारा दिमाग़ सक्रिय रूप से उसे हमारी मेमोरी में दर्ज़ कर लेता है।*

जब हम अपने ध्यानाकर्षण स्थान में ढेर सारे कामों को उछलकूद करने देते हैं, तो हम अपने सबसे महत्त्वपूर्ण कामों के विवरण को नोटिस करना और याद रखने में विफल हो जाते हैं। जब हम मल्टीटास्किंग करते हैं, तो हम अपने कामों को *अपने दिमाग़ के एकदम अलग हिस्से में प्रोसेस करते हैं।*

उदाहरण के तौर पर पढ़ाई करने को ही लें। जैसा कि स्टेनफ़ोर्ड यूनिवर्सिटी के साइकोलॉजी के प्रोफ़ेसर रसेल पोल्ड्रैक ने मुझे बताया था, "जब हम मल्टीटास्किंग करते हुए सीखते हैं, तो हम बेसल गैंग्लिया पर अधिक निर्भर होते हैं, यह दिमाग़ की एक प्रणाली होती है जो कौशल और आदतें सीखने में शामिल होती है।" हालांकि, "जब हम जानकारी को अधिक फ़ोकस्ड अवस्था में एनकोड करते (समझते) हैं, तो हम दिमाग़ के हिपोकैम्पस पर अधिक निर्भर होते हैं–जो दरअसल हमें जानकारी को स्टोर करने और वापस याद करने में मदद करता है।"

हमारे समय का क्या उपयोग यदि वह यादें नहीं बनाए–बातों, भोजन, छुट्टियों और अन्य अनुभवों की? जब हम किसी एक चीज़ पर गहराई

* यही वज़ह है कि आपको जानबूझकर उन कामों पर ज़्यादा ध्यान देना चाहिए जिन्हें आप हाल ही में भूल गए हैं–उदाहरण के लिए ओवन बंद करना। अध्ययन इसी लिए काम करता है : जानकारियों पर कई बार ध्यान देकर, आपकी उन्हें याद रखने की संभावना बढ़ जाती है।

से फ़ोकस करने में विफल होते हैं, तो हम हम जो कर रहे हैं केवल उसकी "हाइलाइट्स" यानी मुख्य बातों पर ही फ़ोकस करते हैं, इसके परिणामस्वरूप, बाद में भूल जाते हैं कि हमने अपना समय कैसे बिताया था। अपने ध्यान को ओवरफ़्लो होने देने से हमारे काम कम सार्थक हो जाते हैं, क्योंकि हमें याद नहीं रहता कि शुरुआत में हमने अपना समय कैसे बिताया था। लंबे समय में इससे हमारी उत्पादकता भी प्रभावित होती है : हम और अधिक ग़लतियां करते हैं, क्योंकि हमने पहली बार ग़लती करते समय सीखे गए सबक़ को अच्छी तरह समझा नहीं था। साथ ही हम कम ज्ञान हासिल करते हैं, जिसकी वजह से, जब हम जीवन यापन के लिए कोई ज्ञानवर्धक काम करते हैं, तो लंबे समय के दौरान हम पीछे रह जाते हैं।

अपना ध्यान लगातार एक चीज़ से दूसरी और फिर तीसरी में शिफ़्ट करना ना केवल मेमोरी निर्मित करने से रोकता है, बल्कि हमारी उत्पादकता को भी कम करता है। शोध बताते हैं कि जितनी ज़्यादा बार हम अपने ध्यान को किनारे तक भर लेंगे, उतना ही ज़्यादा समय हमें एक काम से दूसरे काम के बीच स्विच करने में लगेगा, और उतना ही हम जल्दबाज़ी में अपनी अप्रासंगिक जानकारियों को फ़िल्टर कर पाने में कम सक्षम होंगे, और दो कामों के बीच स्विच करने की अपनी इच्छा को दबाने में कमज़ोर हो जाएंगे।

जैसा कि मैंने पहले भी अध्याय 0 में उल्लेख किया है, जब हम किसी कंप्यूटर के सामने काम करते हैं–एक ऐसी डिवाइस जो फ़ोकस करने के लिए ढेर सारी नई चीज़ों से भरी हुई है–औसत रूप से, हम बिना बाधित या विचलित हुए (या दूसरे शब्दों में खुद को खुद ही बाधित करना), लगातार महज़ चालीस सेकेंड तक ही काम कर सकते हैं।

यह आंकड़ा और भी चिंताजनक हो जाता है, जब आपका ध्यान इस तथ्य की तरफ़ जाता है कि आपका फ़ोन आपकी बगल में रखा है और

बाधित भी कर रहा है। कहने की आवश्यकता नहीं है, हमारा सर्वोत्तम काम इस चालीस सेकेंड की सीमा के बाद होता है–लगभग हर महत्त्वपूर्ण काम को अच्छे से करने के लिए *चालीस सेकेंड* से अधिक के फ़ोकस्ड ध्यान की आवश्यकता होती है।*

लगातार खुद को बाधित करने के कारण स्पष्ट रूप से उत्पादकता में बाधक बनने के अलावा, हम अपना ध्यान भी शिफ़्ट करने में अच्छे नहीं होते हैं। तब भी, जब हमारा ध्यानाकर्षण स्थान तुलनात्मक रूप से साफ़ होता है और केवल एक काम पर केंद्रित होता है, एक काम से दूसरे काम में तुरंत स्विच करने की गहन

मैंने इस पुस्तक में आगे एक पूरा अध्याय इन बाधाओं और विचलनों से निपटने के बारे में समर्पित किया है, लेकिन यहां पर एक त्वरित सुझाव देता हूँ : अपनी उत्पादकता के लिए जो आप सर्वोत्तम कर सकते हैं उसमें से एक है अपने फ़ोन का सेटिंग्स ऐप चालू करें और प्रत्येक ऐप की नोटिफ़िकेशन सेटिंग्स में स्क्रॉल करें। उन सभी ऐप की नोटिफ़िकेशन बंद कर दें जो आपके लिए ज़रूरी नहीं हैं। यही काम अपने कंप्यूटर और टैबलेट में भी करें, यदि आपको लगता है कि इन डिवाइस का उपयोग करने से आपका ध्यान भंग होता है। कौन-सी बाधाएं वास्तव में महत्त्वपूर्ण हैं, और कौन-सी बाधाएं आपको इस चालीस सेकेंड की सीमा से आगे बढ़ने से रोक रही हैं? इनमें से अधिकांश इसके लायक़ नहीं हैं–यही वज़ह है कि मैंने अपने फ़ोन से ईमेल को पूरी तरह हटा दिया है।

* एक और अध्ययन में देखा गया कि कैसे पचास लोग अलग-अलग कामों के बीच स्विच करते हैं और दस सबसे ज़्यादा और सबसे कम विचलित होने वाले प्रतिभागियों का परीक्षण किया गया। सबसे ज़्यादा विचलित होने वाले मल्टीटास्कर्स ने हर उन्तीस सेकेंड में दो कामों के बीच स्विच किया, और सबसे कम विचलित होने वाले प्रतिभागियों ने दो कामों के बीच हर पचहत्तर सेकेंड में स्विच किया। दूसरे शब्दों में, सबसे ज़्यादा फ़ोकस्ड प्रतिभागियों ने विचलित होने से पहले बमुश्किल एक मिनट से अधिक काम किया।

लागत भी इसमें शामिल होती है। वाशिंगटन यूनिवर्सिटी में संगठनात्मक व्यवहार की प्रोफ़ेसर सोफ़ी लियोरी के मुताबिक़, हमारे लिए निर्बाध रूप से एक काम से दूसरे काम में अपना ध्यान स्विच करना संभव नहीं है। जब हम एक गतिविधि से किसी दूसरी गतिविधि में शिफ़्ट करते हैं तो हमारे ध्यानाकर्षण स्थान में पिछली गतिविधि के जो हिस्से बचे रह जाते हैं उनका वर्णन करने के लिए लियोरी "ध्यान अवशेष" शब्द का प्रयोग करती हैं : "यह हो सकता है कि आप किसी मीटिंग में बैठे हैं और आपका ध्यान अभी भी उस प्रोजेक्ट में अटका हुआ है जिस पर आप मीटिंग से पहले काम कर रहे थे, या किसी ऐसी बात पर जो आप मीटिंग के बाद करने जा रहे हैं। यह एक विभाजित ध्यान होने की वज़ह से है, जहां पर आपके दिमाग़ का एक हिस्सा आपके पास चल रहे दूसरे प्रोजेक्ट के बारे में सोच रहा है। यही वज़ह है कि आपको वर्तमान में क्या करना है, इस पर ध्यान केंद्रित करना काफ़ी कठिन हो जाता है। ये ध्यान अवशेष हमारे द्वारा अगले काम में स्थानांतरित हो जाने के बाद भी लंबे समय तक लगातार हमारे दिमाग़ को पिछले कार्य के बारे में मूल्यांकन, समस्या सुलझाने, परिलक्षित करने और चिंतन करने में उलझाए रखते हैं।

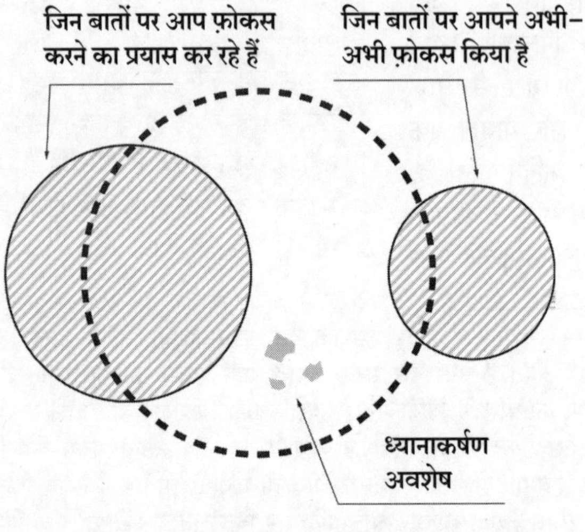

स्विचिंग केवल तब आसान होती है, जब हम कोई एक काम पूरा कर लेते हैं–ख़ासतौर पर तब जब समय का दबाव, जैसे कि कोई डेडलाइन, हमें काम पूरा करने के लिए प्रोत्साहित करती है। लियोरी बताती हैं, "इसके विपरीत, यदि आप कोई ऐसा काम कर रहे हैं जिसमें कोई जल्दबाज़ी नहीं है, लेकिन काम पूरा करना है, तो आपका दिमाग़ बार-बार यह सोचता है कि 'मुझे और क्या कर लेना चाहिए था?' या क्या 'इस काम को करने का कोई और तरीक़ा भी है? या 'हो सकता है कि मैं इससे बेहतर कर सकता।' यहां तक कि काम पूरा होने पर भी, आमतौर पर आपके दिमाग़ के लिए बंद कर पाना कठिन होता है।" चूंकि हमारा दिमाग़ इन ढीली-डेडलाइन वाले कामों को पूरा करने के लिए अब प्रोत्साहित नहीं है, तो लियोरी ने पाया कि "लक्ष्य को लेकर मानसिक सक्रियता घट जाती है।" समय का दबाव हमारे फ़ोकस को काम पर संकेंद्रित कर देता है, हमें उस काम को करने के अधिक रचनात्मक तरीक़ों पर विचार करने के लिए सीमित करता है। हम अपनी पहल को लेकर उतने सवाल नहीं उठाते, क्योंकि हम विकल्पों पर विचार करने के लिए रुकते नहीं हैं। इससे स्विच करना आसान हो जाता है।

इन सबसे एक प्रश्न उठता है : स्विचिंग की उत्पादकता लागत कितनी गंभीर होती है? स्विचिंग आपके काम को और उत्तेजक बनाती है, और इसकी लागत वहन करने योग्य होती है यदि आपका काम बस 5 प्रतिशत ही ज़्यादा समय लेता है और आप बस कुछ गिनी-चुनी ग़लतियां ही करते हैं। यद्यपि, व्यवहार में, यह लागत कहीं अधिक होती है। एक अध्ययन में पाया गया है कि जब हम लगातार कामों के बीच स्विच करते रहते हैं, तो शुरू से अंत तक एक ही काम करने की तुलना में, हमारा काम 50 फ़ीसदी ज़्यादा समय लेता है। यदि आप किसी दबाव - या डेडलाइन से मुक्त प्रोजेक्ट कर रहे हैं, तो कुछ और शुरू करने से पहले एक ब्रेक लेने पर विचार करें ताकि आपके अधिकतम ध्यान अवशेष नष्ट हो जाएं। जहां तक आपकी उत्पादकता का सवाल है, ब्रेक लेने का सर्वोत्तम समय किसी बड़े काम को करने के बाद का है।

आपके ध्यान की गुणवत्ता

इरादा आपके ध्यानाकर्षण स्थान का बाउंसर है–यह ध्यान की उत्पादक चीज़ों को रहने देता है और विचलन को बाहर रखता है। कुछ चीज़ें

इरादतन फ़ोकस करने से अधिक आपके जीवन की समग्र गुणवत्ता को लाभ पहुंचाएंगी। 100 फ़ीसदी समय इरादे के साथ काम करना और जीना संभव नहीं है – रास्ते में डिमांड आती हैं, हमारा फ़ोकस शिफ़्ट होता है, और हमारा ध्यानाकर्षण स्थान ओवरफ़्लो हो जाता है – लेकिन, जितना हम अन्यथा हासिल कर पाते, उससे अधिक हासिल करने के लिए, दिनभर के लिए पर्याप्त इरादे का प्रबंधन करने में सक्षम होते हैं।

यह अध्याय मुख्य रूप से सैद्धांतिक था। इस सलाह को व्यवहार के रूप में अमल में लाने के लिए, आपको कई चीज़ें करने की आवश्यकता होगी : बार-बार इरादा बनाएं, अपने माहौल को ऐसा बनाएं जिसमें कम से कम ध्यान भंग होता हो, कुछ कामों के लिए आने वाली मानसिक बाधाओं पर नियंत्रण करें, इससे *पहले* कि विकर्षण (ध्यान भंग करने वाली बातें) आपको भटकाएं, उन्हें समाप्त करें, और अपने दिमाग़ के भीतर के विकर्षणों को भी साफ़ करें। आगामी अध्याय इन सभी विचारों को कवर करेंगे, लेकिन इनके पीछे के सिद्धांतों को समझना अनिवार्य है।

इस बात को चुनना कि आपका ध्यान कहां पर फ़ोकस होगा और एक साफ़ (ख़ाली) ध्यानाकर्षण स्थान बनाए रखने से एक साथ कई चीज़ें हासिल की जा सकती हैं।

- आप ज़्यादा आसानी से और बार-बार वह हासिल करेंगे जिसका इरादा रखते हैं;
- अधिक गहराई से फ़ोकस करेंगे, क्योंकि आप अपने ध्यानाकर्षण स्थान के बेहतर रक्षक बन जाएंगे;
- अधिक याद रख पाएंगे, क्योंकि आप जो कर रहे हैं उसे अधिक गहराई से प्रोसेस कर पाने में सक्षम होंगे;
- कम अपराधबोध और संदेह का अनुभव करेंगे, यह जानते हुए कि आपने इरादे के साथ काम किया है;
- ग़ैर-महत्त्वपूर्ण कामों पर कम समय बर्बाद करेंगे;
- कम विकर्षणों के शिकार बनेंगे-बाहरी और आंतरिक दोनों;
- अधिक मानसिक स्पष्टता महसूस करेंगे, तनाव कम होगा, और भर जाने (व्याकुलता) की भावना भी घटेगी;

- अपने काम के पीछे कोई मज़बूत उद्देश्य महसूस करेंगे, क्योंकि आपने वह चुना है जो आपके ध्यान के लायक़ है (इरादे के साथ काम करना आपको "सुस्ती" की भावना का अनुभव करने से भी रोकता है, जो उद्देश्यहीनता की वज़ह से उपजती है); और
- जैसे-जैसे आप लोगों के साथ सिर्फ़ अधिक समय ही नहीं, अधिक ध्यान भी बिताएंगे वैसे-वैसे आप, रिश्तों और दोस्ती को गहराई के साथ विकसित करेंगे।

अपने ध्यान की गुणवत्ता मापने के लिए आपके पास कई तरीक़े हैं, लेकिन मैंने अपनी खुद की प्रगति को ट्रैक करने के लिए तीन उपाय विकसित किए हैं। आप भी इन यार्डस्टिक्स का इस्तेमाल अपनी प्रगति के मापन में कर सकते हैं जैसे-जैसे आप इस पुस्तक में बताए गए तरीक़ों को अपने जीवन में अपनाते हैं :

1. अपना कितना समय इरादतन बिताते हैं
2. एक बैठक में आप अपने फ़ोकस को कितनी देर तक क़ायम रख सकते हैं
3. आपका मन कितनी देर तक भटकता रहता है इससे पहले कि आप उस पर नियंत्रण कर पाएं

अब समय है रणनीतिक बनने का।

अध्याय

3

हायपरफ़ोकस की शक्ति

हायपरफ़ोकस का परिचय

अपने पिछले उत्कृष्ट-उत्पादक कार्य दिवस के बारे में वापस सोचें, जिसमें आपको अत्याधिक सफलता हासिल हुई थी। उस दिन, इस बात की ज़्यादा संभावना है कि काफ़ी चीज़ें सही रही होंगी।

शुरुआत करने वालों के लिए, आप संभवतः केवल एक चीज़ पर फ़ोकस कर रहे हैं-शायद ज़रूरत की वजह से, डेडलाइन के कारण। यह एक ही काम आपके ध्यानाकर्षण स्थान को भर देता है।

संभावित रूप से आप विकर्षणों को चकमा देने में सक्षम रहे हों और जितनी बार व्यवधान आया उतनी बार आप जल्द ही वापस पटरी पर लौट आए हों। जब आप गहन फ़ोकस के साथ काम कर रहे थे, तो आप लगातार काम नहीं कर रहे थे, बार-बार कामों के बीच स्विच कर रहे थे। जब आपका ध्यान भटकता था-जो अभी भी अक्सर होता है, लेकिन पहले से कम-तो आपने उसे जल्द ही अपने हाथ के काम पर वापस खींच लिया।

संभवतः आपका ध्यान कठिनाई के एक सहज स्तर पर भी था : डराने लायक़ जितना कठिन भी नहीं; लेकिन इतना आसान भी नहीं कि इसे आदतन किया जा सके। इसकी वज़ह से, हो सकता है कि आप अपने काम में पूरी तरह तल्लीन हो गए हों, एक "प्रवाह" की स्थिति में, जहां पर हर बार घड़ी देखने पर आपको पता चला कि एक और घंटा बीत गया, जबकि आपने उस अवधि को महज़ पंद्रह मिनट का ही महसूस किया। आश्चर्यजनक रूप से, आप उनमें से प्रत्येक में कई घंटों के काम को पूरा कर पाने में सक्षम हो पाए।

अंततः एक बार जब आप शुरुआत करने की बाधाओं पर क़ाबू पा लेते हैं, तो आपको जारी रखने में थोड़ा प्रतिरोध का सामना करना पड़ता है। यद्यपि आप मेहनत से काम कर रहे थे, इसके बाद भी आप थकते नहीं, दिलचस्प रूप से आप धीमे कार्य दिवसों की तुलना में कम थकते हैं। आपका प्रोत्साहन मज़बूत बना रहता है, भले ही आपको भूख लगने पर या किसी मीटिंग की वज़ह से या घर जाने के लिए काम को बीच में रोकना पड़ता हो।

इस दिन आपने अपने दिमाग़ के सबसे उत्पादक हिस्से को सक्रिय किया था : *हायपरफ़ोकस।**

जब आप किसी काम को हायपरफ़ोकस करते हैं, तो आप एक काम, प्रोजेक्ट या ध्यान की अन्य वस्तुओं को विस्तारित कर देते हैं...

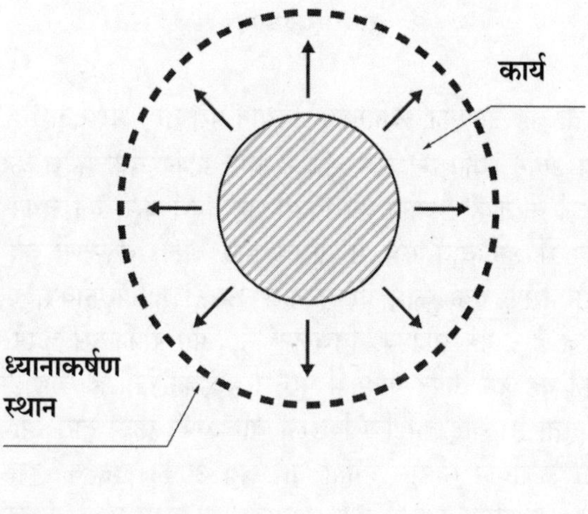

* यह शब्दावली एडीएचडी साहित्य में उत्पन्न होती है और उस घटना का वर्णन करती है जब कोई एक काम किसी व्यक्ति के पूरे ध्यान की खपत करता है, चाहे काम महत्त्वपूर्ण है या नहीं। ऐसा नहीं है कि एडीएचडी वाले लोग फ़ोकस नहीं कर सकते –हालांकि उनके लिए उस काम पर नियंत्रण करना काफ़ी कठिन होता है जो वे करते हैं। मैंने इस शब्द का उपयोग उसी मायने में किया है – गहन फ़ोकस, लेकिन जानबूझकर लगाए गए ध्यान के साथ। इससे कोई फ़र्क़ नहीं पड़ता कि आप कितनी गहराई से फ़ोकस करते हैं यदि आप जिस पर फ़ोकस कर रहे हैं वह महत्त्वपूर्ण नहीं है।

हायपरफ़ोकस

... तो वह आपका ध्यानाकर्षण स्थान पूरी तरह भर देता है।

आप अपने ध्यान को जानबूझकर और उद्देश्यपूर्वक मैनेज करके इस मोड को दर्ज़ करते हैं : ध्यान की किसी महत्त्वपूर्ण वस्तु का चयन करके, अपने काम में अनिवार्य रूप से उत्पन्न होने वाले विकर्षणों को समाप्त करके, और सिर्फ़ एक काम पर फ़ोकस करके। हायपरफ़ोकस एक बार में कई चीज़ें है : यह सोद्देश्य, विचलनहीन, और रीफ़ोकस करने में तेज़ है, साथ ही यह हमें अपने काम में पूरी तरह डूबने देता है। यह हमें बेहद ख़ुश भी करता है। याद करें कि पिछली बार अपने काम द्वारा आपने खुद को कितना ऊर्जावान महसूस किया था, जब आपने खुद को इस स्थिति में पाया था। हायपरफ़ोकस में आप आमतौर पर काम करने की तुलना में अधिक रिलैक्स्ड महसूस करते हैं। अपने एक काम या प्रोजेक्ट को अपना पूरा ध्यानाकर्षण स्थान खपत करने की अनुमति देने का अर्थ है कि यह स्थिति आपको तनावग्रस्त या भरा होना महसूस नहीं होने देती। आपका ध्यानाकर्षण स्थान ओवरफ़्लो नहीं होता, और आपका काम आपको उतना अस्तव्यस्त नहीं लगता। चूंकि हायपरफ़ोकस बहुत ही अधिक उत्पादक होता है, तो आप थोड़ा धीमे भी हो सकते हैं और फिर भी कम समय में अधिक हासिल कर सकते हैं।

जिस जल्दबाज़ी के वातावरण में हम आज काम करते और जीते हैं उसमें यह मोड एक मायावी विलासिता की तरह लग सकता है। लेकिन कोई भी बात सत्य से परे नहीं हो सकती। हायपरफ़ोकस का अर्थ है कि आप *कम* व्यस्त होते हैं, क्योंकि आप अपने ध्यानाकर्षण स्थान में कम वस्तुओं को स्थान देते हैं।

आगे के समय में कौन-सा कार्य करना है इसका चयन करने से, आपको उस समय सबसे महत्त्वपूर्ण काम पर फ़ोकस करने में मदद मिलती है। यह हमारे ज्ञान-कार्य वातावरण में इतना महत्त्वपूर्ण कभी नहीं था, जहां पर सभी काम एक बराबर नहीं बनाए जाते। अक्सर आप किसी पूरे दिन में अपने ध्यानाकर्षण स्थान को- ढेर सारे- और अक्सर अनजानी- चिंताओं से क़गार तक भर लेने में बिताने की तुलना में एक घंटे के हायपरफ़ोकस में तुलनात्मक रूप से ज़्यादा हासिल कर लेंगे। यह विरोधाभासी लेकिन बिलकुल अनिवार्य सलाह है : आपके समय में जितनी ज़्यादा डिमांड होगी, उतना ही ज़्यादा इस बात को चयन करना अनिवार्य हो जाएगा कि क्या- और कितनी-चीज़ों पर आप ध्यान देते हैं। हायपरफ़ोकस करने के लिए आप कभी भी अति व्यस्त नहीं होते हैं।

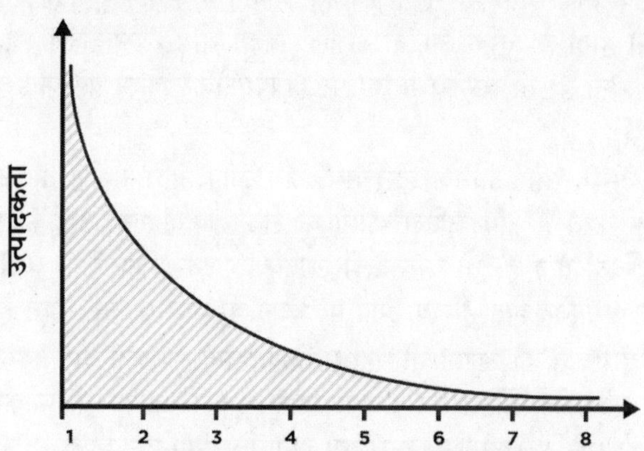

 # संख्या उनकी जिन पर आप फ़ोकस करते हैं

जब आपके सबसे महत्त्वपूर्ण कामों की बात होती है, तो जितनी कम चीज़ों पर आप ध्यान देते हैं, उतने ही ज़्यादा उत्पादक (प्रोडक्टिव) आप बनते हैं।

आदतों पर हायपरफ़ोकस करना

हायपरफ़ोकस का सबसे महत्त्वपूर्ण पहलू यह है कि केवल एक ही उत्पादक या सार्थक काम आपके ध्यानाकर्षण स्थान का उपभोग करता है। इसमें समझौते की कोई गुंजाइश नहीं है।

ऐसा क्यों है : सबसे महत्वूर्ण काम, प्रोजेक्ट, और प्रतिबद्धताएं आपके हर अतिरिक्त ध्यान से लाभान्वित होते हैं। वे आमतौर पर आदतें नहीं होते, जोकि स्वाभाविक रूप से अक्सर आपके पूरे ध्यानाकर्षण स्थान की खपत नहीं करती हैं।

यह कहना ठीक नहीं होगा कि किसी आदत पर हायपरफ़ोकस करना असंभव है। कोई भी काम इतना छोटा नहीं होता कि वह आपके ध्यान की खपत नहीं करे–यदि आप कोशिश करें, तो आप पेंट सूखते हुए देखने में भी अपना पूरा ध्यान खपा सकते हैं। लेकिन इस बात की दो वज़ह हैं कि आख़िर क्यों इस मानसिक मोड को, आदतों के बजाय जटिल कामों के लिए बचाकर रखना चाहिए।

पहली, हायपरफ़ोकस को सक्रिय करने के लिए इच्छाशक्ति और मानसिक ऊर्जा चाहिए, अपनी सीमित आपूर्ति में से हमें पूरे दिन का काम चलाना होता है। चूंकि आदतों के लिए बहुत थोड़े ध्यानाकर्षण स्थान की खपत होती है, तो वास्तव में उन पर हायपरफ़ोकस करने की कोई ज़रूरत नहीं है।

दूसरी, और अधिक दिलचस्प, जब आप अधिक संपूर्णता के साथ फ़ोकस करते हैं और जटिल कामों के लेकर किया गया आपका प्रदर्शन लाभान्वित होता है, तो वास्तव में आपके आदतन किए जाने वाले कार्य प्रदर्शन *प्रभावित* होते हैं जब आप पूरे ध्यान के साथ फ़ोकस करते हैं।

इस बात को आपने भी महसूस किया होगा, पिछली बार जब आपके चलने को कोई नोटिस कर रहा होगा तो आपने अपना पूरा फ़ोकस इस बात को सुनिश्चित करने में लगा दिया होगा कि आप एक बिलकुल सामान्य व्यक्ति की तरह चलें। इस बात की पूरी संभावना कि आपने तुरंत ही एक मैकेनिकल रोबोट के मानिंद चलना शुरू कर दिया हो, ऐसा महसूस करते हुए जैसे कि आप फुटपाथ पर बहते चले जा रहे हैं। सीधे शब्दों में कहें तो

आपका चलने का प्रदर्शन प्रभावित हो जाता है।* या हो सकता है कि आप बॉलिंग के लिए गए और सोच रहे हैं कि आप क्यों सामान्य से अधिक स्कोर कर रहे हैं–आख़िर आप क्या अच्छा कर रहे हैं। लेकिन फिर आपका प्रतिस्पर्धी आपसे आगे निकल जाता है और अंततः जीत जाता है। आप सकते में आ जाते हैं, और आपका प्रदर्शन एक ऐसे गेम में आपके पूरे ध्यान को लगाने की वज़ह से बिगड़ा जिसे आप आदतन खेलते थे। कुशल टाइपिस्ट का अध्ययन करने पर भी यही नतीजे मिलते हैं : जितना ज़्यादा ध्यान वे अपनी टाइपिंग पर देते हैं, तो उतना ही धीमे वे टाइप करते हैं और अधिक ग़लतियां करते हैं।

ऐसे आदतन काम करते समय, बेहतर है कि जो आप कर रहे हैं उस पर पूरी तरह फ़ोकस नहीं करें।

हायपरफ़ोकस को अपने सबसे जटिल कामों के लिए बचाकर रखें–ऐसी चीज़ें जो वास्तव में आपके पूरे ध्यान से लाभान्वित होती हैं, जैसे कि कोई रिपोर्ट लिखना, अपनी टीम का बजट बनाना, या प्रियजनों के साथ सार्थक बातचीत करना।

जब आप ऐसा करते हैं तो कुछ अद्भुत चीज़ें होती हैं। पहली, चूंकि आप किसी एक काम पर फ़ोकस कर रहे हैं, तो आपकी कुछ ध्यानाकर्षण स्थान साझा करने की संभावना होती है–इतनी पर्याप्त कि आप अपने मन में अपने मूल इरादे को भी रखने में सक्षम होते हैं। इसके परिणामस्वरूप, आपकी विकर्षणों और व्यवधानों की वज़ह से पटरी से उतरने की संभावना कम हो जाती है, क्योंकि आपके पास इस बात को नोटिस करने की पर्याप्त जागरूकता होती है कि वे आपको पटरी से उतारने वाले हैं। और संभवतः सबसे महत्त्वपूर्ण, आपके पास काम करते समय उसके बारे में गहराई से सोचने के लिए पर्याप्त ध्यान बचा रहता है। इससे आपको अधिक सीखने और याद रखने के साथ ही पटरी पर वापस लौटने में भी जब आपका मन इधर–उधर भटकता है, और समस्या सुलझाते वक्त वैकल्पिक पहल पर भी विचार करने में मदद मिलती है। इन सबकी वज़ह से आपका क़ीमती और बहुत सारा समय बचता है जिसमें आप काम पूरा कर सकते हैं। अधिक–

* यह प्रभाव आंशिक रूप से उस कारण होता है, जिसे मनोविज्ञान के क्षेत्र में स्पॉट लाइट इफ़ेक्ट के रूप में जाना जाता है – जहां पर आपको लगता है कि हर कोई आपको ही देख रहा है, जबकि वास्तव में वे कम परवाह नहीं कर सकते।

और तेज़ी से करने के लिए–सर्वोत्तम तरीक़ों में से एक यह है कि अपना ध्यान उन चीज़ों पर लगाने से बचें जो महत्त्वपूर्ण नहीं हैं।

हायपरफ़ोकस के चार चरण

किसी भी समय आप या तो अपने बाहरी वातावरण पर या अपने दिमाग़ में चल रहे विचारों पर या फिर दोनों पर ही फ़ोकस करते रहते हैं। अपने बाहरी वातावरण पर पूरी तरह विचार में संलग्न हेने का अर्थ है कि आप प्रभावी रूप से ऑटोपायलट मोड में जी रहे हैं। आप इस मोड में तब चले जाते हैं, जब आप ट्रैफ़िक सिग्नल पर खड़े बत्ती हरी होने का इंतज़ार करते हैं या फिर अपने फ़ोन में एक जैसे एप्लिकेशन के बीच खुद को भटकता पाते हैं। जब आप केवल अपने मन के विचारों में संलग्न होते हैं तो आप दिवास्वप्न देखते हैं। ऐसा तब हो सकता है जब आप बग़ैर फ़ोन के टहलने निकलते हैं, या शॉवर के नीचे आपका मन विचारों की तंद्रा में उलझा होता है, या फिर जब आप जॉगिंग के लिए जाते हैं।

आप तब हायपरफ़ोकस की अवस्था में जाते हैं, जब आप अपने विचारों और अपने बाहरी वातावरण *दोनों को* ही संलग्न करते हैं और उन्हें इरादतन एक चीज़ पर निर्देशित करते हैं।*

तो हम हायपरफ़ोकस मोड में कैसे प्रवेश करते हैं?

विज्ञान बताता है कि जब हम फ़ोकस करना शुरू करते हैं तो हम चार अवस्थाओं से होकर गुज़रते हैं। पहली, हम फ़ोकस्ड (और उत्पादक) हैं। फिर मानते हैं कि हम विचलित या बाधित नहीं होंगे, हमारा मन भटकना शुरू कर देता है। तीसरी, हम मन के भटकने को नोटिस करते हैं। इसमें कुछ समय लग

* इस तरीक़े से, हायपरफ़ोकस वह अवस्था है जिसे मिहली सीसिकज़ेंटमिहली ने ''प्रवाह'' की अवस्था कहा है–वह अवस्था जहां पर हम पूरी तरह उस काम में अवशोषित हो जाते हैं जो हम कर रहे हैं और समय कुछ ज़्यादा ही तेज़ गति से गुज़रता है। जैसा कि सीसिकज़ेंटमिहली समझाते हैं कि प्रवाह में हम इस अवस्था में डूब जाते हैं, ''बाक़ी कोई चीज़ हमारे लिए मायने नहीं रखती।'' यह भी एक वज़ह है कि केवल एक चीज़ पर एक बार में फ़ोकस करना अति महत्त्वपूर्ण है : जब एक साथ कई चीज़ें हमारे सीमित ध्यान के लिए प्रतिस्पर्धा नहीं कर रही होतीं तो हमारी इस प्रवाह का अनुभव करने की संभावना तेज़ी से बढ़ जाती है। हायपरफ़ोकस वह प्रक्रिया है जो हमें प्रवाह की ओर ले जाती है।

सकता है, ख़ासतौर पर यदि हम लगातार चेक नहीं करते कि हमारे ध्यानाकर्षण स्थान की खपत कौन कर रहा है। (औसतन, हम एक घंटे में लगभग पांच बार इस बात को नोटिस करते हैं कि हमारा मन भटक रहा है)। और चौथी, हम अपना फ़ोकस वापस अपने ध्यान की मुख्य वस्तु पर केंद्रित कर लेते हैं।

हायपरफ़ोकस के चार चरणों को इस फ्रेमवर्क में दर्शाया गया है। हायपरफ़ोकस करने के लिए,

1. आपको ध्यान का एक उत्पादक और सार्थक कार्य चुनना होगा;
2. जितने हो सकें आंतरिक और बाहरी विकर्षणों को हटा दें;
3. ध्यान के चुने हुए कार्य पर फ़ोकस करें; और
4. लगातार अपना फ़ोकस उसी कार्य पर केंद्रित करके रखें।

हम किस चीज़ पर ध्यान केंद्रित करने जा रहे हैं, इसका इरादा तय करना सबसे महत्त्वपूर्ण चरण है-जितना ज़्यादा उत्पादक और सार्थक वह कार्य होगा, उतनी ही ज़्यादा उत्पादक और सार्थक आपकी कार्रवाई भी होगी। उदाहरण के लिए, यदि आप किसी नए कर्मचारी को सलाह देने का इरादा रखते हैं, तो किसी दोहराव वाले काम को स्वचालित करना, या किसी नए प्रोडक्ट आइडिया पर विचार करने से, आप इरादा मुक्त और ऑटोपायलट मोड में काम करने की तुलना में कहीं अधिक उत्पादक हो जाएंगे।

यही आइडिया घर पर भी लागू होता है : जितना अधिक सार्थक आपका काम होगा, उतना ही सार्थक आपका जीवन बनेगा। हम अपने पार्टनर के साथ बातचीत के दौरान या फिर परिवार के साथ भोजन का आनंद लेते हुए ऐसे सरल इरादों को तय करके हायपरफ़ोकस मोड के फ़ायदों का अनुभव कर सकते हैं। हम अधिक सीखते हैं, अधिक याद रखते हैं, और अपने कार्यों को अधिक गहराई से संसाधित करते हैं-परिणामस्वरूप हमारा जीवन अधिक सार्थक हो जाता है। हायपरफ़ोकस मोड तक पहुंचने का यह पहला क़दम अत्यावश्यक है-निश्चित तौर पर ध्यान (अटेंशन) से पहले इरादा (इंटेशन) होना ज़रूरी है।

हायपरफ़ोकस पर पहुंचने का दूसरा क़दम है जितना ज़्यादा हो सके आंतरिक और बाहरी व्यवधानों और विकर्षणों को दूर हटाना। एक सीधा-सा कारण है कि हम विकर्षणों के शिकार हो जाते हैं : उस समय, विकर्षण हमारे द्वारा किए जा रहे काम की तुलना में हमारे ध्यान को आकर्षित करने

के लिए सबसे लुभावनी वस्तु बन जाते हैं। यह बात दफ़्तर और घर दोनों ही जगह समान रूप से लागू होती है। कंप्यूटर पर दफ़्तर का कोई महत्त्वपूर्ण काम करते समय स्क्रीन के कोने पर पॉप-अप होने वाला ईमेल अलर्ट हमारे द्वारा किए जा रहे काम की तुलना में अधिक आकर्षक लगता है; उसी तरह पब में बैठकर पार्टनर से बातचीत करने के दौरान उसकी पीठ के पीछे लगा टीवी बार-बार हमारा ध्यान आकर्षित करता है।

आमतौर पर विकर्षणों और व्यवधानों से पहले ही निपट लेना ज़्यादा आसान होता है-बजाय तब जबकि वे पैदा होते हैं, कई बार उनके ख़िलाफ़ अपने इरादे की सुरक्षा करने में बहुत देर हो चुकी रहती है। *आंतरिक* विकर्षणों को भी लगाम लगाना ज़रूरी है- जिसमें अनापेक्षित रूप से उभरने वाली (और कभी-कभी निंदनीय) यादें और विचार शामिल होते हैं जो तब और ज़्यादा उभरते हैं जब हम फ़ोकस करने का प्रयास करते हैं, साथ ही अनाकर्षक कार्यों के लिए हमारा मानसिक प्रतिरोध (जैसे कि टैक्स जमा करना या गैरेज की सफ़ाई करना) भी शामिल होते हैं, और उस समय हम फ़ोकस करना चाहते है लेकिन हमारा मन भटकना चाहता है।

तीसरा, हायपरफ़ोकस उस समय संभव होता है, जब हम पूर्व निर्धारित समय के लिए अपने ध्यान के लिए तय किए गए काम या वस्तु पर फ़ोकस करते हैं। इसमें सहज और आरामदायक रूप से तय अवधि के लिए खुद को झुकाना शामिल है। हायपरफ़ोकस के प्रथम दो चरणों में जितना ज़्यादा धरातल पर काम हम करेंगे, उतनी ही गहराई और आत्मविश्वास के साथ हम तीसरे चरण को पूरा कर लेंगे।

चौथा, और अंतिम, हायपरफ़ोकस उस समय हमारे ध्यान को वापस हमारे मूल काम पर लौटाता है, जब हमारा मन भटकता है। मैं इस बिंदु को बार-बार दोहराऊंगा, चूंकि यह इस पुस्तक का सबसे महत्त्वपूर्ण आइडिया है : पुनःश्च, शोध बताते हैं कि हमारा मन दिन के 47 फ़ीसदी समय भटकता रहता है। दूसरे शब्दों में, यदि हम अठारह घंटे जागते हैं, तो हम उसमें से केवल *आठ* घंटे ही अपने काम में संलग्न होते हैं। हमारे मन के लिए भटकना सामान्य बात है, लेकिन उसे केंद्रित करना ही महत्त्वपूर्ण कुंजी है ताकि हम उस काम पर समय और ध्यान ख़र्च कर सकें जो वास्तव में हमारे सामने है।

इसके अलावा, ध्यान भंग होने या व्यवधान आने के बाद किसी काम पर दोबारा ध्यान केंद्रित होने में औसत रूप से *बाईस मिनट* तक लग सकते

हैं। जब हम *खुद को* बाधित या विचलित करते हैं तो यह स्थिति और बदतर हो जाती है–इन मामलों में, मूल काम पर वापस लौट पाने में *उनतीस मिनट* तक लग जाते हैं। जितनी ज़्यादा बार हम आकलन करते हैं कि हमारे ध्यानाकर्षण स्थान पर किसने क़ब्ज़ा किया है, उतनी ही जल्दी हम पटरी पर वापस लौटने में सक्षम होते हैं। इस पर फ़िलहाल बहुत ज़्यादा ज़ोर नहीं दें–हम इस पर बाद में ख़ासतौर पर वापस लौटेंगे।

हायपरफ़ोकस की अवधारणा को एक सहज वाक्य में अभिव्यक्त किया जा सकता है : जब आप काम करते हैं तो अपनी जागरूकता में ध्यान का केवल एक महत्त्वपूर्ण, जटिल कार्य ही रखें।

चुनना कि किस पर फ़ोकस किया जाए

बग़ैर इरादे के ध्यान अपनी ऊर्जा को बर्बाद करना है। इरादा हमेशा ध्यान से पहले होना चाहिए–बल्कि, ये दो विचार पूरी तरह आपस में जुड़ते हैं। इरादा निर्धारित करने से हमें यह तय करने में मदद मिलती है कि हमें अपना समय कैसे बिताना चाहिए; काम पर अपने ध्यान को केंद्रित करने से उसे अच्छी तरह पूरा करने में सफलता मिलती है। अधिक उत्पादक बनने का सबसे बेहतर तरीक़ा यह है कि काम शुरू करने से पहले इस बात को चुन लें कि आपको क्या हासिल करना है।

जब हम अपने इरादे निर्धारित करते हैं, तो यह याद रखना महत्त्वपूर्ण है कि सभी काम एक बराबर नहीं होते। कुछ काम हमें उन पर ख़र्च किए गए प्रत्येक मिनट के बदले में बहुत सारा हासिल करने में सक्षम करते हैं। इसमें कुछ ऐसे लक्ष्य शामिल हैं जैसे कि प्रत्येक दिन आप कौन–सा मुख्य काम पूरा करना चाहते हैं, इसके लिए योजना बनाने के लिए समय निकालना, उस कर्मचारी को सलाह देना जो एक माह पहले ही आपकी टीम में शामिल हुआ है, और वह पुस्तक लिखना जिसकी आप वर्षों से तैयारी कर रहे हैं।

ये काम "आवश्यक" और "उद्देश्यपूर्ण" चतुर्थांशों में आते हैं जिनकी चर्चा हमने अध्याय 1 में की थी। जब आप इन चतुर्थांशों के कामों की तुलना और मापन अनावश्यक और ध्यान भंग करने वाले कामों से करते हैं जैसे कि बेकार की मीटिंग में शामिल होना, सोशल मीडिया पर समय बिताना, और बार–बार नई मेल चेक करना, तो यह तय करना काफ़ी कठिन हो जाता है कि कौन–से काम सबसे अधिक उत्पादक हैं। जब हम

इस बात को नहीं चुनते कि किस चतुर्थांश के कामों पर हमें समय ख़र्च करना है, तो हम ऑटोपायलट मोड में चले जाते हैं।

ऐसा नहीं है कि हम ऑटोपायलट मोड से ''बच'' नहीं सकते। हमारे कामों के प्रति अतिसक्रियता से हम शीर्ष पर बने रह सकते हैं और संभवतः नौकरी खोने से बचने के लिए पर्याप्त उत्पादक भी हो सकते हैं। लेकिन ऑटोपायलट हमारे काम को सार्थक रूप से पूरा करने में भी विफल करता है। मुझे लगता है कि आपको ईमेल और एसएमएस की बातचीत को यहां-वहां भेजकर एक ''ट्रैफ़िक पुलिसकर्मी'' बनने के लिए भुगतान नहीं किया जाता है। ऐसे काम, और बीच में आने वाली अवांछित मांगों को पूरा करना, हमेशा आवश्यक होता है। लेकिन जब भी संभव हो, आपको इस बात को चुनने के लिए एक सक्रिय भूमिका तय करनी चाहिए कि आपको अपना समय और ध्यान कहां ख़र्च करना है।

यदि आपने अभी तक यह नहीं किया है, तो अपने काम की एक 2 x 2 ग्रिड बनाने का यह सही समय है-अपने मासिक कामों की छंटनी इस आधार पर करना कि वे उत्पादक हैं या अनुत्पादक या आकर्षक हैं या अनाकर्षक। उत्पादकता में निवेश करने में विडंबना यह है कि हर बार दफ़्तर के कामों के बीच यह करना लगभग असंभव हो जाता है। वहां पर ढेर सारे काम होते हैं जिनमें - मीटिंग, ईमेल और प्रोजेक्ट की डेडलाइन शामिल है। इस वज़ह से, उत्पादकता की सर्वोत्तम रणनीतियां वे हैं जिनमें आप एक क़दम पीछे हटकर खुद को काम से अलग कर लेते हैं ताकि आपके पास इस बात पर गंभीरतापूर्वक विचार करने के लिए मानसिक रिक्त स्थान रहे कि उस काम पर आप कितने अलग तरीक़े से पहल कर सकते हैं। इस तरह, जब आप काम पर वापस लौटते हैं, तो उस पर कड़ी मेहनत करने के बजाय, आप उसे अधिक समझदारी से करते हैं। इस बात को समझना कि आपके चार प्रकार के काम कौन-से हैं यही ''क़दम पीछे खींचने'' की गतिविधि है। इसे करने का सर्वोत्तम समय अभी है-ख़ासतौर पर जब आप अगला खंड पढ़ने जा रहे हैं। इसमें बस पांच से दस मिनट लगेंगे।

पिछले कुछ वर्षों के दौरान ध्यान और इरादे पर शोध करने में, मैंने कुछ पसंदीदा दैनिक इरादा-निर्धारण दिनचर्या विकसित की हैं। इनमें से मेरी टॉप 3 इस प्रकार हैं -

1. तीन का नियम

यदि आप मेरे द्वारा पूर्व में लिखी गई सामग्री से परिचित हैं तो आप संभवतः इस खंड को छोड़ सकते हैं। यदि आप परिचित नहीं हैं, तो मैं आपको 3 का नियम समझाता हूँ : हर दिन की शुरुआत में, उन तीन चीज़ों या कामों को चुनें जिन्हें आप उस दिन के अंत तक पूरा करना चाहते हैं या हासिल करना चाहते हैं। जबकि एक दिन भर के कामों की सूची काफ़ी उपयोगी होती है, इन तीन इरादों को आपको अपने सबसे महत्त्वपूर्ण दैनिक कार्यों के स्लॉट में आरक्षित रखना चाहिए।

मैं पिछले सात वर्षों से नियमित रूप से सुबह यह काम कर रहा हूँ, तब से, जब मैंने इसे माइक्रोसॉफ़्ट के डिजिटल ट्रांसफ़ॉर्मेशन के निदेशक, जेडी मेयर से सीखा था। 3 का नियम भ्रामक रूप से सरल है। हर दिन की शुरुआत में खुद को केवल तीन मुख्य इरादे चुनने के लिए मज़बूर करने से, आप कई चीज़ें हासिल करते हैं। आप ना केवल यह चुनते हैं कि क्या महत्त्वपूर्ण है बल्कि साथ ही क्या महत्त्वपूर्ण नहीं है-इस नियम की सीमाएं आपको यह पता लगाने देती हैं कि वास्तव में क्या मायने रखता है। यह नियम आपके

> उन दिनों में जब आपका कार्यक्रम निर्धारित होता है-जैसे कि जब आप किसी कॉन्फ्रेंस में शामिल हो रहे हैं-तब आप यह तय कर पाने में असमर्थ होंगे कि आप अपना समय और ध्यान कैसे ख़र्च करते हैं। हालांकि, आप, इस बात में बदलाव कर सकते हैं कि आपको जो करना है उससे आप कैसे जुड़ते हैं। उदाहरण के लिए, ''कॉन्फ्रेंस की बातों में शामिल होने'' का इरादा बनाने के बजाय, आप ''कॉकटेल रिसेप्शन में पांच नए लोगों के साथ संपर्क जोड़ने'' का चयन कर सकते हैं।

दिन की सीमाओं के भीतर लोचदार भी है। यदि आपका कैलेंडर मीटिंग्स से भरा हुआ है, तो वे प्रतिबद्धताएं आपके तीन इरादों के दायरे को बता सकती हैं, जबकि किसी अपॉइंटमेंट से मुक्त दिन का अर्थ है कि आप कम अनिवार्य कामों की तुलना में अधिक महत्त्वपूर्ण काम करने के अपने मूल इरादे तय कर सकते हैं।

जब आपके सामने अप्रत्याशित काम और प्रोजेक्ट आते हैं, तो आप उन नई ज़िम्मेदारियों की तुलना अपने द्वारा पहले ही निर्धारित किए गए इरादों के साथ कर सकते हैं। चूंकि तीन आइडिया आपके ध्यानाकर्षण स्थान में सहजता से फ़िट हो जाते हैं, तो आप अधिक आसानी के साथ अपने मूल इरादे को वापस याद कर सकते हैं और याद रख सकते हैं।

सुनिश्चित करें कि अपने तीन इरादों को वहां पर रखें, जहां से आप उन्हें आसानी से देख सकें-मैं उन्हें अपने दफ़्तर के विशाल वाइटबोर्ड पर लिखकर रखता हूँ, या फिर यदि मैं यात्रा पर हूँ, तो अपनी दैनिक कार्यों की सूची में सबसे ऊपर रखता हूँ, जोकि मेरी अलग-अलग डिवाइस पर वन नोट में सिंक की हुई है। यदि आप भी मेरी तरह हैं, तो आपको भी तीन *साप्ताहिक* इरादे निर्धारित करना आसान लगेगा, साथ ही तीन दैनिक *व्यक्तिगत* इरादे-जैसे कि डिनर के दौरान काम से दूर रहना, दफ़्तर से घर जाने के दौरान जिम जाना, या टैक्स जमा करने के लिए रसीदें इकट्ठा करना।

2. आपके सबसे परिणामी कार्य

इरादा निर्धारण के लिए दूसरी प्रक्रिया का पालन जो मैं करता हूँ वह है कि मेरी कार्य-सूची में कौन-से आइटम सबसे अधिक *परिणामी* हैं।

यदि आपको अपनी कार्य-सूची बनाने की आदत है (जिसकी मैं बहुत अनुशंसा करता हूँ और जिसकी ताक़त पर हम बाद में इस पुस्तक में चर्चा करेंगे), प्रत्येक काम के परिणाम पर विचार करने के लिए एक सेकेंड लें-अल्पकालिक और दीर्घकालिक दोनों ही तरह के परिणामों का योग। आपकी सूची के सबसे महत्त्वपूर्ण कार्य वे हैं जो सबसे ज़्यादा सकारात्मक परिणाम प्रदान करते हैं।

दुनिया में क्या बदल जाएगा-या आपके काम में या आपके जीवन में-आपके द्वारा अपनी लिस्ट के प्रत्येक आइटम को करने में अपना समय

ख़र्च करने के परिणाम स्वरूप क्या बदलाव होंगे? ऐसा कौन-सा कार्य है जो एक लाइन में रखे सैकड़ों डॉमिनो में से एक के बराबर है, जब उसे गिराया जाता है, तो वह चेन रिएक्शन (डोमिनो इफ़ेक्ट) की शुरुआत करता है (जहां एक के बाद एक सभी डोमिनो गिरते जाते हैं) और आप एक बड़ा काम पूरा कर लेते हैं?

इसे देखने का एक और तरीक़ा है : यह तय करते समय कि क्या करना है, किसी गतिविधि के त्वरित परिणाम पर विचार करने के बजाय, *दूसरे* और *तीसरे* क्रम के परिणाम पर भी विचार करें। उदाहरण के लिए, मान लीजिए कि आप तय कर रहे हैं कि डैज़र्ट के लिए फ़नल केक ऑर्डर करना है या नहीं। इसका निर्णय का त्वरित परिणाम यह है कि आप केक खाने का आनंद उठाएंगे। लेकिन दूसरा और तीसरे क्रम के परिणाम थोड़े दूरगामी होते हैं। दूसरे क्रम के परिणाम के चलते आपको उस पूरी शाम पेट में भारीपन महसूस हो सकता है। तीसरे क्रम के परिणाम की वज़ह से आपका वज़न बढ़ सकता है या फिर आपको नया डाइट प्लान बनाना पड़ सकता है।

यह अपनाने के लिए एक शक्तिशाली विचार है, ख़ासतौर पर चूंकि सबसे महत्त्वपूर्ण कार्य अक्सर वे नहीं होते जो त्वरित रूप से अत्यावश्यक या उत्पादक *महसूस* होते हैं। नई भर्तियों के लिए दिशानिर्देश तैयार करना, उस समय पर, दर्ज़न भर ईमेल का जवाब देने जितना मूल्यवान महसूस नहीं हो सकता, लेकिन यदि वह मार्गदर्शिका प्रत्येक नए कर्मचारी की भर्ती में लगने वाले समय को और कम करती है, उसे अधिक अपनापन महसूस कराती है, और साथ ही उन्हें अधिक उत्पादक बनाने के लिए काम करती है, तो आसानी से यह आपकी सूची की सबसे परिणामी चीज़ होगी। अन्य परिणामी कार्यों में उस कार्य को स्वचालित बनाना शामिल हो सकता है जो कष्टप्रद और दोहराव से भरा है, उससे डिस्कनेक्ट करना ताकि आप अपने द्वारा बनाए जा रहे किसी ऐप की डिज़ाइनिंग पर या किसी ऑफ़िस मेंटरशिप प्रोग्राम पर ध्यान केंद्रित कर सकते हैं जो कर्मचारियों को आसानी से उनका ज्ञान साझा करने में मदद करता है।

यदि आपकी कार्य-सूची में ढेरों काम हैं, तो खुद से पूछें; कौन-से काम सबसे ज़्यादा परिणाम देने वाले हैं? ये क़वायद आपके काम में चार प्रकार के कार्यों के साथ मिलकर अच्छा परिणाम देता है। एक बार जब

आप इन्हें आवश्यक, उद्देश्यपूर्ण, ध्यान भंग करने वाले और अनावश्यक जैसे चार भागों में बांट देते हैं तो फिर खुद से पूछें : आवश्यक और उद्देश्यपूर्ण कार्यों में से किस में एक चेन रिएक्शन पैदा करने की क्षमता है?

3. हर घंटे की जागरूकता घंटी

तीन दैनिक इरादे तय करना और अपने सबसे परिणामी कार्यों की प्राथमिकता निर्धारित करना रोज़ाना और हर सप्ताह अधिक इरादतन काम करने का बढ़िया तरीक़ा है। लेकिन क्या आप सुनिश्चित कर सकते हैं कि आप हर-पल इरादतन ही काम कर रहे हैं?

जहां तक उत्पादकता का सवाल है, ये व्यक्तिगत पल वे होते हैं, जहां पर सिद्धांत को कार्य रूप में परिणित किया जाता है-लक्ष्यों और इरादों को तय करना बेमानी है यदि आप पूरे दिन में उन्हें हासिल नहीं कर सकते। मैं अपने इरादों पर क़ायम हूँ या नहीं, इस बात को सुनिश्चित करने का मेरा पसंदीदा तरीक़ा है कि मैं लगातार इस बात की जांच करता रहता हूँ कि मेरे ध्यानाकर्षण स्थान पर कौन क़ब्ज़ा कर रहा है-यह पता लगाने के लिए भी कि क्या मैं महत्त्वपूर्ण और परिणामी कामों पर फ़ोकस कर रहा हूँ या नहीं या फिर ऑटोपायलट मोड में चला गया हूँ। ऐसा करने के लिए मैं, हर घंटे की जागरूकता घंटी सेट कर लेता हूँ।

हायपरफ़ोकस की एक मुख्य थीम यह है कि आपको तब खुद के साथ बहुत कठोर नहीं होना चाहिए, जब आप नोटिस करते हैं कि आपका दिमाग़ बहक रहा है या फिर कुछ अजीब कर रहा है। आपका मन हमेशा भटकेगा, तो ध्यान रखें कि कैसे वह इस बात का आकलन करने का एक अवसर प्रदान कर सकता है कि आप क्या महसूस कर रहे हैं और उसके बाद का रास्ता तय करें कि आगे क्या करना है। शोध बताते हैं कि हमारा मन तब ज़्यादा भटकता है जब उसे ऐसा करने पर इनाम मिलता है। भले ही आप रोज़ाना एकाध विकर्षण को कम कर लेते हैं और एक या दो इरादे ही निर्धारित करते हैं, तब भी आप अधिकांश लोगों से अच्छा करते हैं। यदि आप मेरी तरह हैं, तो आपकी जागरूकता घंटी पहले इस बात का खुलासा करेगी कि आमतौर पर आप किसी महत्त्वपूर्ण या परिणामी कार्य को नहीं कर रहे थे। कोई बात नहीं-यह तो पता ही था।

महत्त्वपूर्ण बात यह है कि आप नियमित रूप से जांच रहे हैं कि आपके ध्यानाकर्षण स्थान पर कौन क़ब्ज़ा कर रहा है। अपने फ़ोन, स्मार्टवाच, या किसी अन्य डिवाइस पर हर घंटे के हिसाब से टाइमरसेट कर लें-दिन भर में आपके द्वारा प्राप्त किया जाने वाला यह सबसे उत्पादक व्यवधान होगा।

जब आपकी जागरूकता घंटी बजती है तो खुद से ये सवाल पूछें :

- जब जागरूकता घंटी बजी तब क्या आपका मन भटक रहा था?
- क्या आप ऑटोपायलट मोड पर काम कर रहे थे या फिर कोई ऐसा काम जिसे आपने जानबूझकर चुना था? (समय के साथ इसमें सुधार होते देखना काफ़ी संतुष्टिदायक होता है।)
- क्या आप किसी उत्पादक कार्य में डूबे हुए हैं? यदि ऐसा है, तो आपने उस पर फ़ोकस रहने में कितना समय बिताया है? (यदि यह काफ़ी ज़्यादा समय है, तो जागरूकता घंटी को आपको रोकने नहीं दें-अपना काम जारी रखें!)
- ऐसा कौन-सा परिणामी काम है जिसे आपको अभी करना चाहिए? क्या आप वह कर रहे हैं?
- आपका ध्यानाकर्षण स्थान कितना भरा हुआ है? क्या वह ओवरफ़्लो हो रहा है, या फिर आपके पास थोड़ी जगह बाक़ी है?
- क्या व्यवधान और विकर्षण आपको अपने काम पर हायपरफ़ोकस करने से रोक रहे हैं?

आपको इन सभी प्रश्नों का उत्तर देने की आवश्यकता नहीं है-केवल दो या तीन संकेत ही लें जो आपको सबसे ज़्यादा मददगार लगते हैं, वे जो आपको अपने सबसे महत्त्वपूर्ण काम पर रीफ़ोकस करने में मदद करते हैं। हर घंटे ऐसा करने से आपके ध्यान की गुणवत्ता के तीनों उपायों में सुधार होगा : यह आपको लंबे समय तक फ़ोकस करने में मदद करेगा, क्योंकि आप विकर्षणों और व्यवधानों को पहचानकर उनकी रोकथाम करते हैं; आप अब ज़्यादा बार नोटिस कर पाते हैं कि आपका मन भटक रहा है और रीफ़ोकस कर सकते हैं; और आप समय के साथ, और ज़्यादा इरादतन काम करने में अपना दिन बिता सकते हैं।

जब आप पहली बार इस जांच को करते हैं, तो संभवतः आप बहुत निष्पक्ष नहीं होते और खुद को लगातार ऑटोपायलट मोड पर काम करते हुए, व्यवधान और विकर्षणों का शिकार होने के अलावा अनावश्यक और ध्यान भटकाने वाले काम करते हुए पाते हैं। कोई बात नहीं! धीरे-धीरे अपने ध्यान को सबसे उत्पादक काम पर शिफ़्ट करें और विकर्षणों और व्यवधानों को समाप्त करने की कोशिश करें। यदि आपको एक ही व्यवधान बार-बार परेशान कर रहा है तो उससे निपटने की योजना बनाएं। (इसे हम अगले अध्याय में करेंगे)।

इस सप्ताह एक कार्यदिवस के लिए अपनी जागरूकता घंटी सेट करने की कोशिश करें। हालांकि शुरू-शुरू में यह भी व्यवधान डालेगी और परेशान करने वाली लगेगी, लेकिन इससे आपकी एक मूल्यवान नई आदत बनेगी। अगर आपको जागरूकता घंटी वाला यह आइडिया पसंद नहीं आता है, तो अपने आसपास के वातावरण में कुछ ऐसे संकेतों का उपयोग करने की कोशिश करें जो आपको यह सोचने के लिए प्रेरित करते हैं कि आपके ध्यानाकर्षण स्थान पर किसका क़ब्ज़ा है।

अब मैं जागरूकता घंटी का इस्तेमाल नहीं करता, यद्यपि मुझे अभ्यास में आने के लिए वह सबसे मददग़ार विधि लगी थी। आज मैं उन कामों के बारे में सोचता हूँ जो मैं कुछ पूर्व निर्धारित समयों के दौरान करता रहा हूँ : हर बार जब मैं पानी या चाय लेने के लिए अपनी डेस्क से उठता हूँ या जब मेरा फ़ोन बजता है तो मैं वाशरूम जाता हूँ। (मैं कुछ घंटियों के बाद अपने फ़ोन का जवाब देता हूँ, पहले यह सोचता हूँ कि मेरे ध्यानाकर्षण स्थान पर कौन क़ब्ज़ा कर रहा है)।

मज़बूत इरादे कैसे तय करें

पिछले कुछ दशकों से पीटर गॉलविट्ज़र इरादों के क्षेत्र में योगदान करने वालों में सबसे जाना-पहचाना नाम रहे हैं। संभवतः उन्हें उनकी परिवर्तनकारी रिसर्च के लिए जाना जाता है जिसमें उन्होंने ना केवल इरादे तय करने बल्कि उन्हें अत्याधिक विशिष्ट बनाने के महत्व के बारे में बताया है। जबकि हम अक्सर अपने अस्पष्ट इरादों को हासिल कर लेते हैं, विशिष्ट इरादे हमारी सफलता की संभावनाओं को बढ़ा देते हैं।

उदाहरण के लिए, आपने आज सुबह अपने व्यक्तिगत इरादे तय करने का सोचा और यह लिस्ट बनाई :

1. जिम जाना।
2. घर आने पर दफ़्तर के काम को हाथ नहीं लगाना।
3. ठीक समय पर सोने के लिए जाना।

मैंने जानबूझकर इन इरादों को अस्पष्ट बनाया है, लेकिन हम कैसे उन्हें अधिक विशिष्ट और उन पर क़ायम रहने वाला बना सकते हैं?

पहली बात, इस बात पर विचार करना सार्थक है कि जिस प्रकार मैंने इन्हें तैयार किया है तो ये इरादे कितने प्रभावी हो सकते हैं। कुछ नहीं करने की अपेक्षा निश्चित रूप से ये ज़्यादा प्रभावी होंगे। बल्कि, गॉलविट्ज़र के रिसर्च में पता चला है कि अस्पष्ट इरादे भी आपकी सफलता की संभावना को 20 से 30 प्रतिशत तक बढ़ा देते हैं। यदि आप भाग्यशाली हैं, तो आप अपनी सूची में से एक दो को और पूरा कर लेंगे। यह बुरा नहीं है!

हालांकि, अधिक विशिष्ट इरादा निर्धारित करने से, कुछ उल्लेखनीय हासिल होता है : इससे हमारी सफलता की संभावना और बढ़ जाती है। एक अध्ययन में गॉलविट्ज़र और उनकी सहयोगी वेरोनिका ब्रांडस्टेटर ने प्रतिभागियों से क्रिसमस की छुट्टियों के दौरान एक कठिन कार्य पूरा करने के लिए एक इरादा निर्धारित करने के लिए कहा–जैसे कि किसी टर्म पेपर को पूरा करना, कोई नया घर ढूंढना, या अपने किसी साथी के साथ हुए विवाद को सुलझाना। कुछ छात्रों ने अस्पष्ट इरादे तय किए जबकि कुछ छात्रों ने ऐसे इरादे तय किए जिन्हें गॉलविट्ज़र "कार्यान्वयन इरादे" कहते हैं यानी जिसे कार्य रूप में परिणित किया जा सकता है। जैसा कि वह इस शब्द को समझाते हैं : "एक अत्याधिक विस्तृत योजना तैयार करना कि आप जिस काम को करना चाहते हैं उसे कैसे करेंगे। मैं अपने शोध में जो तर्क दे रहा हूँ वह यह है कि लक्ष्य के लिए योजना की आवश्यकता होती है, एक आदर्श योजना जिसमें कब, कहां, और लक्ष्य के प्रति आगे बढ़ने के लिए किस प्रकार के क़दम उठाए जाएंगे जैसी बातें शामिल होती हैं।" दूसरे शब्दों में, यदि किसी छात्र का अस्पष्ट लक्ष्य "क्रिसमस की छुट्टियों के दौरान मकान ढूंढना" था, तो उसका कार्यान्वयन इरादा हो सकता है कि "मैं मकान को

ऑलाइन प्रॉपर्टी साइट पर खोजूंगा और क्रिसमस तक हर सप्ताह तीन मकान मालिकों को ईमेल करूंगा।"

गॉलविट्ज़र और ब्रांडस्टेटर के दो प्रतिभागी समूहों की दिलचस्प मुद्दों पर तुलना की गई। उल्लेखनीय रूप से 62 फ़ीसदी छात्र जिन्होंने विशिष्ट कार्यान्वयन इरादा निर्धारित किया था वे अपने लक्ष्य को हासिल करने में सफल रहे। वह समूह जिसने कार्यान्वयन इरादा निर्धारित नहीं किया था उसने बहुत ख़राब प्रदर्शन किया, अपने मूल इरादे का लगभग एक तिहाई पालन करते हुए–उनकी सफलता का आंकड़ा महज़ 22 प्रतिशत रहा। यह प्रभाव, जिसे बाद के अध्ययनों ने और पुष्टि प्रदान की, सकारात्मक रूप से काफ़ी चौंकाने वाला था। विशिष्ट इरादा निर्धारित करने से आपकी सफलता की संभावना दोगुनी या तीन गुनी तक हो जाती है।

इस बात को ध्यान में रखते हुए, चलिए मेरे तीन अस्पष्ट इरादों को क्रियान्वयन इरादों में बदलते हैं :

1. "जिम जाना" बदलकर "समय तय करना और मेरे लंच ब्रेक में जिम जाना" हो जाता है।
2. "घर पहुंचने के बाद काम को हाथ नहीं लगाना" बदलकर "अपने काम वाले फ़ोन को एयरप्लेन मोड पर रखना और काम संबंधी लैपटॉप को दूसरे कमरे में रखना, और पूरी शाम उनसे दूर रहना" हो जाता है।
3. "ठीक समय पर सोने के लिए जाना" बदलकर "रात 10 बजे सोने के लिए अलार्म सेट करना, और जब वह बजने लगे, सोने चले जाना।"

कार्यान्वयन इरादे कमोबेश आदतों की तरह ही शक्तिशाली होते हैं। जब आप कोई आदत शुरू करते हैं, तो आपका दिमाग़ बाक़ी का काम एक क्रम में ऑटोपायलट मोड में करता जाता है। जब आपके पास एक कार्यान्वयन इरादे के लिए कोई योजना होती है, तो जब आप उसे शुरू करने के लिए माहौल बनाते हैं – तो फिर चाहे आपके लंच ब्रेक में बदलाव हो, आप काम पर थकान भरा दिन बिताकर घर लौटें या फिर आपका सोने का समय बताने वाला अलार्म बंद हो जाए–आपका अवचेतन मस्तिष्क आपको अपने

लक्ष्य पूरे करने के लिए आगे बढ़ाता है। यहां पर आपके इरादे की भूमिका नगण्य हो जाती है और उसे आपको आगे बढ़ाने के लिए लगभग कोई प्रयास नहीं करना पड़ता। जैसा कि गॉलविट्ज़र और ब्रांडस्टेटर कहते हैं, "कार्रवाई की शुरुआत तेज़, कुशल हो जाती है और उसे सचेत इरादे की आवश्यकता नहीं होती।" दूसरे शब्दों में, हम स्वचालित रूप से अपने मूल लक्ष्य की तरफ़ बढ़ना शुरू कर देते हैं।

गॉलविट्ज़र ने मुझे बताया कि यह ज़रूरी नहीं है कि हर बार इरादे बिलकुल सटीक ही हों, यदि वे किसी व्यक्ति के समझने और माहौल के संकेतों को पहचानने के लिए पर्याप्त रूप से विशिष्ट हैं : "हमने टेनिस खिलाड़ियों के साथ शोध अध्ययन किए हैं, और उन्होंने खेल के दौरान आ सकने वाली समस्याओं पर प्रतिक्रिया देने के लिए योजनाएं बनाईं। कुछ टेनिस खिलाड़ी इसे 'जब मैं खीझ जाता हूँ। या 'जब मैं निराश हो जाता हूँ' के रूप में निर्दिष्ट कर रहे थे। यह बहुत विशिष्ट या ठोस नहीं है, लेकिन इसने अच्छा काम किया, क्योंकि वे जानते थे कि उनके लिए 'निराश' होने का क्या अर्थ है। विशिष्टता का बस इतना ही अर्थ है कि संबंधित व्यक्ति महत्त्वपूर्ण स्थिति को पहचान ले।"

विशिष्ट इरादे निर्धारित करने के लिए दो चेतावनियां हैं। पहली, आपको वास्तव में अपने इरादे की परवाह करनी होगी। कार्यान्वयन इरादे उन लक्ष्यों के प्रति उतनी अच्छी तरह काम नहीं करते जिनका आपके लिए खुद कोई ख़ास मायने नहीं हैं या फिर जिन्हें आपने लंबे समय से छोड़ रखा है। यदि आपने 1990 के दशक में लक्ष्य तय किया था कि आपके पास किसी ख़ास खिलौने का दुनिया का सबसे बड़ा कलेक्शन होगा तो संभवतः इस लक्ष्य को हासिल करने के लिए आज आप उतनी गंभीरता से प्रेरित नहीं होंगे।

दूसरी, आसानी से हासिल किए जा सकने वाले इरादों को विशिष्ट होना अनिवार्य नहीं है। आप किसी काम को कब करेंगे, उसे पहले से तय करना, सरल कामों के बजाय कठिन कामों के लिए उल्लेखनीय रूप से अधिक महत्त्वपूर्ण है।

यदि यह सप्ताहांत है, और आपका इरादा कम से कम एक बार जिम जाने का है, तो आपके लिए समय निश्चित करना ज़रूरी नहीं है कि आप कब जाएंगे। लेकिन यदि आप कुछ अधिक चुनौतीपूर्ण कार्य पूरा करने की

कोशिश कर रहे हैं, जैसे कि शनिवार को रेस्टोरेंट में मीठा नहीं खाना है, तो आपको अधिक विशिष्ट इरादा निर्धारित करना होगा। योजना के ज़रिए अस्पष्ट इरादों को भी अधिक विशिष्ट बनाया जा सकता है, जब आप मिठाई का मेन्यू देखते हैं, तो विनम्रता से मना करना और इसके बदले में अपने लिए बिना चीनी वाली कॉफ़ी मंगवाना एक विकल्प हो सकता है। ये चेतावनी घर पर इरादों के लिए बढ़िया काम करती है, लेकिन जब सोमवार आता है, तो आपको फिर से अधिक विचारणीय इरादे तय करने की आवश्यकता हो सकती है। "जब लक्ष्य कठोर होते हैं, या जब आपके सामने कई लक्ष्य होते हैं और उन सभी को हासिल करना कठिन है, तो ऐसे समय में योजना बनाकर काम करना ख़ासतौर पर कारगर होता है।" गॉलविट्ज़र कहते हैं।

हायपरफ़ोकस रिवाज शुरू करना

अगला अध्याय उन बाहरी और आंतरिक विकर्षणों के नियंत्रण पर केंद्रित है जो आपके हायपरफ़ोकस को पटरी से उतार देते हैं। हालांकि, इन पर चर्चा करने से पहले, मैं कुछ सरल तरीक़े बताना चाहता हूँ कि कैसे आप हायपरफ़ोकस को अपने इरादों में शामिल कर सकते हैं। ये और भी शक्तिशाली हो जाएंगे यदि आप पहले से ही अपने काम में आने वाले व्यवधानों को नियंत्रित कर लेते हैं।

पहले इस बात को देखते हैं कि फ़ोकस कैसे करना है फिर कब करना है। दोनों ही आइडिया काफ़ी सरल हैं।

हायपरफ़ोकस कैसे किया जाए :

- **इसकी शुरुआत इस बात को "महसूस" करने से करें कि आप कितनी देर हायपरफ़ोकस करना चाहते हैं :** अपने आप से इस संबंध में बातचीत करें कि इस मोड को लेकर आप कितना प्रतिरोध महसूस करते है, ख़ासतौर पर यदि आप किसी कठिन, खिझाने वाले, या अस्तव्यस्त काम को करने जा रहे हैं। उदाहरण के तौर पर : "क्या मैं एक घंटे के लिए फ़ोकस करने में सहज हूँ?" बिलकुल नहीं। तो फिर पैंतालीस मिनट कैसा रहेगा? ठीक है, लेकिन अभी भी नहीं हो पाएगा। तो तीस मिनट? ये भी

दोगुना है, लेकिन...अच्छा-अच्छा, पच्चीस मिनट तो चलेगा ना? हां शायद, मैं इसको कर सकता हूँ। समय के साथ अपने हायपरफ़ोकस की अवधि को बढ़ते हुए अनुभव करना काफ़ी उत्साहजनक होता है। खुद को प्रेरित करें-लेकिन बहुत कठोरता से नहीं। जब मैंने हायपरफ़ोकस का अभ्यास शुरू किया था, तो मैंने पंद्रह-पंद्रह मिनट के टुकड़ों में शुरुआत की थी, जिनके बीच में पांच से दस मिनट का ब्रेक लेता था। दिनभर हायपरफ़ोकस करना बोरियत भरा हो सकता है, और कुछ उत्तेजक विकर्षण (ध्यान भंग) हमेशा मज़ेदार होते हैं, ख़ासतौर पर शुरू-शुरू में। लेकिन जल्द ही आप कम विकर्षणों के साथ काम करने के आदी हो जाएंगे।

- **समय से पहले आने वाली बाधाओं का अनुमान लगा लें :** यदि मुझे पता है कि मेरे आने वाले कुछ दिन काफ़ी व्यस्त रहने वाले हैं, तो सप्ताह की शुरुआत में ही मैं अपनी हायपरफ़ोकस की अवधि को तय करना चाहूँगा-उस सप्ताह के दौरान समय के छोटे-छोटे कालखंड का उपयोग में किसी महत्त्वपूर्ण काम पर फ़ोकस करने के लिए कर सकता हूँ। इस तरीक़े से, मैं अंतिम समय में काम करने का उत्साह ख़त्म करने के बजाय हायपरफ़ोकस करने के लिए समय निकाल सकता हूँ। इस तरह की पूर्वयोजना से मेरे सहकर्मियों और सहयोगियों को पता होता है कि मुझे कब डिस्टर्ब नहीं करना है, और यह मुझे भी याद दिलाता है कि मैंने कब फ़ोकस करने के लिए अपनी प्रतिबद्धता तय की है। इस तरह के सप्ताहों में कुछ मिनटों की पूर्व योजना घंटों की उत्पादकता को बर्बाद होने से रोक सकती है।

- **टाइमर सेट करें :** आमतौर पर मैं अपने फ़ोन का इस्तेमाल इस काम के लिए करता हूँ, जो शायद विरोधाभासी लग सकता है, क्योंकि यह भी विकर्षण या व्यवधान पैदा करता है। तो यदि ये फ़ोन का व्यवधान फ़ोकस के लिए ब्लैक होल बन जाता है तो इसे या तो एयरप्लेन मोड पर रख दें या फिर अलार्म क्लॉक या किसी दूसरी तरह के टाइमर का उपयोग करें।

- **हायपरफ़ोकस!** जब आप नोटिस करते हैं कि आपका मन भटक रहा है या आपका ध्यान भंग हो रहा है, तो अपने ध्यान को वापस अपने इरादे पर लेकर आएं। याद रखें, ऐसा करते समय खुद के साथ बहुत सख़्ती नहीं बरतें–आपका दिमाग़ इसी तरह काम करने के लिए डिज़ाइन हुआ है। जब आपका टाइमर बजता है तो यदि आपको अधिक समय तक जारी रखने का मन करता है–जोकि हो सकता है क्योंकि आप अपने काम में रम गए हैं – तो रुकें नहीं।

तो इससे तय होता है कि कैसे करना है। यहां पर कुछ सुझाव हैं जिन्हें मैंने इस बात को तय करने में कारगर पाया है कि आपको कब हायपरफ़ोकस करना है :

- **जब भी आप कर सकें!** स्वाभाविक रूप से हमें छोटी बातों के लिए भी समय चाहिए, लेकिन जितना अधिक आप हायपरफ़ोकस करते हैं उतना ही बेहतर होता है। पूरे सप्ताह के दौरान, आपका काम जितने की अनुमति दे, और जितनी देर के लिए आप सहज महसूस कर सकें, आप उतने ही अधिक कालखंड हायपरफ़ोकस के लिए निर्धारित कर सकते हैं। जब हम एक बार में किसी एक सार्थक काम को करते हैं तो हम अधिक उत्पादक और ख़ुश महसूस करते हैं, तो ऐसी कोई वज़ह नहीं है कि जब हमारे लिए संभव हो तो हम इस मोड पर अधिक से अधिक समय नहीं बिताएं। जब भी आपके पास कोई महत्त्वपूर्ण कार्य या प्रोजेक्ट है तो हायपरफ़ोकस करने का मौक़ा नहीं गंवाएं – यदि आप ऐसा करते हैं तो ढेर सारी उत्पादकता खो बैठेंगे। स्वाभाविक रूप से, हमारे काम की प्रकृति की वज़ह से, हमें कई बार ढेर सारा ऐसा काम करना पड़ता है जिसमें हमें अन्य लोगों के सहयोग की आवश्यकता होती है। हमें भी अपने सहयोगियों के लिए उपलब्ध होना पड़ता है। लेकिन जब आप कोई ऐसा काम करते हैं जिसे केवल आप कर सकते हैं तो यह सबसे बेहतरीन समय है, जब आप हायपरफ़ोकस मोड में जा सकते हैं।

- **अपने काम की बाधाओं के आसपास :** हममें से अधिकांश लोगों को हर बार चाहने पर हायपरफ़ोकस होने की विलासिता नहीं मिलती। उत्पादकता आमतौर पर अपनी बाधाओं को समझने की प्रक्रिया है। अधिकांश दिनों में हम हायपरफ़ोकस करने के कुछ मौक़े खोज सकते हैं, लेकिन कई बार यह संभव नहीं होता। मेरे साथ ऐसा अक्सर यात्राओं के दौरान होता है, या फिर जब मैं कॉन्फ्रेंस में होता हूँ या फिर जब मेरी दिन भर लगातार बैठकें चलती रहती हैं। तो बाधाएं और व्यवधान भी आपके रोज़मर्रा के जीवन का हिस्सा हैं और इन्हें भी जगह देना सुनिश्चित करें–और यदि संभव हो तो, इन्हीं बाधाओं के बीच में काम के लिए भी समय निकालें जब आप अपनी सप्ताह की योजनाएं बनाते हैं।

- **आपको कोई जटिल काम करने की ज़रूरत है :** जब मैंने अपने कैलेंडर में समय के छोटे-छोटे कालखंड निर्धारित करके हायपरफ़ोकस करना शुरू किया था, तो अब मैं उस मोड में आ गया हूँ कि जब भी मुझे किसी जटिल काम या प्रोजेक्ट को करने की आवश्यकता होती है तो मुझे उसका फ़ायदा मिलता है।

  यदि मैं बस अपनी ईमेल चेक कर रहा हूँ, तो मैं हायपरफ़ोकस के लिए कोई इरादा निर्धारित नहीं करूंगा, लेकिन यदि मैं लिख रहा हूँ, बात करने के लिए योजना बना रहा हूं, या किसी महत्त्वपूर्ण मीटिंग में शिरकत कर रहा हूँ, तो निश्चित रूप से मैं निर्धारित करूंगा।

- **आप जो हासिल करना चाहते हैं उसके कितने प्रतिकूल हैं, इसके आधार पर :** जितना ज़्यादा आप किसी काम या प्रोजेक्ट को प्रतिकूल पाएंगे, उतना ही महत्त्वपूर्ण होगा कि आप समय से पहले अपने व्यवधानों और विकर्षणों पर क़ाबू पा लें। आपके द्वारा उन कामों में हीला-हवाली करने की पूरी संभावना है जिन्हें आप बोरिंग, खिझाऊ, कठिन, अस्पष्ट, या अस्त-व्यस्त मानते हैं, या कि आप उसे प्रतिफलदायक या सार्थक नहीं मानते। वास्तव में, यदि आप अपने मन में किसी काम को बंद करने का ख़याल करते हैं तो संभावना है कि उसमें अधिकतर यही

विशेषताएं हों। जितना ज़्यादा प्रतिकूल कोई काम होगा तो उतना ही महत्त्वपूर्ण हो जाएगा हायपरफ़ोकस स्थिति में जाना ताकि हम उस काम को इरादे के साथ कर सकें।

अपना फ़ोकस बनाना

अगले कई अध्ययायों में, मैं आपको वे साधन प्रदान करूंगा जिनकी आपको अपना फ़ोकस विकसित करने के लिए आवश्यकता है। जैसा कि आप पाएंगे, हायपरफ़ोकस करने की आपकी क्षमता कुछ बातों पर निर्भर करती है, ये सभी आपके ध्यान की गुणवत्ता को प्रभावित करती हैं :

- कितनी जल्दी आप ध्यान की नई और अलग चीज़ें तलाशने लगते हैं (ऐसा अक्सर इसलिए होता है क्योंकि हम शुरुआत में हायपरफ़ोकस के रिवाज का विरोध करते हैं)।
- कितनी बार आप अपने ध्यानाकर्षण स्थान को आदतन ओवरलोड कर लेते हैं।
- कितनी बार आपका ध्यान किसी व्यवधान और विकर्षण की वज़ह से पटरी से उतर जाता है।
- कितने काम, प्रतिबद्धताएं, आइडिया, और अन्य अनसुलझे मुद्दे आप अपने दिमाग़ में लेकर घूम रहे हैं।
- कितनी बार आप मेटा-अवेयरनेस की प्रैक्टिस करते हैं। (यह जांचना कि आपके ध्यान पर पहले से कौन क़ब्ज़ा किए बैठा है)।

जैसा कि हम चर्चा करेंगे, आपका मूड और आहार भी आपके हायपरफ़ोकस को प्रभावित कर सकता है। इन वज़हों से, जब इस मोड में प्रवेश करने की बात आती है तो हर किसी का शुरुआती बिंदु अलग होता है। विडंबना है, जब मैंने अपने ध्यान को किस तरह बेहतर मैनेज किया जाए, इस विषय पर शोध की तलाश शुरू की थी, तो मैं विचलित होने से पहले बमुश्किल एक मिनट तक ही फ़ोकस कर पाता था। यह अक्सर होता है जब हम लगातार ध्यान के लिए नई चीज़ें खोजने लगते हैं और किसी ध्यान बंटाने वाले माहौल में काम करते हैं।

शोध के साथ प्रयोग करने के दौरान, मैं अपनी हायपरफ़ोकस करने की अवधि को धीरे-धीरे बढ़ाने में कामयाब हो गया, और मैंने कम व्यवधानों और विचलनों के साथ काम करना सीख लिया। यह वाक्य जो आप पढ़ रहे हैं, उसे मैंने लगभग पैंतालीस मिनट के हायपरफ़ोकस सत्र के बाद लिखा है-जोकि दिन का तीसरा है। ये सत्र मुझे दो घंटों में बिलकुल 2,286 शब्द लिखने में सक्षम करते हैं (यह उत्पादकता के बारे में कोई पुस्तक लिखने का एक मज़ेदार हिस्सा है : आप खुद भी पुस्तक लिखने में इस विधि का इस्तेमाल करके इसे सत्यापित कर सकते हैं)। तीसरा सत्र मेरा पिछला हायपरफ़ोकस ब्लॉक था, और उन दो अवधियों के बीच में मैंने ईमेल चेक किए, सोशल मीडिया पर गया, और अपने साथियों के साथ थोड़ी बातचीत भी की।

लेकिन अभी उनमें से कोई भी समय नहीं है। अब केवल एक चीज़ पर फ़ोकस करने का समय है-इन शब्दों को लिखना-जिसने मुझे पिछले पैंतालीस मिनटों में इतना उत्पादक होने की अनुमति दी है। यह आपके लिए भी कारगर है।

अध्याय

4

विकर्षणों पर अंकुश लगाना

चालीस सेकेंड

इस पुस्तक को लिखने के दौरान जिन दो शानदार शख़्सियतों से मुझे बात करने का सौभाग्य मिला, वे थीं ग्लौरियामार्क और मैरीज़ेरविन्स्की। मार्क इरविन में कैलिफ़ोर्निया यूनिवर्सिटी में सूचना विज्ञान की प्रोफ़ेसर हैं और संभवतः ध्यान और मल्टीटास्किंग जैसे विषयों पर दुनिया की शीर्ष विशेषज्ञ हैं। उन्होंने नासा के अलावा बोइंग, इंटेल, आईबीएम और माइक्रोसॉफ़्ट जैसी कंपनियों के साथ भागीदारी में ध्यानाकर्षण संबंधी अध्ययन किए हैं। ज़ेरविन्स्की, माइक्रोसॉफ़्ट में प्रमुख शोधकर्ता हैं, और इस विषय की एक अग्रणी विशेषज्ञ हैं कि किस प्रकार इनसान और कंप्यूटर आपस में संवाद करते हैं।* उनका काम, और मेरी उनके साथ बातचीत, इस अध्याय के अधिकांश भाग को गठित करती है। दोनों वैज्ञानिकों ने दैनिक जीवन में तकनीक के साथ हमारे संबंधों के बारे में अध्ययन करने के लिए हाथ मिलाया है।

मुझे उनके काम के बारे में जो बात सबसे ज़्यादा पसंद है कि वे उस बात में विशेषज्ञता रखती हैं जिसे *इन सिटु* रिसर्च में कहा जाता है, वास्तविक कार्यस्थल पर वास्तविक कर्मचारियों के बीच अध्ययन करना। इस बात का मापन करने के लिए कि प्रतिभागी मल्टीटास्किंग या ईमेल करने के बाद कितना तनावग्रस्त महसूस करते हैं, मार्क और ज़ेरविन्स्की ने उनके दिल की धड़कनों में होने वाले बदलाव की निगरानी करने के लिए चौबीसों घंटे पहनने वाले उपकरण दिए–ये तनाव मापने का एक वैज्ञानिक रूप से प्रमाणित तरीक़ा है। उनकी अनुमति से, मार्क और ज़ेरविन्स्की ने प्रतिभागियों के कंप्यूटर पर

*माइक्रोसॉफ़्ट ने ढेर सारे शोध किए हैं–इस लेखन में, उसने दो हज़ार से ज़्यादा लोगों को लगाया था, जिन्होंने पूर्णकालिक रूप से शोध किया किया और उसे प्रकाशित किया।

एक लॉगिंग प्रोग्राम इंस्टाल किया ताकि यह अवलोकन किया जा सके कि वे काम के बीच में कितनी बार स्विच करते हैं (यानी मूल काम से भटक जाते हैं) - प्रत्येक चालीस सेकेंड में। आश्चर्यजनक रूप से, हम खुद को ज़्यादा बार बाधित करते हैं जब हम आईएम और स्काइप जैसे ऐप खुले रखते हैं - यानी हर *पैंतीस* सेकेंड में।

उनका काम कई वज़हों से महत्त्वपूर्ण कहा जा सकता है। पहला, इन सिटु रिसर्च में अधिक कठिन काम करने होते हैं-मार्क को ऐसा संगठन खोजने में छह साल लगे जो उन्हें अपने कर्मचारियों पर अध्ययन करने दे, उदाहरण के लिए एक सप्ताह तक बग़ैर ईमेल के रहना-लेकिन यह पहल ख़ासतौर पर मायने रखती है। जैसा कि उन्होंने मुझे बताया, "प्रयोगशाला में किसी के साथ बात करने और बाहरी दुनिया जैसी आभासी परिस्थितियां तैयार करने के विपरीत, यहां पर आप वास्तविक दुनिया में काम करते हैं और चीज़ों को उसी तरह देखते हैं जैसी वे हैं।"

दूसरे, उनका शोध इसलिए भी महत्त्वपूर्ण है, क्योंकि यह क्रांतिकारी है। अभी तक उनके द्वारा किए गए अध्ययन में मेरा पसंदीदा वह है जिसमें पता लगाया गया है कि चालीस सेकेंड में लोग एक काम से दूसरे में स्विच कर लेते हैं। अक्सर हम एकदम उत्पादक होने और अपने काम में डूबने से खुद को बाधित कर लेते हैं कुछ ऐसा काम करने के लिए जो असंबद्ध है और बिलकुल भी महत्त्वपूर्ण नहीं है। हम अपने किसी दोस्त के साथ हो रही सार्थक बातचीत बीच में रोककर अपना फ़ोन चेक करने लगते हैं; हम कोई महत्त्वपूर्ण रिपोर्ट लिखना दरकिनार करके किसी बेमतलब की आईएम चैटिंग में लग जाते हैं; हम एक्सेल वर्कशीट बनाना छोड़कर दफ़्तर के किसी सहकर्मी से मिलने पहुंच जाते हैं, बग़ैर किसी ख़ास वज़ह के।

एक और अध्ययन जो उन लोगों ने किया, उसमें पाया कि औसत कार्य दिवस के दौरान हम कंप्यूटर एप्लिकेशन के बीच *566 बार* स्विच करते हैं। इस आंकड़े में वे व्यवधान भी शामिल हैं जिनका हमारे काम से कोई लेना-देना नहीं होता-उदाहरण के लिए हम दिनभर में 21 बार फ़ेसबुक चेक करते हैं। (इस औसत में अध्ययन के प्रत्येक प्रतिभागी को शामिल किया गया है, जिनमें से कुछ ने बिलकुल भी फ़ेसबुक चेक नहीं की। जब आप दिन में कम से कम एक बार फ़ेसबुक पर जाने वाले लोगों के बीच औसत निकालते हैं, तो यह लगभग दोगुना हो जाता है, यानी दिन में 38 बार।)

निश्चित रूप से इन व्यवधानों के कारण हमारा काम प्रभावित होता है, और हम हायपरफ़ोकस अवस्था में प्रवेश करने में विफल हो जाते हैं, हम ज़्यादा तेज़ी से काम करने की कोशिश करके इसकी भरपाई करने की कोशिश करते हैं, जिससे हमारे उत्पादन की गुणवत्ता पर असर पड़ता है और हम तनावग्रस्त हो जाते हैं। और शायद सबसे महत्त्वपूर्ण बात, हम अपने ध्यान पर नियंत्रण करने और इरादतन उसे मैनेज करने में विफल हो जाते हैं।

हालांकि ऐसे व्यवधान जो कहीं न कहीं हमारे द्वारा किए जा रहे काम या प्रोजेक्ट से जुड़े हुए हैं, वे हमारी उत्पादकता पर उतना गंभीर असर नहीं करते–उदाहरण के लिए, यदि कोई हमारे द्वारा तैयार की जा रही किसी रिपोर्ट से संबंधित जानकारी भेजता है, तो हम तुलनात्मक रूप से ज़्यादा आसानी से रीफ़ोकस कर सकते हैं। लेकिन ऐसा बहुत कम ही होता है कि हमारे पास एक वक्त में करने के लिए कोई एक ही काम या प्रोजेक्ट हो–औसतन, हम एक साथ दस चीज़ों के साथ जूझते रहते हैं।

आपके ईमेल और मैसेज नोटिफ़िकेशन रखना तब महत्त्वपूर्ण होता है, यदि आप और आपकी टीम एक ही प्रोजेक्ट पर क्रंचमोड (अतिरिक्त समय तक) काम कर रहे हों, लेकिन अधिकांश परिस्थितियों में ऐसा नहीं होता। किसी असंबद्ध व्यवधान का गंभीर ख़ामियाजा भुगतना पड़ सकता है : जब हमारे काम में व्यवधान आता है तो काम पर वापस ध्यान लगाने में औसतन पच्चीस मिनट लगते हैं, और उस गतिविधि पर वापस लौटने से पहले हम औसतन 2.26 अन्य काम करते हैं। ऐसा नहीं होता कि हम बस किसी व्यवधान या विकर्षण में फंसे और फिर तुरंत वापस मूल काम पर लौट आए–ऐसा होने से पहले हम एक बार और व्यवधान का विकर्षण का शिकार होते हैं।*

* विकर्षण (ध्यान बंटना) चालीस साल की उम्र के बाद और ज़्यादा महंगा साबित हो सकता है। आपकी उम्र बढ़ने के साथ ही आपका ध्यानाकर्षण स्थान संकुचित होता जाता है, इसकी वज़ह से पटरी पर वापस लौटना काफ़ी कठिन होता जाता है। लेकिन दिलचस्प रूप से, यद्यपि आपका ध्यानाकर्षण स्थान उम्र के साथ संकुचित होता है, लेकिन उसी अनुपात में आपका मन भी कम भटकता है। हमारे दिमाग़ में सूचनाओं को संसाधित करने वाली प्रणाली भी उम्र के साथ कमज़ोर होती जाती है–इसकी वज़ह से हमारी एक के बाद दूसरे व्यवधान या विकर्षण का शिकार होने की संभावना भी कम हो जाती है।

जब आप इस बात से अवगत हो जाते हैं कि आप खुद को कितना बाधित करते हैं तो, उसी तरह से काम पर वापस लौटना काफ़ी कठिन होता है। इसीलिए अपने ध्यानाकर्षण स्थान का समझदारीपूर्वक प्रबंधन करना अत्याधिक महत्त्वपूर्ण है। आप पहले ही संभावित व्यवधानों पर अंकुश लगाकर अपने फ़ोकस का समय काफ़ी अधिक बढ़ा सकते हैं।*

हमें ध्यान भटकाना क्यों पसंद है

एक बहुत ही सामान्य वज़ह है कि हम विकर्षणों यानी कि ध्यान भटकने का शिकार क्यों बनते हैं। तब भी जब हमें पता होता है कि ये अनुत्पादक हैं, जबकि ये हमारे काम से ज़्यादा मोहक होते हैं। जब हमारा दिमाग़ किसी काम के प्रति थोड़ा-सा भी विरोध प्रदर्शित करता है, तो वह ऐसी आकर्षक चीज़ों को ढूंढ़ता है जो वह उस मूल काम की जगह कर सके।

अपने मन को कुछ सेकेंड्स के लिए ऐसा करने दें, और आप देखेंगे कि वह ध्यान की अधिक आकर्षक वस्तुओं (और आमतौर पर कम महत्त्वपूर्ण) की तरफ़ आकर्षित होता है बजाय इसके कि जिन पर फ़ोकस करना चाहिए।

हम खुद को बिना विचलित किए बाथरूम भी नहीं जा सकते। मैं यह भी देखना चाहूँगा कि समय के साथ हमारे बाथरूम ब्रेक की अवधि में क्या बदलाव होते हैं-मैं अनुमान लगा सकता हूँ कि अब वे कम से कम दोगुने हो गए होंगे, क्योंकि हम अब अपने साथ स्मार्टफ़ोन ले जाते हैं।†

हमारे दिमाग़ में पहले से मौजूद नवीनता के प्रति पूर्वाग्रह, विकर्षण के प्रति हमारा झुकाव को और भी बुरा बनाता है साथ ही वे वेबसाइट

---

* ध्यान संबंधी अनुसंधानों में बार-बार आने वाला एक सवाल यह है कि जब मल्टीटास्किंग की बात आती है तो पुरुष और महिलाएं एक दूसरे से कितने भिन्न हैं। महिलाओं का ध्यान कम भटकता है और वे खुद को कम बाधित करती हैं। और वे एक साथ एक से अधिक काम करते समय भी ऐसा करती हैं। पुरुषों की तुलना में, महिलाएं कार्यस्थल पर अधिक ख़ुश रहती हैं और अधिक जुड़ाव भी रखती हैं।

† स्मार्टफ़ोन के आने के बाद से किसी चीज़ में कोई कमी आई है? चुइंगगम की बिक्री में। 2007 के बाद से - यानी आईफ़ोन के लॉन्च होने के बाद से -चुइंगगम की बिक्री 17 फ़ीसदी घट गई है। यह महज़ एक संयोग हो सकता है लेकिन फिर भी आश्चर्यजनक है।

और ऐप भी ज़िम्मेदार हैं जिन पर एक नासमझ उत्तेजना से वशीभूत होकर हम बार-बार जाते रहते हैं। जब भी आप ट्विटर खोलते हैं तो संभवतः कुछ नोटिफ़िकेशन आपकी प्रतीक्षा करते रहते हैं-आपकी पिछली पोस्ट किसने साझा की, कितने नए लोगों ने आपको फ़ॉलो किया इत्यादि। दिन भर साइट को चेक करने की अच्छा पर क़ाबू पाना काफ़ी कठिन होता है। भले ही आपके लिए कोई संदेश इंतज़ार नहीं कर रहा हो, लेकिन कुछ होने की *संभावना* आपको बार-बार वहां खींचती है। मैंने इसी वज़ह से कुछ साल पहले अपना फ़ेसबुक अकाउंट डिलीट कर दिया था।

मैं ये शब्द अपने कंप्यूटर स्क्रीन की विंडो पर टाइप कर रहा हूँ, लेकिन मैं जानता हूँ कि, थोड़ी देर में कोई और विंडो खोल लेना संभव है जो घंटों तक ध्यान भंग कर सकती है। लिखना एक कठिन काम है जिसका विरोध मेरा दिमाग़ करता रहता है। मुझे परिणाम पसंद है, लेकिन इसकी प्रक्रिया में सोशल मीडिया पर जाने, ईमेल का जवाब देने या न्यूज़ चेक करने से से कहीं अधिक फ़ोकस और एनर्जी की ज़रूरत होती है। यदि मैं समय से पहले कंप्यूटर के इन विकर्षणों को अक्षम नहीं करूंगा, तो मैं भी अपनी उत्पादकता से गुड-बाय कर लूंगा।

एक छोटे से प्रयोग के रूप में, इस सुबह मैंने अपने कंप्यूटर पर किसी भी विकर्षण को ब्लॉक नहीं किया। मैंने खुद को तीस मिनट के लिए अपनी डिवाइसों के आकर्षक जाल में फंसने दिया। बाद में जब मैंने अपनी ब्राउज़िंग हिस्ट्री देखी तो इस दौरान मैंने यहां विज़िट किया था।

- ट्विटर;
- रेडिट (ख़ासतौर पर मैकेनिकल कीबोर्ड "सबरेडिट");
- फ़ीडली, द *न्यू यॉर्क टाइम्स*, सीएनएन, द *वर्ज*, और मैकरियूमर्स जैसी कई न्यूज़ वेबसाइट्स
- मेरा दूसरा ट्विटर अकाउंट;
- ईमेल(मेरे तीन ईमेल अकाउंट हैं और हर बार उनमें से एक या दो को चेक करता हूँ); और
- अपनी पहली पुस्तक के लिए एमेज़ॉन पेज, यह चेक करने के लिए कि वह कितनी अच्छी बिक रही है और क्या कोई नई ग्राहक समीक्षा है।

यह भी जानने योग्य है कि मैंने इन वेबसाइट्स को पच्चीस मिनट के मेडिटेशन के बाद चेक किया था–आमतौर पर इस तरह ध्यान लगाने के बाद मुझे ज़्यादा इरादे के साथ काम करने में मदद मिलती है। इस बात की पूरी संभावना है कि आपके पास भी उन वेबसाइट और ऐप की लिस्ट होगी जो आपके काम करने के दौरान लगातार ध्यान भटकाते रहते हैं।*

इस छोटी–सी घटना से यह ग़लतफ़हमी दूर हो जाती है कि एक उत्पादकता विशेषज्ञ के रूप में मेरे पास आत्म–नियंत्रण करने की कोई अतिमानवीय शक्ति है। मैं बस अपने लालच पर *समय से पहले* नियंत्रण कर लेता हूँ। इस बात को चुनने के बाद कि आपको कितनी देर फ़ोकस करना है, अपने विकर्षणों और व्यवधानों को दूर करना हायपरफ़ोकस का दूसरा चरण है। किसी काम पर जुटने से पहले विकर्षण दूर करना फ़ोकस करने को काफ़ी आसान बना देता है, चूंकि कोई प्रतिस्पर्धा नहीं होती है तो महत्त्वपूर्ण कार्य आपके ध्यानाकर्षण स्थान में स्वाभाविक रूप से भर जाते हैं।

इस बात को देखते हुए कि विकर्षणों में आपकी उत्पादकता को बार–बार पटरी से उतारने की क्षमता है, तो यह ज़रूरी है कि हम समय रहते उनसे निपट लें–ताकि हमें उनके आकर्षण का विरोध करने के लिए अपनी क़ीमती इच्छाशक्ति नहीं ख़र्च करनी पड़े।

चार तरह के विकर्षण

अध्याय 1 में मैंने चार तरह के कामों का परिचय दिया था : उत्पादक कार्य जो या तो आवश्यक होते हैं या उद्देश्यपूर्ण, और अनुत्पादक कार्य जोकि या तो अनावश्यक होते हैं या फिर ध्यान भंग करने वाले (विकर्षक)। इस सत्र में, हम उन विकर्षक (ध्यान भंग करने वाले) कामों पर फ़ोकस करेंगे जोकि मज़ेदार तो हैं लेकिन अनुत्पादक हैं।

---

* दिलचस्प बात यह है कि आपके किसी विकर्षण का शिकार होने की संभावना इस बात पर निर्भर करती है कि आप कौन–सा काम कर रहे हैं। जब आप नियमित काम करते हैं, तो आपके फ़ेसबुक पर जाने या किसी सहकर्मी के साथ बात करने की संभावना अधिक होती है। लेकिन जब आप किसी जटिल काम को करते हैं, तो ज़्यादा संभावना है कि आप बीच में अपनी ईमेल चेक करने लगें।

मैंने "विकर्षण" की परिभाषा में बताया था कि ऐसी कोई भी चीज़ जो आपको अपने मूल काम से दूर करती है। इस संदर्भ में, विकर्षण और व्यवधान लगभग एक समान होते हैं, क्योंकि ये दोनों ही आपको अपने उस काम से दूर ले जाते हैं जिसे आप पूरा करना चाह रहे हैं। कुछ व्यवधान अनिवार्य होते हैं – जैसे कि आप वर्तमान में जो काम कर रहे हैं उससे संबंधित कोई ताज़ा जानकारी। लेकिन अधिकांशतः वे समय से पहले ही अंकुश लगाए जाने लायक़ होते हैं।

यदि हम "ध्यान भंग करने वाले कामों (विकर्षण)" के चतुर्थांशों पर फिर से नज़र डालें, जिन्हें हमने पहले अध्याय में देखा था, तो हम उन्हें दो आधार पर बांट सकते हैं : कि क्या हमारा उन पर नियंत्रण है या नहीं और क्या हम उन्हें कष्टप्रद या मज़ेदार पाते हैं।

यदि आप अपनी पेशेवर गतिविधियों को अध्याय 1 की सारणी के भीतर के चार प्रकार के कार्यों में रखते हैं, तो ध्यान भंग करने वाले चतुर्थांश के काम को आरंभिक बिंदु मानकर अगले पृष्ठ की सारणी को भरें। वहां जोड़ने के लिए कई आइटम हैं–आपकी विकर्षण सारणी में हर चीज़ शामिल होनी चाहिए, जो उस समय आपके ध्यान को आपके इरादे से दूर करती है, चाहे वह कितनी ही छोटी क्यों ना हो। इसमें वे विकर्षण भी शामिल होने चाहिए जो विशेष रूप से काम से संबंधित नहीं हैं–जैसे कि वे न्यूज़ और सोशल मीडिया वेबसाइट्स जिनमें आप काम के दौरान जाते हैं। मैं इस पुस्तक को पढ़ने के दौरान आपसे बहुत ज़्यादा एक्सरसाइज़ करने के लिए नहीं कहूँगा। लेकिन यदि मैंने उन्हें शामिल किया है तो उसके पीछे कहीं न कहीं कोई अच्छी वज़ह है।

चार प्रकार के विकर्षण/व्यवधान

	कष्टप्रद	मज़ेदार
कोई नियंत्रण नहीं		
जिन पर नियंत्रण है		

(मैंने इन दोनों चार्ट के प्रिंट करने योग्य संस्करण इस पुस्तक की वेबसाइट : hyperfocusbook.com पर अपलोड किए हैं)।

यह बताने के लिए कि कोई भरी हुई सारणी कैसी दिखती है, यहां पर कुछ आम विकर्षण हैं जो दिन भर मेरे इरादों को विफल करते रहते हैं :

चार प्रकार के विकर्षण/व्यवधान

	कष्टप्रद	मज़ेदार
कोई नियंत्रण नहीं	• दफ़्तर के आगंतुक • ज़ोर-ज़ोर से बात करने वाले सहकर्मी • मीटिंग्स	• टीम के साथ लंच • प्रियजनों के फ़ोन • दोस्तों के साथ गपबाज़ी
जिन पर नियंत्रण है	• ईमेल • फ़ोन अलर्ट • मीटिंग्स	• न्यूज़ वेबसाइट्स • सोशल मीडिया अकाउंट्स • इंस्टेंट मैसेजिंग अकाउंट्स

आइए शीर्ष दो चतुर्थांशों से शुरुआत करते हैं-उन विकर्षणों और व्यवधानों से कैसे निपटें, जिन पर हमारा नियंत्रण नहीं है।

दो स्थान होते है जहां से विकर्षण पैदा होता है–हम स्वयं और अन्य कारक–इन दोनों कारकों से समय रहते निपटना बहुत महत्त्वपूर्ण है। हम सारे विकर्षणों को पैदा होने से तो नहीं रोक सकते–चाहे हमने हायपरफ़ोकस के इरादे से अपने दफ़्तर के दरवाज़े कुछ घंटे के लिए क्यों ना बंद कर लिए हों, हम अभी भी फ़ोन कॉल आने या दरवाज़े पर दस्तक होने से नहीं बच सकते। कई विकर्षण रोके जा सकते हैं, लेकिन कई नहीं, कम से कम बड़े सामाजिक नुक़सान के बग़ैर तो बिलकुल नहीं। हालांकि, शोध बताते हैं, कि हम दूसरों के द्वारा जितना व्यवधान झेलते हैं उतना ही खुद के द्वारा भी खुद को व्यवधान पहुंचाते हैं।* जैसा कि ग्लोरिया मार्क बताती हैं, "केवल बाहरी व्यवधानों पर क़ाबू पाना समस्या को आधा सुलझाना ही है।"

दूसरों के द्वारा पैदा किए गए विकर्षण उतने हानिकारक नहीं हैं जितने हमारे खुद के व्यवधान हैं। जब हम खुद अपने काम में व्यवधान डालते हैं तो औसतन काम पर वापस जुटने में लगभग उन्तीस मिनट का समय लग सकता है–हालांकि, दूसरों द्वारा व्यवधान पहुंचाए जाने पर हम छह मिनट पहले काम पर वापस ध्यान लगा लेते हैं। चाहे वह उन्तीस मिनट हो या तेईस मिनट, हम काफ़ी ज़्यादा उत्पादकता का नुक़सान उठा लेते हैं। यह एक मुख्य वज़ह है कि क्यों समय-समय पर चेक करना चाहिए कि हमारे ध्यानाकर्षण स्थान पर कौन क़ब्ज़ा कर रहा है, इससे काफ़ी मदद मिलती है। जब हम नोटिस करते हैं कि विकर्षणों ने हमें रास्ते से भटका दिया है, तो हम ध्यान भटकाने वाले कामों पर कम समय बर्बाद करते हैं और ज़्यादा जल्द पटरी पर वापस आ जाते हैं।

जबकि हम व्यवधान पैदा होने से नहीं रोक सकते, लेकिन हम इस बात पर नियंत्रण कर सकते हैं कि हम उन पर कैसे प्रतिक्रिया दें। ऐसे कष्टप्रद काम, जिन्हें हम अपने ध्यानाकर्षण स्थान पर क़ब्ज़ा होने से नहीं रोक सकते–जैसे कि दफ़्तर के आगंतुक, बकबक करने वाले सहकर्मी और अनावश्यक मीटिंग्स–इनसे निपटने का सबसे अच्छा तरीक़ा यही है कि अपने मूल इरादे को ध्यान में रखें और जितनी जल्दी हो सके अपने काम पर वापस जुट जाएं।

हमें इस बात का भी ध्यान रखना चाहिए कि हम उन *मज़ेदार* विकर्षणों पर कैसे प्रतिक्रिया देते हैं जिन्हें हम नियंत्रित नहीं कर सकते। मेरे द्वारा इस

---

* यदि आप मैनेजर या टीम लीडर हैं तो यह स्थिति नहीं बनती, हालांकि इस मामले में, 60 फ़ीसदी व्यवधान दूसरे लोगों से पैदा होता है।

पुस्तक में पेश की गई सभी सलाहों में, यह रणनीति ऐसी है जिसके साथ मुझे सबसे ज़्यादा जूझना पड़ा। मैं अक्सर अपने इरादों को पूरा करने में इतना व्यस्त रहता हूँ कि जब मैं बाधित होता हूँ तो मुझे क्रोध आ जाता है-फिर चाहे वह व्यवधान कितना ही मनोरंजक क्यों नहीं हो। हालांकि, जैसा कि मैंने देखा है, टीम के साथ लंच करना या फिर काम के बीच में किसी प्रियजन का फ़ोन आना – जैसे आनंददायक, नियंत्रण योग्य विकर्षणों पर प्रतिक्रिया देने का सर्वोत्तम संभव तरीक़ा-वास्तव में उसमें शामिल होना और खुद को उसका आनंद लेने देना है, लेकिन जब भी संभव हो अपने मूल काम पर वापस लौट आना चाहिए। जिन चीज़ों पर आप नियंत्रण नहीं कर सकते, उनसे जूझना व्यर्थ और समय, ऊर्जा और ध्यान की बर्बादी है। मैंने धीरे-धीरे इन व्यवधानों को खुद को हल्का करने के संकेत के रूप में मानना और काम से भटकाने वाले आनंद को अपनाना सीख लिया है-जैसे ही उत्पादकता मेरे मूल इरादे को वापस बुलाती है, मौक़ा मिलते ही मैं पटरी पर वापस लौट आता हूँ।

विकर्षण मुक्त मोड

अधिकांश विकर्षण उस श्रेणी में आते हैं, जिन्हें हम वास्तव में नियंत्रित कर सकते हैं, इसलिए इन पर समय रहते अग्रिम अंकुश लगा लेना चाहिए।

चार प्रकार के विकर्षण/व्यवधान

	कष्टप्रद	**मज़ेदार**
कोई नियंत्रण नहीं	काम पर एकाग्रता वापस लाने के साथ इनसे निपटें	आनंद लें!
जिन पर नियंत्रण है	समय रहते इनसे निपट लें	

समय के साथ मैंने काम करने के दो मोड विकसित किए हैं :

1. एक विकर्षण-मुक्त मोड, जिसमें मैं तब प्रवेश करता हूँ जब भी मैं हायपरफ़ोकस करने वाला होता हूँ।
2. एक सामान्य, कम-विकर्षण वाला मोड, जहां पर मैं एक नियंत्रण योग्य विकर्षणों के साथ दिन भर काम करता हूँ।

दिन भर के दौरान हम दो तरह के काम करने के बीच बदलते रहते हैं : फ़ोकस वाले काम और सहयोगात्मक काम। फ़ोकस वाले काम हमारे द्वारा उसमें किए गए सभी फ़ोकस से लाभान्वित होते हैं-जितना कम हमारा ध्यान भटकेगा, उतना ही गहराई से हम फ़ोकस करने में सक्षम होंगे, और उतने ही उत्पादक बनेंगे। इससे हमें, जैसा कि लेखक कैल न्यूपोर्ट ने कहा है, "गहन कार्य" करने की अनुमति मिलती है।

> आप कितना फ़ोकस वाला और कितना सहयोगात्मक काम करते हैं इसका बंटवारा आपको काम पर निर्भर करता है। यदि आप कोई प्रशासनिक सहायक हैं, तो आपके काम में 90 फ़ीसदी सहयोगात्मक और 10 फ़ीसदी फ़ोकस वाला काम शामिल हो सकता है। यदि आप एक लेखक हैं तो आपके काम में 90 फ़ीसदी फ़ोकस और 10 फ़ीसदी सहयोगात्मक काम शामिल हो सकता है। खुद से पूछें : आमतौर पर आपके काम में इस तरह का कितना बंटवारा होता है?

दूसरी तरफ़, सहयोगात्मक कार्य, में आपकी आवश्यकतानुसार उपलब्ध लोगों के साथ बातचीत शामिल होती है। जितना अधिक आप और आपकी टीम एक-दूसरे के लिए उपलब्ध होगी, उतनी ही ज़्यादा आपकी टीम समग्र रूप से उत्पादक बनेगी। सहयोगात्मक कार्य में संलग्न होने पर, यह बेहतर है कि कम से कम विकर्षण वाले मोड में रहें, जिसमें आप अपने सबसे बड़े विकर्षणों पर अंकुश कर लेते हैं लेकिन ज़रूरत होने वे आपके लिए सुलभ रहते हैं।

आइए सबसे पहले सबसे गहन, विकर्षण-मुक्त मोड से निपटते हैं। एक विकर्षण-मुक्त मोड आपको लगभग सभी नियंत्रण योग्य विकर्षणों को

समय से पहले ही समाप्त करने में सक्षम करता है ताकि आप अपने सबसे महत्त्वपूर्ण काम पर हायपरफ़ोकस कर सकें। ध्यान खींचने वाली ऐसी सभी वस्तुओं को हटाना जिनमें संभवतः उस काम की तुलना में अधिक उत्तेजना और आकर्षण है, जिसे आप करने का इरादा रखते हैं। इससे आपके दिमाग़ के पास काम में जुटने के अलावा और कोई विकल्प नहीं बचता।

मैं इन शब्दों को अपने स्वयं के विकर्षण–मुक्त मोड में लिख रहा हूँ। इस मोड में प्रवेश करने और हायपरफ़ोकस करने के लिए, मैं...

- अपने कंप्यूटर पर विकर्षण–ब्लॉक करने वाले ऐप चालू करता हूँ, जो मुझे उन वेबसाइट्स पर जाने से रोकते हैं जो मेरी उत्पादकता कम कर देती हैं– जैसे कि ईमेल– सोशल मीडिया साइट, एमेज़ॉन, और हर वो ऐप और वेबसाइट जिसे में ब्लॉक लिस्ट में चुनता हूँ। मैं अपने हायपरफ़ोकस करने का समय निर्धारित करता हूँ, और यदि मैं इस दौरान किस ब्लॉक की गई साइट पर जाना चाहता हूँ, तो मुझे अपने *कंप्यूटर को रीस्टार्ट करना होगा।* चूंकि मेरा अधिकांश काम कंप्यूटर पर होता है, तो यह सबसे महत्त्वपूर्ण काम होता है जो मैं करता हूँ। साथ ही मैं अपने कंप्यूटर को "डू नॉट डिस्टर्ब मोड" पर रखता हूँ ताकि मुझे आने वाले नोटिफ़िकेशन की वज़ह से परेशानी नहीं हो।
- अपने फ़ोन को "डू नॉट डिस्टर्ब मोड" पर रखता हूँ और उसे अपनी नज़रों से दूर दूसरे कमरे में रखता हूँ ताकि मुझे बार–बार उसे चेक करने का लालच नहीं आए;
- यदि मैं अगले दस घंटे तक सोने नहीं जा रहा हूँ तो कॉफ़ी पीता हूँ (ध्यान रहे, कॉफ़ी में मौजूद कैफ़ीन को आपकी पाचन प्रणाली के जरिए आपके शरीर से निकलने में आठ से चौदह घंटे लगते हैं);
- नॉइज़–कैंसलिंग (शोर घटाने वाले) हेडफ़ोन पहनता हूँ ताकि मैं आस–पास के शोर या आवाज़ों से विचलित नहीं होऊं। मैं हमेशा इनका उपयोग दफ़्तर या होटल के कमरे में काम करते समय नहीं करता, लेकिन यदि मैं किसी विमान यात्रा के दौरान या किसी कॉफ़ी शॉप में हायपरफ़ोकस कर रहा हूँ तो इन्हें ज़रूर पहनता हूँ।

किन विकर्षणों ने आपकी उत्पादकता को दिनभर में कम किया है? इनमें से कितनों को आप एक साथ किसी ब्लॉकिंग ऐप या किसी अन्य तरक़ीब से अक्षम कर सकते हैं? एक त्वरित योजना बनाकर लिखें, जैसा कि ऊपर लिखा गया है, जिससे आपको इन विकर्षणों से समय रहते निपटने में आसानी होगी।

जब आपको लगने लगे कि आपका ध्यान भंग हो रहा है, तो उसके कारणों का पता लगाएं ताकि अगली बार आप उस विकर्षण को अक्षम कर सकें–उदाहरण के लिए जब मैं अपने विकर्षण-मुक्त मोड के दौरान किसी न्यूज़ वेबसाइट या ऐप से विचलित होता हूँ तो तुरंत उस साइट को अपनी ब्लॉक लिस्ट में डाल देता हूँ।

अपना विकर्षण-मुक्त मोड बनाने के लिए कुछ और सुझाव इस प्रकार हैं :

- **ऐसे कई ऐप उपलब्ध हैं जो आपको विकर्षणों से दूर कर देते हैं :** कंप्यूटर के लिए मेरे पसंदीदा में शामिल है फ्रीडम (इसके लिए भुगतान करना पड़ता है, हालांकि मुफ़्त ट्रायल भी उपलब्ध है-विंडोज, मैक, आईफ़ोन, आईपैड), कोल्ड टर्की (मुफ़्त है, यद्यपि इसका भुगतान वाला संस्करण भी मिलता है-विंडोज, मैक, एंड्रॉइड), और रेस्क्यूटाइम (इसके लिए भुगतान करना पड़ता है, हालांकि मुफ़्त ट्रायल भी उपलब्ध है- पीसी, मैक, एंड्रॉइड, लिनक्स)। इन सबके प्रो वर्जन की लागत कुछ डॉलर प्रतिमाह आती है, लेकिन आप अपनी उत्पादकता बढ़ाकर ये पैसा वापस कमा सकते हैं। शोध भी इसका समर्थन करते हैं : जो लोग विकर्षण ब्लॉक करने के उपाय अपनाते हैं वे अधिक उत्पादक होते हैं और लंबे समय तक फ़ोकस कर पाते हैं।

- **यदि आपके कार्यस्थल पर इस बात पर रोक है कि आप कोई ऐप या प्लग इन अपने कंप्यूटर पर इंस्टाल कर सकें,** तो या तो ईथरनेट केबल को निकालने या फिर अपने कंप्यूटर के वाई-फ़ाई को पूरी तरह बंद करने पर विचार करें। यह कुछ ज़्यादा लगता है, लेकिन हम काम में हीलाहवाली करने के लिए ज़्यादातर समय इंटरनेट पर ही बिताते हैं।

- **दफ़्तर से बाहर निकल जाएं :** यदि आप कुछ ज़्यादा ही फ़्लेक्सिबल माहौल में काम करते हैं, तो आप दफ़्तर के माहौल से बाहर निकलकर

बिल्डिंग की कॉफ़ी शॉप या दफ़्तर के मीटिंग रूम में जाकर विकर्षण-मुक्त मोड में काम कर सकते हैं।

- **विचारशील बनें और अपने विकर्षण-मुक्त मोड के सामाजिक नुक़सान को कम (या ज़्यादा) नहीं आंकें।** अपने सहकर्मियों से खुद को दूर रखने के प्रभाव पर विचार करें, ख़ासतौर पर यदि आपका कार्यस्थल एक सामाजिक माहौल वाला है। साथ-ही-साथ, सामाजिक नुक़सान का कुछ ज़्यादा ही आकलन नहीं करें : जबकि आप तीस मिनट के लिए अपने ईमेल क्लायंट को बंद करने पर अफ़सोस मनाते हैं, तो याद रखें कि आपके क्लायंट और सहकर्मी तब भी एक घंटे या उससे ज़्यादा भी आपके जवाब का इंतज़ार करते हैं जब आप किसी मीटिंग में होते हैं। यह वो सबक़ है जिसे में लगातार सीख रहा हूँ : एक सामान्य नियम के रूप में, आपके सहकर्मियों को आपकी उससे कहीं अधिक आवश्यकता है जितना आप सोचते हैं।

> हम केवल यह समझना शुरू कर रहे हैं कि कर्तव्यनिष्ठा, मानसिक उद्वेग, और आवेग इस बात को निर्धारित करने के लिए एक साथ कैसे काम करते हैं कि हम कितने ध्यान भंग करने योग्य हैं। ये लक्षण यह भी निर्धारित करते हैं कि विकर्षण को रोकने के साधनों के उपयोग से कितना तनाव पैदा हो सकता है। यदि आप पाते हैं कि ब्लॉकर सक्षम होने पर आप बेचैन हो जाते हैं, तो आप तय कर सकते हैं कि आप इसका उपयोग केवल तभी करें जब आप कोई ऐसा काम कर रहे हों जो ख़ासतौर पर कठिन है या फिर आपके पास ऊर्जा नहीं बची है (और इसकी वज़ह से विकर्षणों का विरोध करने में सक्षम नहीं हैं)।

- **खुद को शाबाशी दें :** अपना हायपरफ़ोकस सत्र पूरा करने और अपने विकर्षण मुक्त मोड से बाहर निकलने के बाद, आमतौर पर मैं खुद को शाबाशी देता हूँ और मनचाहे विकर्षणों का इनाम भी। शोध बताते हैं कि आप जितना अधिक आवेग में होगे, विकर्षणों से दूर रहकर आप

उतने ही ज़्यादा तनावग्रस्त हो जाएंगे। यदि आपके पास थोड़ा-सा आत्म-नियंत्रण है, या आप थोड़े आवेगी हैं, तो विकर्षणों का ब्रेक लेना फ़ायदेमंद हो सकता है। (साइड नोट : आवेगशीलता एक ऐसा लक्षण है जिसका टालमटोल या हीलाहवाली के साथ गहरा संबंध है)। मैं आमतौर पर अपने विकर्षण-मुक्त मोड में वापस प्रवेश करने से पहले एक कप कॉफ़ी पीता हूँ, जिसकी वज़ह से मुझे अधिक गहराई के साथ फ़ोकस करने में मदद मिलती है।

- **अपनी टीम के लिए विकर्षण-मुक्त मोड तैयार करें :** *पीपल ओवर प्रॉफ़िट* के लेखक डेल पैट्रिज, जब सेवनली के सीईओ थे तो अपनी टीम को फ़ोकस के लिए प्रोत्साहित करने के लिए उन्होंने उन्हें लैम्प और पिचकारियों से लैस किया था। जैसा कि उन्होंने मुझे बताया था, "सेवनली में मैने एक चतुराई भरा काम यह किया था कि हर किसी के लिए कस्टम वॉलनट लैम्प बनवाए थे। वे जब भी फ़ोकस करना चाहते थे तो उन्हें चालू कर सकते थे, और नियम यह था कि जब उनका लैम्प चालू हो तो किसी को भी उन्हें डिस्टर्ब करने की अनुमति नहीं थी। सभी पैंतालीस कर्मचारियों को रोज़ाना तीन घंटे तक के निर्बाध फ़ोकस टाइम की अनुमति थी - हमें इसे सीमित करना पड़ा क्योंकि निर्बाध समय की आदत लग जाती है! मैंने भी हर किसी को एक पिचकारी दी ताकि जब भी वे बाधित हों तो एक दूसरे पर पानी की फुहार छोड़ सकें।"

आपके विकर्षण-मुक्त माहौल की गंभीरता आपके कार्य वातावरण पर निर्भर करती है। यदि आप खुद के लिए काम कर रहे हैं या दफ़्तर में ऐसे कमरे में काम करते हैं जहां दरवाज़ा लगा सकते हैं, तो आपके पास विकर्षणों को दूर करने की अधिक स्वतंत्रता और लचीलापन होगा। यदि आप किसी ऐसी जगह काम करते हैं जहां सभी लोग एक ही खुले हॉल या कमरे में बैठते हैं, तो फिर आप अपनी मर्ज़ी के मुताबिक़ अपना विकर्षण-मुक्त माहौल नहीं बना पाएंगे। उत्पादकता अपनी बाधाओं को समझने और उसके अनुकूल बनने की प्रक्रिया है।

जब भी मैं अपने विकर्षण-मुक्त मोड में जाता हूँ तो राहत का एक शानदार अहसास मिलता है, और मुझे लगता है कि आपको भी ऐसा ही महसूस होता होगा। अचानक आपको ख़बरों के जंजाल, अपनी सोशल

मीडिया फ़ीड और धाराप्रवाह ईमेल से मुक्ति मिल जाती है। आप रिलैक्स कर सकते हैं और आपको विश्वास है कि अब आपको बेकार के कामों में अपना ध्यान नहीं खपाना पड़ेगा। आप सार्थक काम पूरा करते हैं और लंबे समय तक हायपरफ़ोकस करते हैं। और आप जानते हैं कि क्योंकि आप अपना समय, ध्यान और ऊर्जा केवल एक ही काम में खपा रहे हैं, तो आराम से अधिक उद्देश्यपूर्वक काम कर सकते हैं।

विकर्षण-मुक्त मोड आपको एनर्जी की बचत करने देता है। जब आप विकर्षणों को ख़त्म कर देते हैं, तो आपकी एनर्जी बचती है और आप बग़ैर ब्रेक लिए लंबे समय तक काम कर सकते हैं। समय रहते विकर्षणों को कम करने से, आप उल्लेखनीय रूप से अपनी मानसिक ऊर्जा बचाते हैं और अपने काम पर फ़ोकस करने में उसका उपयोग करते हैं। इसके बदले, हमें अपने व्यवहार को बार-बार बदलने की आवश्यकता नहीं होती -हमें विकर्षणों से जूझना नहीं पड़ता या किसी कठिन सहकर्मी का सामना नहीं करना पड़ता-हमारे काम से हमें अधिक ऊर्जा मिलती है। इसी वज़ह से ब्रेक लेने पर ऊर्जा में बढ़ोतरी होती है-ये समय के ऐसे कालखंड होते हैं जिनमें हम अपने व्यवहार में बार-बार बदलाव पर रोक लगा सकते हैं। आप पाएंगे कि आप भले ही थोड़ी देर के लिए हायपरफ़ोकस करने का इरादा रखते हैं लेकिन आपके पास लंबे समय तक काम करने की एनर्जी होती है।

छुट्टियों के बाद या लंबे वीकेंड के बाद एक विकर्षण-मुक्त मोड ख़ासतौर पर मूल्यवान होता है, क्योंकि उस दौरान आपके पास कम एनर्जी बचती है और विकर्षण का शिकार होने की संभावना अधिक होती है। समय रहते विकर्षणों पर अंकुश लगाने से आपको वापस एनर्जी हासिल करने में मदद मिलती है और आप वापस अपने काम की रफ़्तार में लौटने लगते हैं।

कम विकर्षणों के साथ काम करना

चूंकि 100 फ़ीसदी समय हायपरफ़ोकस मोड में काम करना असंभव है, इसलिए हमें दिन के अन्य समय विकर्षणों को कम करने के फ़ायदों का आनंद लेना सीखना चाहिए। यह पता लगाने के लिए कि किन पर अंकुश लगाना फ़ायदेमंद है, खुद से पूछें : दिन भर में कौन से विकर्षणों ने आपके फ़ोकस को बाधित किया है जिन पर चौबीस मिनट या उससे अधिक की उत्पादकता की कुर्बानी देना बिलकुल भी जायज़ नहीं है? क्या इन विकर्षणों

को पूरी तरह बंद करना संभव है, और हो सकता है कि आप ऐसा नहीं चाहें, लेकिन इस बारे में अधिक विचारशील होना फ़ायदेमंद होता है कि आपके काम को कौन-सी चीज़ें बाधित कर रही हैं।

विकर्षण का एक सबसे बड़ा उदाहरण ईमेल है जिस पर अंकुश लगाना महत्त्वपूर्ण है लेकिन उसे ख़त्म करना नहीं। ईमेल एक विचित्र परभक्षी है यह जितना आपका समय खाती है उससे ज़्यादा आपके ध्यान की खपत करती है। (मीटिंग्स इससे उलट होती हैं, उनमें आमतौर पर आपके ध्यान से ज़्यादा आपका समय खपता है)। ईमेल को पूरी तरह ख़त्म करना यथार्थ में संभव नहीं है, लेकिन जब आप मैसेज चेक करें तो खुद पर नियंत्रण रखने का प्रयास करें। इससे आपको अपने ध्यान को नियंत्रित करने में मदद मिलेगी। जब भी आप अपने ईमेल नोटिफ़िकेशन चालू रखते हैं, तो आप अपने सहकर्मियों को अपने फ़ोकस को बाधित करने की अनुमति देते हैं- जैसे ही आपको एक ईमेल नोटिफ़िकेशन मिलता है, तो आपका नियंत्रण हट जाता है। आपको कब अपने मैसेज चेक करना है इसका निर्धारण पहले से कर लेने से आपको अपने ध्यान पर नियंत्रण करने में मदद मिलेगी और ऑटोपायलट मोड में फिसल जाने से बचाव होगा।

ईमेल, मीटिंग, अपने स्मार्टफ़ोन और सोशल मीडिया जैसे विकर्षणों पर फ़ोकस करने के लिए एक निर्धारित समय तय करने से ये चीज़ें विकर्षण के बजाय आपके काम और जीवन के अन्य उद्देश्यपूर्ण तत्वों में बदल जाती हैं। टेक्नोलॉजी को हमारी सुविधा के लिए मौजूद रहना चाहिए, ना कि दूसरों की सुविधा के लिए जो हमें बाधित करना चाहते हैं। दिन भर में अनगिनत चीज़ें हमारा ध्यान आकर्षित करती रहती हैं। नीचे मैंने पांच सबसे आम चीज़ों को चुना है : धाराप्रवाह नोटिफ़िकेशन आना; स्मार्टफ़ोन (और अन्य विकर्षण पैदा करने वाली डिवाइसें); ईमेल; मीटिंग्स; और आख़िर में इंटरनेट।

नोटिफ़िकेशन

इस पुस्तक में पहले मैंने एक गतिविधि की सिफ़ारिश की थी कि अपनी सभी डिवाइसेस में नोटिफ़िकेशन सेटिंग्स पर जाएं और बाधा पैदा करने वाले उन सभी ऑडिबल और वाइब्रेटिंग अलर्ट्स को बंद कर दें जिनके बग़ैर आप सुरक्षित जीवन जी सकते हैं। डिफ़ॉल्ट सेटिंग को चालू रखने से

आपको लगातार नई-नई बाधाओं का सामना करना पड़ सकता है। कुछ ऐप को केवल एक ही डिवाइस पर सीमित करना भी फ़ायदेमंद होता है-यह बिलकुल भी ज़रूरी नहीं है कि आपके, फ़ोन, टैबलेट, स्मार्टवाच, और कंप्यूटर सभी के द्वारा आपको इस बात की सूचना मिलती रहे कि आपको एक ईमेल आया है या फिर आपके पसंदीदा फ़ैशन स्टोर में सेल लगी है।

अधिकांश ऑडिबल (सुनने योग्य) और वाइब्रेटिंग अलर्ट को बंद करना एक साधारण बदलाव है लेकिन व्यवहारिक रूप से यह काफ़ी मायने रखता है : आप अचानक यह चुनाव करने में सक्षम हो जाते हैं कि आपको अपने फ़ोन के द्वारा कब बाधित होना है, बजाय इसके कि आपका फ़ोन यह तय करे कि आपको कब बाधित करना है। मैं केवल तभी अपने फ़ोन में टेक्स्ट मैसेज और नोटिफ़िकेशन देखता हूँ जब मुझे फ़ोन में समय देखना होता है।

आपका हर नोटिफ़िकेशन आपको अपने काम से दूर ले जाता है और याद दिलाता है कि आप एक भरी-पूरी डिजिटल दुनिया को मिस कर रहे हैं। नोटिफ़िकेशन आपको बहकाते हैं, जबकि इन पर निगाह डालने में महज़ एक सेकेंड लगता है, लेकिन वह एक सेकेंड आपको एक डिजिटल दुनिया में गोता लगाने पर मज़बूर कर देता है जहां पर आप आसानी से अपने आधे घंटे का समय और ध्यान दोनों ही खो देते हैं। ऐसे बहुत ही कम नोटिफ़िकेशन होते हैं जिन पर ये ख़र्च करना ठीक होगा।

कुछ नोटिफ़िकेशन हर समय लिए जाने लायक़ महत्त्वपूर्ण होते हैं-उदाहरण के लिए फ़ोन कॉल्स, जबकि मैं दिन में केवल एक बार अपनी ईमेल चेक करता हूँ-जैसा कि मैं आगे चर्चा भी करूंगा- मैं अक्सर किसी एक सेंडर के लिए नोटिफ़िकेशन चालू रखता हूँ जिसके महत्त्वपूर्ण संदेश का मुझे इंतज़ार होता है। ऐसा करने में एकाध मिनट लगता है, लेकिन इस समय की भरपाई में अपने काम में अधिक गहराई से फ़ोकस करके कर लेता हूँ। इससे मुझे बार-बार चिंता करने और हर थोड़ी देर में अपना इनबॉक्स चेक करने की झंझट से मुक्ति मिल जाती है। कई ईमेल एप्लिकेशन में अपने मोबाइल को सिर्फ़ चुनिंदा "वीआईपी सेंडर" के नोटिफ़िकेशन पर सेट करने की सुविधा होती है इससे आपको यह तय करने मिल जाता है कि आपको दिन भर में कौन डिस्टर्ब कर सकता है।

साथ ही साथ व्यक्तिगत नोटिफ़िकेशन की जहां तक बात है, उन्हें भी ब्लॉक करना संभव है जब आप ऐप को खुद को बाधित करने की अनुमति देते हैं। मेरे रोज़ाना के पसंदीदा कामों में 8 बजे शाम से लेकर सुबह 8 बजे तक अपने स्मार्टफ़ोन और अन्य डिवाइस को एयरप्लेन मोड में रखना भी शामिल है। यह वो समय होता है जब मेरे पास बहुत कम एनर्जी होती है और मेरे विकर्षणों का शिकार बनने की संभावना अधिक होती है। इसके अलावा, शोध बताते हैं कि जब हम एक रात पहले अपने दिभर का काम करके जल्दी सोने चले जाते हैं तो हमारे मल्टीटास्किंग करने की संभावना काफ़ी कम होती है। यदि एयरप्लेन मोड चालू करना बहुत कठोर लगता है तो काम करने के दौरान अपने फ़ोन के "डू नॉट डिस्टर्ब" मोड को चालू करने पर विचार करें।

आपका स्मार्टफ़ोन (और अन्य डिवाइस)

आपकी डिवाइस पर पॉप-अप होने वाले नोटिफ़िकेशन का प्रबंधन करने के अलावा, इस बात पर भी सख़्त नियंत्रण जरूरी है कि आप उन डिवाइसों को कब, कहां और कैसे देखेंगे।

आपका फ़ोन संभवतः आपके ध्यान को आकर्षित करने वाली सबसे उत्तेजक और नवीनतम वस्तु है, और निश्चित रूप से आप उसके द्वारा लुभाए जाएंगे, ख़ासतौर पर तब जब आप जो काम कर रहे हैं, वह बहुत ज़्यादा बोरिंग या जटिल हो। समय के साथ, मैंने अपने फ़ोन के साथ अपने रिश्तों में बदलाव किया है- उसे दिन भर अपनी जेब से चिपकी रहने वाली डिवाइस के रूप में देखने के बजाय, मैंने उसे एक शक्तिशाली, अधिक परेशान करने वाले कंप्यूटर के रूप में मानना शुरू किया है। उनके सेल्युलर रेडियो को अलग कर दें, तो हमारे फ़ोन में वही कलपुर्ज़े होते हैं जो कंप्यूटर में होते हैं-लेकिन इसी वज़ह से, चूंकि वे दिन भर बहुत ज़्यादा प्रोत्साहन और तवज्जो दिलाते हैं, हम उन्हें लगातार खुद को बाधित करने की अनुमति देते हैं, अपने कंप्यूटर से कहीं अधिक। हमें इस चमकदार आयताकार वस्तु को इतनी ज़्यादा ताक़त नहीं देनी चाहिए।

एक बार जब मैंने अपने स्मार्टफ़ोन को एक अधिक विचलित करने वाले कंप्यूटर के रूप में देखना शुरू किया, मैंने उसे अपनी जेब में रखने के बजाय अपने लैपटॉप के बैग में रखना शुरू कर दिया। और, सबसे महत्त्वपूर्ण

बात, मैंने सुनिश्चित किया कि उसे चेक करने के लिए मेरे पास कोई अच्छी वज़ह होनी चाहिए। व्यवहार में इस परिवर्तन ने मुझे अपने फ़ोन का उपयोग इरादतन करने में सक्षम किया, बजाय इसके कि मैं ऑटोपायलट मोड में उसका उपयोग करूं। हर बार जब आप अपना फ़ोन यूं ही, बग़ैर इरादे के उठाते हैं, तो आप बेवज़ह अपने ध्यान को पटरी से उतार देते हैं।

यहां पर कुछ और उपाय हैं जो आपको फ़ोन (या अन्य डिवाइस) को आपके जीवन पर क़ब्ज़ा जमाने से रोकेंगे :

- **अंतराल पर ध्यान दें :** जब आप किसी ग्रॉसरी स्टोर में लाइन में खड़े इंतज़ार कर रहे हैं, या किसी कॉफ़ी शॉप की तरफ़ जा रहे हैं, या बाथरूम में हैं, तो अपने स्मार्टफ़ोन पर टैप करने की इच्छा को नियंत्रण में रखें। इन छोटे-छोटे अंतराल का उपयोग इन बातों पर चिंतन करने के लिए करें कि आप क्या कर रहे हैं, खुद को रिचार्ज करें, और अपने काम और जीवन के लिए वैकल्पिक पहलों पर विचार करें। इन लम्हों में, बेवज़ह फ़ोन पर समय बिताना कोई मायने नहीं रखता-ऐसा करने से आपके शेड्यूल में से क़ीमती समय ख़त्म हो जाता है।

- **फ़ोन की अदला बदली करें :** किसी अच्छे दोस्त या अन्य भरोसेमंद व्यक्ति के साथ जब आप डिनर के लिए या घूमने जाते हैं तो फ़ोन की अदलाबदली कर लें। इस तरीक़े से, यदि आपको कोई कॉल करनी है या फ़ोटो खींचना है तो आपके पास एक डिवाइस तो होगी लेकिन ऐसी नहीं जो आपको विकर्षण की व्यक्तिगत दुनिया में खींच ले।

- **रणनीतिक रूप से एयरप्लेन मोड का इस्तेमाल करें :** जब भी कोई महत्त्वपूर्ण काम कर रहे हैं या किसी के साथ कॉफ़ी पी रहे हैं तो अपने फ़ोन को एयरप्लेन मोड में डाल दें। बग़ैर गुणवत्तापूर्ण ध्यान के किसी के साथ गुणवत्तापूर्ण समय बिताना संभव नहीं है। एयरप्लेन मोड सक्षम करने से फ़ोन को बस जेब में रख लेने की तुलना में एक बड़ा अंतर आ जाता है। जैसा कि आप अभी भी जानते हैं कि नोटिफ़िकेशन और विकर्षण का जमावड़ा

लगता जा रहा है और वे आपका इंतज़ार कर रहे हैं। एयरप्लेन मोड इस बात की संभावना को पूरी तरह ख़त्म कर देता है कि कोई नोटिफ़िकेशन आपके काम में बाधा डालेगा। आप फिर इन अलर्ट्स से अपने तरीक़े से निपट सकते हैं।

- **एक दूसरी "विकर्षण" डिवाइस ख़रीद लें :** यह थोड़ा मूर्खतापूर्ण लग सकता है, लेकिन मैंने हाल ही में एक आईपैड ख़रीदा है इसका उपयोग मैं एकमात्र उद्देश्य के लिए करता हूँ : एक विकर्षण डिवाइस के रूप में। मैं अपने फ़ोन पर बस कुछ सोशल मीडिया ऐप रखता हूँ (और कोई ईमेल ऐप नहीं) और अन्य विकर्षण वाली चीज़ों के लिए अपना आईपैड उपयोग करता हूँ। ऐसे काम आईपैड को सौंप देने से- जिसको मैं दूसरे कमरे में रख देता हूँ-मुझे लंबे समय तक, और अधिक गहराई से फ़ोकस करने मिलता है, उस स्थिति में भी जब मुझे अपनी बगल में अपना स्मार्टफ़ोन चाहिए होता है। इस एकमात्र उद्देश्य के लिए टैबलेट ख़रीदना शुरुआत में थोड़ा बड़ा ख़र्च लग सकता है, लेकिन आपका ध्यान इससे ज़्यादा क़ीमती है।

- **एक फालतू फ़ोल्डर बनाएं :** अपने सभी विकर्षण वाले ऐप-वे जो आपको ऑटोपायलट मोड में ले जाते हैं-अपने फ़ोन या टैबलेट में बनाए गए फालतू फ़ोल्डर में रखने का प्रयास करें। फ़ोल्डर का नाम ही आपको इस बात की याद दिला देगा कि आप खुद को भटकाने जा रहे हैं।

- **अपने ऐप्स की सूची को छोटा करें :** अपने फ़ोन में ऊपर से नीचे तक जाएं और उन एप्स को डिलीट कर दें जिन पर आप बहुत अधिक समय और ध्यान जाया करते हैं-सोशल मीडिया और न्यूज़ ऐप सहित। ऐसा करने से आपको बहुत रिफ़्रेशिंग महसूस होगा, जैसे कि आपने अपने फ़ोन की बहुत साफ़-सफ़ाई कर दी है। यदि आप अपने टैबलेट पर भी ईमेल चेक करते हैं तो फ़ोन में उसे रखने का कोई मतलब नहीं है; कोई निवेश संबंधी ऐप भी हटा दें यदि आप उसे लैपटॉप पर देख लेते हैं।

पिछले तीस वर्षों के दौरान, हमारे जीवन में ढेर सारी डिवाइसेस आ गई हैं। मेरे लिए, यह प्रक्रिया तब शुरू हुई जब एक दशक पहले मैंने अपना पहला लैपटॉप ख़रीदा। बाद में मैंने एक साधारण फ़ीचर फ़ोन ख़रीदा और उसके बाद एक और भी भटकाने वाला स्मार्टफ़ोन। इसके बाद एक आईपैड और एक फ़िटनेस ट्रैकर आया। मुझे पक्का पता है कि भविष्य में मेरे पास और भी डिवाइस होंगी।

इससे पता चलता है कि हम निरंतर कितने जाल में उलझते जा रहे हैं : हम अपने जीवन में नई-नई डिवाइस लाते जा रहे हैं, उनके मूल्य या महत्त्व और उपयोगिता के बारे में सवाल उठाए बग़ैर। हारवर्ड बिज़नेस स्कूल के एक प्रोफ़ेसर क्लेटन क्रिस्टेनसन ने जीवन में डिवाइस की उपयोगिता का आकलन करने के लिए एक तरीक़ा खोजा है : प्रश्न करें कि आपके द्वारा ''अपनाई'' गई डिवाइस आपके लिए कौन-सा ''काम'' करती हैं। हम जो भी प्रोडक्ट ख़रीदते हैं या हायर करते हैं उसे हमारे लिए कोई न कोई काम करना चाहिए-हम टिशू पेपर ख़रीदते हैं जो हमारी नाक साफ़ करने के काम आता है; उबर हायर करते हैं,जिससे हम एक जगह से दूसरी जगह जाते हैं, रेस्टोरेंट में टेबल बुक करने के लिए ऐप की सहायता लेते हैं, जीवनसाथी की तलाश के लिए भी वेबसाइट की सहायता लेते हैं।

हम अपने फ़ोन को इसलिए लेते हैं कि वह हमारे लिए ढेर सारे काम करे, संभवतः हमारे किसी भी अन्य प्रोडक्ट से कहीं अधिक। हम उससे एक अलार्म क्लॉक, एक कैमरा, टाइमपीस, जीपीएस नेविगेटर, वीडियो गेम कंसोल, ईमेल और मैसेजिंग मशीन, बोर्डिंग पास, म्यूज़िक प्लेयर, रेडियो, सबवे पास, डेटबुक, मैप, और ऐसे ही ढेरों काम लेते हैं। तो कोई आश्चर्य की बात नहीं है कि हम सबसे ज़्यादा समय उस पर बिताते हैं।

जैसे-जैसे हम और ज़्यादा डिवाइस जमा करते जाते हैं, उनके काम बेमानी हो जाते हैं। मेरे पास आज टैबलेट होने की एकमात्र वज़ह यह है कि मैं उसे एक विकर्षण पैदा करने वाली डिवाइस के तौर पर रखता हूँ। यदि मुझे उस ख़ास सेवा की ज़रूरत नहीं है, तो मतलब है कि मैंने टैबलेट को केवल उन्हीं कामों के लिए रखा है जो मैं अपने फ़ोन या कंप्यूटर पर कर सकता हूँ-मुझे वेबसाइट पर सर्फ़िंग करने और सोशल मीडिया का उपयोग करने में मदद के लिए- और ये पूरी तरह अनावश्यक होता।

यही वज़ह है कि मैंने अपने फ़िटनेस ट्रैकर को भी हाल ही में अलविदा कह दिया है–हालांकि पहले–पहल ये काफ़ी मज़ेदार था, मुझे याद नहीं है कि मैंने इसे कौन–से काम के लिए ख़रीदा था। बहुत साल पहले, मैंने अपने टीवी और केबल कनेक्शन को छुट्टी दे दी थी, इसके पीछे भी यही वज़ह थी : नेटफ़्लिक्स मेरे लिए मनोरंजन का साधन बन गया था।

तो जब भी आप कोई नई या एक और डिवाइस ख़रीदें, तो खुद से पूछें : मैं इस नई डिवाइस से ऐसे कौन–से काम कर पाऊंगा जो मैं अपने पास पहले से मौजूद डिवाइस से नहीं कर पा रहा हूँ? इस नज़रिए से अपनी डिवाइस के बारे में सोचने पर आप तय कर पाएंगे कि आपको वाक़ई उन्हें ख़रीदना चाहिए, शायद इससे भी ज़्यादा महत्त्वपूर्ण है, कि आप अपने जीवन में कोई डिवाइस बेमतलब नहीं ला पाएंगे।

ईमेल

ज्ञान की अर्थव्यवस्था में, ईमेल उन सबसे बड़े विकर्षणों में से है जिनका हम रोज़ाना सामना करते हैं–आमतौर पर यह उन लोगों की सबसे बड़ी समस्या है जिनसे मैं बात करता हूँ या जिन्हें कोचिंग देता हूँ (मीटिंग्स का नंबर दूसरा है)।

ईमेल पर लगाम लगाने की सर्वोत्तम रणनीतियों में से एक है कि आप इस बात को सीमित कर दें कि आप कितने ईमेल के नोटिफ़िकेशन प्राप्त करते हैं। इससे आपके व्यवधान की आवृत्ति भी घट जाएगी। चौंसठ फ़ीसदी लोग नए मैसेज के लिए या तो रिंगटोन (ऑडिबल) या विजुअल सिग्नल के ज़रिए अलर्ट पाने वाला नोटिफ़िकेशन चालू रखते हैं–यदि आप भी इस कैटेगरी में आते हैं, तो संभवतः आप ईमेल पर बहुत ज़्यादा समय और ध्यान ख़र्च कर रहे हैं।

नए मैसेज अलर्ट को सीमित करने के अलावा, मेरी दस पसंदीदा ईमेल से जुड़ी तरक़ीबें हैं। इससे आपको अपनी बेमतलब ईमेल चेक करने की आदत से छुटकारा पाने में मदद मिलेगी, और आप इस पर ख़र्च किए जाने वाले समय और ध्यान को भी सीमित कर पाएंगे। इनमें से अधिकांश तरक़ीबें दूसरे मैसेजिंग ऐप्स पर भी काम करती हैं, जैसे कि स्लेक।

- **नया मैसेज तभी चेक करें, जब आपके पास उस पर ख़र्च करने के लिए समय, ध्यान और एनर्जी हो।** यह एक सामान्य उपाय है जो आपको यह सुनिश्चित करने देता है कि आप वास्तव में किस तरह नए मैसेज से निपट सकते हैं, बजाय इसके कि इस बात से तनावग्रस्त हो जाना कि आपको उसका जवाब देना है।

- **हिसाब करें कि आप कितनी बार नए मैसेज चेक करते हैं :** आम नॉलेज वर्कर हर घंटे औसतन ग्यारह बार अपने ईमेल चेक करता है–यानी आठ घंटे के अपने काम के दौरान अट्ठासी बार। इस तरह के व्यवधानों के बीच कोई भी काम सही तरीक़े से कर पाना कठिन है। इसी अध्ययन में पाया गया कि कर्मचारी औसतन पैंतीस मिनट का समय रोज़ाना ईमेल पर बिताते हैं–इसका अर्थ है कि ईमेल बहुत ज़्यादा समय और ध्यान की खपत करती है। एक बार जब आप इस बात को लेकर सतर्क हो जाएंगे कि आप कितनी बार अपने नए मैसेज चेक करते हैं, तो व्यवधानों के नुक़सान को देखते हुए आप इसके समय को सीमित करने पर विचार करेंगे।

- **पहले से तय कर लें कि आप कब चेक करेंगे :** समय रहते यह तय कर लेना कि आप नए मैसेज कब चेक करेंगे, आपके द्वारा ईमेल खोलने की संख्या में कमी करने का बेहतर उपाय है। सत्तर फ़ीसदी ईमेल उनके प्राप्त होने के पहले छह सेकेंड के भीतर खोली जाती हैं, तो नोटिफ़िकेशन बंद करने से आपको कम उत्तेजक और प्रतिक्रियात्मक तरीक़े से काम करने में मदद करेगा। मैं खुद की बात करूं तो मैं दिन में एक बार 3 बजे दोपहर को अपने ईमेल चेक करता हूँ, और मेरे पास लोगों को यह बताने के लिए ऑटोरिस्पॉन्स एक्टिव है। यदि यह प्रक्रिया आपके काम के लिए कारगर नहीं है, तो आप यह फ्रीक्वेंसी थोड़ी बढ़ा सकते हैं, लेकिन यह तभी तक ठीक है जब तक कि दिन भर में अट्ठासी बार जितनी अधिक नहीं होती। आपको अपने कैलेंडर में इसका समय निर्धारित करने और एक ऑटोरिस्पॉन्स एक्टिव करने से मदद मिलेगी। ये दोनों की काम आपको अधिक सहजता प्रदान

करेंगे और आपकी सामाजिक रूप से ज़िम्मेदार व्यक्ति की छवि भी बरकरार रहेगी। यदि आपको अभी भी ईमेल बहुत लुभावने लगते हैं, तो खुद को उनसे दूर रखने के लिए एक विकर्षण ब्लॉकर से सक्षम करें। चौरासी फ़ीसदी कर्मचारी काम करते समय अपना ईमेल अकाउंट भी खोलकर रखते हैं, लेकिन इसको बंद कर देंगे तो आपको चालीस सेकेंड की सीमा से ज़्यादा फ़ोकस करने में मदद मिलेगी।

- **ईमेल पर हायपरफ़ोकस करें :** यदि आप ऐसे माहौल में काम करते हैं जिसमें आपको ईमेल के प्रति अत्याधिक प्रतिक्रियाशील होने की आवश्यकता है, तो अपने मैसेज का उत्तर देते समय हायपरफ़ोकस करने की कोशिश करें। बीस मिनट के लिए एक टाइमरसेट करें, और उस समय में ज़्यादा से ज़्यादा ईमेल देखने की कोशिश करें। चाहे आपको बड़ी संख्या में मैसेज आते हों, अपने इनबॉक्स पर बीस मिनट हायपरफ़ोकस करने से, भले ही वह हर घंटे की शुरुआत में हो, आप लोगों तक जल्द पहुंचने में सक्षम होंगे और बाक़ी समय में कुछ सार्थक काम करने में भी सफल होंगे। इसके अलावा, ज़्यादा से ज़्यादा, ईमेल भेजने वालों को किसी रिप्लाई के लिए चालीस से साठ मिनट का ही इंतज़ार करना होगा।

- **संपर्क बिंदु सीमित करें :** सबसे महत्त्वपूर्ण उत्पादकता तरक़ीबों में से एक को अपनाने में महज दस सेकेंड का समय लगता है : अपने फ़ोन में से ईमेल ऐप डिलीट करना। मेरे पास ईमेल ऐप केवल मेरी विकर्षण डिवाइस और मेरे कंप्यूटर पर है।

- **एक बाहरी टु–डू लिस्ट तैयार करें :** आपका ईमेल एप्लिकेशन एक टु–डू लिस्ट बनाने के लिए सबसे ख़राब स्थान है–यह ध्यान भटकाने वाला और भरा हुआ है, और लगातार नए संदेश पॉप-अप करते रहते हैं, जिससे कामों की प्राथमिकता तय करना और यह बताना मुश्किल हो जाता है कि क्या महत्त्वपूर्ण है। एक कार्य सूची–जहां पर सरल तरीक़े से इस बात का हिसाब रख सकते

हैं कि आज आपको क्या करना है, संभवतः अपने दिन के तीन प्रमुख इरादों को शीर्ष पर रखें-यह सरल भी है और तुलनात्मक रूप से अधिक शक्तिशाली भी। जबकि अपनी काम की ईमेल को एक अलग सूची में ले जाना बहुत ज़्यादा मेहनत का काम है, ऐसा करने से आप अपना बोझ घटा हुआ महसूस करेंगे और अपने कामों को अधिक व्यवस्थित कर पाएंगे।

- **दो ईमेल अकाउंट रखें, मेरे पास दो ईमेल एड्रेस हैं :** एक जो सार्वजनिक है, और दूसरा निजी जो मेरे नज़दीकी लोगों के लिए है। मैं अपना सार्वजनिक खाता दिन में एक बार चेक करता हूँ, दूसरा इनबॉक्स मैं दिन भर में कई बार चेक कर लेता हूँ। चुनिंदा मामलों में, यह तरक़ीब काफ़ी कारगर साबित होती है।

- **"ईमेल अवकाश" मनाएं :** यदि आप किसी बड़े प्रोजेक्ट पर काम कर रहे हैं, तो अपने ईमेल अकाउंट में एक ऑटोरिस्पॉन्डर सेट कर लें जो लोगों को बताएगा कि आप दो दिन के "ईमेल अवकाश" पर हैं और किसी अत्यावश्यक काम के लिए आपसे संपर्क करने के लिए आपसे दफ़्तर के फ़ोन पर संपर्क किया जा सकता है। आप सोच भी नहीं सकते कि यह तरक़ीब कितनी कारगर साबित हो सकती है और लोग इसे समझते भी हैं।

- **पांच वाक्यों के नियम का पालन करें :** अपना खुद का और आपको ईमेल भेजने वाले का समय बचाने के लिए, आप जो भी मैसेज लिखें उसे पांच या कम वाक्यों में समाप्त करने की कोशिश करें। अपने सिग्नेचर नोट में भी यह बताएं कि आप ऐसा क्यों कर रहे हैं। यदि आपको कोई बात ज़्यादा शब्दों में लिखने की आवश्यकता है, तो फ़ोन पर बात करने की कोशिश करें। इससे आपका अनावश्यक रूप से ईमेल के आदान-प्रदान के प्रोटोकॉल में फंसने से बचाव हो सकता है।

- **महत्त्वपूर्ण मैसेज भेजने से पहले रुकें :** ये ज़रूरी नहीं है कि हर ईमेल तुरंत भेजे जाने लायक़ हो-यह ख़ासतौर पर तब सच होता है, जब आप भावनात्मक रूप से उत्तेजना की अवस्था में कोई

> जवाब लिख रहे हैं। हो सकता है कि, अंत में आप तय करें कि कुछ उत्तर बिलकुल भी भेजे जाने के लायक़ नहीं है। महत्त्वपूर्ण मैसेज, गुस्से वाले जवाब, या ऐसे ईमेल के लिए, जिनमें अधिक सोच-विचार की आवश्यकता होती है, खुद को सोचने के लिए थोड़ा समय दें – और अपने मन (मस्तिष्क) को कुछ नए, बेहतर, और अधिक रचनात्मक आइडिया सोचने के लिए भटकने दें।

हालांकि हमें रोज़ इनसे जूझना पड़ता है, लेकिन ईमेल हमारे काम के सबसे तनावपूर्ण तत्वों में से एक है। एक अध्ययन में प्रतिभागियों को बग़ैर ईमेल के रहने के लिए कहा गया तो पाया कि केवल एक सप्ताह के बाद ही, उनके दिल की धड़कनों के बदलाव में अंतर देखने को मिला, क्योंकि वे कम तनावग्रस्त हो गए थे। ये प्रतिभागी लोगों से ज़्यादा बातें करने लगे, काम पर ज़्यादा समय बिताने लगे, मल्टीटास्किंग कम हो गई, और अधिक फ़ोकस्ड हो गए। ईमेल की अनुपस्थिति ने उन लोगों को आराम से और अधिक इरादे के साथ काम करने दिया। जब यह प्रयोग समाप्त हुआ, तो प्रतिभागियों ने अपने अनुभव को स्वतंत्रता प्रदान करने वाला, शांतिदायक और रिफ्रेशिंग बताया। जबकि पूरी तरह ईमेल से छुटकारा पाना असंभव है, तो ऊपर बताई गई तरक़ीबों को आज़माएं और जो आपके लिए बेहतर काम करे उसके साथ प्रयोग करें।

मीटिंग

ईमेल के बाद, मीटिंग, दिन भर में हमारे द्वारा सामना किए जाने वाले बड़े विकर्षणों में से एक है। इसमें बहुत सारा समय भी खपता है। हाल ही में किए गए एक अध्ययन में पाया गया कि, औसतन, नॉलेज वर्कर अपने समय का 37 फ़ीसदी मीटिंग में बिताते हैं–इसका अर्थ है कि यदि आप दिन में आठ घंटे काम करते हैं, तो आप उसमें से तीन घंटे सिर्फ़ मीटिंग में ही बिताते हैं।

मीटिंग्स निश्चित रूप से महंगी पड़ती हैं–भले ही छोटी संख्या में सही, एक घंटे के लिए लोगों को कॉन्फ्रेंस रूम में जुटाना, और आप आसानी से एक दिन के काम के बराबर ध्यान और ऊर्जा की खपत कर लेते हैं। इसमें हर किसी के द्वारा अपने ध्यान को स्विच करने में लगने वाले समय या क्या

चर्चा की जा रही है उसकी गणना नहीं है। ऐसी मीटिंग्स में आंतरिक रूप से कुछ भी ग़लत नहीं है, लेकिन बेमतलब की मीटिंग आज के दफ़्तरों की सबसे बड़ी उत्पादकता में कमी लाने वाली चीज़ है।

आपके द्वारा जितनी मीटिंग में शिरकत की जाती है उन्हें अधिक उत्पादक बनाने के लिए मेरे चार पसंदीदा तरीक़े इस प्रकार हैं :

- **किसी भी मीटिंग में बग़ैर एजेंडा के शामिल नहीं हों :** बिना एजेंडा वाली मीटिंग यानी उद्देश्यविहीन बेमतलब की मीटिंग। जब भी मुझे किसी बिना एजेंडा वाली मीटिंग में बुलाया जाता है, चाहे वह किसी के भी साथ हो, मैं उद्देश्य के बारे में पूछूंगा। अधिकतर, जो भी इसे निर्धारित करता है, वह पाएगा कि मीटिंग का उद्देश्य कुछ ईमेल या फ़ोन कॉल के ज़रिए भी पूरा किया जा सकता था। तो बग़ैर एजेंडा वाली मीटिंग से बचें-आपका समय बहुत क़ीमती है।

- **अपने कैलेंडर में उल्लेखित हर मीटिंग्स पर सवाल उठाएं :** अक्सर हम रूटीन मीटिंग्स की उपयोगिता पर सवाल उठाने में विफल रहते हैं। अपने कैलेंडर में अगले एक या दो माह में होने वाली मीटिंग पर गौर करें, कौन-सी बार-बार होने वाली मीटिंग आपके समय और ध्यान के लिए महत्त्वपूर्ण है। कुछ जैसी दिखती हैं उससे कहीं अधिक महत्त्वपूर्ण हो सकती हैं, ख़ासतौर पर तब जब वे आपको अपनी टीम से जुड़ने और यह जानने में मदद करती हैं कि वे क्या कर रहे हैं, लेकिन सारी मीटिंग्स ऐसी नहीं हो सकतीं। कुछ से बचना कठिन होता है, लेकिन कुछ मिनट बाद धीरे से सौजन्यतापूर्वक बाहर निकल आने से आपके कई घंटे बच सकते हैं।

- **उपस्थिति सूची को चुनौती दें :** क्या मीटिंग में जिन-जिन लोगों को बुलाया गया है, उन सभी का वहां होना ज़रूरी है? आमतौर पर इसका उत्तर नहीं में ही होता है। यदि आप मैनेजर या टीम लीडर हैं, या किसी का समय बचाना चाहते हैं, तो जिसकी मौजूदगी महत्त्वपूर्ण नहीं है, उस सहभागी को बताएं कि वैसे तो

आपका स्वागत है लेकिन यदि इस दौरान उनके पास कोई अन्य महत्त्वपूर्ण काम है तो वे मीटिंग में शामिल नहीं होने का चयन भी कर सकते हैं।

- **मीटिंग्स पर हायपरफ़ोकस करें :** जब मीटिंग्स आपके ध्यान और एनर्जी से ज़्यादा आपका समय खपाती हैं तो उसमें जुड़ना काफ़ी कठिन होता है। लेकिन आपको कोई मीटिंग शामिल होने लायक़ लगती है, या फिर आप उससे बच नहीं सकते, तो उसका आनंद लें! अपने फ़ोन और कंप्यूटर को बाहर रखें और उस पर ध्यान दें कि लोग क्या कह रहे हैं, आप जो योगदान दे सकते हैं वह भी दें, और यदि आप कर सकें तो कोशिश करें कि चीज़ें जल्द निपट जाएं ताकि लोग जल्दी जा सकें। आख़िरकार आप मीटिंग से बहुत अधिक फ़ायदा ले सकते हैं।

उत्पादकता संबंधी कुछ तरक़ीबें आपको बाद में काफ़ी अच्छी तरह समझ आएंगी, और मैं उपरोक्त सुझावों को भी उस श्रेणी में शामिल करूंगा–उनमें से प्रत्येक कॉमनसेंस की बात है। हालांकि, किसी भी उत्पादकता बढ़ाने वाली पुस्तक का सबसे बड़ा फ़ायदा (यद्यपि, मैं थोड़ा पक्षपाती हूँ) यह है कि वह आपको अपने काम में थोड़ा पीछे जाने देती है यह नोटिस करने के लिए कि किस काम को और अलग ढंग से किया जा सकता था। जैसा कि कहा जाता है, कॉमन सेंस या सहज बुद्धि हमेशा किसी काम को सहज तरीक़े से करने के बारे में नहीं होती।

इंटरनेट

इस अध्याय में मेरे द्वारा चर्चा किए गए कुछ विकर्षणों में कुछ चीज़ें समान हैं : वे इंटरनेट से पैदा होते हैं। जितना शक्तिशाली हथियार इंटरनेट है, वह हमारा ध्यान भंग करता है और हमें बाधित करता है और हमें ढेर सारा समय ऑटोपायलट मोड में बिताने पर मज़बूर कर देता है। जब हमारा मन काम करते समय इधर–उधर भटकता है, अक्सर हम सक्रिय दिवास्वप्न की अवस्था में इंटरनेट सर्फ़ करने लगते हैं, बेइरादा वेबसाइटों और ऐप पर इधर–उधर जाते हैं।

विकर्षणों को कम करना और एक विकर्षण-मुक्त मोड बनाना आपको अधिक इरादे से काम करने में मदद करेगा, इसे एक क़दम और आगे ले जाकर इंटरनेट से पूरी तरह नाता तोड़ लेना भी काफ़ी फ़ायदेमंद है। यह ना सिर्फ़ काम में फ़ायदेमंद है, बल्कि घर पर भी बारह घंटे की अवधि में इंटरनेट से दूर रहना भी एक तरह की रिफ़्रेशिंग ही है। जब आप सफ़र पर हैं, तो आप यदि बस या प्लेन में इंटरनेट का उपयोग नहीं करने का फ़ैसला करते हैं तो आप बहुत अधिक उत्पादक और जोशीले बन जाते हैं। आप अपने ऑनलाइन समय का आधे से अधिक हीला-हवाली में ख़र्च करते हैं-इंटरनेट से ज़्यादा समय तक कनेक्ट रहना अक्सर बहुत फ़ायदेमंद नहीं होता।

केवल मेरी बातों पर ही विश्वास नहीं करें : इस रविवार को खुद चौबीस घंटे के लिए इंटरनेट से दूर रहकर देखें, और अपने परिवार को भी ऐसा करने के लिए प्रोत्साहित करें। अगली बार यात्रा के दौरान प्लेन में, इंटरनेट से जुड़ने के बजाय कोई ऑफ़लाइन काम करने की कोशिश करें जो महत्त्वपूर्ण तो है लेकिन अत्यावश्यक नहीं है। इसके बाद चिंतन करें : आपने खुद को कितना ताज़ादम महसूस किया? आप कितना काम पूरा करने में सफल रहे? यदि आप मेरे जैसे ही हैं तो संभवतः भविष्य में भी आप अपने इंटरनेट के उपयोग को सीमित रखने के लिए प्रेरित होंगे।

अपने माहौल को सहज-सरल बनाना

कई साल पहले, मैं एक बड़ी कंपनी के रिक्रूटमेंट विभाग काम करता था। मेरी एक सहकर्मी, पेनी, अपनी डेस्क पर जेलीबीन्स का एक छोटा-सा कटोरा रखती थी। हालांकि इसमें कोई उल्लेखनीय बात नहीं है - लेकिन जो बात मुझे उल्लेखनीय लगी वो ये थी कि पेनी *उन्हें लगभग बिलकुल भी नहीं खाती थी।* ऐसा भी नहीं था कि पेनी को जेलीबीन्स पसंद नहीं थी- हालांकि वो खाने-पीने को लेकर इतनी उत्सुक भी नहीं रहती थी। हर दिन वो एकाध जेलीबिन्स खाती होगी, लेकिन बाक़ी सब उसके पास आने वाले आगंतुकों के लिए थी।

संभवतः 90 फ़ीसदी जेलीबीन्स तो मैंने ही खा ली होंगी। हर बार, जब मैं पेनी के दफ़्तर से गुज़रता था तो, मुट्ठी में थोड़ी कैंडी उठा लेता था- इतनी मात्रा जो, कम से कम मेरी नज़र में तो, सामाजिक रूप से स्वीकार्य

सीमा के भीतर थी। यदि मेरे पास मेरे दफ़्तर में ऐसा ही कटोरा होता तो मुझे नहीं लगता कि वे कैंडी दोपहर तक भी बची रह पातीं। (पिछले शुक्रवार को, मेरी मंगेतर और मैंने एक पार्टी आयोजित की थी और हमारे पास चिप्स के दो बड़े पैकेट बच गए थे। मैंने दो दिन के भीतर दोनों ख़त्म कर दिए)।

मेरे दोस्त अक्सर आश्चर्य करते हैं जब मैं इस तरह की कहानियां सुनाता हूँ–किसी ऐसे व्यक्ति के रूप में जो अपने पूर्णकालिक कार्य के रूप में उत्पादकता के साथ प्रयोग करता रहता है, मुझे पूरा भरोसा है कि उनमें से कुछ लोग मुझे आत्म–नियंत्रण के मामले में एक सुपरह्यूमन मानते होंगे। लेकिन लिखते समय डिजिटल विकर्षणों से बचाव करने के अलावा, अपने जीवन में मैं समय रहते दूसरे लालच से भी निपटने की कोशिश करता हूँ। चूंकि भोजन मेरी सबसे बड़ी कमज़ोरी है, मैं अपने आसपास के माहौल को बदलता हूँ और घर पर कोई भी अनहेल्दी स्नैक रखने से बचता हूँ, और यदि वे मेरे आसपास होते हैं, तो मैं किसी से कहता हूँ कि वो उस छिपा दे।

जब भी भोजन या विकर्षण का मामला होता है, हम अपने बाहरी माहौल से बहुत अधिक प्रभावित होते हैं। आपके फ्रिज पर लटका हुआ टेकआउट मेन्यू आपको याद दिलाता है कि स्वादिष्ट, अनहेल्दी फूड बस एक कॉल की दूरी पर है–ठीक वैसे ही जैसे फ्रिज़ में रखी सब्ज़ियां आपको हेल्दी खाने की याद दिलाती हैं। अपने दिन के तीन इरादों को किसी नज़र आने वाली जगह पर चिपकाने से आपको याद रहेगा कि आख़िर उस दिन कौन–सा काम महत्त्वपूर्ण है। अपने बेडरूम में टीवी रखने से आपको याद आता है कि ख़बरों और मनोरंजन की दुनिया बस एक बटन दबाने जितनी दूर है–ध्यान खींचने वाली कोई भी वस्तु नींद से कहीं ज़्यादा मोहक है। अपने सोफ़े और कुर्सियों का मुंह एक दूसरे की तरफ़ रखने के बजाय टीवी की तरफ़ रखना, इसी तरह का मोहक प्रभाव पैदा करेगा। ब्रेकफ़ास्ट करते समय अपने फ़ोन को टेबल पर छोड़ना ऐसे माहौल का संकेत देगा, जहां आपको याद दिलाया जाता है कि विकर्षण की दुनिया आपका इंतज़ार कर रही है।*

---

* जब हम किसी व्यक्ति के साथ सामाजिकता का निर्वाह करते हैं तो अपने स्मार्टफ़ोन का उपयोग करना एक विडंबना ही है। हम दूसरों के साथ रिश्ते बनाने के लिए बड़े पैमाने पर डिवाइस का उपयोग करते हैं, लेकिन कोई भी स्मार्टफ़ोन, आमने–सामने की बातचीत जितना कारगर नहीं है।

बाहरी माहौल के संकेत हमें उल्लेखनीय रूप से प्रभावित कर सकते हैं। एक अध्ययन में कॉफ़ी शॉप के भीतर एक दूसरे से बात करते लोगों का अवलोकन किया गया और देखा गया कि जिन लोगों ने अपने सामने फ़ोन रखा हुआ है, वे हर तीन से पांच मिनट के भीतर उसे चेक करते हैं, "चाहे उसमें घंटी या अलर्ट टोन आ रही हो या नहीं।" जैसा कि अध्ययन में बताया गया, "भले ही वे सक्रिय उपयोग में नहीं हैं या फिर वाइब्रेशन, बीप, रिंग या फ़्लैश नहीं कर रहे हैं, हमारे फ़ोन तब भी वे हमारे एक वृहत सामाजिक नेटवर्क का प्रतिनिधित्व कर रहे हैं और जानकारी के एक विशाल संग्रह का पोर्टल हैं।" एक और अध्ययन में निष्कर्ष निकला, जो थोड़ा दुखद है, कि "प्रतिभागियों की नज़र के सामने फ़ोन के रखे रहने भर से ही यह पाया गया कि वह उनकी निकटता, संपर्क, और रिश्तों की गुणवत्ता में हस्तक्षेप कर रहा था।"

अक्सर हमारे माहौल के ये संकेत हमें अपने इरादों से दूर कर देते हैं– और, व्यक्तिगत स्तर पर, हमारे अनुभव को कम सार्थक बना देते हैं। माहौल के ये संकेत सक्रिय रूप से हमें बाधित नहीं करते, नोटिफ़िकेशन की तरह, लेकिन वे उसकी तरह ही हमारी उत्पादकता और व्यक्तिगत जीवन को नुक़सान पहुंचा सकते हैं। ख़ासतौर पर तब जब हम किसी जटिल काम से ऊबकर अपने आसपास किसी नए विकर्षण की तलाश करने लगते हैं। जहां तक संभव हो सके, हमारे कामकाज का माहौल हमें इनमें से कुछ विकर्षणों से बचाने वाला होना चाहिए। जब हम अपना फ़ोन, टैबलेट और टेलिविज़न दूसरे कमरे में रखते हैं, तो हम थोड़ा कम विचलित होते हैं, कम उत्तेजक वातावरण में काम करने के आदी हो जाते हैं, और सुनिश्चित करते हैं कि हमारे आसपास का माहौल उतना आकर्षित करने वाला नहीं हो कि हम अपना काम छोड़कर उस पर ध्यान केंद्रित करने लगें।

अपने कामकाज के माहौल से नए-नए विकर्षणों को हटाकर, हम खुद को ज़्यादा लंबे समय तक ध्यान केंद्रित करने में सक्षम बनाते हैं। आपके द्वारा अपने माहौल में मौजूद चीज़ों पर विचार करना और यह प्रश्न पूछना सर्वथा उचित है कि आख़िर ये चीज़ें किस तरह आपकी उत्पादकता को प्रभावित कर सकती हैं।*

---

* माहौल के संकेत शक्तिशाली होते हैं–यहां तक कि आपके दफ़्तर या कामकाज के स्थान की साफ़–सफ़ाई भी आपकी उत्पादकता पर बहुत असर डालती है। शोध

इस बात का अवलोकन करने के बाद कि मैं अपने टैबलेट और स्मार्टफ़ोन पर कितना ज़्यादा ध्यान और समय बर्बाद करता हूँ, मैं शायद ही कभी उन्हें अपने बाहरी माहौल में रखता हूँ, जब तक कि उनका कोई काम नहीं हो। मेरा टैबलेट फ़िलहाल दूसरे कमरे में है, और मेरा फ़ोन मेरे काम करने की जगह से काफ़ी दूर रखा हुआ है।*

मेरे सामने ढेर सारी चीज़ें हैं : एक मेडिटेशन कुशन, एडजस्टेबल डंबल्स की जोड़ी, पेड़-पौधे, चाय का कप, परिवार की फ़ोटो, फ़िगेट क्यूब, एक वाइटबोर्ड, और अपनी चट्टान पर आराम करता† मेरा कछुआ एडवर्ड, ये चीज़ें लंबे समय तक मेरा ध्यान भंग नहीं करतीं-दरअसल ये उतनी जटिल नहीं हैं-तो, किसी स्मार्टफ़ोन के विपरीत, ये पूरी तरह मेरे ध्यान पर क़ब्ज़ा नहीं करतीं।

बताते हैं कि साफ़सुथरा वातावरण फ़ोकस करने के लिए ज़्यादा अनुकूल होता है, और अव्यवस्थित माहौल रचनात्मकता के लिए अधिक अनुकूल है। इसी वज़ह से, यदि आप चाहते हैं कि किसी बैठक में शामिल लोग किसी प्रोजेक्ट पर फ़ोकस करें, तो उन्हें कम से कम विकर्षणों वाले एक साफ़-सुथरे कॉन्फ्रेंस रूम में बुलाएं। यदि आप परंपरा से हटकर, प्रभाव में बदलाव करना चाहते हैं या फिर कोई रचनात्मक विचार-विमर्श करना चाहते हैं तो किसी अव्यवस्थित वातावरण में बैठक बुलाएं। यदि आपके दफ़्तर में ऐसा कोई अव्यवस्थित मीटिंग रूम नहीं है, तो चीज़ों में थोड़ा बदलाव करें और कहीं बाहरी, खुले, प्राकृतिक वातावरण में बैठक करें, जहां पर हर किसी का सामना कुछ नई बातों और विचारों के साथ हो। (हालांकि वॉकिंग मीटिंग से सतर्क रहें। देखा गया है कि, काम करते हुए चलना या चलते हुए काम करना- जैसे कि किसी ट्रेडमिल डेस्क पर-आपकी संज्ञानात्मक प्रदर्शन में कमी लाता है। हालांकि टहलने के बाद प्रदर्शन बेहतर भी होता है)।

* एक अध्ययन में पाया गया है कि जब कोई विकर्षण हमसे लगभग बीस सेकेंड दूर होता है-जब किचन से चिप्स का पैकट लाने में, या सेलफ़ोन निकालने के लिए दराज़ खोलने में, या ध्यान भंग करने वाली वेबसाइट पर पहुंचने के लिए कंप्यूटर रीस्टार्ट करने में बीस सेकेंड लगते हैं-तो हमारे इन विकर्षणों का शिकार नहीं होने के लिए यह पर्याप्त अस्थायी दूरी होती है, और हम अपने आवेगों पर नियंत्रण करने में बेहतर रूप से सक्षम होते हैं। आवेग और इस पर अमल करने के बीच का जो अंतराल होता है उसमें हम वापस अपने ध्यान पर नियंत्रण हासिल कर लेते हैं- और इसमें बीस सेकेंड की देरी करने से हमारी अपने आवेगों पर लगाम लगाने की कुदरती जागरूकता सक्रिय हो जाती है।

† एक लंबी कहानी है...

ध्यान आकर्षित करने वाली नई-नई चीज़ों का आपके ध्यानाकर्षण स्थान पर क़ब्ज़ा करने का जोख़िम होता है और वे आपको किसी एक चीज़ पर पूरी तरह ध्यान केंद्रित करने से रोकती हैं।

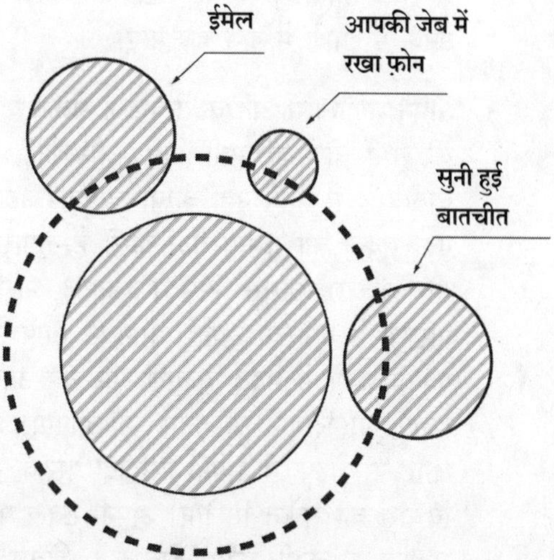

अदम्य विकर्षण

काम करने या रहने के हिसाब से अपने माहौल/परिवेश में बदलाव करने के लिए भी, आपको ध्यान खींचने वाली उन वस्तुओं को हटाना चाहिए जो संभावित रूप से आपका ध्यान भटका सकती हैं।

वास्तव में ऐसा करना काफ़ी आसान है :

1. **अपने आसपास के विकर्षणों (ध्यान भटकाने वाली चीज़ों) की सूची बनाएं।** यह ख़ासतौर पर उस जगह पर अधिक महत्त्वपूर्ण हो जाता है जहां पर आपको कुछ ज़्यादा ही जटिल काम पर फ़ोकस करना है। तो संभावित विकर्षणों-यानी अपनी डेस्क पर रखे हुए टैबलेट से लेकर आपके साथ केबिन साझा करने वाले सहकर्मी, हर चीज़ को सूचीबद्ध करें। फिर विचार करें : इनमें से कौन-सी चीज़ आपको अपने काम से ज़्यादा आकर्षक लगती है?

2. **दूरी बनाएं।** जैसा कि विकर्षणों के साथ होता है, माहौल/परिवेश के सभी संकेतों पर पहले से अंकुश लगा पाना संभव नहीं है– लेकिन आप अधिकांश को नियंत्रित कर सकते हैं। अपने माहौल से सभी आकर्षक वस्तुएं हटाने की योजना बनाएं ताकि आप उनके मोहपाश में नहीं बंध पाएं।

3. **अपने माहौल में अधिक उत्पादक संकेत जोड़ें।** आपके माहौल की सभी चीज़ें बुरी नहीं होतीं, और कोई भी किसी बेनूर, बंजर वातावरण में काम नहीं करना चाहता। उदाहरण के लिए पौधे, एक सुकून का प्रभाव पैदा करते हैं–हमारा विकास प्रकृति के बीच अच्छा महसूस करने में हुआ है, ना कि केबिन में। अपने परिवेश में एक वाइटबोर्ड टांगने से आपको अपने विचारों को एकाग्र करने में मदद मिलेगी और यह आपके रोज़ाना के तीन इरादों को लिखने के काम भी आएगा। अपने कामकाज की जगह पर शेल्फ़ में अपनी पसंदीदा पुस्तकें रखने से आपको नए विचारों का संकेत मिलेगा। अपनी टेबल पर फ़िगेट क्यूब रखने से आपको कभी–कभार ब्रेक लेने, दिवास्वप्न देखने, और नए आइडिया सोचने का संकेत मिलेगा। रात को सिरहाने की टेबल पर फ़ोन के बजाय पुस्तक रखने से आपको अधिक से अधिक पढ़ने की प्रेरणा मिलेगी। फलों का कटोरा फ्रिज के बजाय टेबल पर रखने से आपको हेल्दी खाने की प्रेरणा मिलेगी।

आपके वातावरण की साफ़–सफ़ाई बहुत महत्त्वपूर्ण है। हर बार काम ख़त्म करने के बाद अपने स्थान की सफ़ाई करना सुनिश्चित करें–शाम को दफ़्तर से घर लौटने पर किचन के सिंक में जूठे बर्तनों का अंबार या कमरों के फ़र्श पर इधर–उधर बिखरी हुई चीज़ें आपका मूड ख़राब कर सकती हैं और आपको तनाव में डाल सकती हैं, यह याद दिलाते हुए, कि अभी आपको इन्हें समेटना बाक़ी है। यही बात तब भी लागू होती है जब आप अपना दिन का काम ख़त्म करते हैं : अपनी डेस्क के काग़ज़ व्यवस्थित रख दें, अपने कंप्यूटर पर विंडो बंद कर दें, अपने डेस्कटॉप की फ़ाइलों को छांटें, और आपने दिन भर में जो ईमेल प्राप्त की हैं उनकी छंटनी करें। अगले दिन

जब आप अपने डेस्क पर बैठेंगे, तो आप तुरंत अपने इरादे पर फ़ोकस करने में कामयाब होंगे, बजाय इसके कि अपने बीते दिन के कामों की वज़ह से तनाव में आएं। अपने डिजिटल परिवेश को साफ़-सुथरा रखना भी उतना ही महत्त्वपूर्ण है जितना अपने भौतिक वातावरण को।

यदि आप लोगों से पूछेंगे कि कौन-से स्थानों पर वे अधिक उत्पादक होते हैं, तो कुछ लोग ही उत्तर देंगे कि "दफ़्तर।" बल्कि अधिकांश लोग किसी भी जगह का नाम लेंगे लेकिन दफ़्तर का नहीं-इसमें उनकी पसंदीदा कॉफ़ी शॉप, या फिर एयरपोर्ट, ट्रेन, घर पर काम करने की जगह कुछ भी शामिल हो सकता है। इसके पीछे, जहां तक मुझे लगता है, एक वज़ह यह है कि इन जगहों पर ऐसे बहुत कम संकेत होते हैं जो हमारे काम से जुड़े होते हैं : वहां पर हमें हमारे द्वारा किए जा रहे प्रोजेक्ट के बारे में सहकर्मियों की बातें सुनाई नहीं पड़तीं; हमें बार-बार प्रोग्रेस रिपोर्ट साझा करने के लिए मीटिंग रूम में नहीं जाना पड़ता। जहां हम काम करते हैं उसमें फेरबदल करने से कई बार हमें बग़ैर किसी भटकाव के अपना काम पूरा करने में सफलता मिलती है।

जैसा कि संभवतः आपने भी पाया होगा, कि माहौल के संकेत हमें अपने भविष्य में भी मदद कर सकते हैं। एक दिन पहले अपने अगले दिन के इरादे तय करने के बाद, मैं उन्हें अपने वाइटबोर्ड पर लिख लेता हूँ ताकि मैं सुबह सबसे पहले उन्हें देखूं। यदि मुझे मीटिंग के लिए कुछ दस्तावेज़ ले जाना याद रखना है, तो मैं उन्हें दरवाज़े के पास रख लेता हूँ ताकि दफ़्तर के लिए निकलते समय वो मुझे दिख जाएं।

संगीत

वातावरण में बहुत से कारक हैं जो फ़ोकस को प्रभावित करते हैं-यहां तक कि दफ़्तर का टेम्परेचर भी कुछ हद तक उत्पादकता पर असर डालता

है।* आपका आंतरिक, मानसिक वातावरण आपकी उत्पादकता को कैसे प्रभावित करता है, इसकी बात करने से पहले, मैं एक और महत्त्वपूर्ण कारक की बात करना चाहता हूँ। आप इससे पहले से परिचित होंगे : संगीत।

हायपरफ़ोकस पर शोध करते समय, मैंने अपने समय के सबसे नामचीन संगीतकार का इंटरव्यू किया। उस संगीतकार ने प्रिंस, ब्रिटनी स्पीयर्स, जस्टिन बीबर्स, या बॉब डयलन से भी ज़्यादा म्यूज़िक बेचा है। इस व्यक्ति ने अनगिनत बच्चों के लिए अकेले ही ढेरों संगीत रच डाला है, और उसके वीडियोज़ को आसानी से लाखों यूट्यूब व्यूज़ मिलते हैं।

हालांकि, जबकि आप उसके संगीत को पहचानते हैं, लेकिन हो सकता है कि आप जेरी मार्टिन का नाम नहीं जानते हों। जेरी ने *सिम्स* और *सिम्ससिटी* जैसे वीडियोगेम्स के लिए संगीत रचनाएं बनाई हैं –इन गेम्स की दुनियाभर में 10 करोड़ से भी ज़्यादा कॉपी बिक चुकी हैं। जेरी ने ऐपल, जनरल मोटर्स और एनबीए विज्ञापनों के लिए भी संगीत तैयार किया है। जेरी का संगीत इस बात की शोध की शुरुआत करने के लिए एकदम मुफ़ीद है कि संगीत किस प्रकार उत्पादकता को प्रभावित करता है। क्योंकि आज की तारीख़ में मौजूद कुछ सबसे ज़्यादा उत्पादक संगीत रचनाओं में से बहुत सारी उन्हीं की हैं।

शोध बताते हैं कि सबसे उत्पादक संगीत के दो मुख्य गुण होते हैं : यह जाना पहचाना लगता है (इसकी वज़ह से, जो संगीत आपके लिए उत्पादक होता है वह आपके सहकर्मियों की पसंद से भिन्न हो सकता है), और यह तुलनात्मक रूप से सरल होता है। जेरी के संगीत में यही दोनों ख़ूबियां होती हैं। यह बहुत अधिक चिर–परिचित लगता है, चूंकि यह जॉर्ज गेर्शविन जैसे प्रसिद्ध संगीतकारों से प्रभावित होता है, इसमें आपके ध्यान को भटकाने वाले कोई शब्द नहीं होते, और यह बहुत सरल होता है। जैसा कि मार्टिन ने मुझे बताया, "जब आप अपने संगीत में बहुत अधिक संरचना डाल देते हैं, तो आप उस पर ध्यान देने के लिए प्रवृत्त होते हैं। सबसे अच्छा संगीत बैकग्राउंड में होता है–जब आप ध्यानपूर्वक सुनते हैं

* एक अध्ययन में पाया गया है कि 70–72^{0}F (21–22^{0}C) तापमान उत्पादकता के लिए आदर्श है। इससे कम होने पर हमारे द्वारा ग़लतियां करने और बीमार पड़ने की संभावना बढ़ जाती है। और 86^{0}F(30^{0}C), से अधिक तापमान में हमारी उत्पादकता लगभग 10 फ़ीसदी घट जाती है। हम सभी की तासीर अलग–अलग होती है।

तो फिर ज़्यादा कुछ नहीं हो पाता है। यह संगीत रैखिक होता है, आपको पाता भी नहीं चलता कि यह कब बदल जाता है, और यह गेम में आपके काम में सहयोग करता है।'' जहां तक मेरा सवाल है तो मुझे भी गाने सुनते हुए लिखना पसंद है और मैं अंतिम घंटों में बार-बार वही एड शीरीन की निराशाजनक धुन सुनता हूँ।

हालांकि, शोध यह भी बताते हैं कि अधिकांश उत्पादक संगीत *सापेक्ष* होता है। संगीत कुछ न कुछ ध्यानाकर्षण स्थान घेरता है-लेकिन जब यह जाना पहचाना, सरल, और साथ ही साथ तुलनात्मक रूप से शांत होता है तो यह कम जगह घेरता है। परिणामस्वरूप, जब फ़ोकस करने की बात आती है तो शांत वातावरण के साथ संगीत कोई प्रतिस्पर्धा नहीं करता। लेकिन, निश्चित रूप से, संगीत अलगाव में कभी मौजूद नहीं होता।

यदि आप किसी कॉफ़ी शॉप में काम कर रहे हैं, तो संगीत आपके आसपास की बातचीत से ध्यान हटाने में मदद कर सकता है, जोकि किसी सरल और परिचित रागिनी की तुलना में कहीं अधिक जटिल और ध्यान भंग करने वाली हैं। यदि बगल के केबिन वाला सहकर्मी टेलिफ़ोन पर ज़ोर-ज़ोर से बात कर रहा है, शोर कम करने वाले (नॉइज़-कैंसलिंग) हेडफ़ोन पर संगीत सुनना अधिक उत्पादक है। (एक शोध में पाया गया है कि किसी फ़ोन पर होने वाली एक तरफ़ की बातचीत सुनना किसी आम दोतरफ़ा बातचीत सुनने की तुलना में अधिक विकर्षण पैदा करता है-आपका दिमाग़ दूसरी तरफ़ की बात का अनुमान लगाने के लिए थोड़ा अधिक मशक्कत करता है, तो यह बातचीत आपके ध्यानाकर्षण स्थान में अधिक जगह घेरती है)।* मेरे लिए किसी तेज़ आवाज़ वाली फ़्लाइट में शोर कम करने वाले

* सेकंड हैंड विकर्षण भी होता है : एक और प्रयोग में देखा गया कि जो विद्यार्थी किसी लेक्चर में फ़ोकस करने की कोशिश कर रहे थे उनके द्वारा ख़राब प्रदर्शन की संभावना तब बढ़ जाती है, जब वे देखते हैं कि उनका कोई सहपाठी उनके सामने लैपटॉप पर मल्टीटास्किंग कर रहा है-इन ध्यान भटकाने वाले विद्यार्थियों ने बाद की परीक्षा में औसत 56 प्रतिशत अंक प्राप्त किए, जबकि जिन छात्रों का ध्यान भंग नहीं हुआ था, उनका औसत स्कोर 73 प्रतिशत रहा। इसे डी से बी ग्रेड में जाने के बराबर मान सकते हैं। इसी वज़ह से, कुछ शोधकर्ता एक ''ध्यान-जागरूक कक्षा'' बनाने की सलाह देते हैं, जिसमें विद्यार्थी विकर्षण से होने वाले नुक़सान से सतर्क रहें। दूसरी तरफ़, कक्षा में कंप्यूटर का अत्याधिक उपयोग एक बड़ी समस्या का लक्षण भी हो सकता है-जैसे कि लेक्चर उबाऊ है और विद्यार्थी उससे जुड़ नहीं पा रहे हैं।

हेडफ़ोन में बज रहा संगीत, उस विमान के इंजन की गर्जना से कहीं कम विकर्षण पैदा करता है। जब मैं किसी कॉफ़ी शॉप में होता हूँ और वे अपने साउंडट्रैक पर संगीत के बजाय कोई कमेंट्री लगा देते हैं तो मैं, अपने हेडफ़ोन पर संगीत सुनता हूँ।

संगीत किस तरह आपकी उत्पादकता को प्रभावित करता है, इस बारे में आपका अनुभव आपके काम, आपके काम के परिवेश, और यहां तक कि आपके व्यक्तित्व के आधार पर भिन्न हो सकता है– उदाहरण के लिए संगीत बहिर्मुखी लोगों की तुलना में अंतर्मुखी लोगों का प्रदर्शन ख़राब करता है। हालांकि, यदि आप फ़ोकस करना चाहते हैं, तो सरल और परिचित संगीत सुनना बेहतर है।

मन (मस्तिष्क) की साफ़–सफ़ाई

निश्चित रूप से सारा विकर्षण बाहरी नहीं होता, हम अपने मन (मस्तिष्क) में भी ढेर सारा विकर्षण जमा करके रखते हैं। कोई रिपोर्ट तैयार करते समय हम याद करते हैं कि अरे! मेरी तो एक मीटिंग थी जो दस मिनट पहले शुरू हो चुकी है; जब हम काम से घर लौटकर आते हैं, तो ध्यान आता है कि हम रास्ते से ब्रेड लेना तो भूल ही गए। अपने दिमाग़ को इन "खुले पाशों" से मुक्त करना महत्त्वपूर्ण है ताकि वे उस समय हमारा ध्यान नहीं भटकाएं जब हमें फ़ोकस करने की आवश्यकता है।

डेविड एलन के काम का उल्लेख किए बग़ैर फ़ोकस और उत्पादकता पर लिखना असंभव है। एलन *गेटिंग थिंग्स डन* पुस्तक के लेखक हैं। इस पुस्तक का आधार बहुत साधारण है : यह कि हमारा दिमाग़ आइडिया उपजाने के लिए है, उन्हें भंडार करके रखने के लिए नहीं। ख़ाली दिमाग़ उत्पादक/उपजाऊ होता है, और जितना ज़्यादा कबाड़ हम उसमें से निकाल देंगे, उतना ही स्पष्ट रूप से हम सोच सकेंगे।

आप पहले ही कैलेंडर बनाने के आइडिया से परिचित हो चुके हैं। आप कभी भी स्पष्ट रूप से सोचने में सक्षम नहीं होंगे, यदि आप अपने दिमाग़ में अपने सारे अपॉइंटमेंट और मीटिंग ठूंस कर रखेंगे। आपको हमेशा अपने ध्यानाकर्षण स्थान के कुछ हिस्से को आगामी घटनाओं के लिए समर्पित करने की आवश्यकता होगी, और यह असाधारण रूप से

तनावपूर्ण होगा। अपनी टु-डू लिस्ट बनाने का यही प्रभाव है : अपने दिमाग़ से निकालकर इस सूची में शामिल किया जाने वाला प्रत्येक कार्य आपको कोई और काम करते समय परेशान नहीं करेगा। आप अधिक स्पष्ट रूप से सोचने में सक्षम होंगे-परिणामस्वरूप आप जो काम कर रहे हैं उसे करने में कम अपराधबोध का अनुभव करेंगे।

जब आप कामों और प्रतिबद्धताओं को बाहर कर देते हैं तो कुछ उल्लेखनीय होता है : आप किसी अपराधबोध, चिंता, या शंका के बग़ैर काम करते हैं। जब आप अपने अतीत के बारे में तनाव महसूस करते हैं तो आप अपराधबोध का अनुभव करते हैं; जब आप अपने भविष्य के बारे में तनाव महसूस करते हैं तो आपको चिंता का अनुभव होता है; और जब आप अपने वर्तमान पल के बारे में तनाव महसूस करते हैं तो फिर शंका और घबराहट का अनुभव होता है। लेकिन जब आप कोई इरादा तय करते हैं और इस बारे में मोटे तौर पर एक योजना बना लेते हैं कि आप अपने महत्त्वपूर्ण काम कैसे पूरे करेंगे, तो ये भावनाएं हवा हो जाती हैं। साथ ही आप और अधिक स्पष्टता से सोचेंगे-आपके मन में जो है उसे बाहर कर देने का अर्थ है कि वे कार्य और प्रतिबद्धताएं, काम करते समय आपके ध्यानाकर्षण स्थान में उछलकूद नहीं करेंगी।

एक कैलेंडर या टु-डू लिस्ट मेंटेन करना आंतरिक विकर्षणों को बाहरी संकेतों में तब्दील कर देता है। आपको अपने दिमाग़ में रखने की ज़रूरत नहीं है कि कब आपकी कोई मीटिंग निर्धारित है-आपका कैलेंडर ऐप यह काम करेगा। आपको यह याद रखने की भी ज़रूरत नहीं है कि कौन-सा काम अधिक महत्त्वपूर्ण है-आपके द्वारा डेस्क पर लगाकर रखी गई कामों की सूची आपको याद दिलाने के लिए संकेतक का काम करती है कि आपको कौन-सा काम कब करना है, ख़ासतौर पर तब जब आप अपने सबसे महत्त्वपूर्ण इरादों को शीर्ष पर रखते हैं।

यह अवधारणा आपके कार्यों और अपॉइंटमेंट्स से भी आगे काम करती है। जब आप फ़ोकस करते हैं तो विकर्षणों की एक सूची आपके दिमाग़ से विकर्षण निकाल देती है ताकि आप जल्द ही दोबारा फ़ोकस कर सकें और उन विकर्षणों से बाद में निपट सकें। (अध्याय 0.5 देखें)। यदि आप एक कुछ ज़्यादा ही चिंता करते हैं, तो अपने दिमाग़ पर बोझ बन रही सारी बातों की एक सूची बनाएं (इन सभी की महत्ता पर विचार करने के

लिए समय निर्धारित करें)। जब आप अपने दिमाग़ को आराम करने और भटकने देते हैं तो उस समय आने वाले आइडिया को कैप्चर करने का अर्थ है कि आप उनका बाद में इस्तेमाल कर सकते हैं। आपके पास जमा हो रहे कामों–जिसमें महत्त्वपूर्ण ईमेल, ख़त, पैकेज और फ़ोन कॉल, जिनकी आप उम्मीद कर रहे हैं, शामिल हैं–की नियमित समीक्षा करने से आपके दिमाग़ से ये चीज़ें निकल जाती हैं।

कुछ लोगों का काम न्यूनतम में चल जाता है–एक टु–डू लिस्ट और कैलेंडर रखने के बाद –उन्हें अतिरिक्त लिस्ट बोझिल लगती है। वहीं कुछ लोगों को लगता है कि जब हर छोटी–छोटी बात को अपने दिमाग़ में रखते हैं तो वे ज़्यादा स्पष्टता से सोच पाते हैं। मैं इन दोनों के बीच में कहीं आता हूँ। आप अपनी सीमा खुद महसूस कर सकते हैं : रोज़ाना एक नए इरादे को तय करने से शुरुआत करें, और एक टु–डू लिस्ट और एक कैलेंडर बनाएं। अनसुलझे मानसिक जंजाल पूरे दिन आपका ध्यान खींचते रहेंगे, ख़ासतौर पर तब, जब आप आप अपने सबसे महत्त्वपूर्ण काम में डूबे होंगे। इन फैले हुए जंजालों को समेटना शुरू करें ताकि आप आसानी से अपने काम पर फ़ोकस, और हायपरफ़ोकस कर सकें।

लगातार अनसुलझी प्रतिबद्धताओं और आइडिया को कैप्चर करते रहें, और इस बात की आदत डालें कि बाद में तय समय पर इन पर विचार करें। इससे आपको बेहतर कामों के लिए अपना ढेर सारा ध्यानाकर्षण स्थान ख़र्च करने के लिए मिलेगा।

उद्देश्यपूर्ण काम करना

फ़ोकस के बारे में एक बुनियादी सच है : आपका दिमाग़ हमेशा जटिल कार्यों का विरोध करेगा, ख़ासतौर पर तब जब आप उन्हें पहली बार शुरू करेंगे–और जब ऐसा होता है तो, आप काम करने के बजाय आसपास: उत्तेजक और नई चीज़ों की तलाश करेंगे। जब आप अपने आसपास के माहौल से बाधाएं, विकर्षण और वे संकेत हटा देंगे जो आपको उस समय किए जा रहे काम से दूर करने के लिए लुभाते हैं, तो आप पटरी पर बने रहेंगे। यह अध्याय इतना लंबा क्यों हुआ उसकी एक साधारण वज़ह है : हायपरफ़ोकस करने से पहले आपको बहुत ज़्यादा झाड़–पोंछ और साफ़–सफ़ाई की आवश्यकता है।

उन तीन उपायों को याद करें जो हम अपने ध्यान की गुणवत्ता मापने के लिए इस्तेमाल कर सकते हैं : हम कितना समय इरादे के साथ काम करने में बिताते हैं; एक काम पर हम कितनी देर फ़ोकस कर पाने में सक्षम होते हैं; और नियंत्रित हो पाने से पहले कितनी देर तक हमारा मन भटकता रहता है।

ये सभी उपाय इस अध्याय में बताई गई तरक़ीबों द्वारा समर्थित हैं :

- एक विकर्षण-मुक्त मोड तैयार करना, आपको अपने समय को इरादतन बिताने देता है जबकि आप ध्यान भंग करने वाली सबसे आकर्षक चीज़ों को दूर रखते हैं जोकि आपको अपने फ़ोकस से हटा सकती हैं।
- आमतौर पर कम से कम विकर्षणों के साथ काम करना आपको दिन भर ध्यान आकर्षित करने वाली नई चीज़ों को हटाने और महत्त्वपूर्ण काम पर ध्यान केंद्रित करने में मदद करता है।
- इन दोनों तरह के मोड का उपयोग करना आपको अपने दिमाग़ को इस तरह प्रशिक्षित करने में मदद करता है कि वह कम भटकता है और ज़्यादा देर तक फ़ोकस रहता है।
- अपने काम करने और रहने के माहौल को सरल बनाने से कई लुभावने विकर्षण समाप्त हो जाते हैं।
- अपने दिमाग़ में से भटकाने वाले जाले साफ़ करने से आपको अधिक स्पष्टता के साथ काम करने और अपने सबसे उत्पादक कामों के लिए ज़्यादा से ज़्यादा ध्यानाकर्षण स्थान ख़ाली करने में मदद मिलती है।

पहले से ही विकर्षणों को समाप्त कर लेने का एक अंतिम फ़ायदा यह है कि आप एक आरामदायक, अधिक उद्देश्यपूर्ण गति के साथ काम करने की आज़ादी पाते हैं। उदाहरण के लिए एक अध्ययन में पाया गया है कि जब हम कुछ पढ़ते हुए कुछ लिखते हैं तो हमें उस वाक्यांश को पढ़ने में सामान्य की तुलना में 22 से 59 प्रतिशत तक अधिक समय लगता है। यदि आप लगातार सही दिशा में काम कर रहे हैं, तो इस बात से कोई फ़र्क़ नहीं पड़ता कि आप धीमी, अधिक इरादतन गति से काम कर रहे हैं।

गति के मामले में जो आप खोते हैं, उसे इरादतन काम करके हासिल कर लेते हैं।

आप जो काम कर रहे हैं उसके लिए अधिक से अधिक ध्यानाकर्षण स्थान हासिल करना आपको इस बारे में अधिक जागरूकता के साथ काम करने में सक्षम करता है कि आप कि किन विकर्षणों का प्रतिरोध कर रहे हैं, आप अपने काम के बारे में कैसा महसूस कर रहे हैं, आपके पास कितनी एनर्जी है, और क्या आपको ख़ुद को रिचार्ज करने की आवश्यकता है। इसके अलावा, आप अपने आसपास पैदा होने वाले आकर्षणों और आवेगों को भी पहचान पाएंगे, ताकि भविष्य में आप उनके कम से कम शिकार बन सकें।

अभी तक हमने हायपरफ़ोकस के चार चरणों को कवर किया है : ध्यान के लिए किसी वस्तु का चयन करना, विकर्षणों को समाप्त करना, किसी काम पर फ़ोकस करना, और पटरी पर वापस लौटना।

अब इस बारे में बात करते हैं कि आप किस प्रकार अपने ध्यानाकर्षण स्थान का आकार बढ़ाकर और हायपरफ़ोकस के प्रति अपने विरोध पर क़ाबू पाकर कैसे अपने मन (मस्तिष्क) की इस सुपरप्रोडक्टिव अवस्था को तैयार करने को एक आदत बना सकते हैं।

अध्याय

5

हायपरफ़ोकस को एक आदत बनाना

हमारा मन क्यों भटकता है

इस बारे में ढेरों रिसर्च हैं कि ठीक उसी समय हमारा मन क्यों भटकता है जब हम फ़ोकस करने की कोशिश करते हैं। ख़ासतौर पर वह तब ऐसा ज़्यादा करता है जब

- हम तनाव या बोरियत महसूस कर रहे हैं;
- किसी अस्त-व्यस्त माहौल में काम कर रहे हैं;
- हम कई अन्य व्यक्तिगत चिंताओं से जूझ रहे हैं और उनके बारे में सोच रहे हैं;
- हमारे मन में शंका है कि क्या हम सबसे उत्पादक या सार्थक काम कर रहे हैं या नहीं; या
- हमारे पास अनुपयुक्त ध्यानाकर्षण स्थान है-जितना ज़्यादा हमारे पास होगा, उतनी ज़्यादा हमारे मन के भटकने की घटनाएं होंगी।

हम पहले ही, आसानी से इन कारकों पर चर्चा कर चुके हैं :

- **तनाव या बोरियत महसूस करना :** हमें तनाव का अनुभव तब होता है जब किसी परिस्थिति की मांग उससे निपटने की हमारी क्षमता से अधिक हो जाती है। ध्यानाकर्षण स्थान को ओवरलोड होने से बचाकर, हम सुनिश्चित करते हैं कि हमारे पास ऐसी परिस्थिति से निपटने के लिए संसाधन हैं।

- **किसी अस्त–व्यस्त माहौल में काम करना :** बोरियत को मैं उस बेचैनी के रूप में परिभाषित करता हूँ जिसमें हम किसी अधिक उत्तेजना या प्रेरणा वाली स्थिति से कम प्रेरणा वाली स्थिति में जाते हैं। समय के साथ कम उत्तेजना का अनुभव करने के अभ्यस्त होने के साथ–जब भी हम हायपरफ़ोकस करते हैं तो अपने विकर्षण–मुक्त मोड को सक्षम करके, और आमतौर पर कम से कम विकर्षणों के साथ काम करके–हम इस प्रेरणा के अंतर का सामना कम करते हैं, बोरियत महसूस करने की आवृत्ति भी कम हो जाती है, और अपने माहौल को थोड़ा व्यवस्थित बना लेते हैं।

- **व्यक्तिगत चिंताओं के बारे में सोचना :** कामों की सूची, एक प्रतीक्षा सूची, और यहां तक कि चिंताओं की सूची के माध्यम से अपने मन के "खुले जंजालों" को समेटना–फ़ोकस करने की कोशिश करते समय अनसुलझी बातों को हमारे मन पर बोझ बनने से रोकता है। इससे हमें अराजक माहौल से बेहतर निपटने में और व्यक्तिगत चिंताओं को दरकिनार करने में मदद मिलती है। बार–बार काम बदलना कम करके भी हम अधिक स्पष्टता से सोच सकते हैं–हमारे मन में विचारों के अवशेष कम होते हैं, जोकि अन्यथा हमारे सीमित ध्यानाकर्षण स्थान को नुक़सान पहुंचा सकते हैं।

- **शंका करना कि हम सर्वोत्तम काम कर रहे हैं या नहीं :** इरादे के साथ काम करना, किसी भी समय हमारे द्वारा किए जा रहे काम पर कम शंकालु होने का बेहतरीन तरीक़ा है। ये शंका की भावना हमारे मन को हमारे फ़ोकस से भटका देती है।

- **अनुपयुक्त ध्यानाकर्षण स्थान :** अपने सबसे जटिल कार्यों पर हायपरफ़ोकस करना डिफ़ाल्ट रूप से अधिक ध्यानाकर्षण स्थान की खपत करता है, जो बदले में हमारे मन को भटकने से रोकता है। ध्यान का दायरा जितना छोटा होगा, मन भटकने की संभावना उतनी अधिक होगी।

इस पुस्तक की तरक़ीबों के कारगर होने के कुछ मुख्य कारण हैं : ये सभी आपको अधिक गहराई के साथ फ़ोकस करने में सक्षम करती ही हैं, साथ

ही ये आपके मन को भटकने से भी रोकती हैं। पुस्तक में आगे हम कुछ अन्य बातों की भी पड़ताल करेंगे जो आपके मन को भटकाती हैं, जिसमें आपके द्वारा महसूस की गई थकान और ख़ुशी भी शामिल है। (आपका ख़ुशी का स्तर कई दिलचस्प तरीक़ों से आपके ध्यान को प्रभावित कर सकता है)।

हालांकि, फ़िलहाल के लिए, मन को भटकाने वाले कारकों पर कुछ गहन चर्चा हो जाए जो मुझे व्यक्तिगत तौर पर काफ़ी दिलचस्प लगते हैं : हमारे पास साझा करने के लिए जो ध्यानाकर्षण स्थान है।

अपने काम को और कठिन बनाने की शक्ति

जटिलता के आधार पर, अलग-अलग कामों के लिए आपके ध्यानाकर्षण स्थान की अलग-अलग मात्रा की आवश्यकता होती है। यदि आपने कभी ध्यान लगाने (मेडिटेशन) और कुछ मिनट तक सिर्फ़ अपनी सांसों पर फ़ोकस करने का प्रयास किया है, तो आपने नोटिस किया होगा कि आपका मन सामान्य से अधिक भटकता है-जब आप दौड़ने के लिए जाते हैं, किसी गहन चर्चा में शामिल होते हैं, या कोई फ़िल्म देखते हैं, उससे भी कहीं अधिक। ये बाद के काम कहीं अधिक जटिल हैं और डिफ़ाल्ट रूप से आपका ज़्यादा ध्यानाकर्षण स्थान घेरते हैं।*

जानबूझकर अपने काम को अधिक जटिल बनाना, और अधिक जटिल काम हाथ में लेना, हायपरफ़ोकस स्थिति में प्रवेश करने का एक और शक्तिशाली तरीका है, क्योंकि ये आपके अधिक ध्यान की खपत करेंगे। इससे आप जो कर रहे हैं उसमें ज़्यादा संलग्न होंगे और आपका मन कम भटकेगा।

अपनी अभूतपूर्व पुस्तक *फ़्लो* में, मिहली सीसिकज़ेंटमिहली इस बारे में दिलचस्प जानकारी प्रदान करते हैं कि एक फ़्लो (प्रवाह) की स्थिति में

---

* ध्यान की शक्ति यह है कि किसी छोटी और सरल वस्तु पर फ़ोकस करने के लिए अपने मन को नियंत्रित करना, अधिक जटिल चीज़ों पर फ़ोकस करना आसान बना देता है। परिणामस्वरूप, आपका मन कम भटकता है, आप अधिक गहराई के साथ ज़्यादा लंबे समय तक फ़ोकस करने में सक्षम हो पाते हैं, और आपके ध्यान की गुणवत्ता में भी सुधार होता है। ध्यान का अभ्यास उतना डरावना नहीं है जितना आप सोचते हैं, बल्कि इसको करना फ़ायदेमंद है।

हमारे प्रवेश करने की संभावना कब सबसे अधिक होती है : जब किसी काम को करने की चुनौती हमारी क्षमता के लगभग बराबर होती है, और हम पूरी तरह उस काम में डूब जाते हैं।

जब हमारा कौशल किसी कार्य की मांग से बहुत अधिक हो जाता है–जैसे कि हम कई घंटों तक बगैर दिमाग़ लगाए डेटा एंट्री करते हैं–तो हम बोरियत महसूस करते हैं। जब किसी कार्य की मांग हमारे कौशल से अधिक हो जाती है–जैसे कि हम कोई प्रस्तुतिकरण देने के लिए तैयार नहीं हैं–तो हम घबराहट महसूस करते हैं। जब किसी कार्य की मांग लगभग हमारी क्षमता के बराबर होती है–जब हम कोई वाद्ययंत्र बजा रहे हैं, कोई पुस्तक पढ़ रहे हैं, या स्कीइंग कर रहे होते हैं–तो हम उस काम में पूरी तरह संलग्न हो जाते हैं।

यदि आपको पूरे दिन अपने काम में डूबना कठिन लगता है, तो यह सवाल उठाना जायज़ है कि क्या आपका काम पर्याप्त रूप से कठिन और जटिल है। यदि आप लगातार बोर हो रहे हैं, तो विचार करें कि क्या आपका काम आपके विशिष्ट कौशल का फ़ायदा उठाता है। यदि अभी भी आपका मन लगातार भटकता है, पिछले अध्याय में बताए गए आइडिया को अपनाने के बावजूद, तो यह इस बात का संकेत है कि आपका काम बहुत जटिल नहीं है और आपके ध्यानाकर्षण स्थान की अधिक खपत नहीं करता है।* इसके विपरीत, यदि विकर्षणों पर अंकुश लगाने और अधिक इरादे के साथ काम करने के बावजूद आपको काम में घबराहट महसूस होती है, तो विचार करें कि क्या आपके मौजूदा कौशल इस काम के लिए पर्याप्त हैं या नहीं।

हर काम पर सवाल उठाने के अलावा, इस बात पर भी विचार करना कारगर है कि आमतौर पर आप अपने कार्यभार को कितना चुनौतीपूर्ण मानते हैं। हायपरफ़ोकस की तरक़ीबें आपको कम समय में अधिक हासिल करने में मदद करती हैं, लेकिन फिर आप पाएंगे कि आपके पास अतिरिक्त समय को भरने के लिए पर्याप्त काम नहीं बचा है। इससे अजीब स्थिति पैदा हो सकती है।

---

* जितना बड़ा आपका ध्यानाकर्षण स्थान होगा, तो जब आप किसी सरल काम को करेंगे तो उतना ही अधिक आपका मन भटकेगा। यह भी सबूत है कि आपकी टीम के सबसे स्मार्ट सदस्यों को सबसे चुनौतीपूर्ण काम सौंपा जाना चाहिए।

हमारा काम निर्धारित समय में पूरा होने के लिए विस्तारित होता है– उत्पादकता के क्षेत्र में, इस स्थिति को पार्किन्सन्स के नियम के रूप में जाना जाता है। लेकिन व्यवधानों और विकर्षणों को पहले ही अक्षम कर देने से, आप भी वही महसूस कर सकते हैं, जैसा मैंने किया : आपका काम उसे पूरा करने के लिए निर्धारित किए गए समय में फ़िट होने के लिए विस्तारित नहीं होता, और आपको पता चलता है कि वास्तव में आपके पास कितना काम है। मेरे द्वारा प्रशिक्षित किए जाने वाले कुछ लोगों ने महसूस किया है कि, जब वे अपने सबसे परिणामदायक कामों पर फ़ोकस करते हैं, तो वे दिन भर में किए जाने वाले काम को कुछ ही घंटों में निपटा देते हैं।

मैंने अपनी पिछली पुस्तक के दौरान पहली बार इस तरह की स्थिति की खोज की। अस्सी हज़ार शब्दों की पांडुलिपि को संभालने के बाद, जिसे मैंने तुलनात्मक रूप से काफ़ी कम समय में लिखा था, मैं पहले की तरह ही व्यस्त हो गया–जबकि मेरे पास काफ़ी कम काम था। मेरे बचे हुए प्रोजेक्ट मेरे पास उपलब्ध समय में फ़िट होने के लिए विस्तारित हो गए। अपने भाषणों के लिए निर्धारित दिन से कुछ सप्ताह पहले योजना बनाने के बजाय, मैंने उनके बारे में ज़रूरत से भी काफ़ी पहले से सोचना शुरू कर दिया। जब मुझे काम करना चाहिए होता था, तब मैं अपने सोशल मीडिया अकाउंट में लॉग इन कर लेता था। मैंने अपनी खुद की सलाह पर अमल करना बंद कर दिया और दिन में एक बार की बजाय कई बार ईमेल चेक करने लगा। मैंने और ज़्यादा नोटिफ़िकेशन और अलर्ट सक्षम कर लिए ताकि मेरे पास करने के लिए और काम हो। और मैंने और ज़्यादा मीटिंग्स के लिए सहमति दे दी, जिनमें से कई में मुझे शामिल होना ज़रूरी नहीं था। जब भी मैं व्यस्त नहीं होता था तो मुझे एक तरह का अपराधबोध महसूस होने लगता था। स्वाभाविक रूप से यह सब तब ग़ायब हो गया, जब मैं काम में अधिक व्यस्त हो गया।

हालांकि मुझे पता नहीं था कि इस अपराधबोध के पीछे दो वज़हें थीं : इरादतन काम करने का अभाव और उपलब्ध समय के भीतर पूरा होने के लिए काम का विस्तार नहीं हो पाना। इसमें कई महीने लग गए, जब मैं आख़िरकार मैं उन नए विकर्षणों पर लगाम लगा पाया जो मेरे उपलब्ध समय में घुसपैठ कर रहे थे। ऐसा करने पर मैं जान पाया कि आख़िरकार मेरे पास करने के लिए कितना कम काम था। इसकी प्रतिक्रिया में मैंने

जानबूझकर और ज़्यादा सार्थक काम हाथ में लिए–अपने वेबसाइट के लिए अधिक लेखन कार्य किया, इस पुस्तक के बारे में विचार किया, और अपने भाषण और कोचिंग सत्रों में भी वृद्धि की। चूंकि मैं खुद को एक काफ़ी उत्पादक व्यक्ति मानता हूँ, अपनी विफलता स्वीकार करना मेरे लिए कठिन था, लेकिन इससे मैंने एक महत्त्वपूर्ण सबक़ सीखा : दफ़्तर या घर पर बेवज़ह–बेइरादा काम करना ना केवल अनुत्पादक (अनप्रोडक्टिव) होता है, बल्कि इस बात का संकेत भी होता है कि आपके पास करने के लिए बहुत महत्त्वपूर्ण काम नहीं हैं। यही वज़ह है कि समय सीमा पर होने पर कई बार आपके व्यस्ततम काम दरकिनार हो जाते हैं : उन्हें विस्तारित करने के लिए समय उपलब्ध नहीं होता।

आपके पास सामान्य रूप से पर्याप्त काम है इसको मापने के लिए, आकलन करें कि आप अनुत्पादक व्यस्तता में अपने दिन का कितना समय ख़र्च करते हैं। यदि आप ग़ैर–ज़रूरी कामों में व्यस्तता के पैमाने पर ऊंचाई पर हैं, तो आपके पास उल्लेखनीय रूप से अधिक काम करने के लिए–और प्रक्रिया में अधिक संलग्न होने और उत्पादक होने के लिए पर्याप्त स्थान होगा।

यह सलाह परस्पर विरोधी भी है, और यह आइडिया आपको परेशान कर देगा। यदि आप पहले ही महसूस करते हैं कि आप अपनी पूरी क्षमता से काम कर रहे हैं। लेकिन इस पर विचार करना चाहिए। जब हम आजीविका के लिए ज्ञान संबंधी काम करते हैं, तो हम हीलाहवाली करते हैं, ईमेल और सोशल मीडिया पर समय और ध्यान ख़र्च करते हैं, ये ऐसे काम हैं जो हमें अधिक उत्पादक महसूस कराते हैं लेकिन इनसे हासिल बहुत कम होता है।

बेकार के कामों पर एक नोट – जबकि बेकार के काम जटिल कामों की तुलना में कम उत्पादक होते हैं, इनका दूसरा फ़ायदा है : ये आमतौर पर *मज़ेदार* होते हैं। अध्ययन बताते हैं कि हम रिपोर्ट लिखने जैसे जटिल कामों के बजाय डेटा एंट्री जैसे कामों को प्राथमिकता देते हैं। इस पुस्तक को लिखने के दौरान, मैं माइक्रोसॉफ़्ट के रिसर्च डिपार्टमेंट में गया, जोकि इस बात पर कई

अध्ययन करते हैं कि हम कैसे अपने ध्यान का प्रबंधन कर सकते हैं। मेरे तीन बार के दौरे में से प्रत्येक में, कर्मचारी इस बात की पुष्टि करने में जुटे थे कि हम उन कामों को करने में ज़्यादा ख़ुश होते हैं जो हमारे पूरे ध्यान की खपत नहीं करते। इस बात में सार्थकता है : जबकि हमारे उत्पादक कार्य महत्त्वपूर्ण होते हैं, आमतौर पर वे अधिक प्रतिकूल होते हैं, यही वज़ह है कि उन्हें करने के लिए हमें अधिक पारिश्रमिक मिलता है-वे हमारे विशिष्ट मानसिक संसाधनों का लाभ उठाते हैं। उसी समय, बेवज़ह के काम हमें त्वरित फ़ीडबैक और कोई काम पूरा होने की भावना दे सकते हैं। यदि कोई बेकार काम आपको वास्तविक मनोरंजन प्रदान करता है, तो किसी प्रोडक्टिविटी संबंधी पुस्तक को अपने आपको वह काम करने से रोकने नहीं दें। लेकिन अपने महत्त्वपूर्ण कार्यों के लिए भी अधिकतम समय निकालने का प्रयास करें।

अपने ध्यानाकर्षण स्थान का आकार बढ़ाना

अभी तक मैंने जितनी भी फ़ोकस रणनीतियों की चर्चा की है, उनमें अपने ध्यानाकर्षण स्थान का बेहतर इस्तेमाल शामिल है। उसे अधिक इरादे के साथ प्रबंधित करने के अलावा, आप उसका आकार भी बढ़ा सकते हैं।

दोहराव के लिए, ध्यानाकर्षण स्थान का आकार उस माप द्वारा निर्धारित होता है जिसे संज्ञानात्मक मनोविज्ञान में "कार्यकारी स्मृति क्षमता" के रूप में संदर्भित किया जाता है-आप अपने मस्तिष्क में एक साथ डेटा के कितने टुकड़े रख सकते हैं (आमतौर पर लगभग जानकारियों के चार टुकड़े)। जितनी अधिक आपकी कार्यकारी स्मृति क्षमता होगी, आप एक बार में उतनी अधिक जानकारी को दिमाग़ में रख पाएंगे और आपकी जटिल कार्यों को करने की क्षमता उतनी ही अधिक होगी।

आपको एक से अधिक जटिल कार्य करने के लिए तैयार करने के अलावा, अपने ध्यानाकर्षण स्थान को विस्तारित करने के कुछ और

भी फ़ायदे हैं। जब आपका मन भटकता है, तो वास्तव में वह अधिक उत्पादकता के साथ भटकता है–जितना बड़ा आपके ध्यानाकर्षण स्थान का आकार होगा, उतना ही अधिक आपके द्वारा भविष्य के बारे में सोचने (और योजना बनाने) की संभावना होगी। इससे भी बेहतर, एक बड़े ध्यानाकर्षण स्थान का अर्थ है कि अपने मूल ध्यान को मन में रखते हुए भी आपको अगला काम क्या करना है इसके बारे में सोचने के लिए आपके पास अतिरिक्त ध्यान है। एक बड़ा ध्यानाकर्षण स्थान मन भटकने या विकर्षण का शिकार होने के बाद आपको जल्दी से वापस पटरी पर लौटने में भी मदद करता है। एक अध्ययन ने एक अधिक कार्यकारी स्मृति क्षमता हासिल करने के बारे में बात करते हुए इसे यादगार तरीक़े से व्यक्त किया है, ''आपको इन कम उपयोग किए गए संसाधनों का पूरा लाभ उठाने और अपने पसंदीदा मानसिक गंतव्य पर लौटने में सक्षम करता है।''*

तो वास्तव में आप अपने ध्यानाकर्षण स्थान का आकार कैसे बढ़ा सकते हैं? ऐसे कई ''ब्रेन ट्रेनिंग'' ऐप और वेबसाइट हैं जो स्मृति (मेमोरी) और ध्यान बढ़ाने का वादा करते हैं।

सीधे शब्दों में कहें तो उनके अधिकांश दावे संदिग्ध होते हैं–प्रयोगशाला अध्ययनों में वे तथ्यों पर खरे नहीं उतरते हैं। जबकि कुछ ब्रेन–ट्रेनिंग प्रोग्राम अल्प समय के लिए कारगर होते हैं और आपको थोड़ा अधिक याद रखने और थोड़ा बेहतर तरीक़े से समस्या समाधान में मदद करते हैं, लेकिन उनका प्रभाव यहीं तक सीमित है। उनके लगातार काम करने के लिए आपको सप्ताह में कई घंटे अभ्यास करते रहना होगा, और जैसे ही आप अभ्यास बंद करेंगे, आपको मिलने वाले फ़ायदे भी ग़ायब हो जाएंगे। एक अध्ययन में 11,430 प्रतिभागियों पर इस तरह के प्रोग्राम की प्रभावशीलता का अध्ययन किया गया। इस बात के ''कोई प्रमाण नहीं'' मिले, कि ये ऐप कारगर हैं, जबकि अध्ययन में उन्हीं कामों को मापा गया था जिनमें सुधार करने के लिए ये ऐप डिज़ाइन किए गए थे!

हालांकि, एक अभ्यास है जिसने अध्ययन–दर–अध्ययन साबित किया कि वह कार्यकारी स्मृति क्षमता बढ़ाने में कारगर है : वह है ध्यान (मेडिटेशन)।

* कार्यकारी स्मृति क्षमता और बुद्धिमता में बहुत मज़बूत रिश्ता है–एक 85 फ़ीसदी सहसंबंध। बुद्धिमत्ता नौकरी पर प्रदर्शन की सबसे अच्छी भविष्यवक्ता है।

ध्यान को लेकर गुफा में बैठे ध्यानमग्न साधुओं की छवि उभरती है। और इसको करना कठिन लगता है। हालांकि इसका अभ्यास काफ़ी सरल है। हायपरफ़ोकस की ही तरह, ध्यान में भी अपने ध्यान को किसी एक चीज़ पर फ़ोकस करना होता है–आमतौर पर सांसों को एकाग्रचित्त करना–जब आप नोटिस करते हैं कि आपका मन उससे भटक रहा है।

ब्रीदिंग मेडिटेशन (ध्यान का सबसे आम स्वरूप, जिसका मैं स्वयं पिछले एक दशक से अधिक समय से अभ्यास कर रहा हूँ), में आप अपनी सांस के गुणों को नोटिस करते हैं : कितनी गहराई तक वह जाती है और प्रवाहित होती है, उसका तापमान, वह आपके शरीर में सबसे अधिक प्रमुखता से कहां है, आपकी अंदर खींची गई सांस कैसे बाहर छोड़ी जाने वाली सांस में बदल जाती है, और इसी तरह। चूंकि अपनी सांसों का अवलोकन करना आपके पूरे ध्यान की खपत नहीं करता, तो आपका मन *लगातार* इधर–उधर भटकेगा–कुछ हद तक यही बात है। जितनी बार आप अपने भटकते हुए मन को क़ाबू में करके अपनी सांसों के विवरण पर केंद्रित करेंगे, आप अपनी कार्यकारी क्षमता को बढ़ाएंगे : आपका अपने ध्यान पर कितना नियंत्रण है। इससे आख़िरकार आपको अपने ध्यान की गुणवत्ता में सुधार करने की क्षमता हासिल होती है। आप लंबे समय तक फ़ोकस करने में सक्षम होते हैं, आपका मन कम भटकता है, और आप अधिक इरादे के साथ काम करने में सक्षम हो जाएंगे।

यही फ़ायदे आप हायपरफ़ोकस के दौरान भी अनुभव करेंगे। ध्यान की तरह ही, हायपरफ़ोकस भी एक अभ्यास है जो अपने आप बढ़ता जाता है–जितना अधिक आप अभ्यास करेंगे, उतना अधिक आप अपने ध्यान का प्रबंधन करना सीखेंगे और आगे और अधिक देर तक फ़ोकस करने में सक्षम होंगे।

ध्यान काफ़ी आसान है–आंखें बंद करके बैठ जाएं और अपनी सांसों पर ध्यान केंद्रित करें। स्वाभाविक है कि पहले–पहल आपको लगे कि आप कुछ ग़लती कर रहे हैं, लेकिन इस बारे में ज़्यादा विचार नहीं करें। इस सरल अभ्यास के प्रभाव वास्तव में काफ़ी गहरे हैं। एक अध्ययन में पाया गया है कि जब प्रतिभागियों ने ध्यानाभ्यास करना शुरू किया तो ना केवल उनके मन का भटकना कम हो गया, बल्कि वे अधिक देर तक फ़ोकस करने में भी सक्षम हुए–जोकि ध्यान की गुणवत्ता के दो पैमाने हैं। इस अध्ययन में

जीआरई–अमेरिका की एक मानक ग्रैजुएट प्रवेश परीक्षा, के लिए पढ़ाई करने वाले छात्रों को मेडिटेशन कराया गया। जब उनके परीक्षा देने का समय आया, तो उनके स्कोर में औसतन *16 फ़ीसदी* की बढ़ोतरी देखने को मिली! मेडिटेशन को "उच्च तनाव की अवधि के दौरान कार्यशील स्मृति क्षमता में गिरावट को रोकने" के लिए भी कारगर पाया गया है–जैसे कि अराजक वातावरण में काम करना या व्यक्तिगत चिंताओं से निपटना। इस विषय के साहित्य की एक समीक्षा में मेडिटेशन के फ़ायदों को सबसे संक्षेप में इस प्रकार बताया गया है, इसे "मन के भटकने के विघटनकारी प्रभावों को कम करने के लिए सबसे मान्य तकनीक" कहा गया है।

मेडिटेशन के मेरे सबसे पसंदीदा अध्ययन में इस बात का मापन किया गया कि कितने प्रतिभागियों की कार्यकारी स्मृति बढ़ी, जब उन्होंने सक्रिय मेडिटेशन अभ्यास किया। शोधकर्ताओं ने प्रतिभागियों को सप्ताह में दो बार पैंतालीस मिनट के मेडिटेशन अभ्यास में मार्गदर्शन दिया और उन्हें घर पर मेडिटेशन करने के लिए प्रोत्साहित किया। कुछ हफ़्तों के बाद उन्होंने पाया कि मेडिटेशन करने वालों की कार्यकारी स्मृति क्षमता में अद्भुत सुधार हुआ है : यह *30 फ़ीसदी से अधिक* बढ़ गई। यह इस अध्ययन में शामिल दो अन्य समूहों की तुलना में काफ़ी अधिक था, जिसमें से एक ने कई हफ़्तों तक योगाभ्यास किया था। कुछ सप्ताह की अवधि के बाद भी इस प्रभाव का अवलोकन किया गया।

मेडिटेशन शुरू करने के लिए बस रोज़ाना कुछ ही मिनट चाहिए होते हैं। अपने प्रतिरोध स्तर पर विचार करके शुरुआत करें, जैसा कि आपने किसी काम पर हायपरफ़ोकस करने से पहले किया था। फिर कुर्सी पर बैठ जाएं, एक सहज मुद्रा में लेकिन शरीर का ऊपरी हिस्सा तना हुआ रहे ताकि आपकी रीढ़ की हड्डी सीधी रहे। अपनी सांसों की गुणवत्ता को नोटिस करें और जब आपका मन भटकता है तो उन पर फिर से फ़ोकस करें। मैं शुरुआत करने के लिए एक ऐप की अनुशंसा करता हूँ–मुझे हेडस्पेस और इनसाइट टाइमर पसंद हैं, जो आपको शुरुआत करने के लिए मेडिटेशन का दिशानिर्देश प्रदान करते हैं। प्रत्येक मेडिटेशन सत्र में इस बात की दिलचस्पी रखें कि आपका मन कहां भटकता है। मेरा मेडिटेशन करने का नियम सरल है, और जिस पर मैं बरसों से क़ायम हूँ : इस बात से कोई फ़र्क़ नहीं पड़ता कि मैं कितनी देर तक मेडिटेशन करता हूँ, जब तक कि मैं इसे रोज़ाना करता

हूँ। किसी दिन मैं एक दो मिनट ही ध्यानाभ्यास करता हूँ, जोकि पर्याप्त है जब तक कि मैं नियमित तौर पर ऐसा कर रहा हूँ। जब एक दशक पहले मैंने इसकी शुरुआत की थी, तो मैं केवल पांच-मिनट का सत्र करता था, और फिर इसके बाद धीरे-धीरे इसे बढ़ाकर तीस मिनट का कर लिया है। मैं किसी भी सूरत में इसको करना नहीं छोड़ता।

जब आपका अपनी सांसों के साथ तालमेल बैठाने का अभ्यास हो जाता है तो आप अपने जीवन से भी तालमेल बैठा सकता है। लेकिन मेडिटेशन इस टूल किट का एकमात्र टूल नहीं है। सचेतना का अभ्यास भी अपने ध्यानाकर्षण स्थान का आकार बढ़ाने का एक प्रमाणित तरीक़ा है। यह ध्यान के समान ही है लेकिन थोड़ा कम डराने वाला है।

सचेतना का अर्थ इस बारे में जागरूक होना है कि आपके दिमाग़ को क्या भर रहा है और वर्तमान पल की परिस्थितियों को नोटिस करना है। इसमें वह कुछ भी नोट करना शामिल है जिसकी आप धारणा बना रहे हैं, महसूस कर रहे हैं या जिसके बारे में सोच रहे हैं। सचेतना एक प्रमुख संदर्भ में हायपरफ़ोकस से भिन्न है : यह वर्तमान की परिस्थितियों पर फ़ोकस करने के बारे में है, ना कि उनमें डूबने के बारे में।

एक कथन है जो अजीब लग सकता है : वास्तव में आपने शॉवर नहीं लिया। जब आप शॉवर के नीचे खड़े होते हैं और पानी की बौछार आप पर पड़ती है, तो आपका मन आमतौर पर कहीं और होता है-दफ़्तर में, अपनी दैनिक कार्यसूची पर विचार करते हुए, डिनर के लिए क्या ख़रीदना है इस बारे में विचार करते हुए, या काम पर आ रही समस्याओं के बारे में चिंता करते हुए। जबकि शॉवर लेने के अभ्यस्त होने की वज़ह से आपके मस्तिष्क का एक हिस्सा स्वचालित रूप से काम कर रहा है, लेकिन आपका मन, वर्तमान में जो आप अनुभव कर रहे हैं, आपके साथ नहीं है। एक सचेतन शॉवर वह है जिसमें आप वर्तमान के दृश्य, ध्वनियों और संवेदनाओं पर फ़ोकस करते हैं, जो आपके दिमाग़ को आपके सामने वर्तमान में चल रही घटनाओं पर बेहतर फ़ोकस करने के लिए प्रशिक्षित करता है।

सचेतना का अभ्यास एक ऐसे दैनिक कार्य के साथ करें जो आपके पूरे ध्यान की खपत नहीं करता है-अपनी सुबह की कॉफ़ी पीते हुए, दफ़्तर की तरफ़ पैदल जाते हुए, या शॉवर लेते हुए-और इरादे के साथ एक या दो मिनट उस अनुभव में बिताएं। अपने ध्यान को वर्तमान पलों की परिस्थितियों

पर केंद्रित करें–कॉफ़ी की ख़ुशबू, स्वाद और अहसास को नोटिस करें; जब आप दफ़्तर में एक कमरे से दूसरे कमरे में जाते हैं तो गतिशीलता में बदलाव को नोटिस करें; या फिर शॉवर लेते समय तापमान और संवेदनाओं को नोटिस करें। चाहे आप कोई टाइमर सेट करें अथवा नहीं–लेकिन कुछ देर के लिए बस वर्तमान पलों की परिस्थितियों में बने रहें और उन सभी बातों को ज़्यादा से ज़्यादा नोटिस करें जो भी आप देख रहे हैं, सुन रहे हैं और महसूस कर रहे हैं। जब आप खुद को विचारों में खोता हुआ महसूस करें, तो वापस अपने मन को वर्तमान में उस बात पर लेकर आएं जिस पर आप फ़ोकस करना चाह रहे हैं– और इस बात पर हँसें कि अंकुश लगा पाना कितना मुश्किल है। जब आपका मन भटके तो खुद के साथ सख़्ती नहीं बरतें–याद रखें, आपका दिमाग़ इसीलिए बना था।

इसकी कुंजी यहां है : जितना छोटा ध्यान का दायरा या वस्तु होगी, उतना ही अधिक आपका मन भटकेगा, लेकिन उस पर फ़ोकस करते समय, उतना अधिक आप अपने ध्यानाकर्षण स्थान को विस्तारित करेंगे। सचेतना या मेडिटेशन के सत्रों के दौरान आपके मन के भटकने के बाद जितनी जल्दी आप उसे वापस पटरी पर लाने में सक्षम होंगे, आप अपने काम या घर पर फ़ोकस कर पाने में उतना ही बेहतर बनेंगे।

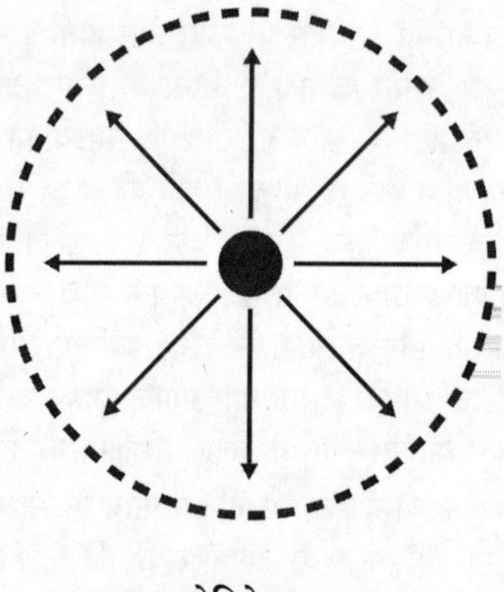

मेडिटेशन

मेडिटेशन और सचेतना का अभ्यास इसलिए भी शक्तिशाली है क्योंकि ये आपको एक निर्धारित समय के लिए अपने दिमाग़ में केवल एक इरादा रखने का अभ्यास करने के लिए प्रशिक्षित करते हैं। अपने मेडिटेशन के दौरान, आप निर्धारित समय तक अपनी सांसों के साथ तालमेल बैठाने के इरादे से बैठते हैं। यही बात सचेतना का अभ्यास करते समय भी लागू होती है : जब तक कॉफ़ी का कप आधा या पूरा ख़ाली नहीं होता, या आपका शॉवर समाप्त नहीं होता, या आप जहां चलकर जा रहे हैं वहां पहुंच नहीं जाते, आप जो उस समय कर रहे होते हैं उस पर फ़ोकस करते हैं। जब आप मन में एक ही इरादा रखते हैं, तो आप दिन के बाक़ी समय भी अधिक इरादे के साथ रहने और काम करने में सक्षम हो जाते हैं। और चूंकि मेडिटेशन और सचेतना दोनों ही आपके ध्यानाकर्षण स्थान का आकार बढ़ाते हैं, तो दोनों ही अभ्यास आपके इरादों को व्यवस्थित रखने की संभावना बढ़ा देते हैं।

मेडिटेशन और सचेतना के केवल यही लाभ नहीं हैं, ये आपको अपने विचारों से पीछे हटने में भी मदद करते हैं। इससे यह जांचना काफ़ी आसान हो जाता है कि आपके ध्यानाकर्षण स्थान पर कौन क़ब्ज़ा कर रहा है। जितना अधिक आप इस बात को नोटिस करेंगे कि आपका ध्यान कौन खींच रहा है, उतनी ही जल्दी आप इसे वापस अपने इरादे पर मोड़ने में सक्षम होंगे। पर्याप्त जागरूकता के साथ, आप यह भी नोटिस कर सकते हैं कि आपका मन किसी उत्पादक काम पर भटका है और आप विचारों की उस श्रंखला को जारी रख सकते हैं। उदाहरण के लिए, एक उच्च कार्यशील स्मृति क्षमता का अर्थ है कि आपका मस्तिष्क भविष्य के लिए योजनाएं बनाने और इरादे निर्धारित करने में ज़्यादा सक्षम है। इस अतिरिक्त जागरूकता के साथ, आप अपने ध्यानाकर्षण स्थान की क़गार पर अटकी ध्यान खींचने वाली वस्तुओं को नोटिस करने की शक्ति भी प्राप्त करते हैं, जैसे कि जब आप बाहरी उत्तेजना की तलाश करते हैं या फिर मोहक विकर्षणों का शिकार होने वाले हैं।

शोध स्पष्ट है : सचेतना और मेडिटेशन आपके द्वारा किए जाने वाले अपने ध्यान के प्रबंधन के लगभग हर पहलू में सुधार करते हैं।

मैं कभी-कभी, अपने स्थानीय बौद्ध मठ में जाना पसंद करता हूँ, जहां पर मैं शनिवार-दोपहर के एक सार्वजनिक मेडिटेशन कार्यक्रम में शामिल

होता हूँ। इसमें आमतौर पर एक घंटे के मेडिटेशन सत्र के साथ ही दलिया का नाश्ता भी शामिल होता है, जिसके बाद मठ के साधुओं के प्रवचन होते हैं। ऐसे ही मेरे विजिट के दौरान, एक साधु ने बताया कि किस प्रकार कई हफ़्तों के ध्यान के दौरान उसने अपनी नाक के छोर पर अपनी सांसों की संवेदना पर फ़ोकस करने का अभ्यास किया था-ध्यान का एक असंभव रूप से छोटा दायरा। अगले दिन मैंने दो घंटे के ध्यान अभ्यास के दौरान ऐसा ही करने का प्रयास किया, और मेरा मन बहुत कम भटका। इतने छोटे ध्यान के दायरे के साथ, यह कोई आश्चर्य नहीं था।

लेकिन सोमवार सुबह, मैंने अपने काम पर उससे अधिक गहराई से फ़ोकस किया, जितना मैंने बीते सप्ताह किया था। मैंने कुछ ही घंटों में कई हज़ार शब्द लिख डाले, तीन वार्ताओं पर विचार-विमर्श किया, और अपने ईमेल बॉक्स की सफ़ाई करने के लिए भी समय निकाल लिया। यह सकारात्मक प्रभाव उस दिन के बाद भी बरकरार रहा, क्योंकि मैं पूरे सप्ताह बेहतर तरीक़े से फ़ोकस करने में सक्षम था। ध्यान की गुणवत्ता उत्पादकता के लिए बेहद ज़रूरी है, इसमें थोड़ी-सी भी बढ़ोतरी करने पर हम परिणामों में एक उल्लेखनीय अंतर ला सकते हैं।

सौभाग्य से, सचेतना और मेडिटेशन के उल्लेखनीय फ़ायदों का अनुभव करने के लिए आपको अपनी नाक के छोर पर फ़ोकस करते हुए घंटों बिताने की आवश्यकता नहीं है। रोज़ाना बस कुछ मिनट ही बहुत मददग़ार हैं। यदि आप इस अध्याय से कोई एक सबक़ लेना चाहते हैं, तो वह यह होना चाहिए कि कुछ अभ्यास आपके ध्यान की गुणवत्ता में-और आपके ध्यानाकर्षण स्थान के आकार में सुधार कर देंगे-मेडिटेशन और सचेतना से भी अधिक। चूंकि दोनों ही आपका समय लेते हैं, तो आप अधिक स्पष्ट, गहराई और इरादे से विचार और फ़ोकस करके इसकी भरपाई कर सकते हैं।

घर पर हायपरफ़ोकस

इस पुस्तक का लगभग हर आइडिया आपको ना केवल अपने कामकाज में बल्कि घर पर भी मददग़ार साबित होगा। चूंकि मैंने व्यवहार रूप में इन आइडियाज़ को आज़माया है, तो मैंने अपने व्यक्तिगत जीवन में भी इनके उल्लेखनीय फ़ायदों को नोटिस किया है।

इस बात की संभावना है कि आप अपने पिछले सबसे उत्पादक काम में हायपरफ़ोकस मोड में रहे होंगे। पिछली बार जब आपने घर पर सबसे ज़्यादा ख़ुशी और उत्साह महसूस किया होगा तब भी आपने यही स्थिति महसूस की होगी। संभवतः आपने केवल एक ही चीज़ पर फ़ोकस किया होगा-चाहे वह प्रियजनों के साथ सार्थक बातचीत हो, बागवानी हो, रिश्तेदारों या मित्रों के साथ ताश खेलना हो, या फिर समुद्र किनारे पुस्तक पढ़ते हुए रिलैक्स करना हो। जो एक काम आप कर रहे थे, उसने आपके पूरे ध्यानाकर्षण स्थान की खपत कर ली। इसकी वज़ह से, संभावित रूप से आपके पास बहुत ज़्यादा विकर्षण नहीं रहे-आपका कामकाज से संबंधित फ़ोन दूसरे कमरे में रहा होगा, और आपने सप्ताहांत के लिए एकांतवास की प्रतिबद्धता की होगी। आपका परिवार बग़ैर फ़ोन के डिनर के लिए राज़ी हो गया होगा। संभवतः आप अधिक रिलैक्स वाली स्थिति में रहे होंगे और, इसकी वज़ह से अपने माहौल में कोई नई उत्तेजना की तलाश नहीं की होगी। आप जो कर रहे थे उस पर आपने तुलनात्मक रूप से अधिक आसानी से फ़ोकस किया होगा।

किसी एक चीज़ पर पूरी तरह फ़ोकस होने की इस अवस्था को परिभाषित करने के लिए "हायपरफ़ोकस" सर्वोत्तम शब्द था, जो मैं सोच सकता था, हालांकि इसके बहुत ही तीव्र लगने का नुक़सान भी है। व्यवहार में, हायपरफ़ोकस वास्तव में काफ़ी रिलैक्सिंग है, जब तक कि आप किसी समय सीमा से नहीं बंधे हों या फिर पूरी क्षमता पर या उससे अधिक काम नहीं कर रहे हों, तो आपके काम में एक निर्धारित समय तक विस्तारित होने की लग्ज़री नहीं है। जब आप हायपरफ़ोकस करते हैं, तो आप बहुत कम नई ध्यान खींचने वाली वस्तुओं से घिरे होते हैं, और जो आप कर रहे हैं, वह आपके ध्यानाकर्षण स्थान को बहुत ही स्वाभाविक रूप से भरता है। यही आइडिया घर पर भी कारगर होता है, और में वहां पर भी हायपरफ़ोकस के वही लाभ मिलते हैं। हम जो कर रहे हैं उसमें से अधिकांश को याद रख पाते हैं, और परिणामस्वरूप हमारा अनुभव अधिक सार्थक हो जाता है। हम उस पल में अधिक समय बिताते हैं और कम प्रयासों में काम ज़्यादा जल्दी होते हैं। मैं अपने तीन काम के लक्ष्यों के अलावा तीन व्यक्तिगत दैनिक इरादे निर्धारित करके ऐसा करना पसंद करता हूँ, भले ही इसमें से एक नेटफ़्लिक्स पर किसी शो के कई एपिसोड एकसाथ देखना हो।

एक क्षेत्र जिसे मैंने नोटिस किया है कि वह हायपरफ़ोकस से ख़ासतौर पर लाभान्वित होता है वह है वार्तालाप। एक गहन, सार्थक वार्तालाप का राज़ बहुत ही साधारण है : जिस व्यक्ति से आप बात कर रहे हैं, उस पर अपना पूरा ध्यान दो। आप कई तरीक़ों से ऐसा कर सकते हैं, जैसे कि खुद बोलना शुरू करने से पहले सामने वाले व्यक्ति को अपनी बात ख़त्म करने देना (एक सरल लेकिन बहुत ही कम उपयोग की जाने वाली तकनीक)। आप आगे क्या कहेंगे, इस बारे में सोचने से पहले उनके वाक्य के अंत की अवधि तक प्रतीक्षा करें। मुझे यक़ीन है कि अधिकांश लोगों के पास छठी इंद्रिय होती है और वे बता सकते हैं कि आप वास्तव में कब उन पर ध्यान दे रहे हैं। यह बहुत ही कारगर चीज़ है जब आप किसी के साथ ना केवल गुणवत्तापूर्ण समय व्यतीत करते हैं बल्कि गुणवत्तापूर्ण ध्यान भी देते हैं।

हायपरफ़ोकस ने मुझे अपने व्यक्तिगत रिश्तों में गहराई तक उतरने में मदद की है, बातचीत और अन्य पहलुओं में भी। मुझे भरोसा है कि प्यार किसी व्यक्ति के साथ गुणवत्तापूर्ण ध्यान साझा करने से अधिक कुछ भी नहीं है। जैसा कि डेविड ऑग्सबर्गर, एक बैप्टिस्ट धर्माचार्य और लेखक ने कहा है : "किसी औसत व्यक्ति के लिए सुना जाना ही प्यार किए जाने के समान है, इन दोनों में बहुत अंतर नहीं है।"

जब हम घर पर किसी गतिविधि पर हायपरफ़ोकस करते हैं–चाहे वह कोई वाद्ययंत्र बजाना हो, कुत्ते को टहलाना हो, या फिर परिवार के लिए डिनर पकाना हो–बेकार के, नए नए विकर्षणों को ख़त्म करना और पूरी तरह जो काम आप कर रहे हैं उस पर फ़ोकस करने का अर्थ है कि हम जानबूझकर अपने काम से विलग हो रहे हैं। यह अभ्यास समय के साथ आसान हो जाता है। मैंने बाद में इस पुस्तक का पूरा अध्याय हायपरफ़ोकस को रिचार्ज करने पर समर्पित किया है–हम थोड़ी देर के लिए अपने काम से पीछे हटकर, अपने मन को विश्राम देने, भटकने, और कम चुनौतीपूर्ण काम करने देकर ऐसा कर सकते हैं। अधिक उद्देश्यपूर्ण ढंग से घर पर अपना समय बिताना भी हमें रिचार्ज होने, स्फूर्ति प्राप्त करने में सक्षम कर सकता है।

चाहे काम पर हों या घर पर, आपके ध्यान की गुणवत्ता आपके जीवन की गुणवत्ता को निर्धारित करती है। काम पर, जो आपके सामने है उस पर अधिक ध्यान देने से, आप अधिक उत्पादक बनते हैं। घर पर, जो आपके सामने है उस पर अधिक ध्यान देने से, आपका जीवन अधिक सार्थक बनता है।

हायपरफ़ोकस के प्रति अपने प्रतिरोध से लड़ने के चार (और) तरीक़े

इस चैप्टर में ऐसी कई तरक़ीबों को कवर किया गया है जो आपको और अधिक मज़बूत हायपरफ़ोकस आदत विकसित करने में मदद करेंगी : आपके काम को अधिक चुनौतीपूर्ण बनाना, काम और घर पर अधिक प्रोजेक्ट हाथ में लेना, अपने ध्यानाकर्षण स्थान का आकार बढ़ाना, हायपरफ़ोकस का अभ्यास जीवन के सभी क्षेत्रों में करना, और यह चयन करना कि वास्तव में कब हायपरफ़ोकस करना है।

चलिए एक अंतिम महत्त्वपूर्ण अवधारणा के साथ समाप्त करते हैं जोकि आपको अपने काम और जीवन में एक हायपरफ़ोकस की मज़बूत आदत बनाने में मदद करेगी : इस मोड के प्रति आपके अपरिहार्य प्रतिरोध का मुक़ाबला कैसे करें।

मान लेते हैं कि आपने पहले ही हापरफ़ोकस का प्रयास किया है, भले ही दस मिनट के लिए सही, हो सकता है कि आपने वही महसूस किया हो जो पहले मैंने किया था : किसी एक चीज़ पर फ़ोकस करने के प्रति मानसिक प्रतिरोध। संभवतः यह बेचैनी, घबराहट और नवीन विकर्षणों की तरफ झुकाव का मिश्रण हो सकता है। संभावना है कि हायपरफ़ोकस स्थिति में प्रवेश की आरंभिक अवस्था के दौरान आपने इन विकर्षणों की तरफ़ सामान्य से अधिक झुकाव महसूस किया हो।

जटिल और उत्पादक कामों के प्रति हमारे द्वारा महसूस किया जाने वाला यह प्रतिरोध काम के समय में एक समान रूप से नहीं बंटता है– आमतौर पर जब हम इन कामों को शुरू करते हैं तो यह शुरुआत में जमा हो जाता है :

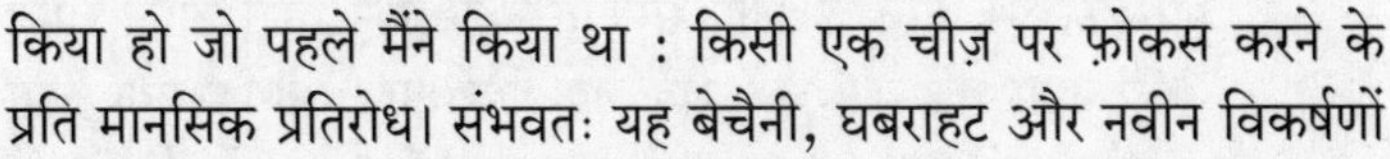

उदाहरण के लिए, हमें गैरेज या बेडरूम की आलमारी की सफ़ाई के लिए हिम्मत और ताक़त जुटाने में कई हफ़्ते लग सकते हैं, लेकिन एक

बार जब हम इसे एक मिनट के लिए भी करते हैं, घंटों करते रह सकते हैं। यही बात कसरत पर भी लागू होती है–एक बार जब हम शुरुआत करने के प्रतिरोध पर क़ाबू पा लेते हैं, तो हम बाक़ी कसरत आसानी से कर लेते हैं। शुरुआत हमारे इरादों को जारी रखने के लिए पर्याप्त गति प्रदान करती है।

यह बात अधिकांश जटिल कामों के लिए भी सही है, और यह उन कई कारणों में से एक है कि विकर्षणों का शिकार होने से पहले हम किसी भी काम को महज़ चालीस सेकेंड ही कर पाएंगे। हमें सबसे अधिक प्रतिरोध एकदम शुरुआत में महसूस होता है और उसी समय हम सबसे आकर्षक विकल्प की तलाश करते हैं। जब हम कोई नया काम शुरू करते हैं, तो उद्देश्यपूर्ण इरादे के साथ कम से कम एक मिनट तक उसे करना और विकर्षणों को सीमित करना महत्त्वपूर्ण है। इस आरंभिक प्रतिरोध का मुक़ाबला करने की मेरी चार पसंदीदा रणनीतियां इस प्रकार हैं :

1. **अपने वांछित हायपरफ़ोकस अवधि को छोटा करें जब तक कि आपको इस अभ्यास के प्रति प्रतिरोध महसूस नहीं हो :** एक काम पर फ़ोकस करने के लिए समर्पित किए जाने वाले अपने समय की मात्रा को कम करें जब तक कि आप आगे उसके लिए मासिक प्रतिरोध महसूस नहीं करते। यहां तक कि पांच मिनट की मानसिक समय सीमा निर्धारित करना भी संभवतः आपके लिए शुरुआत करने के लिए पर्याप्त होगा।

2. **नोटिस करें जब आपके पास किसी चीज़ के लिए "समय नहीं है।"** आपके पास हमेशा समय होता है : बस आप उसे दूसरी चीज़ों पर ख़र्च कर देते हैं। जब आप खुद को यह चिर-परिचित वाक्य बोलते हुए पाएं, तो काम में बदलाव करने का प्रयास करें। उदाहरण के लिए : यदि आपके पास कॉफ़ी पर दोस्त से मिलने का "समय नहीं है", तो खुद से पूछें कि क्या आपके पास उतना ही समय फुटबॉल गेम देखने या फ़ेसबुक पर सर्फ़िंग करने के लिए है। यदि आपके पास कोई काम करने का "समय नहीं है", तो खुद से पूछें कि क्या आप अपने बॉस से मिलने या अपने इनबॉक्स की सफ़ाई करने के लिए समय निकाल सकते हैं। यदि काम में बदलाव दिखाता है कि आपके पास समय है,

तो संभावना है कि यह बस आपका प्रतिरोध है जो किसी काम को करने से रोक रहा है।

3. **लगातार हायपरफ़ोकस का अभ्यास करना :** प्रत्येक दिन कम से कम एक हायपरफ़ोकस इंटरवल लागू करें। आपको कम प्रतिरोध का सामना करना पड़ेगा, क्योंकि आप कम विकर्षणों के साथ काम करने के आदी हो जाते हैं और इस बात की सराहना करते हैं कि आप कितने उत्पादक बन गए हैं।

4. **रिचार्ज करना!** हायपरफ़ोकस स्फूर्तिदायक भी हो सकता है : जब आपके पास लगातार प्रतिरोध करने वाले विकर्षण नहीं होते तो आप अपने व्यवहार पर नियंत्रण करने के लिए कम ऊर्जा ख़र्च करते हैं और जो काम महत्त्वपूर्ण है उसकी तरफ़ खुद को पुश करते हैं। कहा जाता है, किसी आदत का प्रतिरोध करना इस बात का संकेत है कि आपको खुद को रिचार्ज करने की आवश्यकता है।

हायपरफ़ोकस की शक्ति

हायपरफ़ोकस का प्रत्येक आइडिया आपको अपने ध्यान को अधिक इरादे के साथ प्रबंधित करने के लिए डिज़ाइन किया गया है – एक अनिवार्य आइडिया जब आपका ध्यान काफ़ी सीमित है और डिमांड में है।

आइए इनमें से कुछ आइडिया को फिर से देखते हैं :

- चार तरह के उत्पादक और अनुत्पादक कार्यों को समझना जो हमें पीछे हटाते हैं और पहचानना कि वास्तव में क्या महत्त्वपूर्ण है ताकि हम बेवज़ह के ऑटोपायलट मोड में काम करना बंद कर सकें।
- अपने ध्यान की सीमा पहचानने से हम इस बात के प्रति जागरूक होने में सक्षम होते हैं कि कैसे कम चीज़ों पर हम वर्तमान समय में फ़ोकस करने में सक्षम हैं।
- अपने सबसे जटिल, उत्पादक कामों में हायपरफ़ोकस करने से हमें अपने दिमाग़ के सबसे उत्पादक मोड को सक्रिय करने मिलता है और थोड़े समय में ज़्यादा हासिल कर पाते हैं।

- दैनिक इरादे निर्धारित करने से हम अपने सबसे उत्पादक काम कर पाते हैं।
- एक व्यक्तिगत विकर्षण मुक्त मोड, और एक कम विकर्षण वाला मोड बनाने से हमें अधिक फ़ोकस और स्पष्टता से काम करने मिलता है जबकि हम अनावश्यक विकर्षणों से अपने समय और ध्यान को दूर कर सकते हैं।
- अपने काम करने और जीने के माहौल को सरल बनाने से हमें अपने आसपास के विकर्षणों को जानकर अधिक स्पष्टता के साथ सोचने मिलता है।
- प्रतीक्षा, काम और चिंताओं की सूची का उपयोग करके अपने मस्तिष्क को साफ़ करने से हमें स्पष्टता के साथ काम करने और अनसुलझे मानसिक पाशों से दिन भर अपने फ़ोकस में बाधा डालने से बचाने मिलता है।
- अपने ध्यानाकर्षण स्थान का अच्छा संरक्षक बनना- जब आवश्यक हो तो अपने काम को अधिक जटिल बनाकर और अपने ध्यान की सीमा को बढ़ाकर-हमें अपने सीमित ध्यान का समुचित प्रबंधन करने में मदद मिलती है।

आप याद कर सकते हैं कि इस पुस्तक की शुरुआत में मैंने कुछ बड़े दावे किए थे कि अपने ध्यान को इरादतन मैनेज करना कितना परिवर्तनकारी हो सकता है। यदि आपने अभी तक सलाह पर अमल किया है, तो मुझे लगता है कि आपने भी वह हासिल किया होगा जो मैंने किया है : यानी आपका काम और जीवन इस अभ्यास के परिणामस्वरूप सकारात्मक रूप से बदल गया है।

यदि आपने पहले पांच अध्यायों की सलाह पर अमल किया है, तो मुझे उम्मीद है कि आप पहले ही अधिक उत्पादक, अपने काम और जीवन के साथ अधिक संलग्नता रखने वाले, और स्पष्ट और शांत सोचने वाले बन गए हैं। आपको संभवतः अधिक याद रहता है और आप अपने काम और जीवन को अधिक सार्थक तरीक़े से देखते हैं। आपके ध्यान की गुणवत्ता मापने के सभी तीन पैमानों में भी सुधार हुआ होगा - आप अपना अधिकांश समय अधिक इरादे के साथ गुज़ारते हैं, आप एक बैठक

में अधिक समय तक फ़ोकस करने में सक्षम हैं; और आपका मन आपके इरादों से अब उतना नहीं भटकता।

इस बारे में शोध का ख़ज़ाना है कि हम कैसे बेहतर फ़ोकस कर सकते हैं, और पहले पांच अध्यायों में मैंने इन्हें व्यवहारिक और सामरिक दोनों की तरीक़ों से संक्षेप में समझाने का सर्वोत्तम प्रयास किया है। मुझे उम्मीद है कि आप भी इससे सहमत होंगे : एक अच्छी, उत्पादक ज़िंदगी जीने के लिए हमारे पास ध्यान सबसे महत्त्वपूर्ण सामग्री है।

मन के भटकने की शक्ति

इस पुस्तक के इस हिस्से तक मैंने मन के भटकने के नकारात्मक प्रभावों पर ही चर्चा की है। जिस समय हमें फ़ोकस करने की आवश्यकता होती है, ये मानसिक भटकाव हमारी उत्पादकता को कम कर सकते हैं।

हालांकि यह मन के भटकाव वाला मोड-जब हम अपने ध्यान वैसे और फ़ोकस में बिखराव करते हैं-अत्याधिक शक्तिशाली भी हो सकता है। दरअसल, यह इतना शक्तिशाली है कि मैंने *हायपरफ़ोकस* का दूसरा भाग इसी को समर्पित किया है। मैं इस मोड को "स्कैटरफ़ोकस" (फ़ोकस का बिखराव) कहता हूं, क्योंकि इसमें, हमारा ध्यान किसी ख़ास चीज़ पर फ़ोकस नहीं करता और बिखर जाता है। जबकि हायपरफ़ोकस में आपके ध्यान को बाहर की तरफ़ निर्देशित करना शामिल होता है, स्कैटरफ़ोकस अंदर की तरफ़ निर्देशित करने के बारे में है, यानी आपके स्वयं के मन के भीतर।

जैसे हायपरफ़ोकस दिमाग़ का सबसे *उत्पादक* मोड है, स्कैटरफ़ोकस सबसे *रचनात्मक* है। स्कैटरफ़ोकस हमारी उत्पादकता को पटरी से उतार सकता है जब हमारा मूल इरादा फ़ोकस करने का है, लेकिन जब हमारे दिमाग़ में किसी समस्या का कोई रचनात्मक समाधान पैदा होता है, भविष्य की योजनाएं बनती हैं, या कोई कठिन फ़ैसला लेना होता है, यह भी हायपरफ़ोकस की तरह ही आवश्यक है। हम इरादतन मन के भटकाव का अभ्यास करके स्कैटरफ़ोकस के उल्लेखनीय फ़ायदों को नियंत्रित कर सकते हैं।

प्रत्येक मोड को समझदारी के साथ कैसे उपयोग करना है, आपको अधिक उत्पादक, रचनात्मक और प्रसन्न बना देगा।

आइए इस दूसरे मानसिक मोड में प्रवेश करते हैं। जैसा कि आप जल्द ही देखेंगे, हायपरफ़ोकस और स्कैटरफ़ोकस एक साथ कैसे कुछ अद्भुत तरीक़ों से काम करते हैं।

खण्ड – 2

स्कैटरफ़ोकस

अध्याय

6

आपके दिमाग़ का गुप्त रचनात्मक मोड

सभी भटकने वाले गुम नहीं जाते।

—जे.आर.आर. टोलकिएन

स्कैटरफ़ोकस का परिचय

इस पुस्तक का द्वितीय भाग आपके मस्तिष्क की उस शक्ति को समर्पित है, जो उसे भटकाती है और आपके ध्यान को भीतर की तरफ़ मोड़ती है।

जी हां, आपने सही सुना–पुस्तक के पहले भाग में आपको सोचने की इस शैली से छुटकारा पाने के लिए प्रोत्साहित करने के बाद, मैं मन के भटकाव की ताक़त के बारे में बताने जा रहा हूँ। इस बुरी प्रतिष्ठा का एक हिस्सा स्वीकार्य है : जब हमारा इरादा फ़ोकस करने का होता है, तो दिवास्वप्न यानी दिन में सपने देखने से हमारी उत्पादकता नष्ट हो सकती है। लेकिन जब हमारा इरादा समस्या सुलझाने, अधिक रचनात्मक तरीक़े से सोचने, नए आइडिया खोजने, या रिचार्ज होने का होता है तो यही दिवास्वप्न काफ़ी काम आते हैं। जहां तक हमारी रचनात्मकता को बढ़ाने की बात है, मन भटकाव अपनी खुद की लीग में होता है।

अपनी पिछली रचनात्मक अंतर्दृष्टि के बारे में फिर से सोचें–संभावना है कि आप एक ही चीज़ पर हायपरफ़ोकस नहीं कर रहे थे, संभवतः आपने बहुत ज़्यादा फ़ोकस नहीं किया होगा। आपने ज़्यादा लंबे समय तक शॉवर लिया होगा, लंच ब्रेक के दौरान वाक किया होगा, किसी म्यूज़ियम का भ्रमण किया होगा, पुस्तक पढ़ी होगी, या एकाध ड्रिंक के साथ समुद्र

किनारे रिलैक्स किया होगा। हो सकता है कि आप उस समय अपनी सुबह की कॉफ़ी की चुस्की ले रहे हों। फिर, जैसे बिजली कौंधती है, वैसे ही एक ब्रिलियंट आइडिया अचानक कहीं से प्रकट होता है। आपका दिमाग़ रहस्यमयी तरीक़े से इस लम्हे को चुनता है, जब आप आराम कर रहे होते हैं और रिचार्ज हो रहे होते हैं, बिंदुओं के कुछ नक्षत्रों को जोड़ने के लिए–चलिए "बिंदु" को कोई भी आइडिया या उस जानकारी का हिस्सा मानते हैं जो आपको याद है–जो आपके दिमाग़ में घूम रहे हैं।

ठीक वैसे ही जैसे हायपरफ़ोकस आपके दिमाग़ का सबसे उत्पादक मोड है, वैसे ही स्कैटरफ़ोकस सबसे रचनात्मक है।

स्कैटरफ़ोकस मोड में प्रवेश करना आसान है : बस आप अपने मन को ऐसा करने की छूट दें। बिलकुल वैसे ही जैसे आप अपने ध्यान को एक चीज़ की तरफ़ मोड़कर हायपरफ़ोकस करते हैं, आप अपने मन को भटकने की खुली छूट देकर स्कैटरफ़ोकस कर सकते हैं। आप उस समय जो काम कर रहे हैं, उसके प्रति अपने ध्यानाकर्षण स्थान को ख़ाली छोड़ देने से आप इस मोड में प्रवेश कर जाते हैं–चाहे दौड़ने जा रहे हैं, साइकिल चलाने या किसी ऐसे काम में समय खपाने जा रहे हैं जिसमें आपके पूरे ध्यानाकर्षण स्थान की आवश्यकता नहीं होती।

जब बात उत्पादकता और रचनात्मकता की होती है, तो स्कैटरफ़ोकस आपको एक साथ तीन शक्तिशाली चीज़ें करने में सक्षम बनाता है।

पहली, जैसा कि मैं इस अध्याय में चर्चा करूंगा, वह आपको इरादे तय करने और भविष्य की योजनाएं बनाने की अनुमति देता है। जब आप वर्तमान में डूबे होते हैं तो भविष्य की योजनाएं बनाना नामुमकिन होता है। पीछे हटकर और अपने ध्यान को भीतर की तरफ़ मोड़कर, आप ऑटोपायलट का स्विच बंद करने और इस बात पर विचार करने में सक्षम हो जाते हैं कि अब आगे क्या करना है। आपका दिमाग़ स्वचालित रूप से भविष्य की योजनाएं बनाने लगता है, जब आप आराम करते हैं–बस आपको उसे ऐसा करने के लिए थोड़ा स्थान और थोड़ा समय देना होगा।

दूसरी, स्कैटरफ़ोकस, आपको रिचार्ज होने देता है। कामों पर दिन भर फ़ोकस करने से आपकी मानसिक ऊर्जा की काफ़ी खपत होती है, यहां तक कि जब आप भाग 1 में बताई गई तरक़ीबों का उपयोग करते हुए अपने ध्यानाकर्षण स्थान का प्रबंधन और उसकी बचत करते हैं तब भी।

स्कैटरफ़ोकस उस ऊर्जा की फिर से आपूर्ति कर देता है ताकि आप लंबे समय तक फ़ोकस कर सकें।

तीसरी, स्कैटरफ़ोकस रचनात्मकता को बढ़ाता है। यह मोड आपको पुराने आइडिया के साथ जुड़ने और नए आइडिया रचने में मदद करता है; आपके ध्यानाकर्षण स्थान की सतह पर अविकसित विचार तैराता है; और आपको समस्याओं का समाधान खोजने देता है। आपके ध्यान को बिखेरना और किसी ख़ास चीज़ पर फ़ोकस नहीं करना विशेष रूप से आपके दिमाग़ की बिंदुओं को जोड़ पाने की शक्ति को सुपरचार्ज करता है।

जितना अधिक आपके काम को रचनात्मकता की आवश्यकता होगी, उतने ही अधिक आपको जानबूझकर स्कैटरफ़ोकस को अपनाना चाहिए।

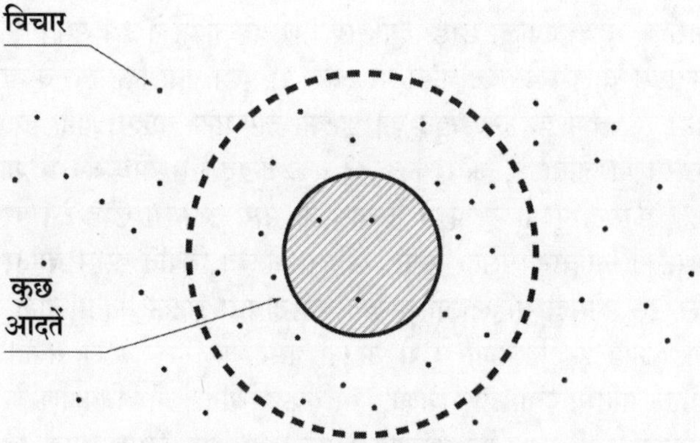

स्कैटरफ़ोकस

हम स्कैटरफ़ोकस के विरुद्ध क्यों हैं

स्कैटरफ़ोकस के उत्पादक और रचनात्मक फ़ायदों के बावजूद, हममें से अधिकांश लोग किसी हद तक इस मोड में संलग्न होने से कतराते हैं। जबकि उच्च स्तर पर उत्पादक और हायपरफ़ोकस होने के बारे में उत्साहित होना काफ़ी आसान है, अपने ध्यान को बिखेरना कम उत्साहजनक है, कम से कम सतह पर। जब हमारे आसपास ढेर सारी नई और उत्तेजक ध्यान खींचने

वाली वस्तुएं होती हैं, हममें से अधिकांश लोग अपने विचारों के साथ अकेला छोड़ दिया जाना पसंद नहीं करते।

एक हालिया सर्वे में, 83 फ़ीसदी अमेरिकी लोगों ने कहा कि सर्वे किए जाने से पहले उन्होंने चौबीस घंटे की अवधि में बिलकुल भी समय तथाकथित रूप से "रिलैक्स करने या सोच-विचार करने" में नहीं बिताया था। एक और अध्ययन में यह पता लगाने की कोशिश की गई कि प्रतिभागी दिमाग़ भटकने को लेकर कितने प्रतिरोधी थे। अध्ययन के पहले चरण में, शोधकर्ताओं ने प्रतिभागियों की एड़ी में दो झटके वाले इलेक्ट्रोड लगा दिए, उन्हें झटका दिया गया, और फिर उनसे पूछा गया कि फिर से झटका नहीं खाने के लिए प्रतिभागी कितना भुगतान करेंगे। समूह में से तीन चौथाई लोगों ने सहमति जताई कि वे फिर से झटका नहीं खाने के लिए भुगतान करने को तैयार हैं। दूसरे चरण में, प्रतिभागियों को पंद्रह मिनट तक अपने विचारों के साथ अकेला छोड़ दिया गया। शोधकर्ताओं ने उस समय के लिए इलेक्ट्रोड्स चालू रखे, बंद करने पर लोगों से पूछा गया कि क्या वे खुद के विचारों से बचने के लिए खुद को झटका लगवाना चाहेंगे। यहां पर शोध दिलचस्प हो जाता है, और कुछ हद तक दुखद भी। अध्ययन में शामिल पूरे *71 फ़ीसदी* पुरुषों ने अपने विचारों के साथ अकेला छोड़ देने पर खुद को झटका लगवाना पसंद किया। महिलाओं का स्थिति इससे बेहतर थी, केवल 26 फ़ीसदी महिलाओं ने खुद को दोबारा झटका दिया जाना पसंद किया (आप इन निष्कर्षों में से अपनी पसंद का निष्कर्ष ले सकते हैं)। यह पैटर्न प्रतिभागियों उम्र, शिक्षा, आर्थिक स्थिति, और विकर्षण के स्तर के बावजूद सही रहा। यह परिणाम ख़ासतौर पर तब निराशाजनक रहे जब मानें कि शोधकर्ताओं ने प्रतिभागियों को दूसरे चरण में जाने की अनुमति तभी दी, जब वे दोबारा झटका नहीं खाने के लिए भुगतान करने को राज़ी हुए-जिसको झटकों की परवाह नहीं थी, उन्हें अस्वीकार कर दिया गया।

यदि आपने इस तरह की कई पुस्तकें पढ़ी हैं, तो संभवतः आप इस बात से वाकिफ़ होंगे कि हमारा दिमाग़ अस्तित्व और प्रजनन के लिए बना है-दिन-रात के ज्ञानवर्धक काम करने के लिए नहीं। हम डिफ़ाल्ट रूप से ध्यान की कुछ चीज़ों पर फ़ोकस करते हैं, और ऐसा करने से मानव प्रजाति को अपना अस्तित्व क़ायम रखने में मदद मिलती है। हमने पहले ही पहले प्रकार के ध्यान की वस्तुओं की चर्चा की है जो हमारा ध्यान खींचती

हैं : कोई भी ऐसी बात या वस्तु जो नई है। यही बात है जो हमारे स्मार्टफ़ोन और अन्य डिवाइस को इतना लुभावना बनाती हैं, जबकि हमें कुछ कम नया काम – जैसे कि कोई रिपोर्ट लिखना– बोरियत भरा लगता है, भले ही में उससे कुछ भी हासिल होता हो।

हमारी हर उस चीज़ पर फ़ोकस करने की संभावना होती है जोकि आनंददायक या डराने वाली है। यहां पर हमारी अस्तित्व बचाने की सहजबुद्धि का प्रवेश होता है। सेक्स और ओवरईटिंग जैसे आनंद ने हमें प्रजनन करने और भोजन की कमी का सामना करने के लिए शरीर में चर्बी जमा करने में सक्षम बनाया। आसपास के परिवेश के ख़तरों पर फ़ोकस करना, जैसे कि बगल से किसी सांप का रेंगना, जिससे बचाव के लिए हमारे पूर्वजों ने आग का आविष्कार किया, उसने हमें एक और दिन जीने में सक्षम बनाया। हमने अपने आसपास की दुनिया का निर्माण ध्यान की इन नई, आनंददायक और डरावनी वस्तुओं के प्रति अपनी भावनाओं को शांत करने के लिए किया है। तो अगली बार जब भी आप टीवी चालू करें, यू ट्यूब खोलें, कोई न्यूज़ वेबसाइट देखें, या सोशल मीडिया पर जाएं–तो विचार करें कि ये सभी चीज़ें हमारी इन्हीं तीनों भावनाओं का परिणाम हैं, यानी आनंद, डर और नवीन के प्रति जिज्ञासा।

आज ध्यान की इन तीनों वस्तुओं का संतुलन बिगड़ गया है। हम लगातार नए–नए विकर्षणों से घिरे हुए हैं, आनंद भरपूर है, और वैध ख़तरे बहुत कम और बहुत दूर हैं। हमारे विकासवादी अतीत में जो हमारी दिमाग़ी संरचना हमें अस्तित्व क़ायम रखने के लिए चर्बी भंडारित करने और सेक्स के प्रति संवेदनशील बनाती थी। उसने हमें अब फ़ास्ट–फूड और अश्लील सामग्रियों की तरफ़ धकेल दिया है। ख़तरों की लगातार छानबीन करते रहने की प्रवृत्ति के चलते हम किसी नकारात्मक ईमेल या अपने बॉस की किसी लापरवाह, अभद्र टिप्पणी पर ही दिन भर सोच–विचार में गुज़ार देते हैं। जो बातें कभी हमें अपने अस्तित्व को बचाने में मददग़ार थीं, वही आधुनिक समय में हमारी उत्पादकता और रचनात्मकता को नुक़सान पहुंचा रही हैं। इसके चलते हमें अपने सबसे अत्यावश्यक काम उससे कहीं अधिक महत्त्वपूर्ण महसूस होते हैं जितने कि वे वास्तव में होते हैं।

जब हम अपने मन को भटकने देते हैं और अपने ध्यान को भीतर की तरफ़ मोड़ते हैं तो हमारी नई, आनंददायक, और डरावनी बातों का शिकार

होने की संभावना होती है। हमारे सबसे बड़े ख़तरे, चिंता, और डर हमारे बाहरी वातावरण में नहीं रहते, बल्कि हमारी अपनी चेतना की गहराई में रहते हैं। जब हमारा मन भटकता है, तो वह हमारे द्वारा कही कई बेवकूफ़ी भरी बातों, हमारे द्वारा जीती गई और हारी गई बहसों, और काम और पैसे से संबंधित चिंताओं पर चिंतन करने के एक पैटर्न में फिसल जाता है। यही बात आनंददायक विचारों पर भी लागू होती है– हम स्वादिष्ट यादगार भोजन के सपने देखते हैं, शानदार छुट्टियों की यादों को ताज़ा करते हैं, या इस बात की कल्पना करते हैं कि हम पहले कही गई किसी बात का कोई मज़ाक़िया उत्तर देते तो हमें कितना अच्छा महसूस होता। अगली बार तब आप ध्यान करें (या ऐसा करने की शुरुआत करें), तो इस बात पर ध्यान दें कि किस तरह आपका मन स्वाभाविक रूप से अपने दिमाग़ में तैरने वाले डर, आनंद और नए आइडिया में डूबता–उतराता है।

लेकिन व्यवहार में हम हम उतना ज़्यादा नकारात्मक मन भटकाव का अनुभव नहीं करते। हमारा मन ख़ासतौर पर नकारात्मकता में तब भटकता है जब हम अतीत के बारे में सोचते हैं, लेकिन हम अतीत में केवल *12 फ़ीसदी* समय ही भटकते हैं–बाक़ी का समय हम वर्तमान और भविष्य के बारे में सोचने में बिताते हैं, जिसके चलते स्कैटरफ़ोकस बहुत उत्पादक बन जाता है। जबकि हमारा विकासवादी इतिहास हमें नवीन और नकारात्मक सोच के लिए प्रेरित करता है, इसने हमारे दिमाग़ को इस तरह से संरचित किया है कि जब हम अपना ध्यान भीतर की तरफ़ मोड़ते हैं तो गहन रचनात्मकता उतपन्न होती है। मेरा मानना है कि ऐसा करने की हमारी क्षमता व्यवहारिकता में एक सुपरपावर है।

अन्य स्तनपायी जीवों से तुलना करने पर, कोई चीज़ जो हमारे सामने नहीं है उसके बारे में सोचने की हमारी क्षमता बहुत ही अनूठी है।* यह हमें

---

* इस नियम के कुछ अपवाद भी हैं : एक अध्ययन में देखा गया कि वेस्टर्न स्क्रब जे (पक्षी) की प्रवृत्ति भविष्य के लिए भोजन जुटाने की होती है क्योंकि उसका पूर्व अनुभव भोजन चोरी हो जाने का है। यह, अध्ययन के लेखक के मुताबिक़, ''इस परिकल्पना को चुनौती देता है कि (भविष्य की योजना बनाने की क्षमता) इन्सानों में अनूठी है।'' और एक और अध्ययन में पाया गया कि,''एंटेलॉप (हिरण) और सालामेंडर (एक सरीसृप) पहले अनुभव की गई घटनाओं के परिणामों का पूर्वानुमान लगा सकते हैं।'' हालांकि, जानवरों में जो भी क्षमता भविष्य की योजना बनाने की या उसके बारे में सोचने की होती है, वह अल्पविकसित और सीमित होती है।

भविष्य की योजना बनाने, अतीत से सीख लेने, और ऐसे दिवास्वप्न देखने में सक्षम बनाती है जो उल्लेखनीय अंतर्दृष्टि पैदा करते हैं। यह हमें बाहरी परिस्थितियों का समाधान खोजने के लिए भीतर झांकने में मदद करती है– चाहे हम कोई गणित का प्रश्न हल कर रहे हों या फिर परोसने वाले को बता रहे हों कि आमतौर पर हम कैसा भोजन पसंद करते हैं। सबसे उल्लेखनीय रूप से, स्कैटरफ़ोकस हमें जीवन से और अपने कामकाज से एक क़दम पीछे लेने और अधिक इरादे के साथ जीने में सक्षम बनाता है।

ओह, हमारा मन किन जगहों पर जाता है

हायपरफ़ोकस लिखने के दौरान, मुझे ध्यान के प्रबंधन से संबंधित सैकड़ों अध्ययनों को पढ़ने का मौक़ा मिला। जितने भी रिसर्च मैंने देखे, उनमें मेरा सबसे पसंदीदा अध्ययन इस बात की पड़ताल करना है कि जब हमारा मन भटकता है तो आख़िर यह जाता कहां है। यह अध्ययन सांता बारबरा में यूनिवर्सिटी ऑफ़ कैलिफ़ोर्निया के बेंजामिन बेयर्ड और जोनाथन स्कूलर द्वारा और यूनिवर्सिटी ऑफ़ यॉर्क के जोनाथन स्मालवुड किया गया था। उनके काम बहुत ही शानदार हैं और इस बात के वैज्ञानिक प्रमाण प्रदान करते हैं कि स्कैटरफ़ोकस को क्या चीज़ें इतना उपयोगी बनाती हैं।

जब आपका मन भटकता है तो वह तीन मुख्य स्थानों की सैर करता है : अतीत, वर्तमान, और भविष्य। यही वज़ह है कि ध्यान बिखरने से आपकी रचनात्मकता फलती-फूलती है चूंकि आप समय के माध्यम से भ्रमण करते हैं और जो आपने सीखा है उसे, जो आप कर रहे हैं या जो आप हासिल करना चाहते हैं, उसके साथ जोड़ते हैं। इससे आप अधिक इरादे के साथ काम करने में सक्षम होते हैं क्योंकि आप अपना भविष्य तय करते हैं और इस बारे में सोचते हैं कि उसे वास्तविक बनाने के लिए वर्तमान में आपको क्या करना चाहिए।

यद्यपि हम अपने स्कैटरफ़ोकस समय का केवल 12 फ़ीसदी ही अतीत के बारे में सोचते हुए बिताते हैं, लेकिन हमारे इन विचारों की कड़ियों को याद रखने की संभावना अधिक होती है, बनिस्बत उसके जो हम वर्तमान या भविष्य के बारे में सोचते हैं (मज़ेदार तथ्य : हमारे अतीत संबंधी विचारों

का 38 फ़ीसदी उसी दिन की कुछ समय पहले की घटनाओं से जुड़ा होता है, 42 फ़ीसदी बीते दिन की, और 20 फ़ीसदी में इससे पहले के दिनों का चिंतन करना शामिल होता है)। हमारे मन की संरचना ना केवल ख़तरों को बूझने के लिए बल्कि उसे याद रखने के हिसाब से भी है, जैसे कि कोई नकारात्मक ईमेल जिसे हम भूल नहीं सकते (यह ऐसा करता है इसलिए हम अपनी ग़लतियों से सीखते हैं, हालांकि परेशानी तब होती जब यह दिन भर में बिना क्रम के कोई भी स्मृतियां जगाता रहता है)। इसी स्तर पर, ये अतीत के विचार स्कैटरफ़ोकस की शक्ति को भी बताते हैं : जब हम दिवास्वप्न देखते हैं, तो अक्सर हम ऐसा महसूस करते हैं कि हमारे विचार वास्तविक हैं। गंभीर यादें अचानक प्रकट होती हैं, हमारे ध्यान पर क़ब्ज़ा करती हैं, और हमें उन बेवकूफ़ी भरी बातों की वज़ह से तनावग्रस्त बना देती हैं जो हमने कही और की हैं।*

अतीत के बारे में सोचने के अलावा, हमारा मस्तिष्क 28 फ़ीसदी समय वर्तमान में भटकता है। जबकि हम इस भटकने के दौरान अपने काम को आगे नहीं बढ़ाते हैं, लेकिन वे उत्पादक हो सकते हैं। हमारे सामने जो है उस पर संक्षिप्त विचार करने से हम सामना की जा रही समस्या के वैकल्पिक समाधानों पर विचार कर सकते हैं–जैसे कि हम कैसे उस अजीब बात की पहल कर सकते हैं, किसी सहकर्मी को यह बताने के लिए कि उसे डिओडोरेंट/परफ़्यूम लगाकर आना चाहिए।

हम जो भी कर रहे हैं उसके बारे में विचारों का भटकाव अक्सर बहुत उत्पादक साबित होता है–अधिक इरादे के साथ काम करने के लिए हमें अपने काम पर चिंतन करने की आवश्यकता होती है। तंत्रिका विज्ञान

---

* हमारे दिमाग़ का डिफ़ाल्ट नेटवर्क– यह वो नेटवर्क है जिसे हम तब शुरू करते हैं, जब हम स्कैटरफ़ोकस में प्रवेश करते हैं–यह आसाधारण रूप से शक्तिशाली है, और यह हमें विचारों का अनुभव ऐसे कराता है मानो वे वास्तविक हों। नेटवर्क में असामान्य गतिविधि–ख़ासतौर पर नेटवर्क को दबाने में असमर्थता–यह अवसाद, चिंता, एडीएचडी आघात के बाद का तनाव, ऑटिज़्म, सीज़ोफ्रेनिया, अल्ज़ाइमर और डिमेंशिया से जुड़ी होती है। आमतौर पर आपके दिमाग़ के इस हिस्से में ज़्यादा गतिविधि होना फ़ायदेमंद होता है : एक अध्ययन में पाया गया है कि "जब ज़्यादा आईक्यू स्कोर वाले लोग अपना ध्यान केंद्रित करते हैं, तो उनके दिमाग़ की डिफ़ाल्ट मोड कनेक्टिविटी, ख़ासतौर पर लंबी-दूरी के कनेक्शन के लिए, उन लोगों से बेहतर होती है जिनके दिमाग़ में आईक्यू का स्तर औसत मापा गया है।

की भाषा में कहें तो, किसी चीज़ पर फ़ोकस और चिंतन करना एक साथ एक समय में करना संभव नहीं है। इससे स्कैटरफ़ोकस में प्रवेश महत्त्वपूर्ण हो जाता है। स्कैटरफ़ोकस मोड में प्रवेश किए बग़ैर, आप भविष्य के बारे में सोच ही नहीं सकते। यह केवल एक बार होता है कि आप किसी ईमेल को लिखने, कोई पेपर ड्राफ़्ट करने, या अपने बजट बनाने से एक क़दम पीछे हटते हैं कि आप उस काम के वैकल्पिक तरीक़ों के बारे में सोच सकें।

अंत में, हमारा मन (मस्तिष्क) *48 फ़ीसदी* समय भविष्य के बारे में सोचने में ख़र्च करता है -हमारे अतीत और वर्तमान के बारे में सोचने के कुल समय से भी अधिक।* आमतौर पर हम तुरंत के भविष्य के बारे में सोचते हैं : हमारा 44 फ़ीसदी समय उसी दिन आगे क्या होने वाला है उस पर विचार करने में ख़र्च होता है, और 40 फ़ीसदी आने वाले कल के बारे में। हमारा अधिकांश समय योजनाएं बनाने में व्यतीत होता है। इसकी वज़ह से, स्कैटरफ़ोकस हमें अधिक समझदारी से और अधिक इरादतन काम करने में सक्षम बनाता है।

हमारे जीवन का प्रत्येक क्षण अपनी खुद की रोमांचक कहानी चुनने जैसा है - लगातार अलग-अलग विकल्प पेश करता रहता है जो हमें अपने भविष्य की राह तय करने में मदद करते हैं। स्कैटरफ़ोकस हमें इन रास्तों की बेहतर कल्पना करने देता है : क्या हमें कॉफ़ी शॉप में अकेले बैठे उस आकर्षक व्यक्ति से बात करनी चाहिए? क्या हमें नौकरी की पेशकश स्वीकार करनी चाहिए? हमें अपने भोजन में क्या ऑर्डर करना चाहिए? यह मोड हमें हर फ़ैसले और रास्ते के परिणामों का बेहतर आकलन करने में भी सक्षम बनाता है। भविष्य के बारे में सोचने में, हम ऑटोपायलट मोड बंद कर देते हैं और हमारे पास एक क़दम पीछे लेकर इस बात पर विचार करने का समय होता है कि इससे पहले कि हमारी आदतों और दिनचर्या हमारे लिए कोई फ़ैसला करें, हम उस पर कैसे अमल करना चाहते हैं। शोधकर्ता हमारी भविष्य में भटकने की इस प्रवृत्ति को हमारा संभावित पूर्वाग्रह बताते हैं।

---

* आपने इन प्रतिशत पर ग़ौर किया होगा लेकिन इन्हें 100 प्रतिशत में मत जोड़िए- बाक़ी का 16 फ़ीसदी समय हमारा मन कहीं और होता है, जैसे वह आइडिया जोड़ता है या फिर बिलकुल विचारशून्य होता है।

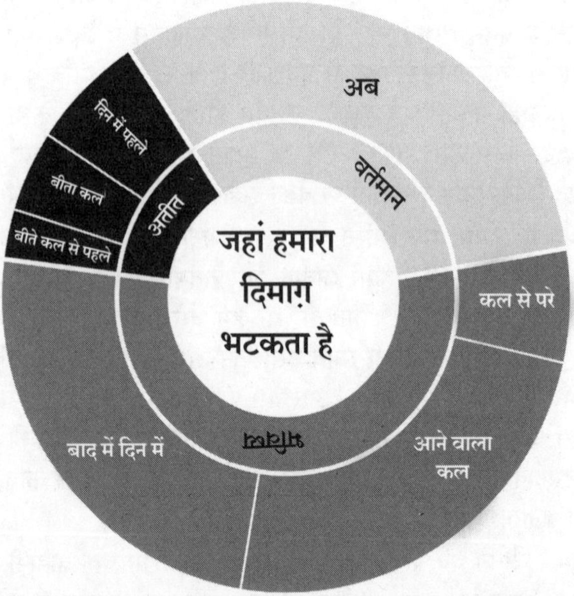

"संभावित पूर्वाग्रह।" यह प्रवृत्ति हमें अपने स्कैटरफ़ोकस का आधा समय योजना बनाने में ख़र्च करने के लिए प्रेरित करती है।* जब हम फ़ोकस्ड होते हैं तो हम बहुत ही कम समय भविष्य के बारे में सोचते हुए बिताते हैं, जबकि स्कैटरफ़ोकस मोड में, हमारी ऐसे विचारों में होने की संभावना *14 गुना* अधिक होती है। स्कैटरफ़ोकस हमें अधिक इरादे के साथ काम करने देता है क्योंकि हमारा मन स्वचालित रूप से हमारे वांछित भविष्य को उस वर्तमान का विरोधाभासी बनाता है जिसे हमें बदलकर भविष्य को वास्तविक बनाना है। जब हम अपने काम में डूब जाते हैं तो हम महज़ 4 फ़ीसदी समय ही अपने लक्ष्यों के बारे में सोचते हैं, जबकि स्कैटरफ़ोकस मोड में हम 26 फ़ीसदी समय लक्ष्यों के बारे में सोचते हैं। जितना अधिक समय आप-ध्यान

---

* संभावित पूर्वाग्रह एक और वज़ह हो सकती है कि हम अपने मन को भटकने देने के बजाय खुद को फ़ेसबुक में उलझाते हैं। यह हमें भविष्य को समझाना और उसका पूर्वानुमान लगाना चाहता है। दोस्तों का स्टेटस अपडेट देखना हमें भविष्य को बेहतर समझने में मदद करता है-मन भटकने के शोधकर्ताओं का कहना है कि यह भी एक कारण है कि हम अपने दिवास्वप्न के समय को उत्तेजक विकर्षणों से भर देते हैं।

भटकाने के बजाय– कामों के बीच स्कैटरफ़ोकस करने में बिताएंगे, आपके कार्य उतने ही विचारशील और उत्पादक बनेंगे।

शोधकर्ताओं का कहना है कि आपको भविष्य के लिए योजनाएं बनाने, और आइडिया के साथ जोड़ने में मदद करने के अलावा स्कैटरफ़ोकस मोड आपको प्रेरित करता है

- अधिक आत्म जागरूक बनने के लिए;
- अधिक गहराई के साथ आइडिया पैदा करने के लिए;
- आइडिया और सार्थक अनुभवों को अधिक प्रभावी तरीक़े से याद रखना और उनका प्रसंस्करण करना;
- अपने अनुभवों के अर्थ पर चिंतन करने के लिए;
- अधिक सहानुभूति दिखाने (स्कैटरफ़ोकस आपको दूसरों के नज़रिए से चीज़ों को देखने में सक्षम करता है); और
- अधिक करुणामय बनने के लिए।

स्कैटरफ़ोकस की तीन शैलियां

एक मामले में स्कैटरफ़ोकस एक अजीब मानसिक मोड है, क्योंकि आपको इस बात के लिए कुछ निर्देशों की आवश्यकता होती है कि अपने मन को कैसे भटकने दें। जबकि हायपरफ़ोकस कठिन हो सकता है, हम अपने दिन का 47 फ़ीसदी हिस्सा बग़ैर किसी प्रयास के स्कैटरफ़ोकस जैसा ही कुछ करने में बिताते हैं, जब भी हमारा फ़ोकस ख़त्म होता है और हमारा ध्यान भटकने लगता है।

आपका ध्यान दो तरीक़ों से भटकता है : ग़ैर–इरादतन (अनजाने) और इरादतन (जानबूझकर)। ग़ैर–इरादतन या अनजाने में भटकाव आपके जाने बग़ैर आपको अलग–अलग जगहों पर ले जाता है, जब आप इस मोड में प्रवेश करने का चयन नहीं करते हैं। यही वो जगह है जहां पर मैं मन के भटकने और स्कैटकफ़ोकस के बीच अंतर करता हूँ। स्कैटरफ़ोकस हमेशा इरादतन होता है।

अपने ध्यान से *जानबूझकर* अपनी पकड़ ढीली कर देना अजीब लग सकता है। लेकिन व्यवहार में, अन्य मानसिक स्थितियां भी हैं जिनमें

आपका अपने ध्यान पर बहुत कम नियंत्रण रहता है–इसमें हायपरफ़ोकस भी शामिल है।

ध्यान–भटकाव के दो सबसे प्रमुख शोधकर्ता हैं जोनाथन स्मालवुड और जोनाथन स्कूलर, और ये दोनों ही इस बिंदु पर सहमत हैं। जब मैंने उनसे बात की, तो स्मालवुड ने कोई फ़िल्म देखने का उदाहरण दिया : ''मान लो कि आप अंग्रेज़ी फ़िल्म *पल्प फ़िक्शन* देखने बैठे हैं। अमेरिकी निर्देशक क्वेंटिन टैरेंटिनो ने पूरी फ़िल्म आपके विचारों को केंद्रित करने के लिए बनाई है। आपको फ़िल्म देखते समय कुछ और करने की आवश्यकता नहीं है–इससे अनुभव काफ़ी रिलैक्सिंग होता है। वह आपके विचारों की श्रंखला को नियंत्रित कर लेते हैं।''

शोध यह भी बताते हैं कि हम आधे समय इस बात को नोटिस करते हैं कि हमारा मन कहां भटक रहा है। जब हम किसी चीज़ पर फ़ोकस्ड होते हैं तो हम इतनी जागरूकता के साथ काम नहीं करते। स्कूलर तो स्मालवुड से भी एक क़दम आगे जाकर तर्क देते हैं कि मन के भटकने को लेकर आज हमारी सबसे बड़ी ग़लतफ़हमी यह है कि ''मन के सारे भटकाव बग़ैर जागरूकता, बग़ैर इरादे के होते हैं।''

इरादा स्कैटरफ़ोकस को काफ़ी शक्तिशाली बना देता है। यह मोड हमेशा जानबूझकर लागू किया जाता है–और इसमें इस बात को नोटिस करने का ठोस प्रयास शामिल है कि आपका मन कहां जा रहा है।

मुझे स्कैटरफ़ोकस की कुछ अलग–अलग स्टाइल में भेद करना मददग़ार लगा है :

1. **कैप्चर मोड :** अपने मन को उन्मुक्त रूप से भटकने देना और जो भी आए उसे कैप्चर करना।
2. **समस्या–चिंतन मोड :** मन में कोई समस्या रखना और अपने विचारों को उसके इर्द–गिर्द भटकने देना।
3. **आदतन मोड :** किसी सरल काम में जुटना और मूल्यवान आइडिया और योजनाएं कैप्चर करना जो उस काम को करने के दौरान पैदा होते हैं। शोध में पाया गया है कि यह मोड सबसे शक्तिशाली है।

तीन शैलियों में, कैप्चर मोड इस बात को पहचानने के लिए अच्छा है कि आपके मन में क्या है; समस्या-चिंतन मोड किसी ख़ास समस्या या आइडिया पर विचार करने के लिए अच्छा है; और आदतन मोड अभ्यास करने और ढेरों आइडिया से जुड़ने के लिए सर्वोत्तम है।

कैप्चर मोड

जैसा कि मैंने अध्याय 5 में उल्लेख किया था, अपने मन को खुले पाशों से साफ़ करना उत्पादकता की एक शक्तिशाली तरक़ीब है। जितने कम काम, कैलेंडर अपॉइंटमेंट और अधूरे वादे आप अपने दिमाग़ में भंडार करके रखेंगे, तो फ़ोकस करते समय आपके ध्यानाकर्षण स्थान में कम चीज़ें आ पाएंगी।

बरसों से मैं हर सप्ताह अपना पंद्रह-बीस मिनट का समय अपने मन को उन्मुक्त रूप से भटकने देता हूँ, इस दौरान मैं किसी मूल्यवान और काम करने योग्य सामग्री को कैप्चर करता हूँ। यह अभ्यास उसी तरह आसान है जैसे कॉफ़ी का कप, पेन और नोटबुक लेकर बैठना और यह देखने का इंतज़ार करना कि मेरी चेतना के धरातल पर क्या उभर रहा है। लेकिन इस प्रक्रिया के अंत में, मेरी नोटबुक बिलकुल भर गई : मैंने उन लोगों के नाम लिखे जिनसे मुझे संपर्क करना है, जो काम मैं करने के लिए इंतज़ार कर रहा हूँ (और साथ ही जिनका फ़ॉलोअप करना है), उन लोगों की सूची जिनसे मुझे फिर से संपर्क करना है, समस्याओं के समाधान, जो काम मैं भूल गया था, घरेलू काम, जो इरादे मुझे तय करने हैं इत्यादि-इत्यादि। आमतौर पर इस छोटे से काम के बाद मैं काफ़ी ऊर्जावान महसूस करता हूँ क्योंकि मैंने अपने मन को एक ब्रेक दे दिया है।

जैसा कि अध्याय 4 में चर्चा की गई थी, अधूरे काम, प्रोजेक्ट और वादे हमारे मन पर काफ़ी बोझ डालते हैं, शायद इसलिए क्योंकि हमारा दिमाग़ इन्हें ख़तरे की तरह देखता है। कैप्चर मोड में, कोई भी अपूर्ण आइडिया या प्रोजेक्ट आपके मन के अगले हिस्से में चला जाता है, जो लिखने के लिए और बाद में उस पर काम करने के लिए तैयार होता है। इन आइडिया के आसपास भटकने की हमारी मन की प्रवृत्ति, कहीं न कहीं स्कैटरफ़ोकस को काफ़ी मूल्यवान बना देती है-खुले पाशों तक पहुंच आसान हो जाती है।

उदाहरण के तरीक़े से, मैं अपने कंप्यूटर को स्लीप मोड में डाल देता हूँ, और पंद्रह मिनट का टाइमर लगा देता हूँ, और मेरे मन की सतह पर उभरने वाली हर चीज़ को कैप्चर करता हूँ। इस संक्षिप्त समय में मैंने निम्नलिखित टु-डू (करने के) काम नोट किए हैं :

- इस बात के लिए एक समय सीमा निर्धारित करना कि मैं कब हायपरफ़ोकस लिखना पूरा कर लूंगा।
- मेरी पिछली पुस्तक के आभार खंड में एक नाम जोड़ने के लिए अपने संपादक से संपर्क करना।
- अपना पुलिस चेक लेना याद रखना (एक समर कैंप के लिए मैंने स्वयंसेवा की थी)।
- इस सप्ताहांत में उस पुलिस चेक को ओटोवा लेकर आना।
- मैं जो कोडिंग कोर्स कर रहा हूँ इस शाम उसका अगला मॉड्यूल पूरा करना।
- इस सप्ताह के अंत के लिए एक संदेश बुक करना।
- उन बड़े कामों की एक सूची बनाना जो मुझे आज पूरे करने हैं : पुस्तक का यह खंड समाप्त करना, एक घंटे का बोरियत प्रयोग करना, और अपनी वेबसाइट के लिए उन प्रयोगों के लिए सुझाव मांगते हुए एक न्यूज़लैटर लिखना।

इन कामों को कैप्चर करने के अलावा, मेरा मस्तिष्क मुख्य रूप से उन्हीं स्थानों पर भटकता है जो आप अपेक्षा कर सकते हैं : अधिकांश रूप से भविष्य और वर्तमान में, थोड़ा समय अतीत में भी। कुछ दिन बाद मैंने इस दिनचर्या को फिर से दोहराया और फिर से कई पन्ने भरने में कामयाब रहा।

स्कैटरफ़ोकस की तीन शैलियों में, संभवतः आप को कैप्चर मोड सबसे अधिक विरोधाभासी लगेगा-कम से कम शुरुआत में तो। कई लोगों को यह प्रक्रिया उबाऊ लगती है, लेकिन यही चीज़ आपके मन (मस्तिष्क) को भटकने के लिए प्रेरित करती है और आपके ध्यानाकर्षण स्थान में आइडिया को उबरने के लिए स्थान बनाती है। विकर्षणों से खुद को दूर करने से स्वाभाविक रूप से आपका ध्यान भीतर की तरफ़ मुड़ता है, जैसे

कि आपके विचार आपके बाहरी वातावरण की किसी भी चीज़ से कहीं अधिक दिलचस्प हो जाते हैं।

समस्या–चिंतन मोड

समस्या चिंतन मोड उस समय सबसे अधिक उपयोगी है जब आप किसी ख़ास समस्या के समाधान पर विचार कर रहे हैं।

इस मोड में प्रवेश के लिए अपने मन में कोई समस्या रखें और अपने विचारों को उसके आसपास भटकने दें, उसे बंद करें, और उसे अलग नज़रिए से खोजने की कोशिश करें। जब भी आपका मन किसी असंबंधित चीज़ के बारे में सोचने की कोशिश करता है या किसी बिंदु पर अटक जाता है, धीरे से अपने ध्यान को उस चीज़ पर लेकर आएं जिसके बारे में आपने सोचने का इरादा किया था, या उस समस्या पर लेकर आएं जिसके समाधान का आपका इरादा है।

समस्या–चिंतन मोड आपको जटिल समस्याओं को अधिक रचनात्मक ढंग से हल करने में सक्षम करता है–ऐसे ग़ैर–रेखीय समाधान प्रदान करता है जिन्हें आप तार्किक रूप से किसी पेन या काग़ज़ के साथ विचार करने पर नहीं पा सकते थे। चूंकि आप वही समस्या–समाधान फ़ायदों का अनुभव किसी आदतन काम पर स्कैटरफ़ोकस करते हुए हासिल करेंगे, तो मेरा सुझाव है कि समस्या–चिंतन मोड का उपयोग कभी–कभी ही करें–इसे अपनी किसी बड़ी समस्या के लिए बचाकर रखें। उदाहरण के लिए इसका उपयोग तब सार्थक हो सकता है जब आप

- यह विचार कर रहे हों कि क्या नई नौकरी स्वीकार करनी है और वर्तमान नौकरी छोड़नी है
- अपनी कंपनी की लीडरशिप टीम के लिए एक विचारशील ईमेल लिख रहे हैं;
- किसी कठिन रिश्ते संबंधी फ़ैसले पर विचार कर रहे हैं;
- इस बात पर विचार कर रहे हैं कि अपने व्यवसाय को कैसे आगे बढ़ाया जाए;

- ख़रीदने के लिए घर के तीन अलग-अलग विकल्पों पर फ़ैसला करना है; या
- अपनी टीम के लिए कई संभावित लोगों में से किसी का चयन करना है;

इस पुस्तक की संरचना के दौरान मैं लगातार समस्या-चिंतन मोड में चला गया; मैंने कैनोइंग (नाव चलाते) समय या जेब में एक छोटा नोटपैड और पेन लेकर शहर में वाक करते समय ऐसा किया। एक बार जब संरचना तैयार हो गई, और पुस्तक को प्रकाशक के पास भेजने से पहले, मेरे पास रिसर्च नोट के लगभग 25,000 शब्द थे जो बिलकुल भी व्यवस्थित नहीं थे। मेरे दिमाग़ में आइडिया उछल-कूद कर रहे थे। मैंने रिसर्च का परीक्षण करने का इरादा किया और अपने ध्यान को इस उम्मीद में फैलाया, कि मेरे मन को मेरे द्वारा कैप्चर किए गए आइडिया को कनेक्ट करने के लिए स्थान मिलेगा। मैंने अपने रिसर्च नोट प्रिंट किए-समस्या-चिंतन मोड में प्रवेश करने से पहले समस्याओं की समीक्षा करना मददग़ार होता है-और फिर वॉक करते समय, संगीत सुनते समय या विमान यात्रा के दौरान मैंने अपने मन को घंटे दो घंटे के लिए उनसे आसपास भटकने के लिए छोड़ दिया। कई सप्ताह के दौरान धीरे-धीरे, मैंने अपने नोट्स व्यवस्थित किए, उन्हें एक पुस्तक का आकार दिया।

समस्या चिंतन मोड आपके मन को आपकी सोच में कुछ बड़ी छलांग लगाने के लिए स्थान और स्वतंत्रता प्रदान करता है। यदि आप किसी ख़ास, जटिल समस्या को पारंपरिक तरीक़े से नहीं हल कर पा रहे हैं तो इस मोड में प्रवेश करने की कोशिश करें। मैं एक बार में तीस से साठ मिनट तक समस्या चिंतन मोड में जाता हूँ-इससे अधिक होने पर मैं बेचैन हो जाता हूँ। इसे आज़माएं और देखें कि क्या यह आपके लिए कारगर है।

आदतन मोड

आदतन स्कैटरफ़ोकस इस मोड की सबसे शक्तिशाली शैली है, और मैं अक्सर इसका अभ्यास करने की अनुशंसा करता हूँ। (मैं इसे अंत में कवर कर रहा हूँ, हो सकता है कि आपको अन्य शैलियां ज़्यादा लुभावनी लगी हों, जोकि फ़ायदेमंद हैं, लेकिन कुछ अलग तरीक़े से)।

अन्य मोड की तरह ही, आदतन मोड भी काफ़ी आसान है : आप सामान्य रूप से आदतानुसार ही कुछ करते हैं जो आपके पूरे ध्यान की खपत नहीं करता। इसे आपके मन को भटकने और आइडिया के साथ जुड़ने के लिए पर्याप्त स्थान मिलता है। ऐसा करना अनगिनत वज़हों से फ़ायदेमंद है।

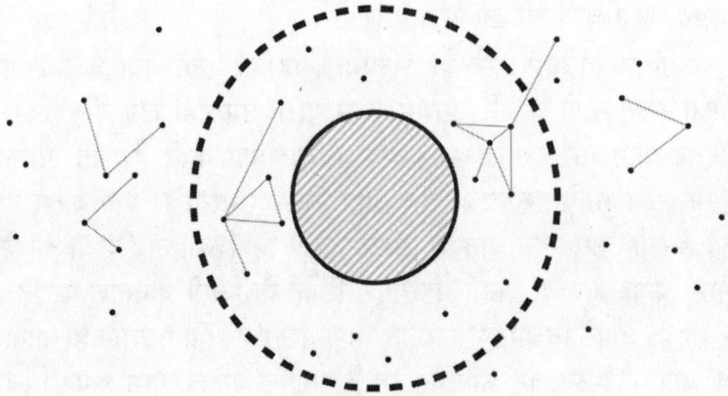

आदतन स्कैटरफ़ोकस

शुरुआत करने वालों के लिए, स्कैटरफ़ोकस मोड वास्तव में मज़ेदार होता है जब आप किसी ऐसी आदतन गतिविधि में संलग्न होते हैं जिसे आप आनंददायक मानते हैं। किसी एक आइडिया पर अपने मन को केंद्रित करना या अपने विचारों को एकाग्र करना कई बार थकावट भरा हो सकता है, लेकिन जब आप कोई ऐसा आदतन काम करते हैं जिसमें आपको मज़ा आता है–जैसे कि कॉफ़ी लेने के लिए चलना, लकड़ी का काम करना, या तैरना–स्कैटरफ़ोकस उल्लेखनीय रूप से अधिक मज़ेदार हो जाता है। जितने ज़्यादा आप स्कैटरफ़ोकस मोड में ख़ुश होंगे उतना ही अधिक फ़ायदा उठा

पाएंगे। एक अच्छा मूड दरअसल *आपके ध्यानाकर्षण स्थान का आकार बढ़ा देता है,* जिसके कारण आप अधिक व्यापक रूप से सोचने में समर्थ होते हैं। आपका ध्यानाकर्षण स्थान स्कैटरफ़ोकस मोड में भी उतना ही अनिवार्य है जितना हायपरफ़ोकस मोड में हैं–यह एक तरह का सर्चपैड है जिसका इस्तेमाल आपका दिमाग़ आइडिया से जुड़ने के लिए करता है। एक सकारात्मक मूड आपके मन को अधिक उत्पादक रूप से भटकने देता है, जैसे आप नकारात्मक अतीत में कम समय बिताते हैं। आप कुछ आनंददायक करते समय भविष्य के बारे में अधिक सोचते हैं–आपके दिमाग़ का संभावित पूर्वाग्रह और मज़बूत हो जाता है। इसके अलावा, चूंकि एक सरल, मज़ेदार गतिविधि करने में बहुत कम प्रयास (और आत्म-नियंत्रण) की आवश्यकता होती है, तो आप अपने ध्यान का बिखराव करने के साथ ही खुद को रीचार्ज भी कर सकते हैं।

अधिक मज़ेदार होने के अलावा, यह भी देखा गया है कि अन्य अपेक्षा रखने वाले कामों, आराम करने या विराम नहीं लेने की तुलना में आदतन काम कुछ ज़्यादा रचनात्मक विचार पैदा करते हैं। यह ख़ासतौर पर तब सच साबित होता है जब आप किसी समस्या से एक क़दम पीछे हटते हैं–चाहे आप इस बात पर अटक गए हैं कि किसी लघु कथा को कैसे समाप्त किया जाए या किसी महत्त्वपूर्ण रिपोर्ट के किसी वाक्यांश पर विचार कर रहे हैं। अपने विचारों से अवगत रहना उस समय भी आसान हो जाता है जब आप कोई आदतन काम कर रहे हैं, क्योंकि आपके पास अपने विचारों से अवगत रहने के इरादे को समाने के लिए ज़्यादा जगह उपलब्ध होती है। फिर कहूँगा, यह जागरूकता एक कुंजी है : कोई भी रचनात्मक विचार बेकार है यदि उसे नोटिस नहीं किया जाता है।

आदतन काम आपके मन को भटकना जारी रखने के लिए भी प्रोत्साहित करते हैं। जब आप अपने मन को आराम करने और भटकने देते हैं, तो संभावना होती है कि आप तब तक अपना स्कैटरफ़ोकस अभ्यास जारी रखना चाहते हैं जब तक कि आप आप अपना वह काम पूरा नहीं कर लेते जिसे आपने शुरू किया है। एक आदतन काम एक दिशानिर्देशक की तरह काम करता है और आपके मन को तब तक निर्देशित करता है जब तक कि आप काम पूरा नहीं कर लेते। इससे आप लंबे समय तक काम करने में सक्षम होते हैं।

आदतन स्कैटरफ़ोकस का अभ्यास करने के लिए, कुछ ऐसा सरल काम चुनें जिसे करने में आपको मज़ा आता है। फिर वह एक ही काम करें- और कुछ नहीं- जब तक कि आपका मन भटकता रहता है। जितना सरल काम होगा उतना ही बेहतर-टहलने जाना संगीत सुनने या पुस्तक पढ़ने की तुलना में शानदार विचारों और चिंतन के पैदा होने के लिए ज़्यादा अनुकूल काम है। अच्छे आइडिया आपके मन के धरातल पर तभी उभरेंगे, जब तक कि आपके पास उन्हें समाने देने के लिए ध्यानाकर्षण स्थान है।

यदि आप नोटिस करते हैं कि आपका मन अतीत में भटक रहा है या फिर किसी अनुत्पादक जगह पर भटक गया है, तो उसे भटकने दें (या, यदि आप चाहते हैं, तो उसे कुछ और सोचने के लिए निर्देशित करें)। यहां पर समस्या चिंतन और आदतन स्कैटरफ़ोकस मोड में अंतर आ जाता है : समस्या चिंतन मोड में, आप अपने विचारों को वापस उस समस्या पर ले आते हैं जिस पर आप विचार कर रहे हैं; जबकि आदतन मोड में आप अपने मन को बहुत हद तक भटकने के लिए खुला छोड़ देते हैं।

आप आदतन स्कैटरफ़ोकस का अभ्यास उन अनिवार्य कामों के साथ भी कर सकते हैं जो पहले से ही आपकी दिनचर्या का हिस्सा हैं। एक आसान काम को एक बार करने में बहुत ही ख़ूबसूरत सरलता है, जैसे कि एक कप कॉफ़ी पीना, काम के लिए चलकर जाना, या कपड़े धोना। स्कैटरफ़ोकस काम के बीच के अंतराल में बहुत महत्त्वपूर्ण बन जाता है। ध्यान बंटाने वाली डिवाइस और विकर्षण हमारे फ़ोकस को पटरी से उतार देते हैं-दरारों में समाते पानी की तरह ये हमारी दिनचर्या के बीच घुस जाते हैं, हमारे मूल्यवान समय और ध्यान को चुरा लेते हैं जिन्हें हम अन्यथा भविष्य की योजनाएं बनाने और विचारों से जुड़ने के लिए ख़र्च करने वाले थे।

हममें से अधिकांश लोगों द्वारा बोरियत या थकावट महसूस करने का प्रमुख कारण यह भी है कि हम अपने ध्यान को कभी विश्राम नहीं देते। इसे आज ही आज़माएं : अगली बार जब भी आप टहलने जाएं या कॉफ़ी पीने या लंच करने जाएं तो अपना फ़ोन अपने साथ नहीं रखें। इसके बजाय, अपने मन को भटकने दें। इस बहुत सामान्य से फ़ैसला का प्रभाव काफ़ी उल्लेखनीय होगा। यदि किसी डिनरडेट के दौरान आप बार-बार अपना फ़ोन नहीं चेक करते या बात करने के लिए टेबल से उठकर नहीं जाते, तो वह

भोजन आपको बहुत सार्थक और यादगार लगेगा। अपने ध्यान को एक ब्रेक देने से, आपके पास उस बातचीत के लिए काफ़ी ज़्यादा ध्यानाकर्षण स्थान बच जाएगा और इस बात के लिए भी कि सामने वाला व्यक्ति आपके लिए कितनी अहमियत रखता है।

इसे बार-बार दोहराने के जोख़िम के बीच, आदतन स्कैटरफ़ोकस का अभ्यास करने की कुंजी यह है कि आप लगातार चेक करें कि आपके ध्यानाकर्षण स्थान में कौन से आइडिया और कौन-से विचार हैं। आदतन स्कैटरफ़ोकस के लिए यह ख़ासतौर पर महत्त्वपूर्ण है, चूंकि एक से ज़्यादा चीज़ें आपके ध्यान को आकर्षित करने में जुटी रहती हैं। जब आपको अपने चुने गए आदतन काम में तल्लीन होना आसान लगे, तब इस सलाह को ध्यान में रखना। कई बार मैं अपने आईपैड पर एक पुराना दोहराया हुआ सरल वीडियो गेम खेलते हुए आदतन स्कैटरफ़ोकस मोड में चला जाऊंगा। वह गेम मेरे मन को भटकने और सकारात्मक सोचने के लिए मुक्त करता है, और इस प्रक्रिया से मुझे कुछ उल्लेखनीय आइडिया हासिल होते हैं (कौन कहता है कि वीडियो गेम अनुत्पादक होते हैं?) चूंकि मैं आदतन वीडियो गेम खेलता हूँ, तो मेरे पास साझा करने के लिए अलग से ध्यानाकर्षण स्थान बच जाता है-लेकिन निश्चित रूप से मुझे यह याद रखने की आवश्यकता होती है कि मैं बार-बार चेक करता रहूँ कि मेरे ध्यानाकर्षण स्थान में कौन क़ब्ज़ा कर रहा है, चूंकि गेम ध्यान खींचने का काफ़ी नया और आनंददायक माध्यम है। इस नियमित चेकिंग के बग़ैर, आपका अनुभव समय और ध्यान की बर्बादी होगा।

स्कैटरफ़ोकस की दो अन्य शैलियों के समान ही, सुनिश्चित करें कि जब आप आदतन स्कैटरफ़ोकस का अभ्यास करें तो आपके पास एक नोटपैड साथ में रखा हो। आपको इसकी आवश्यकता पड़ेगी।

> यदि आपने पहले ही इन स्कैटरफ़ोकस मोड के साथ प्रयोग करने के लिए समय नहीं निकाला है। यह पुस्तक केवल तभी उपयोगी है जब आप इसमें दी गई सलाह को अमल में लाएं। अपने कैलेंडर में समय निर्धारित करें कि कब आपको कैप्चर या समस्या-चिंतन मोड में जाना है, या कोई ऐसा सरल काम चुनें

जिसे आप रोज़ाना करना पसंद करते हैं, या कुछ मज़ेदार जो आप करना चाहते हैं, ताकि आप अपने मन को आदतन स्कैटरफ़ोकस मोड में भटकने के लिए छोड़ सकें। इसके बाद जिन आइडिया के साथ आप जुड़ते हैं उनसे हासिल होने वाले मूल्यवान विचारों, सामग्रियों को कैप्चर करें। जबकि आपका मन वैसे ही रोज़ाना भटकता रहता है, इस बात की संभावना अधिक है कि अधिकांश समय यह मज़ेदार या इरादतन नहीं होता। आज इस मोड में इरादतन प्रवेश करने का लक्ष्य तय करें, भले ही थोड़ी देर के लिए। जोनाथन स्कूलर इस विचार का समर्थन करते हैं। जैसा कि उन्होंने मुझे बताया था, "मैं चाहता हूँ कि हर कोई जाने कि खुद के साथ इस विचार का प्रयोग कैसे किया जाए। हममें से हर किसी का मन के भटकने के साथ अनूठा रिश्ता है–मन का भटकाव हममें से प्रत्येक के लिए अलग-अलग तरह से काम करता है। हमें यह पता लगाने की ज़रूरत है कि यह हमारे जीवन में किस प्रकार उपयोगी है, तभी हम इसका अधिकतम लाभ उठा पाएंगे। ख़ूबसूरत बात यह है कि यह एक निजी अनुभव है से आप खुद में देख सकते हैं और आत्मनिरीक्षण कर सकते हैं।"

हायपरफ़ोकस किस तरह आपको स्कैटरफ़ोकस में मदद करता है

इरादतन स्कैटरफ़ोकस का अभ्यास करते समय अपने मन को *आधिक* उत्पादक रूप से भटकने के लिए निर्देशित करने के कई तरीक़े हैं। सौभाग्य से आपने ये सभी तरीक़े इस पुस्तक के पहले भाग में सीख लिए हैं!

कई मायनों में, हायपरफ़ोकस और स्कैटरफ़ोकस में बहुत अंतर नहीं किया जा सकता। हायपरफ़ोकस एक चीज़ पर फ़ोकस करने के बारे में है; स्कैटरफ़ोकस किसी ख़ास चीज़ पर फ़ोकस नहीं करता। हायपरफ़ोकस के साथ आप अपने ध्यान को बाहर की तरफ़ निर्देशित कर सकते हैं; स्कैटरफ़ोकस के साथ आप अपने ध्यान को भीतर की तरफ़ मोड़ सकते हैं। एक ध्यान के बारे में है तो दूसरा ध्यानहीनता के बारे में है। न्यूरोलॉजिकल

स्तर पर, दो मानसिक मोड भी परस्पर विरोधी होते हैं–जब स्कैटरफ़ोकस को सहयोग करने वाला दिमाग़ी नेटवर्क सक्रिय होता है, तो आपके हायपरफ़ोकस नेटवर्क में सक्रियता कम हो जाती है, और इसी प्रकार इसके विपरीत भी होता है।* कहने का अर्थ है कि आपके दिमाग़ के ये दोनों मोड एक दूसरे के पूरक हैं और एक दूसरे को मज़बूत करते हैं–ख़ासतौर पर तब जब आप इरादे के साथ प्रत्येक मोड में प्रवेश करते हैं। इससे दोनों ही मोड का इरादतन अभ्यास महत्त्वपूर्ण हो जाता है।

हायपरफ़ोकस का अभ्यास–और इरादतन अपने ध्यान का प्रबंधन करना–ढेर सारे फ़ायदे प्रदान करता है : आपके ध्यानाकर्षण स्थान का विस्तार होता है ताकि आप एक साथ कई कामों पर फ़ोकस कर सकें, आपकी मेमोरी में सुधार होता है, और आपके दिमाग़ में घूमने वाले विचारों के प्रति आप अधिक जागरूक हो सकते हैं। ये तीनों ही चीज़ें स्कैटरफ़ोकस मोड में फ़ायदेमंद हैं।

आपके ध्यानाकर्षण स्थान का आकार इस बात को निर्धारित करने में महत्त्वपूर्ण भूमिका निभाता है कि आपके स्कैटरफ़ोकस एपिसोड कितने फ़ायदेमंद होंगे। जितना बड़ा, उतना ही बेहतर। चूंकि यह आपके स्कैटरफ़ोकस करते समय अपने मन में ज़्यादा चीज़ें रखने की अनुमति देता है। ध्यानाकर्षण स्थान दोनों ही मोड के लिए एक अभिन्न अंग है : हायपरफ़ोकस में, आप जो भी काम कर रहे हैं वे इसे भर देते हैं, स्कैटरफ़ोकस मोड में, यह आपको नए आइडिया बनाने देता है, साथ ही भविष्य के बारे में भी सोचने देता है।

जानबूझकर अपने ध्यान का प्रबंधन करना आपको अधिक याद रखने में भी मददग़ार होता है। यह दूसरा तरीक़ा है जिसमें नियमित रूप से हायपरफ़ोकस का अभ्यास करने से फ़ायदा होता है : फ़ोकस होने पर जितनी अधिक जानकारी आप एकत्रित करेंगे और याद रखेंगे, स्कैटरफ़ोकस मोड में

---

* यदि आप उत्सुक हैं, तो आपके दिमाग़ का ''कार्य-सकारात्मक'' नेटवर्क हायपरफ़ोकस का सहयोग करता है, और आपका ''कार्य-नकारात्मक'' या ''डिफ़ाल्ट मोड,'' नेटवर्क स्कैटरफ़ोकस को सहयोग करता है। आपका कार्य सकारात्मक नेटवर्क तब सक्रिय होता है जब आप किसी बाहरी चीज़ पर ध्यान दे रहे हैं, जबकि आपका डिफ़ाल्ट मोड नेटवर्क तब सक्रिय होता है जब आपका आंतरिक फ़ोकस उच्चतम होता है।

उतना ही अधिक आप नए आइडिया और भविष्य के कार्यक्रमों को बनाने में बेहतर होंगे। साइंटिफ़िक जर्नल *नेचर* के एक हाल के रिव्यू में कहा गया है, ''मस्तिष्क को एक ऐसे मौलिक अंग के रूप में मानना फ़ायदेमंद है जिसे अतीत और वर्तमान की जानकारियों को एकत्रित करके भविष्य के अनुमान लगाने के लिए डिज़ाइन किया गया है। मेमोरी को दिमाग़ द्वारा भविष्य की घटनाओं का सिमुलेशन (आभासी चित्र) बनाने के लिए एक उपकरण के रूप में इस्तेमाल किया जाता है।''

अतीत को याद करना हमें भविष्य की कल्पना करने में मददग़ार होता है, चूंकि जिन आइडिया और जानकारी पर हमने पहले ध्यान नहीं दिया है उन्हें बाद में जोड़ना असंभव होता है। फ़ोकस होने के दौरान जितना बेहतर हम अपने ध्यान का प्रबंधन करेंगे, उतनी ही अधिक जानकारी हम एकत्रित कर पाएंगे। बाद का अभ्यास इस बात को समर्पित है कि किस आप जो उपभोग करते हैं और जिस पर ध्यान देता है, उसका चयन करना कितना महत्त्वपूर्ण है : ठीक उसी तरह जैसे आप जो खाते हैं, उसका चयन करना। जब आप जानकारी का उपभोग करते हैं, तो आपको अपने चयन पर फ़ोकस करना चाहिए। आमतौर पर मूल्यवान जानकारियों का उपभोग करना स्कैटरफ़ोकस सत्र को और अधिक उत्पादक बना देता है।

एक तीसरा विचार है जिस पर हमने पहले बात की है, वह है मेटा जागरूकता का महत्व और ये लगातार जांचते रहना कि आपका ध्यान किन चीज़ों में लग रहा है। यह ना सिर्फ़ आपको ध्यान केंद्रित करने में अधिक सक्षम बनाता है बल्कि ऐसा करने में आपके लिए सहायक भी सिद्ध होता है।

आपने कई बार महसूस किया होगा, ध्यान के दौरान भी, कि आपका मन भटक गया है। इसका पता चलने में भी कुछ मिनट लग सकते हैं। जोनाथन स्कूलर ने एक अध्ययन के आधार पर कहा कि हमने देखा हमारा दिमाग़ हर घंटे औसतन केवल 5.4 बार भटक गया है। अब पहले के आंकड़े को फिर से याद करें जो बताता है कि हमारा दिमाग़ 47 प्रतिशत बार भटकता है। कुल मिलाकर ये आंकड़े बताते हैं कि हमारा दिमाग़ कितनी देर हमें पता चले बिना भटक सकता है। एक दिलचस्प कारण यह है कि हमें यह महसूस करने में थोड़ा समय लगता है कि हमारा दिमाग़ भटक चुका है। उल्लेखनीय है कि एक अध्ययन में कहा गया है, ऐसा

होने से "मस्तिष्क के वो हिस्से हाईजैक हो सकते हैं जो इस घटना को पहचानने के लिए अहम हैं।" दिमाग़ इस बात की नियमित जांच करता है कि हमारा ध्यान किस ओर जा रहा है, ये हिस्सा दोगुनी अहमियत रखता है।

जितनी बार आप इस जांच को करेंगे, आपके दिमाग़ के भटकने के सिलसिले पर लगाम लगेगी और आप उतना ही अधिक उत्पादक होंगे। आप अपनी विचार श्रंखला को अतीत से दूर ले जाने में सक्षम होंगे और इसके बजाय वर्तमान विचारों और भविष्य के बारे में सोचेंगे। आपके ध्यान स्थान के आकार को विस्तार के साथ, मेटा-अवेयरनेस का अभ्यास स्कैटरफ़ोकस मोड को बेहद सकारात्मक और रचनात्मक बनाने के लिए दिखाया गया है।

बोरियत पर फिर से विचार करें

इस सवाल का ईमानदार जवाब दें- आख़िरी बार आप कब बोर हुए थे?

वाक़ई में इसके बारे में सोचकर देखिए। क्या आप याद कर पा रहे हैं?

मुमकिन है कि यह बहुत पुरानी बात हो, संभवत: आपके जीवन में उपकरणों के आने से पहले। मानव इतिहास में हमने कभी भी अपना ध्यान इतनी सारी चीज़ों में विभाजित नहीं किया है। फ़िलहाल यह एक फ़ायदे की तरह महसूस हो सकता है - हमारे पास हमेशा करने के लिए कुछ होता है - लेकिन नुक़सान यह है कि इन ध्यान भंग करने वाले उपकरणों ने बोरियत को ख़त्म कर दिया है।

आप पूछ सकते हैं : क्या खुद को बोरियत से छुटकारा दिलाना एक सकारात्मक बदलाव नहीं है? ऐसा ज़रूरी नहीं है। बोरियत हमें तब महसूस होती है जब हम उत्साह के निचले स्तर में पहुंच जाते हैं। अक्सर यह तब होता है, जब हमें *अचानक* यह निचला स्तर अपनाने को मज़बूर किया जाता है-जब रविवार दोपहर हम कुछ करने के लिए ढूंढ़ते हैं या फिर ईमेल लिखने के बजाय किसी पकाऊ मीटिंग में शामिल होना पड़ता है।

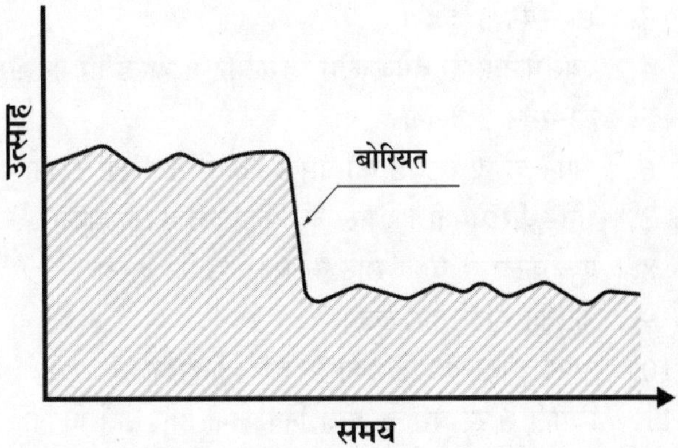

इसमें कोई आश्चर्य नहीं है कि जब हमारे पास ध्यान भटकाने वाली वेबसाइट पर जाने के लिए एक डिवाइस होती है, तब हमारी बोरियत दूर हो जाती है –उस समय हमारा मनोरंजन करने के लिए कुछ न कुछ मौजूद होता ही है। परिणामस्वरूप, हम खुद को उस उत्साह के निचले स्तर के साथ एडजस्ट करता हुआ नहीं पाते। वास्तव में, जब कोई काम करने का समय हो तो हमें लगातार इन उपकरणों से अपना ध्यान हटाना पड़ता है।

मुझे अपनी डिवाइस के साथ प्रयोग करने में बड़ा आनंद आता है, क्योंकि कई युक्तियां जो सैद्धांतिक रूप से अच्छी दिखाई देती हैं, व्यवहारिक तौर पर कारगर नहीं होतीं। मैंने हाल ही में इसे आज़माया, यह निर्धारित करने के लिए कि क्या बोरियत, वास्तव में एक सकारात्मक चीज़ है? क्या थोड़ी मात्रा में बोरियत उत्पादक होती है? यह स्कैटरफ़ोकस से किस प्रकार भिन्न है? क्या इसका प्रतिरोध करना सही है?

महीने भर के प्रयोग के बाद मैंने जानबूझकर एक दिन खुद को एक घंटे के लिए बोर किया। उस अवधि में मैंने सभी ध्यान भटकाने वाले उपकरणों को बंद कर दिया और अपना समय और ध्यान कष्टदायक रूप से उबाऊ कामों पर लगाया जोकि मेरे वेबसाइट रीडर द्वारा सुझाए गए तीस अजीबोग़रीब आइडिया पर आधारित थे।

1. आईट्यून के नियम और शर्तें पढ़ना
2. छत को निहारना

3. सी-स्पैन 3 देखना
4. एयर कैनेडा के बैगेजक्लेम डिपार्टमेंट में होल्ड पर इंतज़ार करना
5. सी-स्पैन 2 देखना
6. अपने कछुए एडवर्ड को उसके टैंक में तैरते हुए देखना
7. धीरे-धीरे घूमती हुई पंखे की पंखुड़ियों को निहारना
8. एक कलर से बहुत छोटे कैनवास पर पेंट करना
9. पेंट को सूखते हुए देखना
10. अपने दफ़्तर की खिड़की के बाहर निहारना
11. चिमटी से स्ट्रॉबेरी के बीज निकालना और उन्हें गिनना
12. घास को बढ़ते हुए देखना
13. रेलगाड़ी की खिड़की से बाहर झांकना
14. ऑनलाइन चेस टूर्नामेंट देखना
15. आसमान में बादलों को निहारना
16. अस्पताल में इंतज़ार करना
17. टपकते हुए नल को निहारना
18. अपने सारे कपड़ों को प्रेस करना
19. पाई के पहले 10,000 अंकों में शून्य गिनना
20. अपनी गर्लफ्रेंड को पढ़ते हुए देखना
21. कागज़ पर बिंदु बनाना
22. किसी रेस्टोरेंट में बगैर फ़ोन या पुस्तक के अकेले भोजन करना
23. रोप के बारे में विकीपीडिया के आर्टिकल पढ़ना
24. दीवार घड़ी को निहारना
25. अपने कंप्यूटर से एक्सटर्नल हार्ड ड्राइव पर हर एक फ़ाइल को ट्रांसफ़र होते और वापस उससे कंप्यूटर में ट्रांसफ़र होते देखना
26. गिनकर पांच आलू छीलना
27. बर्तन के उबाल को देखना
28. लैटिन में हो रही चर्च सर्विस में शामिल होना
29. सी-स्पैन देखना
30. बार-बार छोटी चट्टानों को इधर से उधर सरकाना

कभी-कभी मैं हर घंटे रैंडम तरीक़े से नमूने लेता था कि मेरे दिमाग़ में आख़िर क्या चल रहा है : क्या मेरे विचार सकारात्मक हैं, नकारात्मक हैं या फिर तटस्थ हैं; क्या मेरा मन किसी एक चीज़ पर फ़ोकस कर रहा है या फिर इधर-उधर भटक रहा है; विचार कितने रचनात्मक हैं; मैं कैसा महसूस कर रहा हूँ; और मेरे अनुमान से पिछला नमूना लेने के बाद से कितना समय गुज़र गया है।

इस प्रयोग के कुछ निष्कर्ष आश्चर्यजनक नहीं थे। जैसे-जैसे मेरा बाहरी वातावरण कम उत्तेजक होता गया, मैंने स्वाभाविक रूप से अपने ध्यान को भीतर की तरफ़ मोड़ लिया, जहां मेरे विचार निश्चित रूप से अधिक दिलचस्प और उत्तेजक थे। इस परिदृश्य में, बोरियत बस एक अवांछित स्कैटरफ़ोकस है। अभी भी मैं अपने मन को भविष्य की योजना बनाते, विचारों का मंथन करते, और अतीत, वर्तमान और भविष्य के बीच उछल-कूद करते हुए पा रहा था, ठीक वैसे ही जैसा कि आदतन स्कैटरफ़ोकस मोड में होता है, हालांकि मुझे इस प्रक्रिया में उतना आनंद नहीं आया या फिर मुझे इसे जारी रखने का मन नहीं हुआ।

इस प्रयोग से कुछ अप्रत्याशित साइड इफ़ेक्ट भी निकले। एक, जिसने मुझे ख़ासतौर पर असहज महसूस कराया वह था कि, कैसे उत्तेजना के अभाव में, मैंने अपना ध्यान आकर्षित करने के लिए विकर्षणों की तलाश की। चिमटी की सहायता से स्ट्रॉबेरी के सभी बीज निकालने, या विकीपीडिया में रोप से संबंधित आर्टिकल पढ़ने को मज़बूर होने के बाद, मैं करने के लिए कोई अन्य काम, कुछ भी दूसरा काम ढूंढ़ने को तैयार था : साफ़-सफ़ाई करना, कोई डिवाइस देखना - कुछ भी ऐसा जो मेरे दिमाग़ में उठने वाले विचारों से मेरा ध्यान भटका दे। यदि उस समय मैं खुद को बिजली का झटका दे पाता तो शायद यह भी कर लेता। हमारा मन उत्तेजना का इस क़दर आदी है कि इसकी तलाश ऐसे करता है जैसे कि यह दुनिया की सबसे अच्छी चीज़ हो। है कि नहीं।

यह केवल संयोग नहीं है कि इस पुस्तक की कई तरक़ीबों में आपके काम और जीवन को कम उत्तेजित बनाना शामिल है-जितने कम उत्तेजित आप होंगे, उतनी ही गहराई से आप सोच पाएंगे। हर बार हम उत्तेजना के लिए बोरियत से बचते हैं, हम योजना बनाने, दिमाग़ में उभरे आइडिया को

साकार करने या रिचार्ज होने में विफल होते हैं, ताकि हम बाद में अधिक ऊर्जावान होकर और उद्देश्यपूर्ण ढंग से काम कर सकें।

यह कहना भी ठीक नहीं है कि बोरियत पूरी तरह उपयोगी है। आदतन स्कैटरफ़ोकस के विपरीत, बोरियत हमें चिंतित, बेचैन और असहज बनाती है-यह अहसास मुझे अपने प्रयोग के दौरान हुए। मैं कभी भी ज़्यादा बोरियत की इच्छा नहीं करूंगा-लेकिन मन का भटकाव चाहूँगा। सौभाग्य से हमारा मन स्कैटरफ़ोकस और बोरियत के दौरान एक जैसी जगहों पर विचरता है, तो स्कैटरफ़ोकस वैसा ही सकारात्मक है-यह हमारे मन को भटकने देता है जब हम कम उत्तेजित होते हैं, लेकिन यह ऐसा उद्देश्य के साथ करता है।

एक डिस्क डीफ़्रेग्मेंटर नामक ऐप होता था जो विंडोज़ के सभी कंप्यूटर में पहले से इंस्टाल होता था, जब पीसी में धीमी, घूमने वाली हार्ड डिस्क हुआ करती थी। तो जब आपका कंप्यूटर धीमा चलता था, तो यह डीफ़्रेग्मेंटर नियम से फ़ाइलों के बिखरे हुए झुंड को व्यवस्थित कर देता था। इससे कंप्यूटर की स्पीड बढ़ जाती थी, क्योंकि हार्ड ड्राइव को किसी फ़ाइल के हिस्सों को खोजने के लिए पागलों की तरह घूमना नहीं पड़ता था।

चाहे आप जितने भी तकनीक के जानकार क्यों नहीं रहे हों, यह ऐप आपको काफ़ी संतुष्टि प्रदान करता था, और देखने में भी अच्छा लगता था, क्योंकि यह एक आयत में बिखरे हुए ब्लॉक्स की एक छवि दिखाता था, जिन्हें प्रोग्राम चलाने के दौरान व्यवस्थित किया जाता था।

हमारा मस्तिष्क भी इसी तरीक़े से काम करता है। जब हम कामों के बीच जगह बनाते हैं तो हम अपने विचारों को डीफ्रेग्मेंट करते हैं। यह हमें स्पष्ट रूप से सोचने में मदद करता है और हमें उन रिश्तों, अनुभवों, विचारों और समस्याओं को प्रोसेस करने के लिए अतिरिक्त ध्यान प्रदान करता है, जिनका हम पता नहीं लगा सकते। इन लम्हों में, बोरियत और स्कैटरफ़ोकस शक्तिशाली होते हैं, क्योंकि वे उपयोगी आत्म-परीक्षण को सक्षम करते हैं।

मुझे उम्मीद है कि आप सब सहमत होंगे, कि ये गतिविधियों का अंतर उतना ही मूल्यवान है जितनी ये गतिविधियां खुद हैं। अब समय है कि इन्हें वापस हासिल किया जाए।

अध्याय

7

अपने ध्यान को रिचार्ज करें

आराम करना आलस नहीं है, और गर्मी के दिनों में कभी-
कभी पेड़ के नीचे घास पर लेटना, झरने की कल-कल सुनना,
या आसमान में उड़ते बादलों को निहारना, किसी भी तरह से
समय की बर्बादी नहीं है।
—जॉन लुबॉक, द *यूज़ ऑफ़ लाइफ़* में

आपको कब रिचार्ज करना चाहिए

आपको बार-बार इरादा तय करने में सक्षम करने और आपकी रचनात्मकता निखारने के अलावा, स्कैटरफ़ोकस आपको रिचार्ज होने में भी मदद करता है।

हमारे ऊर्जा के स्तर इस बात को प्रभावित करते हैं कि हम फ़ोकस करने में कितने कुशल हैं। आपने इसका प्रभाव संभवतः तब महसूस किया होगा, जब पिछली बार आपने कुछ घंटों की नींद खो दी होगी या अपने काम से ब्रेक लेना चूक गए होंगे। संभावना है कि आपके ध्यान की गुणवत्ता के तीनों उपाय घट गए होंगे : आप लंबे समय तक फ़ोकस नहीं कर पाए होंगे, आपका ध्यान भटका होगा या दूसरे कामों और दिलचस्पियों में ज़्यादा में उलझा होगा, और ज़्यादातर समय आपने खुद को ऑटोपायलट मोड पर काम करते पाया होगा।

इस अध्याय का सबक़ बहुत सरल है : जितनी अधिक बार हम अपनी मानसिक ऊर्जा की पूर्ति के लिए स्कैटरफ़ोकस करते हैं, उतनी अधिक ऊर्जा

हमारे पास महत्त्वपूर्ण कार्यों के लिए होती है। चूंकि हमारी मानसिक ऊर्जा दिन भर में लगातार घटती जाती है, तो हमारी फ़ोकस करने की क्षमता भी कम हो जाती है। इसलिए रिचार्ज करना महत्त्वपूर्ण है और इसमें समय देना भी फ़ायदेमंद होता है।

शोध बताते हैं कि ध्यानाकर्षण स्थान हमारी मानसिक ऊर्जा के अनुपात में फैलता और सिकुड़ता है। उदाहरण के लिए, पर्याप्त नींद लेने से, ध्यानाकर्षण स्थान में 58 फ़ीसदी तक की बढ़ोतरी की जा सकती है, और काम के बीच ब्रेक लेते रहने से भी यही फ़ायदा मिलता है। इससे उत्पादकता पर बहुत असर पड़ता है : जब ध्यानाकर्षण स्थान लगभग 60 फ़ीसदी बड़ा होता है, तो उत्पादकता भी इतनी ही बढ़ जाती है, ख़ासतौर पर जब हम किसी बहुत अपेक्षा रखने वाला काम कर रहे हों। जितना बेहतर आराम हमने किया होगा, उतने अधिक उत्पादक हम बनते हैं।

हायपरफ़ोकस काफ़ी थकाने वाला हो सकता है–इसमें हमें अपने व्यवहार को नियंत्रित करने की आवश्यकता होती है, जिसकी वज़ह से लगातार एक सीमित मात्रा में ऊर्जा का क्षय होता रहता है। आख़िरकार हमारी ऊर्जा ख़त्म हो जाती है, और हाथ में लिए हुए काम पर फ़ोकस करना कठिन हो जाता है। हमारा ध्यानाकर्षण स्थान सिकुड़ जाता है और हमें रिचार्ज होने की ज़रूरत महसूस होती है।

समय के साथ हमारा ध्यानाकर्षण स्थान

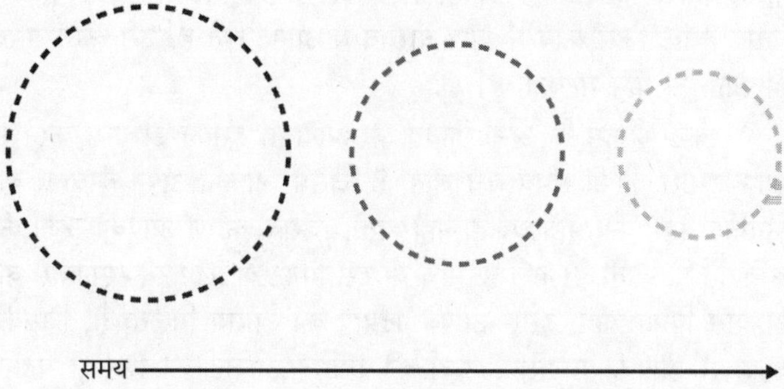

ऐसे कई संकेत हैं जो बताते हैं कि आपकी ऊर्जा घट रही है और आपको जानबूझकर स्कैटरफ़ोकस में प्रवेश करके अपने ध्यान को रिचार्ज करने की आवश्यकता है :

- बार–बार काम में बदलाव करना और एक चीज़ पर फ़ोकस करने में असमर्थ होना
- अपने इरादे पर पकड़ कमज़ोर होना और अधिक प्रतिक्रियात्मक तरीक़े से काम करना
- काम को उल्लेखनीय रूप से धीमी दर से पूरा करना (उदा. किसी महत्त्वपूर्ण ईमेल को समझने के लिए बार–बार पढ़ना)
- कम महत्त्वपूर्ण, कम दिमाग़ लगाने वाले काम में पड़ना–जैसे कि ईमेल, सोशल मीडिया चेक करना, इत्यादि
- बेध्यानी में स्कैटरफ़ोकस मोड में चले जाना

अधिक रिफ़्रेशिंग ब्रेक लेना

बहुत से लोग ऐसा काम करने में अत्याधिक समय बर्बाद करते हैं, जो उन्हें ख़ुश नहीं करता। मनपसंद काम करने से थकावट कम होती है, बनिस्बत उसके जिसकी आप परवाह नहीं करते–नापसंद कामों में फ़ोकस करने के लिए ज़्यादा ज़ोर लगाना पड़ता है। जितनी ज़्यादा आप काम की परवाह करेंगे, उतना ही आपको अपने ध्यान का फ़ायदा मिलेगा। शोध यह भी बताते हैं कि जिस काम में आप वास्तव में आनंद लेते हैं, उसे करते समय आपका मन कम भटकता है।

स्कैटरफ़ोकस के अन्य फ़ायदों के अलावा, इसका अभ्यास करने से आपके पास काफ़ी समय बच जाता है जिसमें आपको अपने व्यवहार को नियंत्रित करने की आवश्यकता नहीं होती, जिसके कारण आपकी ऊर्जा की क्षतिपूर्ति हो जाती है। भले ही पांच या दस मिनट के लिए स्कैटरफ़ोकस का अभ्यास किया जाए, इससे आपके दिमाग़ को आराम मिलता है, जिसकी वज़ह से आपकी मानसिक ऊर्जा की सीमित आपूर्ति को फिर से बहाल करने में मदद मिलती है।

शोध से पता चलता है कि काम के दौरान लिए जाने वाले किसी रिफ्रेशिंग ब्रेक की तीन विशेषताएं होती हैं। इसे होना चाहिए-

- कम मेहनत वाला और आदतन;
- कुछ ऐसा जिसे आप वास्तव में करना चाहते हैं; और
- कुछ ऐसा जो वास्तव में रोज़मर्रा के काम से हटकर है (जब तक कि आप रोज़मर्रा के काम करने में भी आनंद नहीं उठाते)।

संक्षेप में, आपके ब्रेक में कुछ ऐसा शामिल होना चाहिए जिसमें कम मेहनत और आनंद अधिक हो।

काम के दौरान मज़ेदार आरामदायक ब्रेक वही फ़ायदे प्रदान करते हैं जो आदतन स्कैटरफ़ोकस मोड में मिलते हैं : चूंकि आप अधिक आइडिया और विचारों के लिए ध्यानाकर्षण स्थान बनाते हैं तो आपका मन भविष्य में भटकेगा। आनंददायक ब्रेक आपको काम पर वापस लौटने के लिए ऊर्जावान बनाते हैं।

आमतौर पर काम के दौरान लिए जाने वाले ब्रेक उतने रिफ्रेशिंग नहीं होते, जितने उन्हें होना चाहिए, चूंकि हम ब्रेक लेते ही सोशल मीडिया और न्यूज़ चेक करने में व्यस्त हो जाते हैं और वास्तव में एक क़दम पीछे लेकर अपने मन को आराम देने के बजाय खुद को दूसरे कामों में उलझा लेते हैं। ये "ब्रेक" प्रभावी रूप से हमारे काम से संबंध नहीं रखने वाली गतिविधियों के लिए एक छद्म नाम होते हैं-और चूंकि इनमें हमारे ध्यान की आवश्यकता होती है, हमारे पास वास्तव में रिचार्ज होने का मौक़ा नहीं होता। काम पर वापस लौटने पर हम स्पष्ट रूप से और इरादतन सोचने के बजाय, हम अपनी ऊर्जा का उपयोग केवल ऑटोपायलट मोड पर काम करने, नई ईमेल चेक करने और अनावश्यक भटकाव वाले काम करने के लिए ही कर सकते हैं।

ब्रेक के दौरान की जा सकने वाली ऐसी अनगिनत रिफ्रेशिंग और मज़ेदार गतिविधियां हैं, जो आपको आदतन स्कैटरफ़ोकस के असीम फ़ायदे तो देंगी ही साथ ही साथ ब्रेक के ख़त्म होने पर हायपरफ़ोकस मोड में जाने की आपकी क्षमता को भी बरकरार रखेंगी।

अपनी कोई पसंदीदा गतिविधि चुनें, जिसे आप दिन में एकाध बार कर सकें। अगले दिन की जाने वाली गतिविधि का इरादा तय करके

रखें। इसमें दफ़्तर के आसपास टहलना, किसी पास की जिम में वर्जिश करना, या ऐसे सहकर्मियों के साथ समय बिताना शामिल हो सकता है जो आपको ऊर्जावान रखते हैं। ये गतिविधियां अपने मन को एक वास्तविक ब्रेक प्रदान करने का शानदार तरीक़ा हैं। ये आपको इस समय (ब्रेक) के दौरान बेमतलब के कामों में उलझने से बचाती हैं। मैं खुद अपने ब्रेक के दौरान एकाध घंटे का समय अपने मन को रिचार्ज करने के लिए निकालता हूँ। मैं अपना फ़ोन लिए बगैर कॉफ़ी शॉप तक जाता हूँ, जिम में वर्जिश करता हूँ, एकाध दोस्तों के साथ गपशप करता हूँ, या पॉडकास्ट सुनता हूँ।

ये कुछ और ब्रेक गतिविधियां हैं जो मेरे लिए कारगर साबित हुई हैं, साथ ही उन लोगों के लिए भी जिन्हें मैंने प्रशिक्षण दिया है :

- एक नैचुरल वॉक पर जाना*
- बाहर दौड़ लगाना या दफ़्तर के जिम में (यदि आपके दफ़्तर में है) या बाहर के जिम में जाना
- मेडिटेशन करना (ख़ासतौर पर यदि आपके दफ़्तर में रिलेक्सेशन रूम है)
- कुछ ऐसा पढ़ना जो मज़ेदार है और आपके काम से संबंधित नहीं है
- संगीत, पॉडकास्ट, या कोई ऑडियोबुक सुनना
- सहकर्मियों और दोस्तों के साथ समय बिताना
- चित्रकारी, काष्ठकला, या फ़ोटोग्राफ़ी जैसे रचनात्मक शौक में समय बिताना

---

* यदि मैं फ़ोकस को बढ़ावा देने वाले हर विषय को कवर करूं तो यह पुस्तक हज़ार पन्नों से भी ज़्यादा लंबी हो जाएगी, लेकिन प्रकृति के साथ समय बिताना आपको आराम महसूस करने और खुद को रिचार्ज करने में बहुत कारगर है। यह गतिविधि आपको रचनात्मक समस्या समाधान वाले कामों में 50 फ़ीसदी तक बेहतर बनाती है, आपके शरीर में तनाव पैदा करने वाले हॉरमोन 16 फ़ीसदी तक कम करती है, आपको शांत रखती है और आपका मूड बेहतर करती है। एक अध्ययन में यह भी पाया गया है कि ''जो लोग अधिक पेड़ों और हरियाली वाले इलाक़े में रहते हैं, उनके दिल और मेटाबॉलिक स्वास्थ्य में उतनी ही बेहतरी देखने को मिली जितनी की किसी व्यक्ति को आमदनी में 20,000 डॉलर बढ़ने से मिल सकती है।'' हम प्रकृति के बीच पनपने के लिए विकसित हुए हैं –कन्क्रीट के जंगलों में नहीं।

जब आप अपनी मनपसंद ब्रेक गतिविधि चुनते हैं, तो भी आप आराम करने और रिचार्ज होने वाले आदतन स्कैटरफ़ोकस के फ़ायदों का अनुभव कर सकते हैं।

समय

तो आपको कब और कितनी बार अपने काम से हटना चाहिए?

चूंकि कोई भी दो व्यक्ति एक जैसे नहीं होते, तो ब्रेक की आवृत्ति और लंबाई अनगिनत कारकों पर निर्भर करती है। ठीक वैसे ही जैसे कि आपको व्यक्तिगत विकर्षण-मुक्त मोड तैयार करने के लिए विभिन्न विकल्पों को आज़माना होता है, इस बात को सीखने के लिए भी प्रयोग करें कि आपको आख़िर सबसे ज़्यादा ऊर्जा किसमें मिलती है। उदाहरण के लिए, आपको कई बार ब्रेक लेने की आवश्यकता हो सकती है यदि आप अंतर्मुखी व्यक्ति हैं जिसके काम में बहुत सारे लोगों के साथ सामाजिक व्यवहार और बातचीत शामिल होता है। यदि आप एक अंतर्मुखी व्यक्ति हैं जो एक खुले दफ़्तर में काम करता है, तो आपको दिन भर में काम से हटने की ज़्यादा आवश्यकता हो सकती है।

लगातार रिचार्जिंग तब भी आवश्यक हो सकती है यदि आप पाते हैं कि आप किसी ख़ास प्रोजेक्ट के द्वारा या सामान्य रूप से अपने काम में उत्साह हासिल नहीं कर पा रहे हैं। जितनी ज़्यादा आपको अपने व्यवहार को नियंत्रित करने की आवश्यकता होती है -विकर्षणों और आकर्षणों का प्रतिरोध करने के लिए या फिर खुद को कोई काम करने के लिए धकेलने के लिए- उतनी ही ज़्यादा आपको खुद को रिचार्ज करने की आवश्यकता भी होती है। (यही वज़ह है कि समय सीमाएं इतनी उपयोगी हो सकती हैं : वे आपको किसी काम पर फ़ोकस करने के लिए मज़बूर करती हैं)। जब आप कोई ऐसा काम करते हैं जो आंतरिक रूप से प्रेरणादायक या उत्साहवर्धक है तो फ़ोकस करने के लिए प्रयास करने की आवश्यकता नहीं पड़ती-यदि आप अपने काम से ख़ुश नहीं हैं तो दुनिया की कोई भी उत्पादकता संबंधी सलाह आपकी मदद नहीं कर सकती।*

---

* एक दिलचस्प अवलोकन : जितना कम कोई व्यक्ति धन से प्रेरित होता है, उतना ही अधिक धन वह कमाता है। धन, शोहरत और ताक़त बाह्य लक्ष्य हैं-वे आपके लिए बाहरी हैं और आंतरिक लक्ष्यों, जैसे कि तरक्की, समुदाय और दूसरों की मदद करना, से बहुत कम प्रेरक हैं।

ब्रेक के महत्त्व पर की गई रिसर्च में दो सरल नियमों पर तवज्जो दी गई है :

1. *कम से कम* हर नब्बे मिनट बाद ब्रेक लें
2. हर घंटे के काम के लिए लगभग पंद्रह मिनट का ब्रेक लें

आठ घंटे के कार्य दिवस के लिए यह बहुत ज़्यादा समय लग सकता है, लेकिन यह लगभग एक घंटे का लंच-ब्रेक लेने और सुबह और दोपहर में पंद्रह मिनट का ब्रेक लेने के बराबर ही है। अधिकांश परिस्थितियों में ये दो नियम व्यवहारिक हैं और अपने काम के निर्धारित शेड्यूल को प्रभावित किए बिना इन्हें किया जा सकता है।

नब्बे मिनट की जादुई संख्या क्यों? हमारी मानसिक ऊर्जा नब्बे मिनट की तरंगों में उतार-चढ़ाव करती है। हम हल्की, गहरी और आरईएम (आंखों की तेज़ गतिविधि) नींद के नब्बे मिनट के चक्र में नींद लेते हैं। हमारे जागने के बाद हमारी ऊर्जा उसी समान लय का अनुसरण करती है : हम नब्बे मिनट के लिए आराम महसूस करते हैं और फिर थोड़ी देर के लिए थकान-लगभग बीस से तीस मिनट। हर नब्बे मिनट के बाद एक छोटा ब्रेक लेने से ऊर्जा चक्रों के इन स्वाभाविक उतार-चढ़ाव का फ़ायदा उठाया जा सकता है। जब आपको लगे कि आपका फ़ोकस घट रहा है या कोई बड़ा काम पूरा करने के बाद ब्रेक लें- ऐसा करने का अर्थ होगा कि जब आप अपने मन को भटकने देंगे तो आप ध्यानाकर्षण के कम अवशेषों का अनुभव करेंगे।

> यदि आप प्रबंधक की भूमिका में हैं, तो ऐसे लोगों को काम पर रखना सबसे अच्छा निर्णय है जो आपकी कंपनी के मूल्यों की परवाह करते हैं। प्रबंधक अक्सर तथ्यों के आधार पर अपनी टीम को अधिक उत्पादक बनाने की कोशिश करते हैं। एकाधबार वे अत्यधिक कुशल लोगों को काम पर रखते हैं जो केवल तनख़्वाह पाने के लिए काम करते हैं।

रणनीतिक रूप से ब्रेक लेकर हम अधिकतम उत्पादकता के लिए अधिक मानसिक ऊर्जा की अवधि का उपयोग करने में सक्षम होते हैं- और जब ऊर्जा स्वाभाविक रूप से कम होगी तो उसे फिर से भर पाएंगे। शोध बताते हैं कि इन कम ऊर्जा वाली अवधियों में हम अधिक रचनात्मक होते हैं, चूंकि इस दौरान हमारा दिमाग़ कम बाधित होता है, जिसके कारण अधिक आइडिया निकलकर आते हैं। इससे कम-ऊर्जा वाले पल स्कैटरफ़ोकस के लिए सबसे सही बन जाते हैं। सुबह के समय अपनी ऊर्जा में आने वाले उतार-चढ़ाव पर ध्यान देना शुरू करें, और जब आपको लगने लगे कि आपकी ऊर्जा घट रही है तो एक क़दम पीछे हटने का ठोस प्रयास करें। दोपहर के समय ऊर्जा का स्तर थोड़ा अधिक स्थिर होता है और कम घटता है-लेकिन एक समान लय में बने रहना ज़्यादा फ़ायदेमंद होता है।

और हमें हर एक घंटे के काम के बाद पंद्रह मिनट का ब्रेक क्यों लेना चाहिए? इस विषय पर बहुत ज़्यादा भरोसेमंद शोध नहीं हैं, लेकिन एक कंपनी ने इस पर कुछ काम करने की कोशिश की है। डेस्कटाइम नामक एक टाइम-ट्रैकिंग ऐप है - जो स्वचालित रूप से आपके द्वारा खोले गए कंप्यूटर प्रोग्राम को ट्रैक करता है ताकि दिन के अंत में आप देख सकें कि आप कितने उत्पादक रहे- 10 सबसे उत्पादक लोगों के ब्रेक के डेटा का आकलन करने पर पता चला कि इन उपयोगकर्ताओं ने, प्रत्येक बावन मिनट के काम के बाद लगभग सत्रह मिनट का ब्रेक लिया था।

अपने काम की आदतों के अनुसार अपने ब्रेक को निर्धारित करने की आदत डालना फ़ायदेमंद होता है। यदि आप सुबह की दूसरी चाय या कॉफ़ी लेते हैं, तो उसे नब्बे मिनट के काम के बाद लें और अपने दिमाग़ को उस समय थोड़ा विश्राम दें। अपने कंप्यूटर के सामने बैठे हुए जल्दबाज़ी में लंच करने के बजाय एक वास्तविक लंचब्रेक लें-जिसमें वास्तविक रूप से आपको बाक़ी दोपहर के लिए रिचार्ज होने में मदद मिले।

अपने फ़ोन को ऑफ़िस में छोड़ दें और लंच टाइम में या कोई अच्छी पुस्तक पढ़ने के दौरान स्कैटरफ़ोकस मोड में जाएं, कोई भी आइडिया या विचार जो आपके दिमाग़ में उपज रहा था, उसे कैप्चर करना सुनिश्चित करें। दोपहर में, कॉफ़ी ब्रेक लें या अपनी कंपनी के आराम करने की जगह, मेडिटेशन रूम या जिम का इस्तेमाल करें।

ब्रेक लेने का सबसे अच्छा समय उसकी आवश्यकता पड़ने से पहले का है। ठीक वैसे ही जब आप पूरी तरह डिहाइड्रेट होने पर प्यास महसूस करते हैं, आपका फ़ोकस और उत्पादकता के लड़खड़ाने की अधिक संभावना होती है जब आप थकान महसूस करते हैं।

नींद

अगर आराम की बात करें और नींद की बात नहीं करें तो ठीक नहीं होगा।

मेरा व्यक्तिगत रूप से (बनाया गया, छद्म वैज्ञानिक) नियम है कि जब नींद आए तब सो जाना चाहिए : हर घंटे की नींद जो आप मिस करते हैं उसमें अगले दिन दो घंटे की प्रोडक्टिविटी का नुक़सान होता है। हालांकि इस नियम के पीछे कोई वैज्ञानिक आधार नहीं है-जैसा कि ब्रेक के साथ होता है, हम सभी की संरचना अलग-अलग होती है-लेकिन हम जितना भी सोते हैं वह हमारे लिए बहुत मायने रखता है, ख़ासतौर पर ज्ञान से संबंधित कामों के लिए। जब हम लंबे समय तक काम करने के लिए नींद से समझौता करते हैं तो हम पाने के बजाय बहुत कुछ खो देते हैं।

नींद की कमी की वज़ह से हमारा ध्यानाकर्षण स्थान 60 फ़ीसदी तक सिकुड़ सकता है-जब हम थके होते हैं तो जटिल कामों को करने में दोगुना समय लगता है। साथ ही हम अपने प्रति कम जागरूक होते हैं और अपने ध्यानाकर्षण की खोजबीन कम करते हैं। किसी स्प्रेडशीट में डेटा कॉपी करने जैसे आसान कामों के लिए कम ध्यानाकर्षण स्थान के साथ काम करना अच्छा है, लेकिन जब हम किसी जटिल काम में फ़ोकस करते हैं तो हमारी उत्पादकता घट जाती है। अधिकांश मामलों में, कम घंटे काम करना और अच्छी नींद लेना बेहतर होता है, बजाय इसके कि थके होने के बावजूद दिनभर काम किया जाए। कुछ लोगों का दावा है कि वे कम नींद लेकर भी दूसरों की तुलना में ज़्यादा काम कर सकते हैं, लेकिन इस बात की संभावना अधिक है कि उनका काम या तो अधिक जटिल नहीं होगा या फिर आराम करने के बाद वे और ज़्यादा काम कर सकते हैं। इससे भी बुरा, नींद की कमी हमें यह अहसास कराती है कि हमारी उत्पादकता उससे कहीं अधिक है जितनी वह वास्तविकता में होती है।

भले ही हम अपने जीवन का एक तिहाई हिस्सा मूल रूप से नीम बेहोशी की अवस्था में बिताते हैं, हमें इस बात की बहुत कम समझ है कि वास्तव में नींद के दौरान क्या होता है। यह बात कई वज़हों से सच है : हमारा दिमाग़ असामान्य रूप से जटिल है, दिमाग़ की स्कैनिंग करने वाले उपकरण काफ़ी महंगे हैं, और स्कैनर की आवाज़ प्रतिभागियों की बाद की (और हल्की) नींद के स्तर को बाधित करती है। सोने के दौरान दिमाग़ में क्या होता है इस बारे में किए गए कुछ अध्ययनों द्वारा मिली जानकारियां हालांकि काफ़ी शानदार हैं–ख़ासतौर पर वे जो नींद और स्कैटरफ़ोकस के बीच समानताओं का परीक्षण करती हैं।

यदि आपको किन्हीं ऐसे व्यक्तियों को दिमाग़ की स्कैनिंग मशीन में रखना हो जो सपने देख रहा है और दूसरा जो दिन में सपने देख रहा है, तो आप कुछ अनोखी बात नोटिस करेंगे : दो दिमाग़ी स्कैन बहुत हद तक समान होंगे। सोने के दौरान सपने देखना और स्कैटरफ़ोकस मोड में दिवास्वप्न देखना, दिमाग़ के एक ही हिस्से को सक्रिय करते हैं, हालांकि जब हम सोते हैं तब यह ज़्यादा सक्रिय होते हैं। न्यूरोलॉजिकल स्तर पर, सपने देखना स्टेरॉयड्स पर स्कैटरफ़ोकस है।

जब हम दो मोड पर विचार करते हैं तो यह सार्थक मालूम होता है। हम नींद और स्कैटरफ़ोकस दोनों के बाद ही रिचार्ज महसूस करते हैं। हमारा मन उन्हीं समान स्थानों पर भटकता है, चाहे हम नींद में सपने देखें या दिवास्वप्न–इसमें अतीत के पछतावे, कल्पनाएं, और भविष्य को लेकर घबराहट शामिल होते हैं, साथ ही दूसरे लोगों के साथ हमारे रिश्ते (हालांकि हमारा मन सपनों के दौरान कुछ ज़्यादा ही छलांग लगाता है)। हमारे दिमाग़ को अपने विचारों को अलग-अलग खंड में विभाजित करने का मौक़ा मिलता है, नींद और दिमाग़ भटकने दोनों के दौरान, साथ ही साथ वह उस जानकारी को समेकित भी करता है जिसे वह सीख रहा है और जिसकी प्रोसेसिंग कर रहा है। दिमाग़ रैंडम तरीक़े से हर मोड में जाता है, जिसकी वज़ह से काफ़ी नए आइडिया निकल कर आते हैं (साथ ही साथ कुछ बेकार चीज़ें भी)। इस बात में कोई आश्चर्य नहीं है कि लोगों को नींद के दौरान अनगिनत महान आइडिया आते हैं–जिसमें पॉल मैकार्टनी की "यस्टरडे" के लिए मेलोडी, दिमित्री मेंदलीव का तत्वों की आवर्त सारणी का आइडिया और जैक निकलाऊ का नया बेहतर गोल्फ़ स्विंग।

उत्पादकता में कमी आने के अलावा भी नींद की कमी के कई नुक़सान हैं। शोध बताते हैं कि कम नींद लेने से ये भी नुक़सान हो सकते हैं–

- काम पर अधिक दबाव महसूस करना;
- थोड़े समय के लिए फ़ोकस करना (चालीस सेकेंड *से भी कम*);
- अक्सर सोशल मीडिया साइट पर जाना;
- अधिक नकारात्मक मूड का अनुभव करना;
- सक्रिय रूप से कम अपेक्षाओं वाले काम ढूंढ़ना (जो आपके सिकुड़े हुए ध्यानाकर्षण स्थान में फ़िट नहीं होते उन्हें हटा देना); और
- दिन भर ज़्यादातर समय ऑनलाइन बिताना।

यह ख़ासतौर पर उन लोगों के बारे में सच है जो उन्नीस से लेकर उन्तीस साल के हैं, एक ऐसी आबादी जो अन्य लोगों की तुलना में औसत रूप से मध्यरात्रि के बाद बिस्तर में जाना ज़्यादा पसंद करती है। चूंकि हम सभी के लिए लगभग आठ घंटे की नींद ज़रूरी है, मध्यरात्रि के बाद बिस्तर पर जाना, अगले दिन उत्पादक बने रहने में बाधक होता है, जब तक कि हमारे पास सुबह देर से उठने की स्वतंत्रता नहीं है।

अधिक नींद लेने, और अपनी नींद की गुणवत्ता को बढ़ाने का सबसे अच्छा तरीक़ा है, कि रात के समय का एक ठोस क़ायदा बनाएं। क्योंकि दिन ख़त्म होने तक हमारी ऊर्जा का स्तर समाप्त हो जाता है, फिर हम अधिकांश समय ऑटोपायलट मोड में बिताने लगते हैं। एक तयशुदा दिनचर्या बनाएं जोकि आपको बिस्तर पर जाने से पहले आरामदायक मुद्रा में आने में सक्षम बनाए। कुछ पढ़ने, ध्यान करने, एक कप हर्बल टी पीने या फिर अपने बेडरूम से टीवी हटा देने जैसी आदतों को अमल में लाएं। यह ध्यान खींचने की एक सुविधाजनक वस्तु है जो नींद से ज़्यादा लुभावना साबित होता है। सही समय पर बिस्तर पर जाना पर्याप्त नींद लेने का सबसे अच्छा तरीक़ा है। चूंकि हम सभी को निश्चित समय पर उठना होता है, तो रात के लिए नियम तय करना फ़ायदेमंद होता है।

आराम करना आलस नहीं है

जब आपके पास उपलब्ध समय से ज़्यादा काम करने के लिए होता है, तो कदम पीछे खींचकर आराम करना सही नहीं लगता–आपको अपराधबोध भी महसूस हो सकता है। आमतौर पर यह सिर्फ़ आत्म–संदेह होता है जो आपके दिमाग़ में होता है : जब आप ब्रेक लेने के नफ़ा–नुक़सान सोचने लगते हैं, तो आप उन दूसरी चीज़ों के बारे में सोचना शुरू करते हैं जो आपको ब्रेक लेने के बजाय *करनी चाहिए।* ब्रेक लेना वास्तविक काम करने की तुलना में कम उत्पादक *लगता* है, तो आप इस बारे में सोचने को भी ग़लत मानने लगते हैं।

व्यवहारिक रूप से यह तर्क सही नहीं है। वास्तव में, ब्रेक लेना काम के सबसे हिस्सों में से एक है। जैसी हमने चर्चा की है, आपके दिमाग़ के पास ऊर्जा का एक सीमित स्तर होता है, और जब वह जमाख़र्च ख़त्म हो जाता है, तो आपका फ़ोकस और उत्पादकता भी ख़त्म हो जाती है। ब्रेक लेने से ना केवल आप रिचार्ज हो जाते हैं–बल्कि ब्रेक आपको ग़लतियां करने से भी बचाते हैं।

जब भी हम आराम करते हैं, हम अपने समय और ऊर्जा की अदला–बदली करते हैं। चाहे हम कोई ब्रेक लेकर आराम करें या फिर रात में अच्छी नींद लें, दोनों ही मामलों में यह बात सच है। समय का यह निवेश हवा में नहीं उड़ जाता, और वास्तव में, आपको तो ब्रेक *नहीं* लेने के लिए अपराधबोध महसूस करना चाहिए।

मैंने इस पुस्तक में कई बार आपको अपने काम और जीवन में पीछे पलटकर देखने के लिए कहा है, जैसे कि यह सलाह देना कि जब अब सबसे अधिक फ़ोकस्ड और रचनात्मक महसूस करते हैं, उसके बारे में सोचना। इसकी एक वज़ह है : आप आत्मनिरीक्षण के माध्यम से भी बहुत कुछ सीख सकते हैं। यदि आप अधिक उत्पादक, रचनात्मक बनना चाहते हैं, या अपने काम के साथ अधिक संलग्न होना चाहते हैं, तो सच्चाई यह है कि आपके पास पहले ही ढेर सारा डेटा है। आपको बस इस बात का चिंतन करना है कि आप किस समय सबसे अधिक उत्पादक, रचनात्मक या ख़ुश थे और उन स्थितियों पर विचार करें जो आपको उस तरफ़ ले जाती है।

यहां पर एक इसी तरह की एक्सरसाइज़ करना फ़ायदेमंद है। याद करें कि आख़िरी बार आपने अपने काम को सबसे ज़्यादा ऊर्जा के साथ कब किया था। हो सकता है कि ऐसा समय रहा हो जब आपको लंच के दौरान एक्सरसाइज़ करने की आदत रही हो या सामान्य रूप से ज़्यादा ब्रेक लिया हो। उन दिनों में कितना काम पूरा करने में सक्षम थे?

अधिक ब्रेक लेना निश्चित रूप से आपको अधिक स्मार्ट तरीक़े से काम करने और ज़्यादा काम करने में सक्षम बनाता है–जितना ज़्यादा आप व्यस्त होंगे, उतना ही अधिक आपको उनकी आवश्यकता होगी। इस तरह के समय के दौरान, थकान महसूस होने की संभावना अधिक होती है, और आपको स्कैटरफ़ोकस द्वारा प्रदान किए गए नज़रिए से फ़ायदा होगा।

यह अध्याय पुस्तक के सबसे छोटे अध्यायों में से एक है, क्योंकि मुख्य विचार एकदम सरल है : स्कैटरफ़ोकस मोड हमें हायपरफ़ोकस करने की अपनी क्षमता को रिचार्ज करने में मदद करता है, इसके अलावा हमें भविष्य के लिए योजना बनाने और अधिक रचनात्मक बनने में सक्षम करता है।

अध्याय

8

बिंदुओं को जोड़ना

ऐसा नहीं है कि मैं बहुत बुद्धिमान हूँ; बस इतना है कि मैं
समस्याओं के साथ देर तक ठहरता हूँ।
— अल्बर्ट आइंस्टीन

अधिक रचनात्मक होना

जब आप भविष्य के लिए मानसिक ऊर्जा का उपयोग करते हैं तो साथ में स्कैटरफ़ोकस आपको अधिक रचनात्मक बनने में मददग़ार होता है। आप स्कैटरफ़ोकस मोड का उपयोग अधिक रचनात्मक बनने में दो तरीक़े से कर सकते हैं : पहला- अधिक बिंदुओं को जोड़ना; और दूसरा अधिक मूल्यवान बिंदुओं का संग्रह-यह विषय अगले अध्याय में शामिल किया जाएगा।

हायपरफ़ोकस किसी एक चीज़ पर फ़ोकस करना है। ये आपके मन को उत्पादक बनने देता है, सूचनाओं के संकलन और अनुभवों को एनकोड करने देता है ताकि आप उन्हें बाद में याद रख सकें और अपने आसपास की दुनिया से जुड़ सकें। स्कैटरफ़ोकस मोड में आप इसका उल्टा करते हैं : आप जूम आउट करते हैं और अपने मस्तिष्क में "बिंदुओं" के नक्षत्रों को जोड़ते हैं। (एक "बिंदु" का अभिप्राय है- सूचना का कोई भी भाग जो आपने अपने मस्तिष्क में रखा हुआ है)।

तंत्रिका विज्ञान के स्तर पर हमारा दिमाग़ बिंदुओं से भरे हुए तंत्र का एक समूह (नक्षत्र) है-और हम लगातार इसमें और अधिक और हर नया अनुभव जोड़ते जा रहे हैं। जब हम किसी प्रियजन के साथ स्मृतियां संजो

रहे होते हैं, इतिहास का अध्ययन कर रहे होते हैं या किसी व्यक्ति की जीवनी पढ़ रहे होते हैं तो हम बिंदुओं को एकत्रित कर रहे होते हैं-इससे हमें विचारों की श्रंखला को समझने में मदद मिलती है जिससे वह दुनिया बनी जिसमें हम रहते हैं।

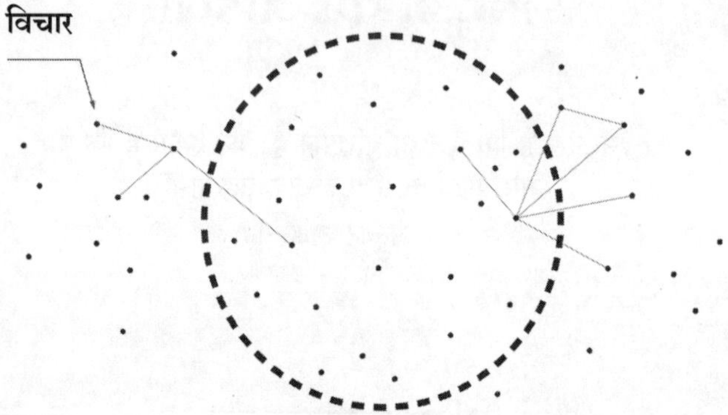

स्कैटरफ़ोकस

हम हर ग़लती के साथ बिंदुओं को सहेजते जाते हैं (और जिनसे सीखते हैं) और हर बार हमें स्वीकार करना पड़ता है कि हम ग़लत हैं- इससे हम पुराने बिंदुओं की जगह हमारे दिमाग़ में नए बिंदु ले लेते हैं। हम हर बौद्धिक बातचीत में नए बिंदु पैदा करते हैं। जो हमें ज्ञानवान लोगों या जो दुनिया को अलग नज़रिए से देखते हैं उनके मस्तिष्क में रहने वाले बिंदुओं के समूह को समझने में मदद करता है। हर बिंदु हमारी स्मृति में एनकोड 'बेतरतीब' (रैंडम)* ऐसा शब्द है जो सबसे अच्छे तरीक़े से व्याख्या करता है कि आपका दिमाग़ कैसे देखता है, जब आप स्कैटरफ़ोकस मोड में प्रवेश करते हैं। स्कैटरफ़ोकस आपके पूरे दिमाग़ को प्रकाशित करता है। उन

* हैरानी की बात है कि डिफ़ाल्ट नेटवर्क जो स्कैटरफ़ोकस में सहायता करता है वो भी गंभीरता से खोजा गया था। सबसे पहले नेटवर्क को नज़रअंदाज़ किया गया। फिर इसे प्रयोग में गड़बड़ी मानकर ख़ारिज कर दिया गया- कि ब्रेनस्कैनिंग मशीन में सिर्फ़ बैकग्राउंड का शोर है। अंतत: वैज्ञानिकों ने इसकी गड़बड़ी को खोज निकाला और अब ये तंत्रिका विज्ञान के प्रमुख अध्याय में शामिल है।

सूचनाओं से जो हमारी स्मृति में सुरक्षित हैं। कई कारणों में से एक ये है कि स्कैटरफ़ोकस आंतरिक रचनात्मकता का नेतृत्व करता है। हम स्वाभाविक तौर पर बिखरे हुए बिंदुओं को जोड़कर उन्हें इकट्ठा करते हैं। जैसे हम अपने मन में रूपक का जाल बुनते हैं, नए संपर्कों की खोज करते हैं, वैसे ही हम तब भी विचारों को इकट्ठा करते हैं, जब हम आराम करते हुए भविष्य की योजना बनाते हैं।

हम हमेशा उन विचारों के प्रति जागरूक नहीं होते जो हमारे चिंतन में हमेशा घूमते हैं। ठीक एक हिमखंड की तरह जिसका ज़्यादातर हिस्सा पानी के नीचे होता है–इस प्रक्रिया का अधिकांश हिस्सा हमारी चेतना की गहराई में होता है। हालांकि हम एक समय में काफ़ी कम सूचनाओं के प्रति ध्यान केंद्रित कर सकते हैं। सिर्फ़ कुछ सूचनाएं हमारे मस्तिष्क के ध्यान क्षेत्र में प्रवेश कर सकती हैं। बहरहाल ये बेतरतीब सूचनाएं जब काफ़ी सक्रिय होती हैं तो हमारा ध्यान खींचती हैं। ये कुछ ऐसा है कि हमें किसी समय अहसास हुआ कि चेरिल की बजाय जिम को चुनना चाहिए। बाद में हमें कमाल की अंर्तदृष्टि के लिए अपने इरादों का आकलन और निर्धारण करना चाहिए।

आंतरिक परेशानी

जो हम ख़त्म कर चुके हैं उसकी तुलना में अधूरे काम और योजनाओं का बोझ हमारे दिमाग़ पर काफ़ी ज़्यादा होता है। एकाग्रता तब आती है, जब हम दिमाग़ के विचलित करने वाले खुले रास्ते को बंद करते हैं। हमें ये सुविधा दी गई है कि हम याद रख सकें कि हम जहां पर खड़े हैं, वहां तक कितना काम पूरा हो चुका है। मनोविज्ञान में इस घटना को ज़ेगार्निक प्रभाव के रूप में रेखांकित किया गया है। ब्लूमा ज़ेगार्निक इस विषय पर काम करने वाले पहले व्यक्ति हैं। ज़ेगार्निक प्रभाव तब खीझ पैदा कर सकता है, जब हम एकाग्रता का प्रयास कर रहे हों। लेकिन इसके विपरीत ये भी सच है कि जब हम अपने ध्यान को बिखेरते हैं तब भी ऐसा हो सकता है। वास्तव में ये उन समस्याओं के अंदर झांकने की कमाल की क्षमता देता है जिन्हें हम बढ़ाते रहते हैं।

संयोग से आपने भी कुछ अद्भुत क्षणों को अनुभव किया होगा। हो सकता है वे तब मन में आते हों, जब आप नाश्ता तैयार कर रहे हों, मेल

देख रहे हों या आर्ट गैलरी में टहल रहे हों। आपके दिमाग़ में अचानक और अनपेक्षित रूप से उन समस्याओं का समाधान मिल जाता है जो कुछ घंटे पहले आप नहीं सोच रहे थे। और तत्काल पज़ल के सारे टुकड़े जैसे अपनी जगह पर ठीक-ठीक लग गए। उस क्षण दो चीज़ों के सच होने की गुंज़ाइश थी। पहली- उस समय आपके अंदर से समस्या की प्रतिक्रिया आती जिसमें आप उलझ गए थे। दूसरी- आपका दिमाग़ ऐसी चीज़ में भटकता जिसमें बहुत ध्यान देने की दरकार नहीं थी।

ज़ेगार्निक प्रभाव की वज़ह से, हम वर्तमान में अपने दिमाग़ के सामने स्टंपिंग करने वाली हर तरह की समस्याओं को हमारे भंडारित करते हैं। किसी अनसुलझी समस्या की तरह- कोई अधूरी रिपोर्ट या अधर में अटके हुए फैसले या एक ऐसा ई-मेल जिस पर हम प्रतिक्रिया दे रहे हैं, एक खुला हुआ पाश है जिसे हमारा दिमाग़ बंद करने को बेताब है। इसके परिणामस्वरूप हम हर नए अनुभव को इन अनसुलझी समस्याओं से जोड़कर इनका नाटकीय समाधान तलाशते हैं। आदतन स्कैटरफ़ोकस इन्हें जोड़कर हमारे ध्यानाकर्षण स्थान में लाता है।

जब हम स्कैटरफ़ोकस मोड के अभ्यस्त होते हैं तब आंतरिक क्षमता दो जगह से उद्वेलित होती है। हमारा भटकते हुए मन और बाहरी वातावरण से। इसे एक उदाहरण के साथ समझना सर्वश्रेष्ठ है।

चलो मैं कहता हूँ कि मैं आपको मेरे गुप्त उत्पादकता और प्रयोग के ठिकाने पर आमंत्रित करता हूँ। मैं आपको बैठने के लिए कहता हूँ। एक टाइमर 30 मिनट के लिए सेट करता हूँ और आपको ये एक साधारण-सी दिखने वाली समस्या हल करने को देता हूँ। नंबर 8,549,176,320 संभवत: दुनिया की सबसे अधिक अद्वितीय दस अंकों की संख्या है। ऐसा क्या है जो इन्हें अन्य नंबर से अलग बनाता है? कल्पना कीजिए कि आप निर्धारित समय में इसे हल नहीं कर पाए-ये अकारण नहीं है। जो सवाल दिया गया है उसमें विशेष ट्रिक है। आप हताश होते हैं और सवाल आपके दिमाग़ को लगातार परेशान करता है। *8,549,176,320 इसमें असामान्य क्या है?*

अब आप एक मुश्किल में फंस चुके हैं और आपके दिमाग़ की स्मृति ने इसे संजो लिया है। जब भी आप आंख बंद करते हैं आप उन संख्याओं को देखते हैं। (सामान्यत: आपको जटिल समस्याएं याद रहती हैं और आपके रचनात्मक समाधान के लिए ये बेहतर है)। दिमाग़ की इस उत्तेजना

से वास्तव में संभवत: आपको कोई उच्च स्तर की हानि नहीं होगी। लेकिन इस उदाहरण के लिए मान लें कि होती है।

ज़ेगार्निक प्रभाव की वज़ह से, आपका मस्तिष्क स्वत: इस समस्या के लिए नए विचारों के साथ जुड़ेगा। चाहे आप इसे महसूस करें या नहीं। आप काम पर लौटते हैं। अब भी हताश हैं, दिमाग़ पर छपे नंबरों के साथ। आप पाते हैं कि आपका दिमाग़ एक निश्चित अवधि में फिर इसी पर लौट आता है। कई बार आपकी इच्छा के विपरीत। वास्तव में मुमकिन है कि आपका दिमाग़ सामान्य से कहीं ज़्यादा भटकेगा। हमारे विचार ज़्यादा प्रवाहित होते हैं, जब हम किसी जटिल समस्या को सुलझा रहे होते हैं। इसके कारण आपके काम में सामान्य से अधिक ग़लतियां होने लगेंगी।

बाद में दिन में आप कोई ऐसी गतिविधि करते हैं जो आपको आदतन स्कैटरफ़ोकस मोड में ले जाती है : अपने किताबों के रैक को वर्णमाला के अनुसार व्यवस्थित करना। आप रिचर्ड कोच की किताब द *80/20 प्रिंसिपल* को दूर रख रहे हैं। जैसे ही आप ये करते हैं आपका दिमाग़ संसाधित होता है कि इस पुस्तक को किस शेल्फ़ में रखना चाहिए।

ठीक है ''द'' शब्द को नज़रअंदाज़ कीजिए।

पहला नंबर 8 है। इसलिए मैं इसे अन्य ऐसी किताबों के साथ रखूंगा जो जिनका नाम नंबर से शुरू होता है।

हां तो क्रिस के प्रयोग में भी नंबर 8 ही था।

बिजली की तरह यह समाधान आपको सूझता है और आप महसूस करते हैं कि 8,549,176,320 के पज़ल के टुकड़े आपके दिमाग़ में घूम रहे हैं और फ़िट हो रहे हैं।

आठ, पांच, चार, नौ...

ए, बी, सी, डी, आठ, पांच, चार, जी, एच... प्रयोग के नंबर की हर संख्या वर्णमाला के क्रम में व्यवस्थित हो गई!

जहां तक अंर्तदृष्टि जाती है ये एक सीधी रेखा में चलती है। सामान्यत: ये सूक्ष्म होती है और आपके दिमाग़ को समस्याओं के समाधान के लिए मानसिक बिंदुओं को जोड़ने के लिए विभिन्न आयाम से सोचने में मदद करती है। मैंने एक सामान्य विचार के लिए ये उदाहरण तैयार किया है। आदतन स्कैटरफ़ोकस समस्याओं को हमारे दिमाग़ के अनुभवों से जोड़ता है। साथ ही जहां तक हमारा दिमाग़ चलता है।

अध्ययन के लिए अंर्तमन एक स्पष्ट रूप से कठिन विषय है। इसके लिए आपको लोगों का नेतृत्व करना होगा जो बाधाओं और समस्याओं को बनाकर रखें और उन्हें बाद में हल करना चाहें। सौभाग्य से आपको इस निष्कर्ष के लिए शोध के परिणाम की आवश्यकता नहीं। संभवत: आपके पास पर्याप्त डेटा उपलब्ध हैं जो आपके ही अतीत के अनुभवों से आए हैं।

मैं इस बात का ज़्यादा तनाव नहीं ले सकता कि अंर्तमन के कितने आवेग हैं। आप एक चिड़िया को चिप्स का एक पैकेट उठाते हुए देख सकते हैं जिसे आपने किचन के बाहर रखा और आप दस पाउंड खो सकते हैं। सुबह नहाने के दौरान जानबूझकर दिवास्वपन देखने से आपको फिर से याद करते हैं कि आपने पिछले काम के विवाद को कैसे सुलझाया और उसी तकनीक का आज इस्तेमाल कर सकते हैं। किताब की दुकान में टहलने के दौरान आप एक खाना पकाने की किताब पर ध्यान देते हैं। जो आपको फिर से याद दिलाता है कि आप रसोई का सामान बदलने की योजना बना रहे थे और वहां कोने पर एक दुकान है जो उसे बेचता है। हमारा वातावरण और हमारे अनुभव समृद्ध होते हैं तो हमारी अंर्तमन की दृष्टि भी अधिक सक्षम होती है।

इतिहास के कुछ महान और अद्भुत क्षणों की ओर लौटते हैं। महान चिंतक अपनी समस्याओं के साथ पहले बाधा तक पहुंचे। इसके बाद बाहरी संकेतों के साथ इसके समाधान तक पहुंचे। आर्किमीडिज़ ने नहाने के पानी के ओवरफ़्लो होने से अनियमित वस्तु के द्रव्यमान की गणना का समाधान तलाश निकाला। पेड़ से गिरते सेब को देखा तो न्यूटन ने गुरुत्वाकर्षण के सिद्धांत की खोज की। संभवत: इतिहास में ये अंर्तमन के आवेग की सबसे अच्छा उदाहरण है। जाने माने भौतिक वैज्ञानिक और नोबेल पुरस्कार विजेता रिचर्ड फ़ेमैन अपने आदतन स्कैटरफ़ोकस के लिए टॉपलेस बार में 7अप पिएंगे और वहां ''मनोरंजन करेंगे।'' यदि प्रेरणा मिली तो कॉकटेल के साथ समीकरणों को हल करेंगे।

अधिक बिंदुओं को जोड़ना

सामान्यत: आदतन स्कैटरफ़ोकस मोड में प्रवेश करना आपको सक्षम बनाएगा कि आप इसके कमाल के फ़ायदे अनुभव करें। लेकिन यदि आप इससे भी आगे के स्तर पर जाना चाहते हैं तो यहां छह रास्ते हैं जो करने योग्य हैं :

1. समृद्ध वातावरण में अपने ध्यान को बिखराएं

अधिक उत्पादकता के लिए बुद्धिमानीपूर्वक अपने वातावरण को नियंत्रित करने का क़दम आप उठा सकते हैं। ध्यान को बढ़ाने वाले वातावरण का निर्माण करके आप आंतरिक सतह के बिखराव के लिए खुद को जानबूझकर प्रस्तुत कर सकते हैं।(इस किताब के पहले हिस्से में इस विषय में चर्चा की गई है)। अपने आप को आंतरिक दृष्टि के लिए प्रस्तुत करने वाले आवेग की क्षमता बढ़ाना एक कारगर अभ्यास है।

अच्छा वातावरण वो है जिसमें आप लगातार नए लोगों, नए विचार और नए स्थान के संपर्क में आते हैं। किताबों की दुकान में घूमने जैसे क्रियाकलापों को छोड़ें, इससे कोई नया संकेत नहीं मिलता, खाने के दौरान लोगों को देखना इससे कहीं ज़्यादा मूल्यवान है। इस प्रकार के मिश्रित क्रियाकलापों को आज़माएं- कुछ ऐसे हैं जो आपके दिमाग़ को घूमने की आज़ादी देते हैं और बिंदुओं को जोड़ते हैं और दूसरे ऐसे हैं जो आपके दिमाग़ को खुला रखते हैं, नए विचारों के लिए जिनसे आप बाद में जुड़ सकते हैं।

आप सभी ज़रूरी कामों के लिए संकेत प्राप्त करने में इसका उपयोग कर सकते हैं। नोटपैड के साथ अपने घर के चक्कर लगाइए और उन सभी कामों की सूची बनाइए जो आपको पूरे करने है। यह सूची आपके बाहरी संकेतों को बताती है। आप इसे पकड़ने में सक्षम होंगे। यदि ज़्यादा मूल्यवान सूचनाएं नहीं हैं तो इसे ऑफ़िस में कंप्यूटर पर सभी फ़ोल्डर को खोलते हुए करें। हालांकि यह पहली बार आपको बोझिल लग सकता है। धीरे-धीरे आप इसे बेहतर तरीक़े से व्यवस्थित करने के साथ प्राथमिकता तय करने लगेंगे। यदि आप मित्र के साथ गहरे रिश्ते चाहते हैं तो आप फ़ोन के ऐप पर सूची को स्क्रॉल करें और नोट करें कि आपने काफ़ी समय से किससे संपर्क नहीं किया है। यदि आप गहरे व्यावसायिक रिश्ते बनाना चाहते हैं तो लिंकडइन की संपर्क सूची को स्क्रॉल करें। जानबूझकर अपने आप को नए संकेतों के प्रति खुला रखें, जो इस तरीक़े लिए आपकी मदद कर सकता है।

2. उन समस्याओं को लिखें जिन्हें आप हल करने का प्रयास कर रहे हैं।

मैंने बड़े गतिरोध का सामना किया जब मैंने 25 हज़ार शब्दों के शोध के नोट्स को देखा। मैंने इसे *हायपरफ़ोकस* के लिए संग्रहित किया था कि मैं इन डिजिटल अस्पष्ट शब्दों को दोबारा कैसे व्यवस्थित कर सकता हूँ? मेरा बाहरी दस्तावेज़ अनिवार्य रूप से 25 हज़ार शब्दों का समस्या विवरण था। मैंने इसे प्रिंट किया और इसका नियमित मूल्यांकन किया। सबसे बड़ी चुनौतियों को पेज के सबसे ऊपर लिखा कि किस प्रकार मैं किताब को व्यावहारिक बनाऊं, हस्तलिपि को व्यवस्थित करूं और शोध को कैसे प्रस्तुत करूं कि रोचक लगे।

इन समस्याओं और दस्तावेज़ों की नियमित समीक्षा से मेरे दिमाग़ में योजना ताज़ा बनी रहती है। लगातार आदतन स्कैटरफ़ोकस मोड में प्रवेश करने पर(इसमें एक दोपहर शामिल है जिसमें मैंने क़रीब सौ किताबों की सामग्री को देखा कि उन्हें कैसे व्यवस्थित किया गया था) मेरे चारों ओर सक्षम समाधान संकेत मिलते हैं। अंतत: उत्तर मिल गए।

विस्तार से उन समस्याओं को लिखिए जिन्हें हल करने की कोशिश आप कर रहे हैं। इससे आपके दिमाग़ के एक हिस्से में इसके समाधान की प्रक्रिया चलती रही है। जब आप काम, परियोजनाओं और अन्य प्रतिबद्धताओं को दिमाग़ में रखते हैं तो आप इनके बारे में सोचना बंद कर देते हैं और अन्य कार्यों पर फ़ोकस करते हैं। इसका उल्टा सही है, जब समस्याएं आती हैं तो आप आगे बढ़कर इनका समाधान करते हैं। काग़ज़ पर उन्हें दर्ज़ करने से आपको बेहतर स्पष्टीकरण, प्रक्रिया और उन्हें याद करने में मदद मिलती है।

यही तकनीक बड़े पैमाने के काम पर भी असरकारक होती है। एक आउटलाइन बनाना कि आप अपने शोध प्रबंध को कैसे लिखेंगे, रसोई को कैसे दोबारा सजाएंगे या नई टीम बनाना आपको प्रक्रियाओं में मदद करती है जिनसे दिमाग़ के एक हिस्से के विचार परियोजना के लिए नए बिंदुओं को जोड़ने में मदद करते हैं।

दूसरा शक्तिशाली विचार है छोटे काम के लिए जिसे आप हल करने में लगे हैं। काम ख़त्म होने पर दिन के अंत में अगले तीन दिन की कार्ययोजना को तैयार करना। समस्या को हल करने की प्रक्रिया के बीच में

सबसे बड़ी समस्या को लिख लीजिए। आप हैरान हो जाएंगे ये देखकर कि आपने अगली सुबह तक कितने हल ढूंढ़ निकाले हैं।

3. किसी समस्या के साथ सोएं।

जैसा कि मैंने पहले ही उल्लेख किया कि सपने देखना सांसों को नियंत्रित करके स्कैटरफ़ोकस करने जैसा है। जबकि आप सो रहे हैं आपका दिमाग़ बिंदुओं को जोड़ना जारी रखे हुए है। अद्भुत अंतर्मन के अनगिनत उदाहरण हैं कि वैसा ही हुआ जैसा सपने में देखा गया। थॉमस एडिसन सोते समय हाथों में कंचे रखते थे और सल्वाडोर डाली चाबियों का गुच्छा हाथ में रखते थे। दोनों लोग इन चीज़ों को नींद की हल्की अवस्था के दौरान थामे रहते लेकिन गहरी अवस्था में पहुंचते ही इसे छोड़ देते थे जो उन्हें जगाकर रखती थी। इसने उनके दिमाग़ के अंतर्मन में जो भी उस क्षण था उसे पकड़ने की अनुमति दी। एडिसन ने इस स्मृति को संजोकर रखा कि ''आपको कभी भी बिना अवचेतन की अनुमति के नहीं सोना चाहिए।''

गहरे और मुक्त संपर्क तभी जुड़ते हैं जब आप गहरी नींद के दौरान आरईएम स्टेज पर होते हैं। समस्या के साथ प्रतिभागियों के एक अध्ययन में पाया गया कि आरईएम स्टेज की नींद के दौरान प्रतिभागियों ने ''असंबद्ध सूचनाओं के एकत्रीकरण को बढ़ाया'', जिससे उन्हें समाधान खोजने में मदद मिली।

नींद आपकी स्मृति को बेहतर बनाने में भी सहायक है। ये उन बिंदुओं को लंबे समय की स्मृति के लिए एकत्रित करती है जो आप दिनभर जमा करते हैं और जानबूझकर कम महत्त्व या अप्रासंगिक बिंदुओं को भुला देता है। आप दिनभर में बहुत ''शोरगुल'' ग्रहण करते हैं। नींद आपके दिमाग़ को अवसर देता है कि आप ऐसे बिंदुओं को हटाकर अधिक उपयोगी संपर्कों के लिए जगह बना सकें।

आप अपनी अच्छी रात के सपने पर काम करें और उन समस्याओं की समीक्षा के लिए इसका इस्तेमाल कर फ़ायदा लें। साथ ही ऐसी किसी सूचना को जिसे आपका दिमाग़ सहेजने का प्रयास कर रहा है, सोने से पहले सहेजें। आपका दिमाग़ इन चीज़ों पर प्रक्रिया जारी रखेगा, जब आप आराम कर रहे होंगे।

4. क़दम पीछे लें।

यदि आपने किताब के पहले आधे हिस्से के तरीक़ों का अनुसरण किया है और आप ध्यान करना शुरू कर चुके हैं तो संभव है कि आपके ध्यान क्षेत्र का आकार बड़ा हो चुका होगा। ऐसा होता है। ये होना महत्त्वपूर्ण है कि आप स्कैटरफ़ोकस मोड में प्रवेश करें और जानबूझकर अपने ध्यान को बिखेरें।

शोध सुझाव देते हैं कि आपके ध्यान क्षेत्र का बड़ा हिस्सा लगातार उस पर चोट पहुंचाता है जिस जटिल समस्या में आप फंसे हुए हैं। यहां स्कैटरफ़ोकस हायपरफ़ोकस पर हावी होता है। स्कैटरफ़ोकस जटिल और बेतरतीब समस्याओं के समाधान के लिए काफ़ी बेहतर है। आप ध्यान केंद्रित करने में जितने सक्षम होंगे दिमाग़ का भटकाव उतना ही कम होगा और उससे भी महत्त्वपूर्ण ये है कि आप उपयोग के हिसाब से ध्यान *हटा* भी लेते हैं।

ऐसे काम में समय लगाना सही भी है जिससे रचनात्मक कार्यों का समाधान हो। प्रयोजन के तहत रचनात्मक निर्णयों में देरी करना जब तक कि आप उसकी समय सीमा का सामना नहीं करते आप अधिक मूल्यवान संपर्क बनाने का काम जारी रखें। उदाहरण के लिए किसी ईमेल का जवाब देने से पहले आप जितना इंतज़ार करेंगे जवाब उतना ही बेहतर होने की संभावना है। यही बात क्षमतावान कर्मचारियों की भर्ती, उनकी मेधा और कंपनी के लोगों को दोबारा डिज़ाइन करने या आज जो पढ़ा रहे हैं, उस कोर्स पर भी लागू होती है।

5. जानबूझकर कुछ काम अधूरे छोड़ दें।

रचनात्मक कार्य को अचानक बंद करने पर आप इसके बारे में अधिक सोचेंगे, जब दूसरे काम की ओर रुख़ करेंगे। अपने दिमाग़ के ध्यान क्षेत्र में कुछ ख़ाली जगह छोड़ें ताकि अधूरे छोड़े गए काम पर चिंतन की प्रक्रिया जारी रहे। उदाहरण के लिए एक जटिल रिपोर्ट के बीच वाक्य में ही काम बंद कर दें।

आंशिक रूप से अधूरे छोड़े गए काम आपके दिमाग़ को बाहरी और आंतरिक संकेतों को सामने रखने में मददग़ार होते हैं।

6. अधिक मूल्यवान बिंदुओं को ग्रहण करना।

हम वो हैं जो हम ग्रहण करते हैं। आप स्कैटरफ़ोकस मोड का काफ़ी फ़ायदा ले सकते हैं, जब आप जानबूझकर खुद के बारे में सूचनाएं ले सकते हैं। नए बिंदुओं का उपयोग नई संपदा के द्वार खोल देता है और नई सूचनाएं और आवेग से आप जटिल समस्याओं का समाधान कर सकते हैं। मैं अगले अध्याय में इसकी व्याख्या के लिए उत्सुक हूँ। हम जिस पर ध्यान लगाते हैं उस पर इन बिंदुओं का असाधारण प्रभाव होता है। रचनात्मकता और उत्पादकता को ये बढ़ा सकता है या ख़राब कर सकता है। इस नज़रिए से हम दुनिया देखते हैं।

अध्याय

9

बिंदुओं को एकत्रित करना

क्लस्टरिंग

सिर्फ़ अनसुलझी समस्याएं नहीं हैं जो हमारे दिमाग़ में मुख्य रूप से होती हैं। अन्य सभी बिंदु जिन्हें हम सहेजते हैं वो भी हैं। ये जानकारी हमें स्कैटरफ़ोकस मोड में अधिक रचनात्मकता के लिए सहायक होती है। अधिक मूल्यवान वो है जो बिंदु हम इकट्ठा करते हैं और जो संपर्क हमें बनाने हैं।

व्यवहार में जिन बिंदुओं का हम उपयोग करते हैं और संपर्क करते हैं वे बेहद अहम हैं, क्योंकि हमारा ध्यान हमेशा हमारे ज्ञान से छनकर आता है। समुद्र को निहारते हुए एक जीव वैज्ञानिक उन सभी जीवों के बारे में विचार कर सकता है जो सतह पर नीचे की ओर हो। एक कलाकार रंगों के बारे में सोच सकता है जिसे वह पेंटिंग में उपयोग करेगा। एक नाविक जानकारी लेगा कि हवा की दिशा और तरंगों की स्थिति क्या होगी। जबकि एक लेखक उन शब्दों के बारे में सोचने का प्रयास करेगा जिससे इसकी व्याख्या की जा सके।

लोग ख़ास विषयों के बारे में बिंदुओं को इकट्ठा करके और उन्हें जोड़कर विशेषज्ञ बन जाते हैं। अनुभव, ज्ञान और व्यवहारिक रूप से काम करके। हमारा दिमाग़ स्वाभाविक रूप से बिंदुओं के समूह से संबंधित काम करने के लिए तैयार किया गया है। इसे एक सामान्य उदाहरण से समझिए– पीछे मुड़कर सोचिए, जब आपने पहली बार लिखना सीखा। आप संभवत: सबसे पहले वर्णमाला के अक्षर सीखे होंगे। उनका आकार कैसे होता है। उच्चारण कैसे होता है आदि–आदि।

इस विषय पर आपने जो पहले बिंदु इकट्ठे किए थे इस प्रकार हैं–

d, s, c, h, s . . .

इस जगह आकर आपका दिमाग़ इन बिंदुओं को जोड़ना शुरू करता है। इन्हें वर्णमाला के समूह के क्रम में जोड़ता है। स्वर और व्यंजन की पहचान करता है। और अक्षरों के अलग-अलग उच्चारण के बारे में सीखता है।

doe, sa, ha, sh . . .

तब आप इन बिंदुओं के समूह को शब्दों के रूप में जोड़ना शुरू करते हैं। नए विचारों के बारे में गंभीरता से सोचते हुए आप उन्हें विभिन्न तसवीरों से जोड़ेंगे। जैसी चीज़ें संसार में आपके चारों ओर हैं।

dog, sat, cup, seven, had, shatter . . .

इस जगह पहुंचने के बाद आप शब्दों के समूह बनाने और उन्हें एक साथ जोड़कर मुहावरे, वाक्य और लेख लिखना प्रारंभ करते हैं।

The dog sat on the shattered cup and had to get seven stitches. (कुत्ता टूटे हुए कप के टुकड़ों पर बैठ गया और उसे सात टांके लगाने पड़े)।

जैसे आप इस किताब को पढ़ते हैं तो आपके दिमाग़ में मुहावरे, वाक्यों और लेखों का ज्ञान बढ़ता है। इसी में पढ़ने की प्रक्रिया समाहित है। पढ़ना एक अच्छा उदाहरण है, बिंदुओं को इकट्ठा करने और जोड़ने का। कुछ नया सीखने से आप बिंदुओं का स्थानांतरण करते हैं, अपने बाहरी वातावरण से अपनी स्मृति में। इसलिए इन्हें एकदूसरे से जोड़ें और इनका बाद में इस्तेमाल करें।

जैसे हम दिए गए विषय पर ज़्यादा से ज़्यादा बिंदुओं को इकट्ठा करते हैं, हम स्वाभाविक रूप से विशेषज्ञता विकसित करते हैं। जो हमारे ध्यान क्षेत्र के बेहतर प्रबंधन में सहायक होता है। उत्सुकतावश हम विषय के बारे में जितना जानते हैं ध्यान क्षेत्र में कम सूचनाओं का उपयोग होता है। याद रखें कि हमारा ध्यान क्षेत्र चार तरह की सूचनाएं एक ही समय में ग्रहण कर सकता है। अधिक बिंदुओं को इकट्ठा करने में हम जितने समर्थ होते हैं, उतनी ही दक्षता से हम इस क्षेत्र का उपयोग कर सकेंगे। हम एकदूसरे से इन्हें जोड़कर सूचनाओं को समायोजित और उसका प्रयोग कर सकेंगे। शब्दों और वाक्यों की प्रक्रिया को समझकर हम अधिक दक्षता से पढ़ सकते हैं बजाय सिर्फ़ अक्षरों को समझने के। उस व्यक्ति के मुक़ाबले जो एक सप्ताह

से पियानो बजा रहा है एक विशेषज्ञ पियानो बजाने वाला संगीत के सभी अंशों की समझ रखता है। जैसे सुर, लय और एकरूपता आदि–आदि। इसका मतलब वह अपने ध्यान क्षेत्र का बेहतर उपयोग करने में सक्षम है और संभवत: नींद की हालत में भी पियानो बजा सकती है।

हम भी बिलकुल ऐसा कर सकते हैं, अपने काम से संबंधित अधिक बिंदुओं का संग्रह करके, प्रासंगिक ज्ञान व हुनर को हासिल करके। ये हमें ध्यान क्षेत्र का उपयोग करने में अधिक सक्षम बनाता है। यदि हम किसी काम पर हायपरफ़ोकस के लिए सूचनाओं को जमा करते हैं और स्कैटरफ़ोकस मोड में नए विचारों के लिए इनका तालमेल बिठाते हैं, तो हम अधिक विशेषज्ञता और रचनात्मकता से काम कर सकते हैं। क्योंकि हम पहले ही सूचनाओं को एक साथ समायोजित करने और इकट्ठा करने का काम कर चुके हैं।*

अधिक सूचनाओं के साथ काम करने से हमें निर्णय लेने में भी सरलता रहती है। क्योंकि हमारा अवचेतन हमारी स्मृति में से ज्ञान को लेने में सक्षम होगा। ये सूचना हमें किसी परिस्थिति में त्वरित और समुचित प्रतिक्रिया देने के लिए तैयार करता है। यहां तक कि हम जो कर रहे हैं, भले ही उसके प्रति जागरूक नहीं हो। उदाहरण के लिए बातचीत के दौरान हमें आभास होता है कि हमारी टीम का कोई सदस्य परेशान है और वह हमें नहीं बता रही। हम ये इसलिए जानते हैं क्योंकि अतीत में हमने भी ऐसी ही परिस्थिति का सामना किसी स्तर पर किया है। यही स्मृति इस बात का संकेत करती है कि वो अस्थिर है। इससे पता चलता है कि आभास कैसे काम करता है। ये स्मृति पर आधारित प्रक्रिया है जो सूचनाओं के आधार पर काम करती है लेकिन हम जानबूझकर नहीं करते।

हम वह हैं जिस पर हम ध्यान देते हैं, और इनमें से ज़्यादातर हमारी उत्पादकता और रचनात्मकता को उतने प्रभावित नहीं करते जितने अतीत में ग्रहण किए गए अनुभव। कई बिंदुओं को जमा करना ज़्यादा मूल्यवान है ।

---

*यदि आपने कभी अपने कार्यक्षेत्र में खुद को जालसाज की तरह महसूस किया है तो आप इकलौते नहीं है। अगली बार आप सामान्य तौर पर विचार करें कि आपने अन्य लोगों की तुलना में दिए गए विषय पर कितने बिंदुओं को इकट्ठा किया और जोड़ा है। संभव है कि आप विषय के हर पहलू और जटिलता को उतना समझ पा रहे हैं कि जितना वो लोग जिनसे आप अपनी तुलना कर रहे हैं।

ये हमारी अनगिनत तरीक़े से सहायता करता है। हमने जो पाठ पढ़े हैं और सीखा है उनसे हम चुनौतियों का सामना करने में सक्षम होते हैं। जैसे-जैसे हम अपने मूल्यवान विचारों को जोड़ते जाते हैं, हमारे स्कैटरफ़ोकस के भाग बहुत उत्पादक हो जाते हैं, ख़ासकर तब जब हम ज़्यादा उत्तरदायी हो जाते हैं अपने नए-नए विचारों को नए बिंदुओं के प्रति प्रकट कर के। और हमारे अधिकाधिक केंद्रित विचार और ज़्यादा उपयोगी हो जाते हैं, क्योंकि हम अपने समुचित ध्यान का कुशलता पूर्वक करने में सक्षम होते हैं, ग़लतियों को दूर करते है, छोटे रास्तों के अवसर तलाशते हैं, बेहतर उच्च-स्तरीय निर्णय लेते हैं और अपने कार्य को ज़्यादा ज्ञान के साथ जोड़ते हैं।*

एक बिंदु का महत्त्व

जैसे हम कितनी अच्छी तरह ध्यान केंद्रित करने में सक्षम हैं, इसकी सीमाएं हैं, वैसे ही हम कितनी जानकारी एकत्रित कर सकते हैं उसकी भी सीमाएं हैं। हालांकि हमारे मस्तिष्क में असीमित भंडारण क्षमता है, परंतु हमारा ध्यान काफ़ी हद तक सीमित है। मस्तिष्क को जानकारी देना, एक ओलिंपिक आकार के तालाब को किसी बगीचे की नली से भरने जैसा है। हालांकि हम ज़्यादा मात्रा में एकत्रित करने मे सक्षम हैं, हम इसे क्रमशः ही भर सकते हैं।

इससे यह ज़रूरी हो जाता है की हम सोच समझकर आयामों का उपयोग करें।

कोई भी दो तरह की जानकारी, समान नहीं होती है। टेलिविज़न देखने या गपशप पत्रिका पढ़ने जैसे किसी काम की तुलना में, किसी किताब को पूरी तरह समझना या अपने से ज़्यादा बुद्धिमान व्यक्ति से उपयोगी

---

*इस लेंस के माध्यम से, बुद्धि और रचनात्मकता बिलकुल एक जैसा काम करती है। बुद्धि और रचनात्मकता, दोनों में बिंदुओं को जोड़ना समाहित है, परंतु अलग-अलग तरीक़ों से। बुद्धि में बिंदुओं का जुड़ना शामिल है, जिससे हम किसी दिए गए विषय को गहनता से समझ सकें। रचनात्मकता में भी बिंदुओं का जुड़ना शामिल है, लेकिन एक नए और अच्छे तरीक़े से। इस तरीक़े से देखा जाए तो बुद्धि और रचनात्मकता कोई ऐसी वस्तु नहीं है, जिसके साथ हमने जन्म लिया है। ये ऐसी चीज़ है जिसे हम अर्जित करते है, जब हम किसी विषय के बारे मे पर्याप्त बिंदुओं को एकत्रित करते हैं और जोड़ते हैं।

बात करना; आपको अधिक मूल्यवान बिंदुओं को इकट्ठा करने में सक्षम बनाएगा। यह कहना नहीं है कि प्रचलित संस्कृति को समझना मज़ेदार नहीं है, परंतु कभी कभार नेटफ़्लिक्स के मनोरंजन के बिना जीवन बेकार लगेगा। यदि आप प्रगाढ़ किताबों या शैक्षिक किताबों में ही अपना सारा समय बिताते हैं, तो संभवतः आप कुछ ज़्यादा ही ऊब जाएंगे।

इसी समय पर, आपके द्वारा नियमित रूप से खपत किए जाने वाले बिंदुओं की गुणवत्ता का ऑडिट करना और उन्हें बढ़ाना भी फ़ायदेमंद है। सबसे रचनात्मक और उत्पादक लोग अपने ध्यानाकर्षण स्थान की रक्षा बिलकुल धार्मिक रूप से करते हैं, और केवल सबसे मूल्यवान बिंदुओं को एनकोड होने की अनुमति देते हैं।

तो आप किसी बिंदु का मूल्य कैसे मापते हैं?

पहले, सबसे मूल्यवान बिंदु उपयोगी और मनोरंजक दोनों होते हैं– TED वार्तालाप (टेक्नोलॉजी, इनोवेशन ऐंड डिज़ाइनिंग की प्रसार होने वाली बातचीत) की तरह। उपयोगी बिंदु लंबे समय तक प्रासंगिक रहते हैं साथ ही व्यवहारिक भी होते हैं। उनका मनोरंजक होना उन्हें आपसे अधिक जुड़ाव प्रदान करता है। यह कहना काफ़ी आसान है कि कोई चीज़ मनोरंजक है लेकिन वे कितने उपयोगी हैं इसको मापने के कई तरीक़े हैं।

उपयोगी जानकारी आमतौर पर कार्रवाई करने योग्य होती है और आपको अपने लक्ष्यों तक पहुंचने में मदद करती है। उदाहरण के लिए टीवी पर कुछ लोगों को किसी राजनैतिक विषय पर बहस करते हुए देखना संभवतः कार्रवाई करने योग्य या आपके व्यक्तिगत लक्ष्यों के अनुकूल नहीं होगा। इसमें समय की बर्बादी होगी और हो सकता है कि आप कुछ महत्त्वपूर्ण बिंदुओं को इसमें ख़र्च कर दें।

कोई विज्ञान पुस्तक या किसी ऐतिहासिक हस्ती की जीवनी पढ़ना अधिक मूल्यवान है। इस तरह के कार्य आपको नए परिप्रेक्ष्य के साथ प्रेरित कर सकते हैं, (तुलनात्मक रूप से) व्यवहारिक होते हैं, मनगढ़ंत नहीं होते, और अल्प और दीर्घ काल में आपके लिए अपने व्यक्तिगत लक्ष्यों को हासिल करने में मददग़ार हो सकते हैं। इनमें मौजूद जानकारी का जीवनकाल लंबा होता है।

कार्य करने योग्य और लाभदायक होने के अलावा, उपयोगी बिंदु आपके द्वारा अतीत में खपत किए गए से संबंधित होते हैं या फिर जो आप पहले से जानते हैं उससे *बिलकुल भी संबंधित नहीं* होते।

आपके द्वारा पहले ली जा चुकी जानकारी से जुड़ी जानकारी का उपभोग करने से आप एक ही आइडिया के इर्द-गिर्द बिंदुओं का समूह या तारामंडल विकसित कर सकते हैं। यदि आप एक सॉफ़्टवेयर इंजीनियर हैं, किसी नई प्रोग्रामिंग लैंग्वेज सीखने का कोर्स कर रहे हैं या इंजीनियर्स का प्रबंधन करने के बारे में कोई पुस्तक पढ़ रहे हैं तो यह आपके समय, ध्यान और ऊर्जा का निश्चित रूप से उत्पादक उपयोग है। ऐसी कोई भी जानकारी जो आपके मौजूदा कौशल में इज़ाफ़ा करती है या उसे सहयोग करती है वह आपके समय का सबसे अच्छा उपयोग है। आपके बिंदुओं का समूह जितना विस्तृत होगा उतने ही मूल्यवान कनेक्शन आप बना पाने में सक्षम होंगे। आपका दिमाग़ अधिक डोपामाइन (एक आनंददायक रसायन) रिलीज़ करेगा, जब आप उस जानकारी का उपभोग करेंगे जो उस बात में सहयोग करती है जिसे हम पहले से जानते हैं।

साथ ही साथ, उन बिंदुओं का उपभोग करना भी काफ़ी मूल्यवान है जो हमारी पूर्व जानकारी से *असंबंधित* हैं। कोई नया डेटा जानना आपको आपको इस बात पर सवाल उठाने का मौक़ा देता है कि क्या आप केवल उन्हीं जानकारी का उपभोग कर रहे हैं जो आपकी मौजूदा धारणा की पुष्टि करती हैं, और यह अंतर्दृष्टि को भी सक्रिय कर सकता है। आपका दिमाग़ नई जानकारियों की तरफ़ आकर्षित होने और उन्हें याद करने के लिए संरचित किया गया है।

यदि आप किसी चीज़ का उपभोग करने को लेकर संशय में हैं, तो स्वयं से पूछें : आपको क्या लगता है कि इस जानकारी को जानकर आपका जीवन कितना बदल जाएगा? इस पुस्तक में बताई गई तरक़ीबों का उद्देश्य आपको अपने ध्यान को सजगतापूर्वक प्रबंधित करने में मदद करना है। यही सिद्धांत यहां भी लागू होता है-जब आपकी रचनात्मकता आपके द्वारा एकत्रित किए गए बिंदुओं को प्रभावी रूप से जोड़ लेती है, तो ऑटोपायलट मोड पर किसी जानकारी का उपभोग करना सबसे अनुपयोगी गतिविधि होगी।

अधिक मूल्यवान बिंदुओं को जोड़ना

आमतौर पर, व्यवहारिकता हमेशा मनोरंजन के बराबर नहीं होती :

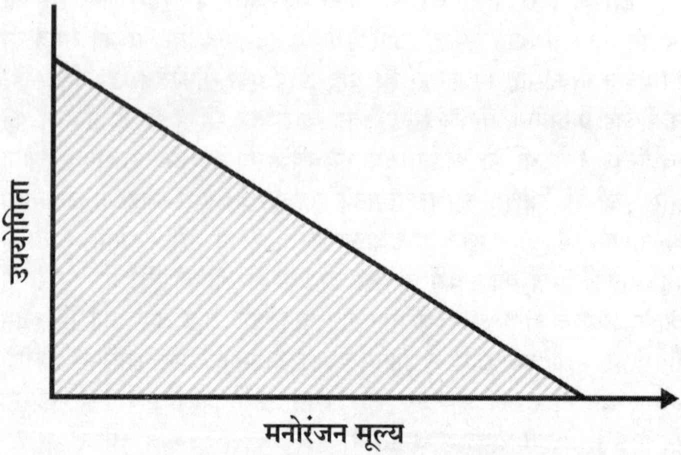

ऐसा हमेशा नहीं होता है–उदाहरण के लिए, आपको कोई गंभीर पुस्तक किसी रियलिटी टीवी शो से ज़्यादा मनोरंजक लग सकती है–लेकिन आपके द्वारा उपभोग की गई अधिकांश चीज़ें इसी ट्रेंड का पालन करेंगी।

हम अपने द्वारा उपभोग की गई सबसे उपयोगी चीज़ों को सबसे कम उपयोगी चीज़ों से अलग कर सकते हैं :

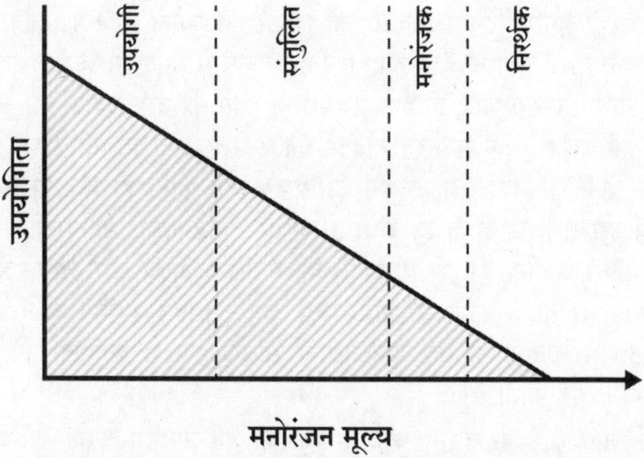

इस चार्ट में बाईं तरफ़ हमारे द्वारा उपभोग किए जाने वाले सबसे उपयोगी बिंदु हैं। यह जानकारी कार्रवाई करने योग्य है, सटीक है, हमें अपने लक्ष्य तक पहुंचने में मदद करती है और लंबे समय तक प्रासंगिक बनी रहती है। साथ ही यह उससे भी संबंधित हो सकती है जो हम पहले से जानते हैं – तो यह हमें अधिक मूल्यवान बिंदुओं से जुड़ने और उन्हें एकत्रित करने की अनुमति देती है–या हम जो जानते हैं उससे असंबंधित है, अधिक अनजाने कनेक्शन की तरफ़ ले जाती है। मेरे लिए, ग़ैर-फ़िक्शन पुस्तकें, ऑनलाइन कोर्स और उत्पादकता से संबंधित जर्नल आर्टिकल जैसी चीज़ें इसी श्रेणी में आते हैं।

उपयोगी जानकारी आमतौर पर तीन श्रेणियों में सबसे सघन हैं। पुस्तकें सबसे अच्छा उदाहरण हैं : जबकि किसी पुस्तक को पढ़ने में दस घंटे से भी कम समय लगता है, इसे लिखने में दशकों का समय लग सकता है और अधिकांश में उस लेखक द्वारा अपनी पूरी ज़िंदगी में सीखे गए सबक़ का सार होता है। पुस्तकें सबसे उच्चतम गुणवत्ता वाले विचारों और किसी भी विषय पर सबसे उपयोगी बिंदुओं तक पहुंच प्रदान करती हैं।

पूरे दिन उपयोगी जानकारी का उपभोग करने के लिए ऊर्जा की असीमित मात्रा होना एक आदर्श स्थिति हो सकती है, लेकिन निश्चित रूप

से यह संभव नहीं है, भले ही हम लगातार अपनी मानसिक ऊर्जा की पूर्ति करते रहें। हमारा दिमाग़ बिंदुओं को जोड़ने की मशीन के रूप में कितना भी शक्तिशाली क्यों ना हो, लगातार विशिष्ट रूप से मनोरंजन विहीन सामग्री का उपभोग करना जल्द ही एक रोज़मर्रा के काम की तरह उबाऊ बन जाता है। यही वज़ह है कि संतुलित बिंदुओं की तलाश करना भी महत्त्वपूर्ण होता है – ऐसी जानकारी जो उपयोगी *और* मनोरंजक दोनों ही हो। अनगिनत चीज़ें इस श्रेणी में आती हैं, जिसमें उपन्यास, पॉडकास्ट, डॉक्युमेंट्री, और टेड टॉक्स शामिल हैं। इस जानकारी का मनोरंजक मूल्य इसमें तल्लीन होना आसान बनाता है, और परिणामस्वरूप हमारी इसका उपभोग करने और इसके द्वारा प्रदान की गई जानकारी में सक्रिय रूप से शामिल होने की संभावना बढ़ जाती है।

अंत में, एक तीसरी चीज़ है जिसका हम उपभोग करते हैं : ऐसी जानकारी जो मनोरंजक है, या बेकार है। हालांकि, जंकफूड की तरह ही, उपभोग के समय वह काफ़ी मज़ेदार लगती है, यह जानकारी सबसे कम घनी होती है, व्यवहारिक नहीं होती, और आपको अपना जीवन जीने या लक्ष्य हासिल करने में कोई मदद नहीं करती। इस श्रेणी में वे टीवी शो आते हैं जिन्हें हम कई बार देखते हैं, बेसिरपैर की किताबें जो हम पढ़ते हैं और अधिकांश सोशल मीडिया वेबसाइट। हम आमतौर पर इन सामग्रियों का उपभोग निष्क्रिय भाव से या फिर ऑटोपायलट मोड में करते हैं। जबकि इनमें से कुछ वास्तव में मनोरंजक होती हैं–शीर्ष 50% या इसी तरह–नीचे की आधी बेकार जानकारी होती हैं और आमतौर पर वह किसी नई, आनंददायक, और डरावनी विशेषताओं का संयोजन होती हैं जिनके कारण इनकी तरफ़ आकर्षित होना आसान होता है।

एक नियम के रूप में हमें

- अधिक उपयोगी जानकारी का उपभोग करना चाहिए, ख़ासतौर पर जब हमारे पास किसी अधिक सघन बात की प्रोसेसिंग करने की ऊर्जा है;
- जब हमारे पास कम ऊर्जा है तो संतुलित जानकारी का उपभोग करना चाहिए;
- इरादतन मनोरंजक जानकारी का उपभोग करना चाहिए या जब

हमारी ऊर्जा ख़त्म हो रही है और हमें रिचार्ज होने की ज़रूरत है; और

- बेकार जानकारियों का कम से कम उपभोग करना चाहिए।

आपके द्वारा एकत्रित की गई जानकारी की गुणवत्ता बढ़ाने के दो चरण हैं :

1. जो भी आप उपभोग करें उसका हिसाब रखें।
2. इरादतन अधिक मूल्यवान जानकारी का उपभोग करें।

शुरुआत में आप अपने द्वारा उपभोग की जाने वाली जानकारी को चार श्रेणियों में से एक के अनुसार छांटें और असाइन करें : उपयोगी, संतुलित, मनोरंजक और निरर्थक। इसमें उन ऐप्स को शामिल करें जिन्हें आप अपने आप खोल लेते हैं, वे वेबसाइटें जिन पर आप नियमित रूप से जाते हैं, अपने ख़ाली समय में जो पुस्तकें आप पढ़ते हैं, टीवी और नेटफ़्लिक्स पर जो शो आप देखते हैं, और कोई भी अन्य प्रासंगिक जानकारी जो आप प्राप्त करते हैं। अपने द्वारा उपभोग की जाने वाली हर जानकारी (कौन-सी और कितनी देर उपभोग की) का हिसाब रखने के लिए कुछ दिन तक साथ में नोटपैड रखना मददग़ार हो सकता है।

अधिक मूल्यवान बिंदुओं का उपभोग करने का उद्देश्य आपको एक ऐसी स्वचालित मशीन में बदलना नहीं है जो अपने ख़ाली समय में सिर्फ़ सार्थक जानकारियों का ही उपभोग करती है। इसमें मज़ा कहां है? मुद्दा यह है कि कि आपको आपके द्वारा उपभोग की जा रही जानकारी से एक क़दम पीछे हटाना है ताकि आप अधिक इरादतन यह तय कर सकें कि क्या उपभोग करना है। अपने काम और जीवन पर चिंतन किए बग़ैर अधिक उत्पादक या रचनात्मक होना संभव नहीं है–यही वज़ह है कि अपने सबसे उत्पादक कार्यों को निर्धारित करना, इरादा तय करना, और अपने मन को भटकने देने जैसी तरकीबें काफ़ी शक्तिशाली होती हैं। अपने सबसे मूल्यवान बिंदुओं को निर्धारित करना भी इन तरक़ीबों में से ही एक है।

इसे अपने घर और दफ़्तर दोनों जगह करें। यदि आप अपनी नौकरी के लिए ढेर सारी पुस्तकों, कोर्स और अन्य जानकारी का उपभोग करते हैं, तो दो सूचियां बनाना मददग़ार होगा : एक तो उन चीज़ों की जिनका उपभोग आप पेशेवर रूप में करते हैं और दूसरी वे चीज़ें जिन्हें आप व्यक्तिगत लाभ या आनंद के लिए उपभोग करते हैं।

आप तुरंत इस बात को नोटिस करेंगे कि आपको कुछ चीज़ों में बदलाव करने की आवश्यकता है–सोशल मीडिया ऐप्स पर, समाचार देखने में या वेबसाइट्स पर जाने में आपके द्वारा बिताया जाने वाला समय। साथ ही आपको आश्चर्यचकित करने वाले पैटर्न भी समझ आएंगे। उदाहरण के लिए, औसत अमेरिकी लोग सप्ताह में 34 घंटे टीवी का उपभोग करते हैं। यदि आप भी उनमें से एक हैं, तो आपको अपना ढेर सारा समय अधिक उपयोगी चीज़ों में बिताना चाहिए था। आप यह भी ध्यान दे सकते हैं कि आप में क्या कमी रही। इसी तरह यह बात है कि आप काल्पनिक कथा नहीं पढ़ते, जबकि आप हमेशा इसे पसंद करते थे। या आपने काफ़ी समय से किसी भी नए पसंदीदा काम को सीखने में कोई समय नहीं दिया है।

एक बार जब आपके पास भंडार हो जाता है तो यहां दस विचार हैं कि कैसे आप अपनी आदतों को जानबूझकर बदल सकते हैं और इसका उपयोग अधिक मूल्यवान सूचनाओं के लिए कर सकते हैं। दो या तीन से शुरू करें जो ख़ासतौर पर आपसे मेल खाती हो।

1. उन चीज़ों का उपभोग करना जिनकी आप परवाह करते हैं, ख़ासकर तब जब कुछ अन्य लोग यही करते हैं।

जब आप सूचनाओं की सूची बनाते हैं तो संभवत: आपने पाया होगा कि आपको उन चीज़ों को करने में आनंद आता है जिन्हें दूसरे प्रशंसनीय नहीं समझते या शरमा कर इससे दूर रहते हैं।

संभव है कि आप ख़ाली समय में कोडिंग कोर्स को लेना पसंद करें। एक ऐसा काम जिसके बारे में ज़्यादातर लोग ये महसूस करें कि ये साधारण काम है। या आप उत्पादकता के बारे में ऑडियो बुक सुनना पसंद करें (मैं दोषी करार देता हूँ)।

उस हुनर और ज्ञान को विकसित करने में दोगुना समय दें जो आपको मनोरंजन देता है। आप जिसे बेहतर विकल्प समझें उस *माध्यम* का चयन करें। यदि आप सुनकर बेहतर सीखते हैं तो आप फ़िजिकल बुक की जगह ऑडियोबुक के उपयोग का प्रयास करें। यदि आप विज़ुल्स को अहमियत देते हैं तो ऑडियोबुक सुनने की जगह टेड टॉक्स देखने की कोशिश करें।

2. कुछ कचरा साफ़ करना।

दो ऐसी चीज़ों को चुनें जो वाक़ई आपको ख़ुशी नहीं देती और उन्हें पूरी तरह जीवन से हटा दीजिए। फिर ऐसी चीज़ों को देखें जो आपको क्षणिक ख़ुशी देती हैं लेकिन बाद में आपको संतुष्ट नहीं करती। अपने ध्यान को बचाने के लिए निर्मम बनें। हर बार जब आप कचरे का उपभोग करना बंद करते हैं तो आप जीवन में कुछ उपयोगी जोड़ने के लिए जगह बनाते हैं।

3. कुछ उपयोगी चीज़ों को *जोड़ने* के लिए चुनना।

कौन-सी उपयोगी किताब आप पढ़ सकते हैं। कौन-सा कोर्स आप ले सकते हैं या ऐसी बातचीत जो बाद में उपयोगी साबित हो सके? क्या आप अधिक जटिल सूचनाओं को उपभोग कर सकते हैं जो किसी विषय पर आपकी विशेषज्ञता को उच्च स्तर तक ले जा सके? आप अपने आप में क्या सुधार चाहते हैं या आप अपने काम या घर के बारे में क्या जानने को उत्सुक हैं?

हर हटाई गई व्यर्थ की चीज़ की जगह कुछ मूल्यवान जोड़ें। अपने आप पर ज़ोर डालें। सबसे अहम बात ये है कि आप ऐसी सामग्री को उपभोग कर सकते हैं जो सामान्यत: चुनौतीपूर्ण होती है जिसमें आपके पूरे ध्यान की आवश्यकता होती है।

4. ध्यान देना कि आप ऑटोपायलट मोड में क्या उपभोग करते हैं।

इस पर ख़ास ध्यान दें कि आप कैसे काम करते हैं जब आपकी ऊर्जा का स्तर कम हो या जब आप एक काम से दूसरे काम की ओर रुख़ कर रहे हो। अक्सर ध्यान के ये काम सुविधाजनक हैं और अपने जीवन में इन्हें ज़्यादा महत्त्व मत दीजिए।

जब आप दोस्त के साथ भोजन कर रहे हो और वो कुछ मिनट के लिए टेबल छोड़ जाए तो आप बिना दिमाग़ चलाए अपने फ़ोन पर कौन-सा ऐप खोलते हैं? क्या सुबह जागने के बाद आप जितनी जल्दी हो फ़ोन तक पहुंचते हैं? आप जब ऑटोपायलट मोड में होते हैं तो इंटरनेट पर कौन-सी वेबसाइट देखते हैं।

5. जानबूझकर... आराम करें।

आप पूरी तरह उत्पादक होते हैं जब आप अपने इरादे को साध लेते हैं। ये सच है चाहे आपका लक्ष्य किसी पाठ्यपुस्तक का कोई अध्याय पढ़ना हो या *गेम ऑफ़ थ्रोन्स* के चार एपिसोड देखना।

यदि आप आराम करने जा रहे हैं तो ऐसा करें लेकिन इरादे के साथ। मापदंड निर्धारित करें कि आपकी योजना क्या है, जैसे कितने एपिसोड देखेंगे, जैसे एपिसोड देखते समय क्या खाएंगे, इसके बाद क्या करेंगे आदि-आदि। ये ना सिर्फ़ आपको इरादे के साथ काम करने की मंज़ूरी देता है बल्कि छोड़ने की भी देता है। इससे आप कम अपराधबोध महसूस करते हैं और वास्तव में *आनंदित* रहते हैं।

6. दोबारा मूल्यांकन करना कि आप जो उपभोग कर रहे हैं क्या ये उपभोग करने जैसा है।

आप क्या उपभोग करते हैं इसके बारे में अधिक चयनात्मक होना शुरू करें। आपको चाहिए कि आप उन विषयों का पुर्नमूल्यांकन में इसे जोड़ें जिसका आप उपयोग करते हैं- किसी चीज़ को छोड़ना या हटाना जो आपके समय के लिए क़ीमती नहीं है। जेगार्निक प्रभाव के तहत हम जो शुरू करते हैं, उसे ख़त्म करना चाहते हैं लेकिन हर मिनट हम कुछ अनुपयोगी काम में ख़र्च करते हैं और हम कुछ उपयोगी काम के मिनट खो देते हैं।

आप किताब पढ़ना, मूवी या टीवी सीरीज़ शुरू करने के बाद इसका मूल्यांकन करें कि क्या आपको इसे अंत तक जारी रखना चाहिए।

7. अपने ध्यान के लिए चीज़ों को *उपभोग* करना।

पॉडकास्ट का विवरण देखें, टीवी शो, फ़िल्मों और किताबों जैसी चीज़ें आपके समय और ध्यान के लिए आधार जैसी हैं।

आपको हर वो पॉडकास्ट नहीं सुनना है जो स्वत: डाउनलोड होता है। आपके डीवीआर रिकॉर्डर्स का हर शो या मित्र द्वारा सुझाई गई हर किताब में से गुण के आधार पर तय कीजिए कि आपके ध्यान के अगले क़दम के लिए क्या सही है। लेकिन इस फ़ैसले से आपके समय की बचत होगी और आप कुछ बेहतर कर सकते हैं।

8. इस क्षण ज़ूम आउट करना।

यदि आप इस क्षण में कुछ विविध विषयों में से किसी एक को उपभोग करने के बारे में तय नहीं कर पा रहे हैं तो व्यापक समय सीमा में दृष्टि को संकुचन देने प्रयास करें।

यदि आपने सोशल मीडिया पर कुछ समय बिताया है तो संभव है कि आप उन अजीबोग़रीब कुकिंग वीडियो से परिचित होंगे जिसमें आधे मिनट में पूरा खाना पका लिया जाता है। पालक के पत्तों को इसके आकार के पांचवें हिस्से जितना छोटा कर दिया जाता है महज़ कुछ सेकेंड में और चिकन के छोटे टुकड़े दो मिनट में पक जाते हैं। इसी तरीक़े से आप दृष्टि को संकुचन दे सकते हैं, उन भौतिक चीज़ों पर जिनके उपयोग का आप विचार कर रहे हैं। ऐसा समझिए आप खुद पर एक घंटा ख़र्च कर सकते हैं और जो चाहे कर सकते हैं। एक क़दम पीछे हटें और अपनी ज़िंदगी को दूर से देखें। आप अपने आपको कैसे देखना चाहेंगे यदि इसे 30 सेकेंड के वीडियो में समाहित कर दिया जाए?

क्या आप अपने आपको काउच पर एक गठरी की तरह लेटकर *शरलॉक* को नेटफ़्लिक्स पर देखना पसंद करेंगे या बिना दिमाग़ लगाए अपने टेबलेट पर टैपिंग करना। या फिर सौ से ज़्यादा पन्नों की किताब के पन्ने पलटते हुए खुद का वीडियो देखना पसंद करेंगे। दृष्टि के संकुचन से अपने कार्यों के प्रभावों का आकलन करें। ये आपको अधिक मूल्यवान सूचनाओं के उपयोग के लिए अग्रसरित करेगा।

9. अप्रत्याशित तलाशने की शक्ति में निवेश करना

ऐसी चुनौतियों को उपभोग करें जो आपकी विशेषज्ञता की सीमा से बाहर हो। ये आपको अधिक असमान जुड़ाव के लिए बाध्य करते हैं। अधिक असमान बिंदुओं को आप जोड़ते हैं तो उससे अधिक मूल्यवान बिंदुओं का अक्सर समापन होने लगता है। अपने ब्राउज़र के होमपेज को वीकिपीडिया के किसी अनायास आर्टिकल बुकमार्क से खोलने के लिए सेट करें। एएमए (आस्क मी एनीथिंग) के भाग से रेडिट पर देखें, जहां विश्व के जाने माने विशेषज्ञ रोज़ाना लोगों के लोकप्रिय सवालों के जवाब देते हैं। जाकर देखिए उस बैंड को जो आपने पहले कभी नहीं सुना। एक किताब पढ़िए जिसके विषय के बारे में आप कुछ नहीं जानते। उस कक्षा को लें जिसके विषय के बारे में आप हमेशा से उत्सुक रहे हैं। जैसे गद्दे भरना, नृत्य करना या जन संवाद करना। उस आत्मकथा को चुनिए जो किसी ऐतिहासिक हस्ती के बारे में हो जिसका नाम तो आप जानते हैं लेकिन उसके जीवन की कहानी नहीं जानते। मैंने कुछ माह पहले कोडिंग आईफ़ोन ऐप पर एक ऑनलाइन कोर्स ज्वाइन किया था। आज ये मेरे ख़ाली समय में मनपसंदीदा काम में से एक है।

10. जो क़ीमती है उस पर दोगुना ध्यान दें।

कुछ विषय ऐसे हैं जिनके बारे में आप अधिक जानते हैं और कुछ चीज़ों में आप दुनिया में अन्य किसी की तुलना में बेहतर हैं। इन विषयों या हुनर पर आप अधिक बिंदु इकट्ठा करते हैं उतने ही अधिक विशेषज्ञ बनते जाएंगे।

प्रत्येक अनुपयोगी चीज़ों को हटाने पर दोगुना ध्यान उन चीज़ों पर दें जिसमें आप पहले से ही अच्छे हैं या उस विषय के बारे में काफ़ी जानते हैं। यदि आप एक शिक्षक हैं, उदाहरण के लिए तो नेटफ़्लिक्स पर ऑटोपायलट मोड में वक्त गुज़ारने की बजाय नए पेशेवर हुनर के कोर्स को करने पर विचार करें। जब आप दोगुना ध्यान उस चीज़ पर देते हैं जिसमें आप पहले से ही पारंगत है तो आप चकित हो जाएंगे ये देखकर कि आप कितने उत्पादक और रचनात्मक हो गए हैं।

जादू जैसा खेल

जैसे ही हम विषयों से संबंधित बिंदुओं के समूह को इकट्ठा करना शुरू करते हैं एक के बाद एक विचार बनते हैं। आख़िरकार विचारों से जादू जैसा होता है।

ब्रिटिश विज्ञान गल्प के लेखक सी क्लार्क का ये कथन मुझे बेहद पसंद है, ''किसी भी प्रभावशाली आधुनिक तकनीक को जादू से अलग करके नहीं देखा जा सकता।'' मैं इसे एक क़दम और आगे ले जाऊंगा कि किसी भी प्रभावशाली *जटिल निर्णय* या *विचार* को भी जादू से अलग नहीं देखा जा सकता। जब भी हम बिंदुओं की जटिल संरचना को नहीं समझ पाते हैं जो कुछ परिणाम में योगदान देते हैं तो हम उसकी व्याख्या जादू या प्रतिभा के रूप में करते हैं।

जब से मैंने होश संभाला तब से जादू के करतब के प्रति मेरा झुकाव था। लेकिन मैंने पाया कि जटिल भ्रम के पीछे के खेल को समझना ज़्यादा संतोषजनक है बजाय इस करतब को देखने के। जब आप खोज लेते हैं कि वे इसे कैसे करते हैं तो भ्रम टूट जाता है और यही क्षण जादुई होता है। लेकिन वे इसे कैसे करते हैं यह सीखना अपने आप में अद्भुत क्षण होता है। जैसे किसी उलझे हुए पज़ल के सभी टुकड़ों का अपनी जगह व्यवस्थित हो जाना।

जादूगर की तरह प्रतिभाशाली व्यक्ति के तरीक़े रहस्यमयी होते हैं जब तक कि आप उसके आसपास बुने हुए जाल को नहीं काट देते। ऐसे लोगों के पास सामान्यत: काफ़ी अनुभव होता है। इन्होंने सोच-समझकर कई घंटों का अभ्यास किया है और अधिक महत्त्वपूर्ण ये है कि अन्य लोगों की तुलना में ये ज़्यादा बिंदुओं से जुड़े हुए होते हैं। जैसा कि मैल्कम ग्लैडवेल ने लिखा है, ''अभ्यास ऐसी चीज़ नहीं है जो आप एक बार करें और अच्छे हो जाएं। ये वो चीज़ है जो आप करते हैं तो अच्छे बनते हैं।''

अल्बर्ट आइंस्टीन निस्संदेह महान प्रतिभाशाली थे। वो अधिक बिंदुओं को अन्य किसी व्यक्ति की तुलना में अद्वितीय तरीक़े से जोड़ते थे। इसी समय वो उन सभी सीमाओं से बंधे थे जिससे हम सब बंधे होते हैं। सापेक्षता के सामान्य सिद्धांत को ग्रहण करने की तरह उन्होंने अविश्वसनीय संख्या में बिंदुओं को इकट्ठा किया और जोड़ा। इसलिए वो

प्रकृति और गणित के सिद्धांतों के विचारों के बीच संयोजन कर सके, ऐसे कनेक्शन बनाए जो दूसरे नहीं कर सके। अपने दिमाग़ को आदतन भटकाने के लिए उन्होंने कई घंटे वायलिन बजाया।* आइंस्टीन ने अपनी प्रतिभा को हासिल करने के लिए *काम किया।* जैसा कि उन्होंने कहा- ''मेरे पास कोई विशेष प्रतिभा नहीं है। मैं सिर्फ़ जुनून की हद तक उत्सुक हूँ।'' इस तरह के सवाल पूछ कर कि ''प्रकाश की किरणों के साथ दौड़ने पर क्या होगा?'' उन्होंने जटिल समस्याओं को हल कर सापेक्षता के सिद्धांत की खोज की। अपनी उपलब्धियों के बाद भी आइंस्टीन इम्पोस्टर सिंड्रोम से ग्रस्त थे। एक बार उनकी पत्नी एलसा ने होटल रूम के बाहर हज़ारों लोगों के जयकारे सुने तो उन्होंने कहा- ''मैं भयभीत हूँ कि हम ठग हैं और अंत तक क़ैद में रहेंगे।''

हम अक्सर किसी जीनियस की इकलौती कहानी को देखते हैं जबकि सभी जीनियस ने महानता को पाने के लिए अपने समय में काफ़ी प्रयास किए हैं। इनमें मोज़ार्ट भी शामिल हैं जिन्होंने अपने पहले संगीत की रचना आठ साल की उम्र में की थी। डेनियल लेविटिन जो *दिस इज योर ब्रेन ऑन म्यूज़िक* के लेखक हैं। उन्होंने मोज़ार्ट की संगीतमय प्रतिभा के सिद्धांत का प्रस्ताव दिया। लेविटिन लिखते हैं, ''हम नहीं जानते कि मोज़ार्ट ने कितना अभ्यास किया लेकिन यदि उन्होंने दो साल की उम्र में शुरू किया और तीस साल तक करते रहे- दो घंटे प्रति सप्ताह'' (तो संभव है उनके पिता की प्रतिष्ठा कठोर अभिभावक की हो) उन्होंने अपने 10 हज़ार घंटे काम आठ साल तक कर लिए थे। ''दस हज़ार घंटे का नियम'' एक लोकप्रिय नियम है। ये प्रयत्नपूर्वक अभ्यास की इकाई है। कुछ लोग सुझाव देते हैं कि यह प्रदर्शन में विशेषज्ञता के स्तर को हासिल करने का निश्चित मापदंड है। जबकि ये क़ायदा हर मामले में लागू नहीं होता। संभव है कि आप कम समय में ही विश्वस्तरीय चॉकलेट बार खाने वाले मास्टर बन सकते हैं। यह निश्चित रूप से विश्वसनीय मापदंड है। दस हज़ार घंटे पर्याप्त हैं किसी विषय या हुनर के चारों ओर मौजूद बिंदुओं को इकट्ठा करने के लिए।

---

* बिंदुओं को जोड़ने के लिए यहां अनगिनत उदाहरण हैं जिन्होंने अपने दिमाग़ को भटकाया। *हेमिल्टन* के लिखने के लिए अब तक का सबसे अच्छा ब्रॉडवे शो तैयार किया गया था। कंपोजर लिन-मैन्युअल मिरांडा कंप्यूटर प्रोग्राम में संगीत तैयार करते थे और तब तक स्कैटरफ़ोकस मोड में तब तक घूमते थे जब तक यह धुन आती थी।

स्कैटरफ़ोकस को आदत बनाना

मुझे उम्मीद है कि अब तक मैं स्कैटरफ़ोकस मोड के पर्याप्त फ़ायदे आपको बता चुका हूँ। स्कैटरफ़ोकस आपको असमान विचारों और अनुभवों के बीच उपयोगी संपर्क तलाशने, दोबारा तरोताज़ा होने और भविष्य के लिए योजना तैयार करने में सहायक होता है। इन अनुभवों की फ़सल काटने के लिए जब आप आदतन कुछ कर रहे हों तो आपको सामान्य तौर पर अपने दिमाग़ को आराम देना है और भटकने के लिए छोड़ना है।

आपके ध्यान बिखेरने की निरंतरता कैसी होनी चाहिए, ये कई बातों पर निर्भर करेगा। इसमें से एक है कि आप कितनी बार हायपरफ़ोकस के लिए अपनी क्षमता का इसका इस्तेमाल करते हैं (और दोबारा तरोताज़ा होने की कितनी ज़रूरत है)। हायपरफ़ोकस मानसिक ऊर्जा को ग्रहण करता है जबकि स्कैटरफ़ोकस संचित ऊर्जा को।

अपने ध्यान का बिखराव आपको ख़ासतौर पर फ़ायदा तब देगा, जब आपके काम की मांग हो अधिक जटिल और असमान विचारों को जोड़ना हो। उदाहरण के लिए आपको अपने ध्यान को ज़्यादा बिखराव देना चाहिए यदि आप शोधकर्ता हैं या फिर डिज़ाइनिंग संबंधित प्रयोगों के लिए ज़िम्मेदार हैं या एक वीडियो गेम डिज़ाइनर हैं जो कहानी लेखन की रचना करता है। आपके काम में अधिक रचनात्मकता की ज़रूरत है तो आपको ध्यान को ज़्यादा बिखराव देना चाहिए। ज़्यादातर मामलों में आज के काम का ज्ञान काम को उतना ही लाभदायक बना सकता है, जितना अधिक हम इसमें रचनात्मकता को ला सकते हैं।

आख़िरकार आप कितनी बार ध्यान को बिखेरते हैं इसकी आवृत्ति से पता चलना चाहिए कि आपका काम कितना महत्त्वपूर्ण है। इससे आप काम की सही दिशा तलाश सकेंगे। मेरा एक दूसरा पसंदीदा वक्तव्य अब्राहम लिंकन का है। जिन्होंने कहा था– ''यदि आप मुझे एक पेड़ को काटने के लिए छह घंटे देते हैं तो मैं पहले चार घंटे कुल्हाड़ी को तेज़ करने में लगाऊंगा।'' चाहे हम घर के नवीनीकरण की योजना बना रहे हों, अपनी टीम के लिए बजट आवंटित कर रहे हों या फिर एक शोध अध्ययन को डिज़ाइन कर रहे हों, हम जिस दृष्टिकोण को अपनाते हैं वही मायने रखता है। हम योजनाबद्ध तरीक़े से काम का करते समय हम जितने स्कैटरफ़ोकस

समय का निर्धारण करते हैं उतना ही अधिक समय हम बाद में बचा सकते हैं।

दिमाग़ को हायपरफ़ोकस से स्कैटरफ़ोकस मोड में आने के लिए कुछ मिनट की ज़रूरत होती है। इसलिए स्कैटरफ़ोकस विराम के कम से कम पंद्रह मिनट हमें अधिक बेहतर परिणाम देंगे। बजाय इसके कि हम हम दिनभर के छोटे-छोटे हिस्सों का फ़ायदा उठाने की कोशिश करें। लेकिन छोटे विराम भी आपको अधिक रचनात्मक बनने में मदद करेंगे। हालांकि ये जटिल आंतरिक समस्याओं के आंतरिक अद्भुत समाधानों को टुकड़े जोड़ने के लिए पर्याप्त समय नहीं दे सकते, लेकिन ये निश्चित तौर पर आपके दिमाग़ को पूरी तरह खुला रखने में सक्षम बनाएंगे ताकि आप आगे क्या काम करना है इसको निर्धारित कर सकें, आराम कर सकें और अपने दिमाग़ के शीर्ष में खुले पाशों को कैप्चर कर सकें। स्कैटरफ़ोकस के ये तीन रूप - आदतन, कैप्चर और समस्या चिंतन, छोटे और लंबी दोनों अवधि में काम करते हैं, लेकिन ये आपके लिए लंबी अवधि में अधिक फ़ायदेमंद साबित होंगे।

जैसे हम स्कैटरफ़ोकस मोड में काम के दौरान ब्रेक में प्रवेश करते हैं, तो ऐसे अनगिनत दूसरे मौक़े भी हैं जब हम दिन में स्कैटरफ़ोकस को लागू कर सकते हैं :

- रात 8 बजे से सुबह 8 बजे के बीच इंटरनेट को डिसकनेक्ट करें।
- ध्यान दें कि जब काम ख़त्म कब करते हैं, और उसका इस्तेमाल संकेत के रूप में अपने ध्यान के थोड़े बिखराव के लिए करें।
- एक सस्ती अलार्म घड़ी ख़रीदें। इससे जागने पर तुरंत फ़ोन पर आपका ध्यान ध्यान नहीं भटकेगा।
- जब आप कॉफ़ी लेने के लिए निकलें तो सिर्फ़ नोटपैड लेकर चलें।
- खुद को चुनौती देने के लिए पूरे दिन के लिए अपने फ़ोन को घर पर छोड़ दें।
- अतिरिक्त समय तक शॉवर लें।
- अपने आप को पांच मिनट के लिए उदास होने दें और ध्यान दें कि कि आपके दिमाग़ में क्या चल रहा है।

- ध्यान भटकाने वाली चीज़ों को क़ाबू में करें और अपने वातावरण को सरल बनाएं। ये सुनिश्चित करें कि अगली बार जब आप रचनात्मक आदत का काम कर रहे हों तो आपका ध्यान नहीं भटके।
- कुछ मनोरंजक देखने की बजाय खाना पकाते समय म्यूज़िक सुनें।
- प्राकृतिक आनंद लेने के लिए टहलें।
- आर्ट गैलरी देखने जाएं।
- बिना म्यूज़िक या पॉडकास्ट के कसरत करें।

वस्तुनिष्ठ होकर कहा जाए तो स्कैटरफ़ोकस निष्पक्ष रूप से अनुत्पादक लग सकता है। आप एक बस में हैं और खिड़की के बाहर देख रहे हैं। आप बिना हेडफ़ोन के प्राकृतिक वातावरण में टहल रहे हैं या जॉगिंग कर रहे हैं। आप एक प्रतीक्षालय में फ़ोन पर टैप करने की बजाय नोटपैड पर लिख रहे हैं। हालांकि इस दौरान आप व्यस्त नहीं दिखते तब भी आपका दिमाग़ निश्चित रूप से व्यस्त रहता है।

स्कैटरफ़ोकस दिमाग़ का सबसे रचनात्मक मोड है। हायपरफ़ोकस की तरह ही इसके अभ्यास में भी जितना समय बिता सकें उतना सही है।

अध्याय
10

मिलकर काम करना

हायपरफ़ोकस और स्कैटरफ़ोकस का मेल

कई मायनों में हायपरफ़ोकस और स्कैटरफ़ोकस पूरी तरह विपरीत हैं। हर समय, हम या तो कुछ कर रहे होते हैं (बाहरी ध्यान से) या कुछ के बारे में सोच रहे होते हैं (आंतरिक ध्यान से)। हम एक ही समय में हायपरफ़ोकस मोड और स्कैटरफ़ोकस मोड दोनों में नहीं रह सकते।

हर तरह से इनमें अंतर हैं। हालांकि, दो मोड के एकसाथ काम करने के लिए बहुत सारे उपयोगी अवसर हैं। जब हम ध्यान केंद्रित करते हैं तो हम बिंदुओं का उपभोग और संग्रह करते हैं। जब हमारा ध्यान बिखरता है तो हम इन बिंदुओं को जोड़ते हैं। हायपरफ़ोकसिंग हमें ज़्यादा स्मृति के लिए सहमति देता है। इससे स्कैटरफ़ोकस मोड में अधिक मूल्यवान कनेक्शन बनते हैं। स्कैटरफ़ोकस हमें रिचार्ज करने में सहायक होता है। जो बदले में हायपरफ़ोकस को अधिक ऊर्जा प्रदान करता है। स्कैटरफ़ोकस में हम जिन अंतर्दृष्टि का पता लगाते हैं, वे हमें बाद में बेहतर तरीक़े से काम करने में मदद करती हैं। ऐसे ही अन्य तरीक़ों से जानबूझकर हमारे ध्यान को प्रबंधित करना चक्रवृद्धि लाभों के साथ अभ्यास जैसा है।

ऐसे कई तरीक़े हैं जिन्हें आप लागू कर सकते हैं जो आपको हायपरफ़ोकस और स्कैटरफ़ोकस दोनों का अधिक से अधिक लाभ उठाने देती हैं। ये रणनीतियां आपकी मदद करेंगी चाहे आप किसी भी मोड में हों।

अपनी प्रसन्नता में निवेश करें

आप प्रसन्नता के विषय में यदि कई किताबों, लेखों और शोध के अन्य कार्यों से गुज़रते हैं तो आपकी सिर्फ़ इस सलाह से उदास होने की संभावना ही है। इसमें से कुछ उपयोगी होती हैं, लेकिन बहुत सारे खोखले वादे भी किए जाते हैं।

प्रसन्नता में वाक़ई निवेश करने और सिर्फ़ ज़्यादा सकारात्मक सोचने के बीच अंतर करना काफ़ी अहम है। सीधे शब्दों में कहें तो सकारात्मक सोच आपको ज़्यादा प्रसन्न या उत्पादक बनाने का काम नहीं करती। वास्तव में, अनुसंधान ने इसे *उल्टा* दिखाया है। एक अध्ययन में, अधिक वज़न वाली महिला ने पतली होने की कल्पना की, एक वर्ष में उसने वज़न कम किया। दूसरे में, सर्जरी के बाद जितने अधिक रोगियों ने अपने ठीक होने की कल्पना की, उनकी स्थिति में सुधार उतना ही धीमा होता गया। अन्य अध्ययनों में भविष्य के बारे में सिर्फ़ सकारात्मक कल्पना करने से प्रतिभागियों ने परीक्षणों की कसौटी पर ख़राब प्रदर्शन किया। लोगों के नए रूमानी रिश्तों में प्रवेश करने की संभावना में कमी आई, उन्होंने रोज़मर्रा की ज़िंदगी में कम महारत हासिल की, यहां तक कि लोग को दान में कम योगदान के लिए प्रेरित हुए।

सकारात्मक सोच हमें पल में सफल होने का अहसास कराती है, लेकिन बाद में सफल होने के लिए एक वास्तविक योजना बनानी होती है। व्यवहार में सकारात्मक सोच और आशाओं पर आधारित सोच में बहुत कम अंतर होता है।

हमारी प्रसन्नता के स्तर को बढ़ाने के लिए *क्या* कारगर है? उन चीज़ों पर समय बिताना जो हमारे सकारात्मक प्रभाव के स्तर को बढ़ाते हैं : हम कितना अच्छा महसूस करते हैं। वास्तविक शोध का एक ख़ज़ाना है जो दर्शाता है कि प्रसन्न होने से हमें अपने ध्यान के प्रबंधन में मदद मिलती है। साथ ही हमारी प्रसन्नता के स्तर को बढ़ाने के प्रमाणित तरीक़ों का सुझाव भी मिलता है। मज़े की बात यह है कि जितना अधिक हम अपनी प्रसन्नता में निवेश करते हैं, उतने ही अधिक उत्पादक हम हायपरफ़ोकस मोड में बनते हैं और उतने ही रचनात्मक हम स्कैटरफ़ोकस मोड में बनते हैं।

आख़िर क्यों? इस प्रश्न में जाने से पहले, यह ध्यान देने योग्य है कि आप इस पुस्तक में दिए गए विचारों का अभ्यास करके खुद को प्रसन्न महसूस कर सकते हैं– जब आपका दिमाग़ आपकी इच्छा के विरुद्ध भटकता है, तब आप काफ़ी कम संतुष्ट होते हैं, तब भी जब वह तटस्थ विषयों की ओर भटक रहा हो। आप बेहद प्रसन्न होते हैं जब आपका दिमाग़ अनजाने में किसी सकारात्मक विषय की ओर भटक रहा होता है। जैसा कि आप किसी सांसारिक चीज़ पर ध्यान केंद्रित करते समय करते हैं– हाइपरफ़ोकस का अभ्यास करना और कम विकर्षणों के साथ काम करना। ये वर्तमान पर अधिक ध्यान केंद्रित करने में मदद करता है। *जानबूझकर* अपने दिमाग़ को भटकने देना अपराधबोध, संदेह और तनाव को प्रक्रिया से बाहर कर देता है, क्योंकि आप अपनी इच्छा के विरुद्ध ऐसा करने के बजाय आराम करना चुनते हैं। आमतौर पर, एक भटकता हुआ दिमाग़ हमें कम प्रसन्न करता है, जब तक कि हम किसी ऐसी चीज़ के बारे में नहीं सोचते हैं जिसमें हम रुचि रखते हैं। कुछ उपयोगी, या कुछ नया। स्कैटरफ़ोकस – मन के भटकाव का रूप है जो हमें तीनों का अनुभव करने देता है।

क्यों, प्रसन्नता में निवेश उत्पादकता और रचनात्मकता को वाक़ई बढ़ावा देता है?

सबसे पहले, और सबसे महत्त्वपूर्ण, एक सकारात्मक मनोदशा आपके ध्यान स्थान के आकार का विस्तार करती है, चाहे आप किसी भी मोड में हों।

जब आप प्रसन्न होते हैं, तो आपके मस्तिष्क के तार्किक भाग में डोपामाइन की मात्रा बढ़ जाती है, जो आपको अधिक ऊर्जा और जोश के साथ अपने काम की ओर ले जाती है। चूंकि आपके पास काम करने के लिए बेहतर गुंज़ाइश है, आपके पास वे संसाधन हैं जिनकी आपको आवश्यकता है अधिक गहराई से ध्यान केंद्रित करें और अधिक हासिल करें। अच्छे मूड में रहने से आप चलते–फिरते भी जानकारी को याद करने में भी बेहतर होते हैं। आप अधिक सक्रिय रूप से जानकारी का इस्तेमाल भी करते हैं : आप जितने प्रसन्न होंगे, नए और दिलचस्प तरीक़ों से विचारों को एक साथ रखने की संभावना उतनी ही अधिक होगी, आप कार्यात्मक स्थिरता को दूर करने में सक्षम होंगे, और, मैकगाइवर की तरह, जानी–पहचानी चीज़ों के लिए

नए उपयोग देखेंगे। प्रसन्नता आपको अधिक विविधता की तलाश करने के लिए भी प्रोत्साहित करती हैं- लेकिन जोख़िम की तरह नहीं।

दूसरी ओर, एक नकारात्मक मूड आपके ध्यानाकर्षण स्थान का आकार घटा कर देता है। अप्रसन्न लोग कम उत्पादक होते हैं – पूर्ण विराम। आप जितने कम प्रसन्न होते हैं, उतनी ही बार आपका मन आपकी इच्छा के विरुद्ध भटकता है, और जो आपके सामने है उस पर आप उतना ही कम ध्यान देते हैं। आप जितना कम प्रसन्न महसूस करते हैं, उतना ही महत्त्वपूर्ण है कि आप विकर्षणों को वश में करें, क्योंकि आपके पास उनका विरोध करने के लिए कम गुंज़ाइश और ऊर्जा है।

जब आप नकारात्मक महसूस कर रहे होते हैं तो आपका मन भटकने वाले स्थान भी भिन्न होते हैं। आप उस समय हुई घटनाओं पर चिंतन करते हुए, दूर के अतीत में झांकने लगते हैं।* जबकि आप कभी-कभी पिछले अनुभवों को फिर से जीने से लाभ उठा सकते हैं, कम समय में आपकी उत्पादकता प्रभावित होती है- जब आपका दिमाग़ अतीत की ओर अधिक भटकता है, तो आप भविष्य के लिए कम बार योजना बनाते हैं और कम उत्पादक विचारों को इकट्ठा करते हैं। और साथ ही जब आपकी अवांछित मन-भटकने की श्रंखला बढ़ती है तो वे कम सुखद और उत्पादक बन जाते हैं। यही कारण है कि नकारात्मक मूड में होने पर आप जिन समस्याओं का सामना कर रहे हैं उन्हें पकड़ना बहुत महत्त्वपूर्ण है। जब भी आप दुखी महसूस कर रहे होते हैं, तो आप अक्सर कई गंभीर मुद्दों से भी निपटते हैं। ज़िगार्निक प्रभाव-जो अनसुलझे समस्याओं को दिमाग़ के सामने रखता है- आपको उनके बारे में और सोचने के लिए मज़बूर करता है।

जो लोग अप्रसन्न हैं वे भी एक रुकावट के बाद फिर से ध्यान केंद्रित करने में अधिक समय लेते हैं और अपनी असफलताओं पर अधिक

---

* जिस तरह से शोधकर्ताओं ने एक प्रयोगशाला में इसे मापा, वह सकारात्मक या नकारात्मक बयानों को कहते हुए प्रतिभागियों को या तो प्रसन्न या शोकपूर्ण संगीत सुनना था। कुछ प्रतिभागियों ने ''मुझे अपने आप पर पूरा भरोसा है'' जैसे बयानों का उच्चारण करते हुए मोज़ार्ट के एइन क्लेन नैश्टम्यूज़िक जैसे उत्थान संगीत को सुना। दूसरों ने बार्बर के एडैगियो फ़ॉर स्ट्रिंग्स जैसे उदास संगीत को ''जबकि मुझे लगता है कि चीज़ें बेहतर होने जा रही हैं, तो कुछ और ग़लत हो जाता है,'' जैसे वाक्य बोलते सुना।

ध्यान देते हैं। एक अध्ययन के अनुसार, चेतना और ध्यान जैसी आदतें हमारे मस्तिष्क को कम भटकने के लिए प्रशिक्षित करती हैं। यहां तक कि अवसादग्रस्त व्यक्तियों को ठीक करने में और उन्हें दोबारा बीमार नहीं होने देने में भी प्रभावी हैं।

हालांकि इस बात पर बहुत कम शोध हुआ है कि जब आप प्रसन्न होते हैं तो आपका ध्यानाकर्षण स्थान किस हद तक फैलता है, प्रसन्नता विशेषज्ञ और हार्वर्ड-प्रशिक्षित मनोवैज्ञानिक शॉन आकोर ने पाया कि प्रसन्न लोग नकारात्मक या तटस्थ अवस्था में रहने वालों की तुलना में 31 प्रतिशत अधिक उत्पादक होते हैं। प्रसन्नता आपको स्कैटरफ़ोकस मोड में अधिक रचनात्मक बनने में भी मदद करती है। जब आप मन के सकारात्मक फ्रेम में होते हैं, तो आपको समस्याओं के व्यावहारिक समाधान का अनुभव होने की अधिक संभावना होती है, जो आश्चर्य की बात नहीं है, यह देखते हुए कि आपके मस्तिष्क में काम करने के लिए अधिक गुंज़ाइश और ऊर्जा है।

तो फिर, हम विज्ञान के निष्कर्षों का उपयोग करके अपनी प्रसन्नता में निवेश कैसे कर सकते हैं?

मेरे पसंदीदा अध्ययनों में से एक – वही जिसने पाया कि हम अपना 47 प्रतिशत दिन में सपने देखने में बिताते हैं – दिन भर में हज़ारों प्रतिभागियों के सैंपल लेते हैं, दो प्रश्न पूछते हैं : जिस समय उनका नमूना लिया गया था, उस समय वे क्या कर रहे थे (प्रतिभागियों को एक अधिसूचना प्राप्त हुई थी उनके फ़ोन पर), और उस काम को करने में उन्हें कितनी प्रसन्नता हुई? अध्ययन के प्रकाशन के समय, शोधकर्ताओं को हज़ारों विषयों से 2 लाख 50 हज़ार से अधिक प्रतिक्रियाएं मिली थीं। यहां शीर्ष पांच गतिविधियां दी गई हैं जिन्होंने उन्हें सबसे ज़्यादा आनंद प्रदान किया :

5. संगीत सुनना
4. खेलना
3. बात करना और अपने संबंधों में निवेश करना
2. व्यायाम करना
1. प्यार करना

यह ध्यान देने योग्य है कि जब हम प्यार कर रहे होते हैं तो हमारा दिमाग़ कम से कम भटकता है– और हम कुछ और करने की तुलना में ऐसा करने में काफ़ी प्रसन्न होते हैं। कोई और पास नहीं आता (*वास्तव* में अपने ध्यान में निवेश करने के लिए, सभी पांच चीज़ों को एक साथ करने का प्रयास करें)।

इन सब गतिविधियों के अलावा, ऐसी ढेरों गतिविधियां हैं जोकि लोगों को प्रसन्न बनाने में कारगर साबित हुई हैं। प्रसन्नता के क्षेत्र में कार्य करने वाले मेरे पसंदीदा शोधकर्ताओं में से एक हैं, पूर्वोल्लेखित शॉन आकोर। वह द *हैप्पीनेस एडवांटेज* के लेखक हैं। इस पुस्तक में और अपनी टेड टॉक में शॉन आपकी प्रसन्नता को बढ़ाने के लिए विज्ञान समर्थित कुछ रणनीतियां सुझाते हैं। उनके सुझावों में से कुछ हैं :

- प्रत्येक दिन के अंत में तीन चीज़ों को याद करना जिनके लिए आप आभारी हैं (अध्याय 3 के नियम 3 में अच्छी रणनीति की चर्चा की गई है)
- हर दिन के अंत में अपने एक अच्छे अनुभव के बारे में लिखना
- ध्यान करना (अध्याय 5 देखें)
- दयालुता का एक कार्य अनायास करना

जबकि मनोदशा और दृष्टिकोण स्वाभाविक रूप से बिंदु और विचार नहीं हैं जिन पर आप ध्यान केंद्रित कर सकते हैं और याद रख सकते हैं, वे बहुत प्रभावित करते हैं कि आप अपने ध्यान स्थान में क्या देखते हैं और उससे संबंधित हैं। वे आपके ध्यान स्थान के आकार को ही प्रभावित करते हैं। प्रसन्नता गुलाब के रंग का लेंस है जिसे हम अपने ध्यान स्थान के ऊपर रखते हैं, जो हमें अपने अनुभवों को अधिक उत्पादक और रचनात्मक तरीक़े से जोड़ने की अनुमति देता है।

यदि आपको बूस्ट की आवश्यकता है, तो प्रयास के लिए इनमें से प्रत्येक सूची से कुछ आइटम चुनें। उन अंतरों पर चिंतन करें जो वे आपके लिए करते हैं। सभी नौ विचारों को आजमाएं, और जो काम करता है उसे जारी रखें। दिन के अंत में, ये रणनीतियां ना केवल आपको प्रसन्न करेंगी – वे आपको अधिक उत्पादक और रचनात्मक भी बनाएंगी।

अपने ऊर्जा स्तरों के आसपास काम करें

जैसा कि आपने शायद अनुभव किया है कि दिन के दौरान ऊर्जा का स्तर कुछ भी हो लेकिन स्थिर रहता है। जब आपके शरीर को सबसे अधिक ऊर्जा के लिए प्रोग्राम किया जाता है (उदाहरण के लिए, यदि आप एक भोर के पक्षी या रात के एक उल्लू होते हैं), तो आप कितनी बार व्यायाम करते हैं, आप क्या खाते हैं, और क्या आपको पर्याप्त नींद आती है, इसके अनुसार वे ऊर्जा प्रोग्राम में उतार-चढ़ाव करते हैं।

ऊर्जा स्तरों की तरह, आपका ध्यान और उत्पादकता भी एक समान नहीं है। जब आप अपने ऊर्जा-समृद्ध क्षणों को अपने सबसे जटिल, सार्थक कार्यों के लिए समर्पित करते हैं तो आप सबसे अधिक उत्पादक होते हैं।

यदि आपने मेरी पिछली पुस्तक, *द प्रोडक्टिविटी प्रोजेक्ट* को पढ़ा है, तो आप इस विचार से पहले से ही परिचित हैं। हायपरफ़ोकस आपके चरम ऊर्जा समय के दौरान सबसे प्रभावी होता है- मैं इन्हें आपका जैविक प्राइम टाइम (बीपीटी) कहता हूँ। दिन का सटीक समय सभी के लिए अलग-अलग होता है (एक या दो सप्ताह के लिए अपने ऊर्जा स्तरों को चार्ट करके, आप अपने स्वयं के पैटर्न की पहचान करने में सक्षम हो जाएंगे)। आप अपने बीपीटी के दौरान जितने अधिक उत्पादक कार्य करते हैं, आप उतने ही अधिक उत्पादक भी बनते हैं।

इस अवधारणा का दूसरा पक्ष भी है जब बात स्कैटरफ़ोकस की आती है। स्कैटरफ़ोकस काफ़ी शक्तिशाली होता है जब आपकी ऊर्जा का स्तर कम होता है। आपका दिमाग़ इस दौरान उठने वाले विचारों के प्रति कोई संकोच नहीं करता। विश्लेषणात्मक समस्याएं समाधान के लिए एकाग्रता मांगती हैं लेकिन रचनात्मक समस्याओं के समाधान तब आते हैं जब उन्हें आप कई नज़रिए से सोचते हैं। एक अध्ययन से पता चला कि हम *27.3 प्रतिशत* आंतरिक समस्याओं का समाधान अवांछित समय में करते हैं जिस दौरान हम वास्तव में ज़्यादा थके हुए होते हैं।

मैं इस समय को कहता हूँ कि यह हमारे रचनात्मक समय का वो हिस्सा है जब हमारे ऊर्जा का स्तर सबसे न्यूनतम होता है। ज़्यादातर लोगों के लिए ये समय सुबह 11 बजे और दोपहर 2 या 3 बजे के आसपास का होता है। हमारी ऊर्जा सामान्यतः लंच के बाद न्यूनतम रहती है।

पूरे सप्ताह ऊर्जा के स्तर में उतार–चढ़ाव बना रहता है। सोमवार को हम सामान्यत: काम में कम व्यस्त होते हैं जब हम सबसे अधिक ऊब महसूस करते हैं और सबसे ज़्यादा काम में व्यस्त शुक्रवार* को होते हैं। ये भी सच है कि हर व्यक्ति अलग है। यदि आप एक चिड़िया की तरह है जो सुबह 5 बजे जागती है तो आपकी ऊर्जा के गिरावट का समय भी जल्दी हो सकता है और दोपहर के बाद का समय रचनात्मक कार्यों के लिए सबसे अच्छा हो सकता है। इसी तरह रात में जागने वालों को लग सकता है कि वे सबसे अधिक उत्पादक तब हैं जब दूसरे बिस्तर पर चले जाते हैं।

काम को बुद्धिमानी से करने का सबसे अच्छा तरीक़ा है कि कार्य का निर्धारण करते समय बीपीटी और सीपीटी को ध्यान में रखें। जिससे अधिक रचनात्मकता हासिल हो सके। अपने कैलेंडर में इन कार्यों के लिए समय को निर्धारित कर लें।

शराब और कैफ़ीन पीने में समझदारी दिखाएं

यदि आपकी बाधाओं का बढ़ना चिंता में डाल रहा है तो संभवत: आप शराब के उपयोग से परिचित ही होंगे। ज़्यादा थकने पर इसके सेवन से लोग रचनात्मक समस्याओं के समाधान में असरकारक दिखते हैं।(इस सिद्धांत की जांच के लिए मैंने इस चैप्टर के कुछ हिस्से को वोदका सोडा और नींबू के स्वाद के साथ दोबारा लिखा। इसका निर्णय मैं आप पर छोड़ता हूँ कि ये दूसरों की तुलना में बेहतर है या नहीं)।

इस किताब को लिखने के दौरान एक मनपसंदीदा अध्ययन सामने आया कि डिज़्नी/पिक्सर फ़िल्म *रैटाटोइल* देखने के दौरान प्रतिभागियों ने हल्का नशा किया था। शोधकर्ता प्रतिभागियों को दो समूहों में बांट देते हैं। एक ग्रुप को बैगल खिलाया गया। वोदका और क्रेनबेरी पिलाया गया। दोनों उनके वज़न के सापेक्ष दिया गया। विषय था– शराब का सेवन फ़िल्म देखने के दौरान। दूसरा समूह इतना भाग्यशाली नहीं था। उसने फ़िल्म देखी लेकिन उसे भोजन या शराब नहीं दी गई।

---

* इस अध्ययन का एक और मज़ेदार नतीजा है– हम बड़ी तादाद में गुरुवार को रटे-रटाए काम करते हैं (ये पूरे सप्ताह का एक तिहाई नियमित काम होता है)। ग़ौरतलब है कि गुरुवार आपके लिए ''रख–रखाव दिवस'' की तरह है। जब आप उस तरह के सभी काम करते हैं जिन पर सप्ताह के शेष दिनों में आपका ध्यान नहीं होता।

इस अध्ययन का नतीजा कमाल का था। फ़िल्म देखने के बाद शराब पीने वाले प्रतिभागियों के समूह ने अन्य प्रतिभागियों के मुक़ाबले 38 प्रतिशत ज़्यादा रचनात्मक शब्दों के पज़ल्स हल किए। इतना ही नहीं, उन्होंने इसे अधिक तेज़ी से भी किया!(आपने अनुमान लगाया होगा कि नशे वाले प्रतिभागी समस्याओं के तार्किक समाधान में बेहतर नहीं होंगे)। पुनः जब बात समस्याओं के रचनात्मक समाधान की आती है तो हम अपने ध्यान पर जितना कम नियंत्रण रखेंगे उतना ही बेहतर होगा।

यहां मक़सद शराब के उपयोग की पैरोकारी करना नहीं है। वास्तव में इसके नुक़सान भी कम नहीं हैं। *रैटाटोइल* अध्ययन ने प्रदर्शन का आकलन निर्धारित कार्य और रचनात्मकता के आधार पर किया लेकिन ज़्यादातर काम रचनात्मकता के मिश्रण और ध्यान दोनों मांगते हैं। जब किसी चीज़ पर ध्यान केंद्रित करने का वक्त आता है तो शराब आपकी उत्पादकता को पूरी तरह नष्ट कर देती है।

यदि आप ध्यान कर रहे हैं तो शराब के एक या दो पैग लेकर अगली शाम के सत्र में प्रयोग करें। इस प्रभाव को आप खुद महसूस करेंगे। शराब का उपयोग करने से आपका मस्तिष्क ज़्यादा भटकता है लेकिन इसी समय आपकी अन्य चीज़ों के प्रति सजगता भी *कम* होती है। शराब दो तरह से आपके ध्यान की गुणवत्ता पर असर डालती है। ना सिर्फ़ तब जब आप कम समय के लिए ध्यान लगा रहे हो बल्कि तब भी महसूस करेंगे जब आपके ध्यान में खलल पड़ गया होगा।

इसके असर से आपके ध्यान क्षेत्र के आकार में संकुचन आता है जिससे किसी भी चीज़ पर ध्यान केंद्रित करने में आपको कठिनाई होती है। आप जितना ज़्यादा पीते हैं आपका मस्तिष्क उतना ही भटकता जाता है। इसे रोकने के लिए आप जितने कम जागरूक होते हैं आपका ध्यान क्षेत्र उतना ही छोटा होता जाता है। इसमें कोई हैरानी नहीं है कि शराब पीने के कुछ ही देर में हमारी स्मृति कम होने लगती है। ये याद करना नामुमकिन है कि हमने पहली बार में क्या याद नहीं किया।

व्यावहारिक तौर पर देखा जाए तो शराब का उपयोग सिर्फ़ बहुत ही चुने हुए काम के लिए ही किया जाता है। यदि ये दिन का अंत है और आप दिमाग़ पर ज़ोर डालने वाला काम करना चाहते हैं तो बीयर की चुस्की

आपकी मदद करेगी। लेकिन ध्यान रखें कि ये आपके ध्यान केंद्रित करने पर नियंत्रण में कमी लाएगा।

मैं शराब को पीने को इस तरह देखता हूँ जिससे हम ऊर्जा और ख़ुशी उधार में लेते हैं। कभी-कभी ये सही क़ीमत अदा करता है। जैसे आप किसी ऐसे दोस्त के साथ समय बिता रहे हों जिसे आपने काफ़ी समय से नहीं देखा। यदि आप शराब पीते हैं तो इसे सही तरीक़े से करें। उस समय जब आप चाहते हैं कि आपका दिमाग़ खुले तौर पर सोचे। (और इसके बाद आपको कोई अहम योजना नहीं बनानी) या फिर कल के लिए कुछ ख़ुशियां चुराना चाहें।

कैफ़ीन एक भिन्न प्रकार का पेय है जिसका उपयोग समझदारी से करना चाहिए। जब हम ध्यान को नियंत्रित करने की बात करते हैं तो शराब के मुक़ाबले कैफ़ीन एकदम विपरीत है। जबकि शराब स्कैटरफ़ोकस में मदद करता है तो कैफ़ीन हायपरफ़ोकस में।

शोध का निष्कर्ष ये है- कैफ़ीन हर तरह के मापदंड पर मानसिक और भौतिक प्रदर्शन को बढ़ाता है।

- **यह हमारे ध्यान को और गहराई में ले जाता है,** भले ही काम साधारण हो या जटिल इसे संकीर्ण कर देता है। जो हायपरफ़ोकस करने के काम को आसान बनाता है लेकिन स्कैटरफ़ोकस करने में कठिनाई पैदा करता है।
- **ये हमारी मदद करता है,** ख़ासतौर पर उन कार्यों में जो लंबे और थकाऊ होते हैं। (ये हमारी संकल्पशक्ति को ऊर्जा देता है भले ही हम कितने भी ऊबे और थके हुए हों)।
- **ये हमारे तेज़ी से प्रतिक्रिया** का समय और दिखने वाले तार्किक कार्यों के प्रदर्शन को सुधारता है जो मौखिक स्मृति के लिए निर्धारित होते हैं। (जैसे : जिगसॉ पज़ल को एकसाथ समायोजित करना)।

सामान्यत: ये प्रभाव 200 मिलीग्राम कैफ़ीन के सेवन के बाद कम हो जाता है (एक कप कॉफ़ी में क़रीब 125 मिलीग्राम कैफ़ीन होता है)। 400

मिलीग्राम से अधिक मात्रा में सेवन को नज़रंदाज़ करना चाहिए। इतनी मात्रा से आप अधिक चिंतित महसूस करेंगे और प्रदर्शन पर इसका बुरा असर होता है। पुन: इस सलाह को तभी मानें जब आप पाएं कि यह आपके लिए वाक़ई सही है। हम सबकी कैफ़ीन को लेकर भिन्न प्रतिक्रिया है। कुछ इसे जल्दी पचा ले जाते हैं। उनकी क्षमता अधिक होती है और कुछ का पूरा शरीर कुछ घूंट लगाने के बाद ही कांपने लगता है। इसलिए सबसे उचित सलाह ये है कि आप जागरूकता के साथ व्यक्तिगत तरीक़े को लागू करें कि यह आप पर कैसे काम करता है।

कैफ़ीन आपके भौतिक कार्यों और व्यायाम को भी ऊर्जा दे सकता है। ये आपको विपरीत परिस्थितियों में प्रदर्शन में मदद करता है और आपके प्रदर्शन को मज़बूती देता है, व्यायाम के दौरान आपकी दर्द सहनशक्ति को भी बढ़ाता है।

शराब की तरह कैफ़ीन भी नुक़सान रहित नहीं है। भले ही आप स्वास्थ्यप्रद कैफ़ीन पेय का उपयोग करते हो और इसमें चीनी भी नहीं हो। जैसे ब्लैक टी, ग्रीन टी या कुल्हड़ की चाय (मेरी व्यक्तिगत पसंद)। जैसे आपका शरीर कैफ़ीन को पचाता है आपकी ऊर्जा का ह्रास होता है और उत्पादन क्षमता कम होती है। कैफ़ीन आपकी नींद की क्षमता को भी प्रभावित करती है। जो आपको अगले दिन कम उत्पादक बनाती है।

इस क़ीमत के बाद भी आप कैफ़ीन चुनते हैं जब आप वाक़ई मानसिक और शारीरिक प्रदर्शन बेहतर करना चाहेंगे। देर नहीं हुई हो तो थोड़े कैफ़ीन का सेवन करें जब आप आप काम पर हायपरफ़ोकस करना चाहें या जिम में पसीना बहाना चाहें।* सुबह उठकर कॉफ़ी पीने की बजाय आप उस समय इसे लें जब आपको अधिक उत्पादक कार्य करना हो। जब दिमाग़ खपाने वाली मीटिंग दिन का पहला काम हो तो इसके बाद एक कॉफ़ी लें। अपने ध्यान क्षेत्र को छोटा करके विचारों के प्रवाह को रोकें। यदि आपकी एक और मीटिंग निर्धारित है तो इसका उल्टा करें।

* यदि आप तुरंत ऊर्जा को बढ़ाना चाहते हैं तो कैफ़ीन गम को आजमाएं। आपके शरीर में मुंह के ऊतक कैफ़ीन को तेज़ी से ग्रहण करते हैं।

खुले दफ़्तर

मैंने विभिन्न कार्यस्थल पर उत्पादकता को लेकर बात की और मैंने इसे नोटिस किया कि कई कंपनियां खुले दफ़्तर की योजना पर अमल कर रही हैं। जब बात ध्यान और उत्पादकता की आती है तो ओपन ऑफ़िस मिश्रित दायित्व की तरह हैं। जब हम ऐसे वातावरण में काम करते हैं जिसे नियंत्रित करना आसान हो तो एकाग्रता में आसानी होती है। वातावरण पर हमारा नियंत्रण कम है इसलिए हमारा ध्यान खुले दफ़्तर में है। शोध इसकी पुष्टि करते हैं। खुले वातावरण में *64 प्रतिशत ज़्यादा बार* हमारा ध्यान भटकता है। इसी तरह दूसरों से भी हमें बाधा पहुंचती है। जब आप बहुत एकाग्रता के साथ काम करना चाहते हों तब ओपन ऑफ़िस आपकी उत्पादकता को वाक़ई काफ़ी कम कर सकता है।

खुले दफ़्तर के अपने लाभ भी हैं। एक तो यही है कि यह ऐसे काम में सहायक है जिसमें एक लंबे प्रोजेक्ट पर काम करना हो बिना दूसरे काम की ओर जाए। इसके पीछे दिलचस्प कारण है– जब हमारे साथी खुले वातावरण में अधिक बाधा पहुंचाते हैं तो उन्हें ये विचार रहता है कि वे ऐसा कब करते हैं। चूंकि वे हमारे काम का अवलोकन कर सकते हैं, इसलिए वो ध्यान रखते हैं जब हम एक स्वाभाविक अवकाश बिंदु पर पहुंचते हैं। जब हम मीटिंग, फ़ोन कॉल या किसी काम के पूरे होने पर खड़े होने के बाद अपने डेस्क पर वापस लौटते हैं तो ये वातावरण हमें अधिक बाधित करता है दो काम के बीच के अंतराल में। इसलिए हमें अधिक समय और ऊर्जा की ज़रूरत नहीं होती काम पर दोबारा ध्यान लगाने की।

हालांकि यह किताब व्यक्तिगत उत्पादकता पर केंद्रित है। हमारा काम निर्वात में मौजूद नहीं होता। हमारा काम सामान्यत: दूसरों के काम से जुड़ा हुआ होता है। उच्च समन्वय वाले काम तभी होते हैं जब हम दूसरों से तेज़ी से सूचनाएं ले सकें, और उतनी ही तेज़ी से वे भी हमसे सूचनाएं ले सकें, टीम की तरह हम अधिक उत्पादक सिद्ध होंगे।

जब निचले स्तर पर खुले दफ़्तर योजना की बात आती है तो यदि काफ़ी समन्वय और सहभागिता से काम करना है और रचनात्मक और जोड़ने वाले काम करने है तो आप और आपकी टीम के लिए खुले दफ़्तर के नुक़सान संभव हैं। आपका काम प्रचुर मात्रा में निर्बाध ध्यान की मांग

करता है और आपको भले ही लगे कि यहां काफ़ी नौकरियां हैं लेकिन खुले दफ़्तर आपकी उत्पादकता को नुक़सान ही पहुंचाते हैं।

यदि आप प्रबंधक हैं तो देखिए कि आपकी टीम खुले दफ़्तर की योजना से पहले कैसे काम करती है। तब आप इसके ख़र्च और डिज़ाइन को तय कीजिए। यह सुनिश्चित करें कि आपके कर्मचारी इन बाधाओं को कैसे संभालते हैं। एक अध्ययन में पाया गया कि एक टीम के यह समझने के बाद 30 प्रतिशत बाधाएं कम हो गईं कि बाधाएं कितनी नुक़सानदायक हैं।

यह भी जांच का विषय है कि अधिक बाधाएं एक ही सामान्य स्रोत से आती हैं। ऐसे समझिए, आप कार्यक्रमों के समूह का नेतृत्व कर रहे हैं कौन आपको उत्पादन और ख़ासियत के सवाल को लेकर आपको सबसे अधिक बाधा पहुंचाता है। अपनी टीम के बाहर के लोगों के लिए नई ख़ासियत पर सुझाव के लिए अलग व्यवस्था करें और ज़्यादा उपयोगी दस्तावेज़ तैयार करें। तब जो रुकावटें आती हैं वे कम ख़र्चीली और कम बार आती हैं। यदि आप खुले दफ़्तर की योजना को नज़रंदाज़ नहीं कर सकते तो एक ऐसा शांत क्षेत्र ज़रूर चुनें जहां आपे कर्मचारी बिना किसी बाधा के हायपरफ़ोकस कर सकें।

ध्यान की संस्कृति विकसित करना

अब तक हमने देखा कि कैसे हायपरफ़ोकस और स्कैटरफ़ोकस को आपके जीवन में शामिल किया जाएगा। इसकी आदत विकसित की जाए कि रोज़ाना प्रत्येक मोड में काम कर सकें।

हायपरफ़ोकस मोड में कम से कम दिन में एक बार सबसे अधिक उत्पादक कार्य पर ज़रूर काम करें। बाधाओं को हटाएं और एक महत्त्वपूर्ण चीज़ पर ध्यान केंद्रित करें। स्कैटरफ़ोकस मोड में कई बार काम करें। ख़ासतौर पर आदत वाले स्कैटरफ़ोकस मोड पर। फिर आप भविष्य की योजना तैयार कर सकते हैं। विचारों को जोड़ें और हायपरफ़ोकस की अपनी क्षमता को रिचार्ज करें। बिलकुल ऐसा ही घर पर करें। हायपरफ़ोकस करना सार्थक अनुभव और संवाद है। स्कैटरफ़ोकस तब करें जब आपको प्लान बनाने, आराम या चिंतन की आवश्यकता है।

कुछ सप्ताह आपको लग सकता है कि आपको किसी दूसरे की तुलना में अधिक ज़रूरत है। मेरे मनपसंदीदा साप्ताहिक रूटीन कार्यों में एक है संस्कार पर ध्यान केंद्रित करना। जिसका समय मैंने रविवार शाम या सोमवार सुबह निर्धारित किया है। इस दौरान तीन सप्ताह तक आकलन के आधार पर मैं तय करता हूँ कि मुझे हायपरफ़ोकस और स्कैटरफ़ोकस कितनी दरकार होगी आने वाले दिनों के लिए। यह कहना झूठ होगा कि मैं योजना बनाने पर कितना समय लगाऊंगा और मैं हर मोड के प्रति कितना समर्पित हूँ– किसी को ऐसा नहीं करना चाहिए। लेकिन मोटे तौर पर मैं मानता हूँ कि मेरा एक सप्ताह एक मोड से दूसरे के मुक़ाबले लाभदायक रहेगा।

जब आप खुद की दिनचर्या में इसे कर रहे हों तो अपने आप से ये सवाल करें–

- इस सप्ताह मुझे कितनी उत्पादकता और रचनात्मकता की दरकार है? क्या आगामी समय सीमा को लेकर मुझे अधिक हायपरफ़ोकस होने की ज़रूरत है? या फिर मेरे पास योजना और विचारों को हासिल करने के लिए और समय है?
- मेरे हायपरफ़ोकस और स्कैटरफ़ोकस समय की राह में कौन–से काम आ रहे है (जैसे– यात्रा, सम्मेलन या बहुतायत संख्या में बैठकें)। मैं कैसे इन बाधाओं से अग्रिम में निपट सकता हूँ?
- हायपरफ़ोकस और स्कैटरफ़ोकस के लिए मैं कितना समय दे सकता हूँ? क्या मेरे कैलेंडर में इसकी अवधि निर्धारित कर सकता हूँ?

ध्यानार्थ

यह अंतिम चैप्टर विचारों की विभिन्नता की खोज करता है जिससे आप अपने ध्यान को व्यवस्थित करने में कारगर सहायता ले सकेंगे। अपनी खुशी में निवेश करने, ऊर्जा के स्तर को लेकर काम करने, शराब और कॉफ़ी के सही इस्तेमाल करने, ऑफ़िस के वातावरण पर विचार करने और सप्ताह को लेकर हायपरफ़ोकस और स्कैटरफ़ोकस की योजना बनाने से आप अपने ध्यान के प्रबंधन को अलग ऊंचाई तक ले जा सकेंगे। जागरूकता के लिए

आख़िरी बात ये भी अहम है कि ध्यान के प्रबंधन के लिए आप नज़रिया नहीं खोएं।

आपके ध्यान में क्या है, आपके पास कितनी ऊर्जा है और आपके ध्यान का कितना हिस्सा भरा हुआ है जब आप इसे लेकर अधिक जागरूक होते हैं तो आप अधिक सतर्क और खुद को परिस्थितियों के हिसाब से समायोजित कर लेंगे। मिसाल के लिए– जब कोई समस्या उलझ गई हो तो और आप जागरूक हों तो आप तय कर सकते हैं कि समस्या विश्लेषण मांग रही है या कोई रचनात्मक समाधान। तब आप उसके अनुसार हायपरफ़ोकस या स्कैटरफ़ोकस मोड में प्रवेश कर सकते हैं।

अपने दिमाग़ को प्रशिक्षित करने के सबसे अच्छे तरीक़ों में से एक है हर घंटे जागरूकता की घंटी बजाना। इस पर मैंने अध्याय 3 में बात की है। जब घंटी बजे तो देखें कि आपके ध्यान में क्या है। ऐसे ही ध्यान की अवस्था को देखें। आपने इस किताब के हर विचार का प्रयोग नहीं किया होगा लेकिन यदि आपने नहीं किया है तो कम से कम इसे ज़रूर आजमाएं। अपने ध्यान के हिस्से को जांचने के लिए और इसे याद रखने के लिए जागरूकता घंटी के हर घंटे इस्तेमाल के साथ ऐसे कुछ संकेतों को चुनें जिनसे हर दिन घर पर या काम पर सामना होता है।

जागरूकता वो धागा है जिससे इस किताब का अधिकांश तानाबाना बुना हुआ है। जब आप इसे लेकर सजग होते हैं कि कौन–सी बात आपका ध्यान खींचती है तो आप इसे अधिक महत्त्वपूर्ण और सार्थक दिशा दे सकते हैं। तब आप महत्त्वपूर्ण प्रयोजन के काम कर पाएंगे। अधिक ध्यान के साथ बिना दिन में सपने देखे। वो सभी जिससे आपके ध्यान और जीवन की गुणवत्ता बढ़ेगी।

जागरूकता वास्तव में सिर्फ़ चीज़ों पर ध्यान देने की प्रक्रिया है और यहां ध्यान के लिए बहुत कुछ है। मुझे उम्मीद है आपने कुछ जिज्ञासा से भरे तरीक़े खोजे होंगे अपने ध्यान पर काम करने के लिए। हो सकता है आपने अपने ध्यान की गुणवत्ता को देखा हो। आप अपना कितना समय जागरूकता के साथ ख़र्च करते हैं, आपकी एकाग्रता के दौरान आपका दिमाग़ कितनी बार पकड़े जाने से पहले इसी तरह भटकता है। हो सकता है आपने ध्यान दिया हो कि कुछ चीज़ें आपका ध्यान स्वत: खींचती हैं जैसे कोई उपन्यास, आनंद देने वाली चीज़ या डराने–धमकाने वाली चीज़। हो

सकता है आपने देखा हो कि ध्यान देने योग्य चीज़ें कितनी तेज़ी से आपके ध्यान के हिस्से में आती हैं।

सर्वोपरि मुझे उम्मीद है कि आप अधिक उत्पादक, रचनात्मक और मक़सद से प्रेरित बन गए होंगे।

ध्यान के कुशल प्रबंधन की ताक़त

ध्यान के कुशल प्रबंधन के कई फ़ायदे हैं। जब आप इसे शुरू करते हैं तो ऑटोपायलट मोड को बंद करके जानबूझकर अपने ध्यान का प्रबंधन करने से आप अधिक नियंत्रण महसूस करते हैं। आप इसकी सीमा को समझते हैं और इसके अंदर रहकर बेहतर काम करने में सक्षम होते हैं। सीखते हैं कि कब एक से ज़्यादा काम करना है और कब नहीं। आपका जीवन अधिक सार्थक होता है क्योंकि आप महत्त्वपूर्ण ध्यान से सार्थक अनुभव करते हैं अधिक गहराई से ये प्रक्रिया करते हैं। इस राह में वो मतलब नहीं होता जो हम खोजने की कोशिश करते हैं बल्कि ये कुछ ऐसा है जिस पर हम *ध्यान* देते हैं। आपने बेहतर किया है क्योंकि आप वास्तव में अहम मामलों पर ध्यान केंद्रित करने में सक्षम हैं।

आप स्पष्ट रूप से सोचने और काम करने में ज़्यादा दक्ष हुए हैं। आप भविष्य के लिए योजना बनाइए और अपने लक्ष्य में निरंतरता बनाएं। आप एक क़दम पीछे खींचकर बेहतर महसूस करते हैं और कम अपराधबोध होता है। और आप अधिक चिंतन कर पाते हैं जब आपके दिमाग़ में कई तरह के विषय और जिज्ञासाएं चलती हैं। ये आपको अधिक रचनात्मक बनने के लिए प्रेरित करता है। आपको अधिक बुद्धिमानी से और अधिक प्रभावशाली तरीक़े से बेहतर उत्पादक बनने और रचनात्मक प्रोजेक्ट के योग्य बनाता है।

हायपरफ़ोकस आपको असाधारण परिणाम दे सकता है जब अपेक्षाकृत छोटी अवधि की बात हो। स्कैटरफ़ोकस आपको विचारों से जोड़ता है-जिसकी मदद से आप अपने अंदर छिपी चीज़ों को बाहर लाकर अधिक रचनात्मकता, भविष्य की योजना और विश्राम को हासिल करते हैं। वे एकसाथ आपको काम करने और जीवन जीने के लक्ष्य हासिल करने में सक्षम बनाएंगे।

आपका ध्यान सबसे शक्तिशाली उपकरण है जीवन और बड़ी रचनात्मकता के कार्य के उद्देश्य प्राप्ति के लिए। इसका बेहतर प्रबंधन आपको अधिक समय और ऊर्जा ऐसे काम को ख़र्च करने में सक्षम बनाएगा जो अधिक उद्देश्यपूर्ण काम हैं। लंबे समय तक ध्यान केंद्रित कर अनचाहे दिवास्वप्नों को रोकेगा।

मुझे उम्मीद है आप बुद्धिमानी से इसका उपयोग करेंगे।

आभार

इस तरह की पुस्तक के अस्तित्व में आने के लिए दर्जनों लोगों की भूमिका होती है। उनका काम अगर देखा जाए तो मेरे खुद के काम से काफ़ी अधिक होगा।

पहली बात तो यह कि मैं इनमें से कई लोगों से व्यक्तिगत रूप से नहीं मिला जिन्होंने इस पुस्तक को संभव बनाया है। उनमें शोधकर्ता शामिल हैं जिनके कंधों पर सवार होकर मैंने इस पुस्तक का तानाबाना रचा है। उन सभी का धन्यवाद जिनका काम नोट्स सेक्शन और इस पुस्तक के पन्नों में उपयोग किया गया है। ख़ासतौर पर माइक्रोसॉफ़्ट रिसर्च के ग्लोरिया मार्क, मैरी ज़ेरविंस्की और शम्सी इक़बाल का धन्यवाद, जिन्होंने एक बार नहीं बल्कि *तीन* बार मुझसे व्यक्तिगत मुलाक़ात की। जोनाथन स्कूलर, जोनाथन स्मालवुड, पीटर गोलविट्ज़र, और सोफ़ी लेरॉय का भी धन्यवाद जिन्होंने उदारतापूर्वक बातचीत के लिए सहमति दी।

ल्यूसिंडा ब्लूमेनफ़ेल्ड, मेरी साहित्यिक एजेंट, जिन्होंने शुरुआत से ही इस किताब के बारे में मेरे विचार पर भरोसा किया और एक बार फिर किसी पुस्तक को प्रकाशित करने के लिए किसी के लिए भी सबसे अच्छी पार्टनर साबित हुईं। ल्यूसिंडा उन दुर्लभ लोगों में से हैं जो आपको यह बताने से कभी नहीं डरते कि वे क्या सोचते हैं, लेकिन साथ ही साथ वे आपको समर्थन भी देते हैं। मुझे ख़ुशी है कि मुझे ऐसी प्रतिभाशाली और उदार हृदय वाली एजेंट के साथ काम करने का मौक़ा मिला।

डिएगो नुनेज, कोनोर ऐक, और नोर्मा बार्क्सडेल का भी धन्यवाद, जिन्होंने प्रकाशन की प्रक्रिया के दौरान अमूल्य सहयोग प्रदान किया। हिलेरी डफ़ और विक्टोरिया क्लासेन का भी धन्यवाद, जिन्होंने मुझे शोध कार्य और

इस पुस्तक के संपादन में मदद की। मेरी प्रवृत्ति लंबे चौड़े आलेख लिखने की है, और हिलेरी ने वास्तव में इस पुस्तक में हज़ारों शब्दों की काट-छांट की है। उन्होंने आपके जीवन के कुछ घंटे बचा दिए हैं, तो आपको भी संभवतः उनका धन्यवाद करना चाहिए। विक्टोरिया ने दूसरी बार बहुत ही असाधारण मदद की है, ना केवल तथ्यों की जांच करने बल्कि - जो मेरे लिए एक बड़ी राहत रही - नोट्स सेक्शन का प्रारूप तैयार करने में भी, यह एक ऐसा काम था जिसे मैं दूर से भी नहीं छूना चाहता था। धन्यवाद विक्टोरिया!

उन लोगों के अलावा जिन्होंने इस पुस्तक को आकार लेने में मदद की, ऐसे कई लोग हैं जिनकी भूमिका काफ़ी महत्त्वपूर्ण है। हाल फ़ैसेन्डेन और जैनिफ़र चोई का भी धन्यवाद जिन्होंने संयुक्त राज्य अमेरिका और कैनेडा के बाहर इतना शानदार प्रकाशक ढूंढने में मदद की-साथ ही यूनाइटेड किंगडम में मैकमिलन के रॉबिन हार्वी का भी धन्यवाद। और कैरोलिन कोलेबर्न, बेन पेट्रोने, लायडिया हिर्ट, नौरा एलिस डेमिक और एलेक्स मैकगिल का भी धन्यवाद जिन्होंने अमेरिका और कैनेडा में इस पुस्तक के आइडिया को साझा करने में मदद की। लुइस जॉर्गेनसन का भी धन्यवाद, जिनके साथ मुझे चार वर्षों से अधिक समय से काम करने का सौभाग्य मिला है। मुझे नहीं पता कि मैं आपको बग़ैर क्या करता, लुइस (और यह अतिशयोक्ति नहीं है)।

मेरे पाठकों का भी धन्यवाद, जिनमें से कई लोग वर्षों से मेरे काम को पढ़ते आ रहे हैं। मुझे उम्मीद है कि आपको यह पुस्तक अपना समय ख़र्च करने के लिए योग्य लगेगी और यह पुस्तक, और इसके बाद आने वाला काम, आने वाले कई वर्षों तक आपके लिए लाभांश की तरह होगा।

और अंत में, एर्डिन आपका भी धन्यवाद। एर्डिन मेरी पहली पाठक हैं, और मुझे उम्मीद है वह हमेशा रहेंगी। मैं ना केवल अपने विचारों की सख़्त परख़ के लिए बल्कि उन्हें साकार करने के लिए भी किसी से भी ज़्यादा उन पर भरोसा करता हूँ। लेकिन काम से संबंधित बातों के अलावा सबसे महत्त्वपूर्ण बात यह है कि एर्डिन मेरे जीवन का प्रेम हैं जो इस पुस्तक के लिखने के दौरान मेरी मंगेतर बन गई हैं। एर्डिन, आप अपने आप में अनूठी हैं। मुझे प्रेम करने के लिए आपका धन्यवाद।

लेखक के बारे में

क्रिस बेली एक उत्पादकता विशेषज्ञ और द *प्रोडक्टिविटी प्रोजेक्ट* के अंतर्राष्ट्रीय बेस्ट-सेलिंग लेखक हैं, जिसे ग्यारह भाषाओं में प्रकाशित किया गया है। क्रिस-lifeofproductivity.com पर उत्पादकता के बारे में लिखते हैं और दुनियाभर की संस्थाओं और संगठनों में व्याख्यान देते हैं कि किस तरह प्रक्रिया से नफ़रत किए बग़ैर उत्पादकता में वृद्धि की जाए। अभी तक उन्होंने इस विषय पर सैकड़ों लेख लिखे हैं और उन्हें द *न्यू यॉर्क टाइम्स*, द *वाल स्ट्रीट जर्नल*, *न्यू यॉर्क* मैग्जीन, *हार्वर्ड बिज़नेस रिव्यू*, *टेड*, *फ़ास्ट कंपनी* और *लाइफ़ हैकर* जैसे विविध मीडिया में कवरेज मिली है। क्रिस किंग्स्टन, ओंटारियो (कैनेडा) में रहते हैं।

alifeofproductivity.com
Email: chris@alifeofproductivity.com
Twitter: @Chris_Bailey
Twitter: @ALOProductivity

क्रिस बेली चुनिंदा व्याख्यान और कार्यशालाओं के लिए भी उपलब्ध हैं।

अधिक जानकारी के लिए, कृपया alifeofproductivity.com/speaking पर जाएं।

अनुवादक के बारे में

डॉ. अजय तिवारी लगभग ढाई दशक से पत्रकारिता के क्षेत्र में काम कर रहे हैं। ब्रॉडकास्ट, डिजिटल और प्रिंट मीडिया का अनुभव रखने वाले अजय, देश के कई शहरों में काम कर चुके हैं। वे एक दशक से अनुवाद के क्षेत्र में भी सक्रिय हैं। वर्तमान में वे देश के प्रतिष्ठित हिंदी अख़बार में उप-संपादक के रूप में कार्यरत हैं।